Jacob Bernays

Theophrastos' Schrift über Frömmigkeit

Ein Beitrag zur Religionsgeschichte

SALZWASSER VERLAG

Jacob Bernays

Theophrastos' Schrift über Frömmigkeit

Ein Beitrag zur Religionsgeschichte

1. Auflage | ISBN: 978-3-75255-063-4

Erscheinungsort: Frankfurt am Main, Deutschland

Erscheinungsjahr: 2021

Salzwasser Verlag GmbH, Deutschland.

Unveränderter Nachdruck der Originalausgabe von 1866.

THEOPHRASTOS' SCHRIFT ÜBER FRÖMMIGKEIT.

EIN BEITRAG ZUR RELIGIONSGESCHICHTE

VON

JACOB BERNAYS.

MIT KRITISCHEN UND ERKLÄRENDEN BEMERKUNGEN ZU PORPHYRIOS' SCHRIFT ÜBER ENTHALTSAMKEIT.

Berlin 1866.

DER KÖNIGLICH PREUSSISCHEN

AKADEMIE DER WISSENSCHAFTEN

GEWIDMET.

Von des Tyriers Porphyrios schriftstellerischer Thätigkeit, welche mit gleichem Eifer die Gebiete der Philosophie und Philologie in ihren weitesten Grenzen umfasste, liegen zwar kleinere Proben in nicht geringer Anzahl vor; die grösseren Werke jedoch, aus denen ein vollerer Einblick in seine Art zu forschen und darzustellen sich gewinnen liesse, sind bis auf Eine glückliche Ausnahme untergegangen. Von seiner vierbändigen, bis auf Platon herabführenden 'Geschichte der Philosophie *(Φιλόσοφος Ἱστορία)*' hat nur ein längerer Abschnitt, das Leben des Pythagoras, wohl durch die darin erzählten Wundergeschichten geschützt, das Mittelalter überdauert; von den fünf Büchern seiner 'Philologischen Forschungen *(Φιλόλογος Ἱστορία)*' giebt nur ein bei Eusebios *(praep. evang.* 10, 3) aufbewahrtes grösseres Bruchstück über die Plagiate der Alten eine die Sehnsucht der Philologen nach dem Ganzen erweckende Vorstellung; und seinem fünfzehn Bände füllenden Werke 'Wider die Christen *(Κατὰ Χριστιανῶν)*' erging es noch schlimmer als der ähnliche Zwecke verfolgenden 'Wahren Geschichte *(Ἀληθὴς Λόγος)*' des Celsus. Denn während dieses Epikureers Brandschrift unter dem widerwilligen Schutz von Origenes' Entgegnung zwar in zerstückeltem, aber doch eine fast vollständige Wiederherstellung erlaubendem Znstande anf uns gekommen ist, haben alle Widerlegungen, welche gegen Porphyrios zahlreicher[1] als gegen Celsus geschrieben wurden, das Schicksal des Werkes, das sie bekämpften, getheilt; das Gift, welches aus der gefürchteten und mit kaiserlichem Bann belegten Feder des Porphyrios floss, schien auch durch die Beigabe des orthodoxesten Gegengiftes noch nicht hinlänglich neutralisirt; und man zog es vor, beide, die Bücher des Angriffs wie die der Vertheidigung, einer gänzlichen Vernichtung preiszugeben. Die einzige umfänglichere Arbeit aber, welche, trotzdem sie den verhassten Namen des Porphyrios an der Stirn trug, in der byzantinischen Zeit abgeschrieben und genutzt wurde, hatte diese Gunst wohl nicht blos ihrem reichen historischen Inhalt zu verdanken; denn durch Vorzüge solcher Art waren die verlorenen Werke, wie schon deren eben angeführte Titel erschliessen lassen, sicherlich in noch höherem Maasse ausgezeichnet; sondern, da es die 'Enthaltung von animalischer Nahrung *(Περὶ Ἀποχῆς Ἐμψύχων)*' empfiehlt, so ward im Wohlgefallen an der asketischen[2]) Tendenz des Buchs gern über seinen verfänglichen Ursprung hinweggesehen; das bald nach Porphyrios' Tode (um 300 n. Ch.) Morgen- und Abendland überschwemmende Anachoretenthum und Mönchswesen holte sich mit besonderer Vorliebe Waffen aus der Rüstkammer des Feindes. Mit dem Eintritt der Neuzeit verloren freilich solche mönchische und asketische Gesichtspunkte ihren früheren Einfluss auf die litterarischen Neigungen und Abneigungen; die wenigen nichtmönchischen Anhänger vegetabilischer Diät, welche in Europa vor und nach J. J. Rousseau aufgetreten sind, standen den Kreisen fern, welche das öffentliche Urtheil über griechische Bücher bestimmen; und wenn das Buch des Porphyrios seit seiner ersten Verbreitung durch den Druck im J. 1548 die Aufmerksamkeit der Alterthumsforscher weit mehr als alle übrigen neuplatonischen Schriften beschäftigt hat, so liegt der Grund dafür in einer äusseren Eigenthümlichkeit der Abfassung, welche für den jetzigen Leser dem Werke an sich eine sowohl von dem anziehenden oder abschreckenden Thema wie von den Vorzügen oder Mängeln des Verfassers unabhängige Empfehlung verschafft. In der That gehört die Arbeit des Porphyrios in die Reihe der grossen Compilationen, von welchen die spätere griechische Litteratur so häufige Beispiele auf den verschiedensten kirchlichen und nichtkirchlichen Gebieten aufweist; das compilirte Material wird für uns von unschätzbarem Werth, weil die Bibliotheken, welche es lieferten, untergegangen sind; die Gedanken und Absichten der Compilatoren lassen uns entweder kalt, oder sie werden von dem fremden Material überwuchert. An dem letzteren Gebrechen leidet allerdings Porphyrios' Buch Wider den Fleischgenuss nicht in dem Maasse wie etwa die 'Tischgelehrten' des Naukratiten Athenäos oder die 'Evangelische Vorschule' des cäsareenser Bischofs Eusebios; in diesen Sammelbüchern ist der Faden, an welchem die Excerptenmassen aufgereiht sind, ein sehr grob gesponnener; und die grossen Excerpte werden, dem Plane der Sammler gemäss, in mechanischer Wörtlichkeit abgeschrieben. Porphyrios hingegen mag noch so weit hinter der Tiefe und Selbstständigkeit seines Lehrers Plotinos zurückbleiben, er war doch ein philosophischer Kopf aus ganz anderem Guss als der geistlose Grammatiker Athenäos und der nicht eben geistreiche Geistliche Eusebios; zu reiner Fingerarbeit bringt Porphyrios es nirgends; auch da wo er eingestandenermaassen nur 'zusammentragen (*συνάγειν p.* 44, 22*))' will, schaltet er mit dem fremden Gut, wie Einer, der er es nicht bloss aufspeichert, sondern in Gebrauch nimmt. Obwohl er durchschnittlich dem Wortlaut seiner Quellen nahe bleibt, so erlaubt er sich doch innerhalb der excerpirten Stücke Auslassungen des für seinen augenblicklichen Zweck Unwesentlichen; er verwebt eigene Zuthaten in das Entlehnte; kleinere stilistische Aenderungen gestattet er sich unbedenklich; kurz, er benutzt, wie er selbst einmal (*p.* 83, 14) sein Verfahren bezeichnet, das Fremde mit stetem Streben, 'das Ebenmaass und die Eigenthümlichkeit seines eigenen Werkes zu wahren.' Demgemäss entfernt sich auch seine Citirweise nur zu weit von der umständlichen Deutlichkeit eines Athenäos oder Eusebios; oft begnügt er sich den Namen des Schriftstellers ohne den Titel der Schrift zu nennen; zuweilen unterdrückt er auch den Eigennamen und lässt einen unbestimmten 'Jemand (*τίς*)'[3]) reden; und in Einem Falle kann noch aus unserem jetzigen Vorrath griechischer Litteratur der Nachweis geführt werden, dass Porphyrios ohne jeglichen citirenden Fingerzeig längere Sätze einer fremden Schrift der seinigen einverleibt hat (s. unten S. 7). Alle diese Mittel, der Compilation einen einheitlichen Anstrich zu geben, werden nun aber zu eben so vielen Unbequemlichkeiten für den heutigen Forscher, dem weniger an Porphyrios gelegen ist, als an den verlorenen Schriften, welche er ausbeutet; einer am Rande fortlaufenden Quellenangabe, welche allein der jetzt beim Nachschlagen fast unvermeidlichen (s. Anm. 8) Verwechselung des Entlehnten mit dem Porphyrischen vorbeugen und dadurch erst eine leichte und sichere Benutzung des reichhaltigen Werkes ermöglichen würde, stellen sich weit grössere Hindernisse entgegen, als sie z. B. Gaisford bei dem ähnlichen die 'Vorschule' des Eusebios betreffenden Unternehmen zu

*) Ich citire nach Seiten- und Zeilenzahl der Nanck'schen Ausgabe (s. Anm. 4).

überwinden hatte; keiner der bisherigen Herausgeber*) des Porphyrios hat durchgreifendere Vorarbeiten zu einer solchen Analyse geliefert; soll daher hier der Versuch, aus Porphyrios' Mittheilungen eine der bedeutenderen verlorenen Schriften des Theophrastos in ihren Grundzügen wiederzugewinnen, unter mitforschender Theilnahme des Lesers angestellt werden, so muss zuvörderst der compilatorische Gesammtcharakter von Porphyrios' Werk in volles Licht gesetzt und zu diesem Behuf eine nähere Vorstellung gegeben werden von dem Anlass, welcher Porphyrios auf sein Thema geführt, von der Fülle des Stoffes, den er zur Behandlung desselben aus der früheren Litteratur entnommen, und von der Gliederung, nach welcher er das zusammengetragene Material geordnet hat.

Porphyrios' Schrift Ueber Enthaltsamkeit.

Der Anlass war viel individueller und berührte das wirkliche Leben näher, als es sonst bei neuplatonischen Schriften der Fall zu sein pflegte. Castricius Firmus, ein vornehmer Römer, an den das Werk gerichtet und der zn Anfang jedes der vier Bücher namentlich angeredet ist, gehörte zu dem vertrautesten Schülerkreise des Plotinos. Auf Castricius' campanischem Gute in der Gegend von Minturnae ward jener letzte grosse Philosoph der alten Welt während seiner tödtlichen Krankheit gepflegt; und die anbetende Verehrung *(σεβόμενος Porph. Vit. Plot. 7)*, welche er dem Schulstifter gewidmet hatte, liess ihn auch zu dessen bedeutendsten Nachfolgern, Amelios und Porphyrios, in die innigsten Beziehungen treten. 'Wie ein guter Haussclave' — so bezeichnet Porphyrios*) selbst das Verhältniss in warmen Worten — 'war Castricius dem Amelios in alle Wege zu Dienst und mir, Porphyrios, war er in alle Wege ergeben wie einem leiblichen Bruder.' Schon gegen Ende der republikanischen und beim Beginn der Kaiserzeit war in den höheren Ständen Roms eine Hinneigung zu der asketischen pythagoreischen Lebensweise hervorgetreten, und von Alters her hatte die pythagoreische Lehre, ein Erzeugniss italischen Bodens, leichteren Zugang in Rom als die philosophischen Systeme des überseeischen Griechenlands gefunden. Publius Nigidius Figulus, der

*) *Vit. Plotini 7: Ἀμελίῳ οἷα οἰκέτης ἀγαθὸς ἐν πᾶσιν ὑπηρετούμενος καὶ Πορφυρίῳ ἐμοὶ οἷα γνησίῳ ἀδελφῷ ἐν πᾶσι προσεσχηκώς.*

Freund Cicero's, war der wirksamste Apostel dieser Richtung; bald ward sie sogar als eine Modesache von Leuten wie Vatinius *(Cic. in Vat.* 6, 14) affectirt; die einzige wenigstens mit einem Schein von Originalität bekleidete Secte römischer Philosophen, die der Sextier, gelangte, wenn auch aus minder überschwänglichen Gründen als die Pythagoreer, doch zu dem gleichen praktischen Ergebniss der Enthaltung von animalischer Nahrung; und Jahre lang hatte Lucius Annaeus Seneca *(epist.* 108, 22), von jugendlicher Begeisterung für philosophisches Leben ergriffen, sich mit Pflanzenkost begnügt, bis endlich sein Vater aus Besorgniss, der Sohn möchte in die damals von Kaiser Tiberius verhängte Verfolgung fremdländischer Culte verwickelt werden, ihm wieder Fleischspeisen aufnöthigte. Eine Askese nun, welche vor und in dem ersten Jahrhundert n. Ch., zu einer Zeit da die national-römische Sitte in ungebrochener, den Einzelnen beherrschender Kraft fortbestand, bereits so viele Jünger zählte, musste während des dritten Jahrhunderts, als in dem Gewimmel religiöser Secten und philosophischer Schulen die einende Macht des Volksgeistes zersplittert und der Einzelne auf eigene Hand seine Lebensordnung sich zu wählen gezwungen war, leicht genug Anklang bei erregteren Gemüthern aus allen Kreisen finden; es kann daher keine besondere Verwunderung erwecken, dass der vornehme Castricius, nachdem er sich dem reinen Spiritualismus des Plotinos und der etwas gröberen Mystik des Amelios und Porphyrios hingegeben hatte, die empfangenen Lehren in sein Leben übertrug und dem Fleischgenuss entsagte. Bald jedoch mag er eine solche Enthaltsamkeit mit seiner gesellschaftlichen Stellung unvereinbar gefunden haben; als Plotinos starb[6]), befand Castricius sich in Rom, fern von Porphyrios, der bereits bei Plotinos' Lebzeiten seinen Aufenthalt in Lilybäum genommen hatte; sich selbst überlassen, fiel Castricius nicht bloss in die landesübliche Lebensweise zurück, sondern suchte auch seinen Abfall von der pythagoreischen in öffentlichen Vorträgen zu rechtfertigen. Porphyrios hatte geschwiegen, so lange die ihm zukommenden Nachrichten nur von der persönlichen Sinnesänderung des Castricius meldeten; als ihm jedoch dessen öffentliches Auftreten zu Ohren kam, welches eine Spaltung[5]) in dem Philosophenkreise herbeizuführen drohte, hielt er auch seinerseits eine öffentliche Erörterung für unvermeidlich. Er beschränkt dieselbe nicht auf Zurückweisung der Einwürfe, Castricius.

die ihm aus Castricius' Vorträgen mitgetheilt worden; diese erklärt er rundheraus für 'frostig und sehr abgestanden (*ψυχρὰ καὶ ἄγαν ἕωλα p.* 44, 16)', also einer directen Widerlegung unwerth; sondern er will den Kampf für die Enthaltsamkeit in seinem weitesten Umfange und in seiner schwierigsten Form aufnehmen; alle Gründe, welche während des gesammten Verlaufs der griechischen Philosophie von den verschiedenen Schulen 'viel zahlreicher*), gewichtiger und mit gewinnenderer Kunst' als Castricius es vermochte gegen die pythagoreische Vorschrift geltend gemacht worden, will er in einen erschöpfenden Ueberblick zusammenfassen; und indem er die vereinigte Streitmacht so viel besser gerüsteter Gegner mit den Waffen des Neuplatonismus besiegt, werden mittelbar auch Castricius und sein Anhang aus dem Felde geschlagen sein.

Inhalt des ersten Buchs. In diesem Plan des Werkes, welchen zugleich mit dem ihn bedingenden äusseren Anlass die Einleitung zum ersten Buch (*p.* 43–45, 3) entwickelt, liegt, wie man sieht, schon die Nöthigung wo nicht zu einem compilatorischen so doch zu einem referirenden Verfahren. Es müssen die Ansichten der verbreitetsten Schulen, der Peripatetiker, Stoiker und Epikureer, im Sinne und nöthigenfalls mit den Worten ihrer Vertreter vorgetragen werden, wenn der über sie und mittelbar auch über Castricius zu erfechtende Sieg für einen redlich errungenen gelten soll. Zur Darlegung der späteren peripatetischen und der stoischen Lehre hat Porphyrios nun freilich einen gar bequemen Weg eingeschlagen, der ihm wahrscheinlich deshalb passend dünkte, weil die Schriften jener Schulen zu seiner Zeit noch so allgemein verbreitet waren, dass längere Mittheilungen aus den Originalwerken hätten für unnöthig angesehen und lästig werden können; er fand daher eine kurze Angabe des 'Wesentlichsten (*κυριώτατα p.* 46, 18)' ausreichend; aber auch diese hat er sich nicht die Mühe genommen selbst zu redigiren. Denn, obwohl von einigen wenigen Sätzen zu Anfang und am Schluss des fraglichen Abschnittes (*I c.* 4—7, *p.* 45, 3—46, 18) die Quelle[6]) noch nicht ermittelt ist, so erweist sich doch der Kern desselben (*p.* 45, 16—46, 7), trotz des Mangels jeder citirenden

*) *p*, 44, 20: *ἐδόκει ... τὰ τῶν ἐναντίων πολλῷ ἰσχυρότερα τῶν ὑφ' ὑμῶν* (s. Anm. 5) *λεγομένων ὄντα καὶ πλήθει καὶ δυνάμει καὶ ταῖς ἄλλαις κατασκευαῖς συναγαγεῖν τε καὶ λῦσαι.*

Andeutung, als wörtlich abgeschrieben aus Plutarchs Aufsatz über die Frage 'Ob Landthiere oder Wasserthiere klüger seien' (*c.* 6, *p.* 964). Ohne Berücksichtigung der feineren Lehrunterschiede hatte Plutarch dort die Ansicht des späteren Peripatos mit der stoischen über das Verhältniss der Menschen zu den Thieren verschmolzen, und der Grundgedanke läuft darauf hinaus, dass die Thiere, da ihnen die Vernunft versagt sei, mit dem Menschen in keinem Rechtsverhältniss stehen, das ja immer Wesensgleichheit voraussetze. Wolle man aus überzartem Rechtsgefühl die Thiere schonend wie Menschen behandeln, so drohe, da menschliche Civilisation ohne Ausnutzung der Thiere undenkbar sei, die Gefahr, dass die Menschen zu Thieren herabsinken und somit die nur auf der Grundlage der Civilisation mögliche Gerechtigkeit, weil man sie über ihre Grenzen ausdehnen gewollt, auch auf dem ihr eigenthümlichen menschlichen Gebiete verschwinde.

Zu demselben Ergebniss wie die idealistischen Schulen von Seiten des Rechtsbegriffs gelangt die sensualistische Schule der Epikureer, welche jenen Begriff nicht anerkennt, von Seiten der Nützlichkeit. Um jedoch die epikureischen Ansichten auf eine dem Zwecke seines Werkes entsprechende Weise wiederzugeben, fand Porphyrios es gerathen, das bei den Stoikern und späteren Peripatetikern zur Noth statthafte Entlehnen aus zweiter Hand mit einem urkundlicheren Verfahren zu vertauschen. Schon zu Cicero's*) Zeit war die Lectüre epikureischer Bücher, die meistens an einer abstossenden Schreibweise litten und den Schmuck historisch sachlicher Erläuterung grundsätzlich verschmähten, auf den engsten Kreis der Schulmitglieder beschränkt; gegen Ende des dritten Jahrhunderts n. Ch. müssen, da das bezügliche Zeugniss des Kaisers Julianus**) wohl auch für einige Jahrzehende rückwärts gilt, sogar die Abschriften zu litterarischen Seltenheiten geworden sein; und so sehr wie der heutige Forscher über Geschichte der Philosophie mag mancher gleichzeitige Leser des Porphyrios ihm gedankt haben für die sonst nicht zu erlangende nähere Bekanntschaft mit einem der ältesten Epikureer, dem unmittelbaren Nachfolger Epikurs

*) *Tusc.* 2, 3, 8: *Epicurum .. et Metrodorum non fere praeter suos quisquam in manus sumit.*

**) *p.* 301 *Spanh.*: μήτε Ἐπικούρειος εἰσίτω λόγος μήτε Πυρρώνειος. ἤδη μὲν γὰρ καλῶς ποιοῦντες οἱ θεοὶ καὶ ἀνῃρήκασιν, ὥστε ἐπιλείπειν καὶ τὰ πλεῖστα τῶν βιβλίων.

auf dem Schulthron. Das wörtliche, sechs Seiten (*c.* 7—13, *p.* 46, 20—52, 2) einnehmende epikureische Excerpt stammt nämlich, wie Porphyrios nachträglich (*p.* 58, 28) selbst angiebt, von 'Hermarchos' d. h. dem Mytilenäer, dem Sohn des Agemortos[7]), welchen Epikur besonders deshalb hochschätzte und zu seinem Nachfolger erkor, weil er in ihm eine jener den Schulstiftern so erwünschten Naturen erkannte, die um zum Ziele zu kommen, 'nicht blos eines Führers, sondern eines Treibers bedürfen*),' dafür aber um so fester an dem erreichten Ziele und auch an dem 'Treiber' halten. Den Titel des ausgezogenen Werkes nennt Porphyrios zwar nicht geradezu; aber bei Durchmusterung der von Diogenes Laertius (10, 25) mitgetheilten Liste hermarchischer Hauptwerke entdeckt man es alsbald in der zwei und zwanzig Bände umfassenden Arbeit 'Ueber Empedokles (*Περὶ Ἐμπεδοκλέους εἴκοσι καὶ δύο*)'. Denn der Agrigentiner ist bekanntlich im Punkte der Seelenwanderung und der aus dieser Lehre fliessenden Verpönung des Fleischgenusses ein strenger Pythagoreer; und Porphyrios hat deshalb in der Einleitung (*p.* 44, 29) angekündigt, dass er neben den Gegnern des Pythagoras auch die des Empedokles zum Worte zulassen wolle. Die gewaltige Bändezahl, zu welcher dem Hermarchos seine Bekämpfung des dichterischen Philosophen anschwoll, wird sehr begreiflich, wofern er gegen die übrigen Theile des empedokleischen Systems eben so weit ausholende Streiche geführt hat, wie er sie bei dem Einen, die Schonung der Thiere gebietenden Dogma nöthig fand. Er beginnt mit einer culturgeschichtlichen Betrachtung über den Ursprung der im civilisirten Zustand der Menschen geltenden Sitten und Gesetze; dieselben seien weder, wie die Stoiker wähnen, aus einem allen Menschen angebornen Gefühl für Gerechtes und Schönes entstanden; noch auch seien sie, wie einige der platteren griechischen Freigeister gemeint hatten, von Gewalthabern ihren willenlosen Unterthanen aufgezwungen worden; denn jedes Gesetz, geschriebenes wie ungeschriebenes, was Dauer haben soll, kann nur durch freie Annahme der Gehorchenden zu Stande kommen**).

*) *Seneca epist.* 52, 4: *quibus non duce tantum opus sit, sed ... coactore .... Hermarchum ait Epicurus talem fuisse.*

**) *p.* 47, 11: *οὐδὲν γὰρ ἐξ ἀρχῆς βιαίως κατέστη νόμιμον οὔτε μετὰ γραφῆς οὔτε ἄνευ γραφῆς τῶν διαμενόντων νῦν καὶ διαδίδοσθαι (propagari) πεφυκότων, ἀλλὰ συγχωρησάντων αὐτῷ καὶ τῶν χρησομένων.*

Vielmehr haben wenige hervorragende Geister das wahre Interesse *(τὸ συμφέρον)* der Menschheit erkannt, und diese Einsicht, nicht rohe Gewalt oder politische Unterjochung, habe ihnen den überwiegenden Einfluss auf die Massen verschafft, so dass sie die Mehrzahl, welche ihr Interesse zwar nicht aus eigener Kraft, aber wohl durch fremde Belehrung einzusehen vermag, im Wege der Ueberzeugung für ihre Vorschriften gewannen, und nur eine geringe Minderzahl, deren Stumpfsinn keine Unterweisung zuliess, durch Androhung von Strafen zu zwingen brauchten. Angewendet auf die geltenden Bestimmungen über Tödtung lebendiger Wesen führen diese lebhaft an die Gesetzgebungstheorie Bentham's erinnernden Sätze den Epikureer zu der Behauptung, dass die Heiligkeit des Menschenlebens von allen gesitteten Völkern nicht bloss deshalb anerkannt und durch gerichtliche Verfolgung des vorsätzlichen so wie durch religiöse Sühne des unfreiwilligen Todschlags geschützt sei, weil ein natürlicher Zug verwandtschaftlichen Gefühls den Menschen mit dem Menschen verbinde; das sei höchstens ein Nebengrund; der hauptsächliche und wirksamste Antrieb, welcher die alten Gesetzgeber den Mord für ruchlos *(ἀνόσιον)* erklären liess, sei darin zu suchen, dass sie seine Unvereinbarkeit mit dem Gesammtinteresse der menschlichen Gesellschaft erkannten. Eben diese Rücksicht auf das Interesse, welche Menschentödtung verbot, habe aber jenen 'alten Lenkern der Massen *(οἱ ἐξ ἀρχῆς τὰ πλήθη διοικήσαντες p.* 48, 32)' die Tödtung aller, auch der zahmen, Thiere empfohlen; denn wie die Sicherheit der menschlichen Gesellschaft augenscheinlich Ausrottung der wilden Thiere erfordere, so lehre geringes Nachdenken, dass auch so zahme und nützliche Thiere, wie Schaaf und Rind, wenn sie unbeschränkt der jedem organischen Wesen einwohnenden Kraft unendlicher Vermehrung überlassen blieben, dem Menschen Raum und Nahrung benehmen, also seine Wohlfahrt gefährden würden. Nachdem er so die Tödtung der Thiere im Allgemeinen gerechtfertigt hat, hält der Epikureer es nicht der Mühe werth, auf die besonderen, bei den verschiedenen Völkern geltenden Bestimmungen über den Genuss einzelner Gattungen von Thierfleisch näher einzugehen; durchschnittlich lasse sich auch hier die Rücksicht auf das, freilich nach örtlichen Verhältnissen mannigfach wechselnde, Interesse der Gesammtheit als entscheidend herauserkennen. Den Schluss der langen, von den neueren Darstellern der epikureischen Ethik nicht hinlänglich benutzten Auseinandersetzung bildet ein spöttischer Angriff auf die Pythagoreer (*p.* 51, 21): 'Könnte man wie mit Menschen so auch mit den Thieren Tractate schliessen, dass gegenseitige Tödtung nur nach vorangegangenem Urtheilspruch erfolgen solle, so hätte es einen Sinn, den Rechtsbegriff auf die Thiere auszudehnen, da dies dann unbeschadet der menschlichen Sicherheit geschehen könnte; sintemal aber die Thiere weil keiner Vernunft theilhaft, auch keiner Gesetzlichkeit fähig sind, so lässt sich auf solchem Wege gegen sie, die beseelten, das Interesse der Menschheit eben so wenig wahren wie gegen die unbeseelten elementaren Mächte, und nur indem man sich die Erlaubniss nimmt, die Thiere zu tödten, lässt sich bis zu einem gewissen Grade Schutz für die Menschen erreichen.'

Nachdem die Vertreter der Philosophie in systematischer Form ihre Meinung abgegeben haben, soll über eine das tägliche Leben so tief berührende Frage auch der grosse Haufe der Nichtphilosophen oder, wie Porphyrios sich ausdrückt, 'der gemeine Mann (*ὁ πολὺς καὶ δημώδης ἄνθρωπος p.* 52, 3)' gehört werden. Das Sprecheramt überträgt Porphyrios zweien Schriftstellern gemeinschaftlich, leider ohne das Jedem von ihnen Angehörende durch irgend ein äusseres Merkmal zu sondern. Der Eine ist der wohlbekannte Herakleides aus dem pontischen Heraklea, den seine Versatilität bald als zünftigen Platoniker, bald als zünftigen Peripatetiker, bald als unzünftigen Litteraten erscheinen liess; nur herakleidische Schriften, in denen die letztere Eigenschaft besonders deutlich hervortrat, kann Porphyrios hier, wo Herakleides 'den gemeinen Mann' vertreten soll, genutzt haben. Den zweiten Schriftsteller lehrt der von Porphyrios angegebene Name Clodius aus Neapel (*Κλώδιός τις Νεαπολίτης p.* 44, 31; 58, 27) noch nicht näher kennen, da der Clodiusse zu allen Zeiten so viele waren, dass der Eigenname seine bezeichnende Kraft verliert. Die Wahl zwischen den unzähligen Namensvettern wird jedoch eingeschränkt und erleichtert erstlich durch den Umstand, dass der Träger dieses lateinischen Namens eine griechische Feder geführt haben muss; denn Porphyrios übersetzt offenbar nicht, sondern excerpirt; zweitens durch die Gewissheit, dass er weder unter den bekannteren Politikern zu suchen, noch ein Philosoph gewesen ist; denn Porphyrios nennt ihn einen Quidam *(Κλώδιός τις)* und zählt ihn zu den 'Philologen *(p.* 44, 30)', d. h., nach antiker Redeweise, zu den schönwissenschaftlichen Schriftstellern; und endlich gewährt die Einflechtung geschichtlicher Anekdoten, welche später als das vierte Jahrhundert v. Ch. fallen, also nicht von dem Pontiker Herakleides erwähnt sein konnten, indem sie einen Theil des Excerpts als Clodius' Eigenthum sicher abgrenzt, zugleich einen Fingerzeig über die Zeit, in welcher er gelebt hat. Eine Priestererzählung von einem freiwillig zum Altar sich verfügenden Opferthier *(p.* 58, 1) spielt während der Belagerung von Kyzikos durch Mithradates im Jahr 73 v. Ch.; ein ähnlicher Vorfall wird aus der Belagerung von Gades berichtet, welche der mauretanische König Bogos unternommen hatte, um den dortigen reichen Herkulestempel zu plündern; und zu bestimmterer Bezeichnung dieses Bogos wird auf dessen Hinrichtung durch Marcus Vipsanius Agrippa wegen seiner Parteinahme für Marcus Antonius in so kurzen Worten[8]) hingedeutet, wie sie nur einem in unmittelbarer Nähe des aktischen Krieges Lebenden ausreichend erscheinen konnten; auf dieselbe Zeit leitet endlich eine Krankengeschichte, welche einem Sclaven 'des Arztes Krateros *(Κρατεροῦ τοῦ ἰατροῦ p.* 54, 20)' begegnet sein soll; denn diesen unter den alten Aerzten nur Einmal nachweisbaren Namen führte der in Cicero's Briefen *(ad Att.* 12, 13, 1; 14, 4) und auch von Horaz *(Serm.* 2, 3, 161) erwähnte Hausarzt des Marcus Pomponius Atticus. Alle diese persönlichen und chronologischen Anzeichen passen nun vortrefflich auf den Lehrer des Triumvir Marcus Antonius in der Beredsamkeit, auf jenen Sextus Clodius, welchen sein mächtiger Schüler mit sicilischen Aeckern verschwenderisch bedachte und Cicero *(Philipp.* 2, 17, 43; 3, 9, 22) wegen der zu solchem Honorar nicht stimmenden Erfolglosigkeit seines Unterrichts verhöhnte. Suetonius *(rhet.* 5) nennt ihn ausdrücklich einen zugleich lateinischen und griechischen Rhetor; mit Wahrscheinlichkeit hat man in ihm den Sextus Clodius erkannt, aus dessen griechisch geschriebenem Buch Ueber die Götter Arnobius (5, 18) und Lactantius *(Inst.* 1, 22) Angaben über eine römische Gottheit entlehnen; demselben Buche mag Porphyrios die Erklärung der symbolischen Wörter Bedy Zaps u. s. w. entnommen haben, welche er in dem von Bentley *(opusc. p.* 495) veröffentlichten Bruchstück dem Clodius aus Neapel *(Κλώδιος ὁ Νεαπολίτης)* beilegt; und diesem

Clodius.

griechischen Werk mythologischen Inhalts wäre nun, wenn die vorgetragene Combination sich bewährt, die hier von Porphyrios ausgezogene ebenfalls griechische Schrift anzureihen, welche Clodius 'Gegen die der Fleischspeisen sich Enthaltenden (*Πρὸς Τοὺς Ἀπεχομένους Τῶν Σαρκῶν p.* 44, 31)' gerichtet hat, möglicherweise auf Anlass des damals in Rom durch den Einfluss des Nigidius Figulus (s. oben S. 4) um sich greifenden Pythagoreismus. Und in der That glaubt man gern, dass auf den Gebieten der Mythologie und der ritualen Alterthümer der Schriftsteller heimisch war, welcher den durch die chronologischen Merkmale dem Clodius zugewiesenen Theil des Excerpts abgefasst hat. Auf Grund des Opfercults wird dort das Tödten uud Essen der Thiere mit grossem Aufwand antiquarischer Notizen und mit einer Ausführlichkeit vertheidigt, der in das Einzelne zu folgen der Zweck des hiesigen Ueberblicks nicht verstattet; Porphyrios hingegen durfte sich zu Kürzungen schon deshalb nicht befugt halten, weil er dieses von den Opfern hergenommene Argument begreiflicherweise weder bei den die Opfer höchstens duldenden Peripatetikern und Stoikern noch bei den jedweden Cultus verwerfenden Epikureern berührt gefunden hatte, während es doch für den gewöhnlichen unphilosophischen Leser gar schwer wiegen musste und daher auch von Porphyrios in dem Abschnitte seines Werkes, welcher für unsere theophrastische Aufgabe der ergiebigste ist, einer eingehenden Widerlegung gewürdigt wird. — Aus den übrigen Theilen des Excerpts verdient Hervorhebung die durch die neueren physiologischen Forschungen bewährte, in der alten Litteratur jedoch wohl sonst nirgends mit gleicher Schärfe ausgesprochene Ansicht, dass der Mensch von Natur zu animalischer Nahrung bestimmt sei*); wenn die Culturgeschichte späte Verbreitung der Fleischkost nachweise, so sei der Grund nicht in der vermeintlich grösseren Sitteneinfalt und Frömmigkeit der urzeitlichen Menschen zu suchen, sondern in der damals noch nicht erleichterten Schwierigkeit des Feuergebrauchs; denn der menschliche Organismus verlange zwar Fleisch, verschmähe aber das rohe. — Nicht so weitgreifend wie diese physiologische Bemerkung aber doch von Werth für die Specialgeschichte der griechischen Philosophie sind ferner einige Angaben (*p.* 58, 16)

*) *p.* 52, 9: *εἶναι μὲν γὰρ κατὰ φύσιν ἀνθρώπῳ τὸ σαρκοφαγεῖν, παρὰ φύσιν δὲ τὸ ὠμοφαγεῖν.*

über die Pythagoreer*), dass sie zwar nicht gemeines, aber wohl Opferfleisch genossen haben, ja dass die Fleischkost für Athleten von dem Stifter der Schule selbst eingeführt worden. — Endlich muss es für den weiteren Verlauf der Verhandlung im Sinn behalten werden, dass Herakleides und Clodius den Einspruch der allgemeinen, mit den Lehren aller Philosophen ausser Pythagoras übereinstimmenden Völkersitte gegen die pythagoreische Schonung der Thiere auf das Nachdrücklichste (*p.* 52, 25; 54, 4) betonen, und dass sie im Namen des gesunden Menschenverstandes und des 'gemeinen Mannes' die sehr natürliche und dem Porphyrios höchst unbequeme Frage wiederholen (*p.* 58, 10), welche schon die Peripatetiker (*p.* 45, 22) aufgeworfen hatten: wie wohl ein Staat beschaffen sein würde, dessen Angehörige alle zum Pythagoreismus bekehrt wären?

Für die hier überblickte Reihe von Auszügen aus gegnerischen Schriften hat Porphyrios fast die ganze erste Hälfte seines ersten Buches aufgewendet. Einen Theil der anderen Hälfte nehmen Vorbemerkungen zu der Wíderlegung jener Angriffe ein. Hauptsächlich wohl damit der Eindruck der zuletzt erwähnten Frage des Herakleides und Clodius ihm seine Leser nicht allzu sehr entfremde, verwahrt er sich gegen die Unterstellung, als wolle er die pythagoreische Lebensweise allen Ständen ohne Unterschied aufdringen; vielmehr mögen 'Handwerker und Faustkämpfer, Soldaten und Matrosen, Rhetoren und Politiker' kurz, alle Menschen, die 'im Bette der Materie' (*p.* 59, 3; 60, 6) sich wälzen, es mit ihrer Diät nach Belieben halten; er rede nur zu den Wenigen, die ein möglichst ununterbrochenes Wachen des Geistes auch in dieser Welt der einschläfernden Materie erstreben und den höchsten Zweck des Daseins erkennen in dem Zusammenwachsen mit dem reinen Geiste, dem wirklich Seienden, 'dem wahren Er (*πρὸς τὸν ὄντως αὐτὸν ἡ σύμφυσις p.* 61, 6).' Nach Erledigung dieser Präliminarien beginnt die Behandlung des Thema's in übersichtlicher, gelegentlich von Porphyrios*) selbst hervorgehobener, Gliederung nach den

*) Zu Anfang des dritten Buches: *Ὡς μὲν οὔτε πρὸς σωφροσύνην καὶ λιτότητα οὔτε πρὸς εὐσέβειαν, αἳ μάλιστα πρὸς τὸν θεωρητικὸν συντελοῦσι βίον, ἡ τῶν ἐμψύχων βρῶσις συμβάλλεται ἀλλὰ μᾶλλον ἐναντιοῦται, διὰ τῶν φθασάντων, ὦ Φίρμε Καστρίκιε, δυεῖν βιβλίων ἀπεδείξαμεν· τῆς δὲ δικαιοσύνης κτλ.*

Gliederung des porphyrischen Werkes.

Rubriken dreier Haupttugenden: der Mässigkeit *(σωφροσύνη)*, welche in ihren Beziehungen zu den vorliegenden Fragen der Rest des ersten Buches *(c.* 30—57; *p.* 61, 16—81, 15) bespricht, der Frömmigkeit *(εὐσέβεια)*, welcher das ganze zweite, und der Gerechtigkeit *(δικαιοσύνη)*, welcher das ganze dritte Buch gewidmet ist. Auf das zweite Buch braucht, da es als Fundgrube der theophrastischen Schrift später eine genauere Untersuchung erfahren muss, in dieser vorbereitenden Inhaltsangabe des porphyrischen Werkes nicht näher eingegangen und von der Besprechung der Mässigkeit im ersten Buche braucht nur dies gesagt zu werden, dass sie weniger gegen diejenigen gerichtet ist, welche, wie die Hedoniker der älteren griechischen Philosophie, die Sinnenlust überschätzen, als gegen diejenigen welche, wie die Kyniker der Griechen und die Schwärmer aller Nationen, das Sinnliche, indem sie es für 'gleichgiltig *(ἀδιάφορον p.* 67, 12; 70, 11)' erklären, in seinem Einflusse auf den Geist unterschätzen. Mit solchen auch in die neuplatonischen Kreise eingedrungenen Adiaphoristen hatte wahrscheinlich Castricius, als er die öffentlichen Vorträge zur Vertheidigung seines Abfalls hielt (s. oben S. 6), gemeinsame Sache gemacht; in unverkennbarer persönlicher Erregtheit eifert daher Porphyrios gegen die Leute, welche ihre Nahrung nicht auf das zur Erhaltung des Lebens unentbehrliche Maass beschränken, sondern wähnen, sie könnten 'mit den immateriellen Geistern verkehren, während sie köstlichen Braten essen und den lieblichsten Wein trinken' *(p.* 68, 29). Ihnen gegenüber entwickelt er mit einem wohl auch ungünstige Leser ergreifenden Schwung der Darstellung[9]) die neuplatonischen Lehren von der geistertödtenden Macht der Sinnlichkeit und der Nothwendigkeit des 'Austritts' aus derselben *(ἀπόστασις p.* 63, 14). Hierbei strömen ihm die selbstständig angeeigneten Gedanken der Schule so reichlich zu, dass, in Vergleich mit den übrigen Theilen des Werkes, das compilatorische Verfahren zurücktritt. Ganz fehlt es jedoch auch in diesem Abschnitt nicht an längeren wörtlichen Excerpten. Erstlich wird die berühmte platonische *(Theaet. p.* 173[d]) Schilderung des ausser der Welt lebenden und dafür von der Welt verlachten Denkers vollständig ausgeschrieben und ausführlich erörtert *(p.* 66, 3). — Dann findet sich der kirchengeschichtliche Forscher freudig überrascht durch eine Entlehnung aus einem leider nicht näher bezeichneten **Gnostiker**; sie soll den Castricius eben von jenem Wahne abschrecken, als könne der Mensch, während er sich sinnlichen Regungen überlässt, den lebendigen Verkehr mit dem Reiche des Geistes fortführen. Dieser Wahn, sagt Porphyrios (*p.* 69, 16), hat schon viele 'Barbaren,' d. h. in der Sprache der Neuplatoniker[10]), nichtgriechische Christen, zu Falle gebracht; durch ihre Geringschätzung des Sinnlichen, als sei es dem Geiste gegenüber ohnmächtig, sind sie 'zu Genüssen aller Art fortgerissen worden (*ἐπὶ πᾶν εἶδος ἡδονῆς προῆλθον ἐκ καταφρονήσεως*);' und nun führt er Einen von ihnen redend ein*): 'Uns verunreinigen Speisen so wenig 'wie schmutzige Zuflüsse das Meer verunreinigen. Denn wie das 'Meer Herr wird über alles Flüssige, so werden wir Herren über 'alle Speisen. Würde das Meer seinen Mund schliessen und die 'Zuflüsse nicht aufnehmen, so möchte es, für sich betrachtet, noch 'so gross sein, der Welt gegenüber würde es klein erscheinen, 'weil es das Schmutzige nicht in sich bergen kann; denn nur aus 'der Scheu sich selbst zu beschmutzen, liesse sich sein Zurück'weisen des Schmutzigen erklären. Aber das Meer nimmt im 'Gegentheil Alles auf und stösst nichts von sich, was zu ihm kommt, 'eben weil es sich seiner Grösse bewusst ist. So würden auch wir, 'wenn wir vor irgend einer Speise uns scheueten, für Sclaven einer 'Furchtregung uns erklären, während doch vielmehr das All uns 'unterthan sein soll. Ein stehendes kleines Wasser wird, wenn es 'Schmutz aufnimmt, sogleich trübe und unrein; aber der grosse '**Abgrund** wird nie unrein. So gewinnen auch Speisen nur über Gnostisches.

*) *p.* 69, 19: *ἤδη γάρ τινων ἀκήκοα* (s. Anm. 10) *τῇ σφῶν δυστυχίᾳ συναγορευόντων τοῦτον τὸν τρόπον·*

οὐ γὰρ ἡμᾶς μολύνει, φασί, τὰ βρώματα, ὥσπερ οὐδὲ τὴν θάλατταν τὰ ῥυπαρὰ τῶν ῥευμάτων· κυριεύομεν γὰρ βρωτῶν ἁπάντων καθάπερ ἡ θάλασσα τῶν ὑγρῶν πάντων. εἰ δὲ ἡ θάλασσα κλείσειε τὸ ἑαυτῆς στόμα ὥστε μὴ δέξασθαι τὰ ῥέοντα, ἐγένετο καθ' ἑαυτὴν μὲν μεγάλη, κατὰ δὲ τὸν κόσμον μικρά, ὥς γε μὴ δυναμένη στέξαι τὰ ῥυπαρά· εὐλαβηθεῖσα δὲ μιανθῆναι οὐκ ἂν δέξαιτο. ἀλλὰ διὰ τοῦτο δὴ πάντα δέχεται, γιγνώσκουσα τὸ ἑαυτῆς μέγεθος, καὶ οὐκ ἀποστρέφεται τὰ εἰς ἑαυτὴν ἐρχόμενα. καὶ ἡμεῖς οὖν, φασίν, ἐὰν εὐλαβηθῶμεν βρῶσιν, ἐδουλώθημεν τῷ τοῦ φόβου παθήματι (s. Anm. 10). *δεῖ δὲ πάνθ' ἡμῖν ὑποτετάχθαι. ὕδωρ μὲν γὰρ ὀλίγον συνακτὸν ἐάν τι δέξηται ῥυπαρόν, εὐθέως μιαίνεται καὶ θολοῦται ὑπὸ τῆς ῥυπαρίας· **βυθὸς** δὲ οὐ μιαίνεται. οὕτω δὴ καὶ βρώσεις τῶν ὀλίγων περιγίγνονται. ὅπου δὲ **βυθὸς** ἐξουσίας, πάντα δέχονται καὶ ὑπ' οὐδενὸς μιαίνονται.*

*τοιούτοις δ' ἑαυτοὺς ἀπατῶντες ἀκόλουθα μὲν οἷς ἠπάτηντο ἔδρων, ἀντὶ δ' ἐλευθερίας εἰς τὸν τῆς κακοδαιμονίας **βυθὸν** αὐτοὺς φέροντες ἔπνιξαν.*

'geringe Menschen die Oberhand; in denen aber der Abgrund 'der Freiheit ist, die nehmen Alles in sich auf und werden durch 'Nichts befleckt.' Der Aufmerkende spürt alsbald, dass der Vergleich mit dem Meere von Anbeginn darauf angelegt war, um die auserwählten Menschen darzustellen als eingegangen in den 'Abgrund', den Bythos, unter welcher Bezeichnung die valentinianische Schule[10]) den göttlichen Urgrund versteht; und auch Porphyrios, der auf Geheiss seines Lehrers Plotinos (*Vit. Plot.* 16) sich mit den gnostischen Systemen zum Behuf ihrer Widerlegung vertraut gemacht hatte, verhöhnt hauptsächlich den Bythos in folgenden derb epilogisirenden Worten: 'Mit solchen Reden betrogen sie sich und 'richteten ihre Lebensweise dem Truge gemäss ein; aber statt in 'den Abgrund der Freiheit haben sie sich in den Abgrund der 'Unseligkeit gestürzt und sind darin ertrunken.' Man geht also wohl nicht fehl, wenn man auf Grund des valentinianischen 'Bythos' das ganze Excerpt einem Gnostiker aus jener Schule beilegt. — Ein Gegenstück zu der übersinnlichen Sinnlichkeit der gnostischen Geistesfreien bildet das dritte und letzte Excerpt; es enthält eine Anpreisung mässigen Speisegenusses aus epikureischer Feder; und vornehmlich weil die mit der Geschichte der Philosophie nicht näher bekannte Lesewelt damals wie jetzt jeden Epikureer ohne Weiteres für einen Schlemmer oder Feinschmecker hielt, hat Porphyrios ihr durch eine so 'unerwartete (*παράδοξον p.* 74, 4)' Mittheilung zeigen wollen, dass sogar die Philosophen, welche die Lust für das höchste Gut erklären, durch ihre Empfehlung einfacher und billiger Kost wenigstens mittelbar zu Gegnern der kostspieligen und viel Zubereitung verlangenden Fleischspeisen werden. An der Spitze des zwei Seiten (*c.* 49—52, *p.* 74, 12—76, 15) einnehmenden Excerpts steht zwar der vielgerühmte[11]) Kernspruch Epikurs: 'der Reichthum der Natur ist begrenzt und leicht zu beschaffen, 'der Reichthum des leeren Wahnes hingegen ist unbegrenzt und 'schwer zu beschaffen.' Aber da gerade solche Kernsprüche des Meisters den Nachfolgern gleichsam als Texte für ihre eigenen Ausführungen zu dienen pflegen, so berechtigt dieser Anfang wohl noch nicht, das ganze Stück dem Epikur zuzuschreiben; vielmehr muss es für wahrscheinlicher gelten, dass Porphyrios, da er ja bei Zusammenstellung des ersten Buches schon für andere Zwecke (s. oben S. 8) die Werke des Hermarchos zur Hand genommen

Epikureisches.

hatte, ihnen auch die vorliegende Auseinandersetzung entlehnte, welche recht wichtig ist für genauere Bestimmung der epikureischen Theorie über das Verhältniss der Gemüthsstärke (ἐκθάρρησις p. 75, 8) zu den äusseren Gütern und Genüssen.

Inhalt des dritten Buches.

Zeigt nun die Analyse der zweiten Hälfte des ersten Buches, wie sehr Porphyrios, selbst wo ihm eigener Gedankenvorrath in Fülle zu Gebote steht, sein Werk mit fremdem Schmucke auszustatten liebt, so wird es um so weniger auffallen, dass er im dritten Buche, wo die Wesensgleichheit oder Verschiedenheit und als deren Folge das Rechtsverhältniss zwischen Mensch und Thier zu erörtern ist, die Kosten der Verhandlung fast gänzlich mit Lehngut bestreitet, da eigenthümliche systematische Lehren über diesen dem Alterthum wie der Neuzeit gleich dunkeln Punkt die neuplatonische Schule nicht aufgestellt hatte. Wie man sich erinnert, hatten die oben (S. 6) erwähnten peripatetischen und stoischen Gegner der pythagoreischen Askese aus der vorausgesetzten Vernunftlosigkeit der Thiere deren radicale Verschiedenheit von dem Menschen und aus dieser wiederum ihre Rechtlosigkeit geschlossen; um den Folgerungen zu entgehen, muss daher Porphyrios die Voraussetzung bekämpfen und den Beweis antreten, dass die in einander laufenden Grenzen thierischer Klugheit und menschlicher Vernunft nur eine graduelle Verschiedenheit unter den lebenden Wesen anzunehmen gestatten. Wer einmal das in der Geschichte der leibnitzischen Philosophie zufällig berühmt gewordene Buch des Hieronymus Rorarius [12]) durchblättert hat, weiss, dass selbst ein so schaler Kopf und kümmerlicher Gelehrter, wie es jener hohe geistliche Würdenträger war, Unterhaltendes und Bestechendes genug zu Gunsten der Thiere vorbringen kann; wie Vieles und wie viel Besseres der Art musste Porphyrios unmittelbar oder mittelbar zu seiner Verfügung finden, als er dem seit dem Abderiten [13]) Demokritos (p. 129, 25) während sieben Jahrhunderten verhandelten Probleme sich zuwandte; ein Reichthum gedankenhafter Entwickelung in den Werken der älteren Philosophen und eine Fülle zerstreuter zoologischer und physiologischer Bemerkungen in den späteren naturgeschichtlichen Sammelschriften*) harrte nur der ordnenden Hand, um zur Vertheidigung der thierfreundlichen Thesis

*) p. 133, 12: ἃ δὴ ἐπὶ πλέον συνῆκται τοῖς παλαιοῖς ἐν τοῖς περὶ ζῴων φρονήσεως.

nutzbar zu werden. Porphyrios verzichtet daher auf das Verdienst, Neues vorzutragen, und erklärt wiederholt*), dass er nur 'das bei den Alten Vorgefundene kürzend ausziehe.' Wie weit aus der erhaltenen griechischen Litteratur eine Vervollständigung dieser allgemeinen Citate durch Nachweisung des für jede einzelne Notiz benutzten Autors zu gewinnen ist, wird ein zukünftiger Bearbeiter des porphyrischen Werkes ermitteln müssen[12]); für den hiesigen Zweck genügt es, neben jenem umfassenden Eingeständniss der Compilation die namentliche Erwähnung zweier Schriftsteller hervorzuheben, als deren Schuldner sich Porphyrios für grössere Abschnitte des dritten Buches bekennt: des Theophrastos (*p.* 150, 29), der eine später zu behandelnde Erörterung beigesteuert hat über das alle lebendige Wesen verknüpfende Band, und des Plutarch, dessen bereits früher (s. oben S. 7) genutzter Aufsatz über die Klugheit der Land- und Wasserthiere (*p.* 959[e]) hier dem Porphyrios Inhalt und Ausdruck für vier grössere Capitel (21—25, *p.* 143, 16 bis 150, 26) liefert; in den drei unmittelbar vorhergehenden Capiteln (18 - 21, *p.* 139, 29 143, 16) liegen Stücke desselben Plutarch vor, welche bereits von Wyttenbach der plutarchischen Fragmentensammlung (95, *p.* 56—58 *Duebn.*) eingereiht wurden, ohne dass jedoch er oder ein Anderer nach ihm[13]) sie einem bestimmten plutarchischen Werke zuweisen konnte, weil Porphyrios es auch hier, wie meistens in den drei ersten Büchern, für überflüssig gehalten hat, neben dem Autornamen noch den Schrifttitel zu bezeichnen.

Inhalt des vierten Buches.

Eine etwas genauere Citirweise tritt, wohl durch die veränderte Natur des Stoffes veranlasst, in dem vierten Buche hervor. Dasselbe soll gegen Herakleides' und Clodius' Behauptung einer allgemeinen, die pythagoreische Enthaltsamkeit verwerfenden Völkersitte (s. oben S. 13) geschichtliche Instanzen sammeln und, ausser der Widerlegung einiger 'speciellerer (*μερικά* 157, 7)' gegnerischer Argumente, vorzüglich das von dem Epikureer Hermarchos (s. oben S. 9) für die Tödtung der Thiere geltend gemachte Interesse der Menschheit prüfen. Die Polemik gegen die Epikureer muss durch die Verstümmelung, welche der Schluss des Buches in

*) *p.* 123, 17: *ἐροῦμεν δὲ τὰ παρὰ τοῖς παλαιοῖς συντόμως ἐπιτέμνοντες*; *p.* 139, 14: *διὰ μὲν τούτων καὶ ἄλλων, ὧν ἑξῆς μνησθησόμεθα τὰ τῶν παλαιῶν ἐπιτρέχοντες κτλ.*

unseren Handschriften erfahren hat, verloren gegangen sein; denn kurze und gelegentliche Seitenblicke, wie sie sich einige Male (*p.* 163, 12 und 31) finden, lösen das gegebene Versprechen*) einer erschöpfenden Darlegung keineswegs ein. Von den Zurückweisungen der 'specielleren' Einwürfe hat sich nur die recht ausführliche (*p.* 181, 31—187, 12) aber nicht sehr treffende erhalten, welche zu antworten versucht auf Herakleides' und Clodius' Frage (s. oben S. 13), wie ein Staat bestehen könne, wenn alle Menschen pythagoreisch lebten; Porphyrios nimmt seine Zuflucht zu den neuplatonischen Lehren über den Unterschied zwischen dem reinen Leben der philosophischen Heiligen und dem unreinen der unphilosophischen Menge; er überlässt sich bei dieser Gelegenheit ähnlichen beredten Ergüssen, wie sie bereits früher (s. oben S. 14) vorgekommen sind und uns nicht aufhalten dürfen. Der Schwerpunkt des Buches, wie es jetzt vorliegt, fällt in den sittengeschichtlichen, fast drei Viertel desselben ausmachenden Theil. Da die hier gesammelten Beispiele gänzlicher oder theilweiser Enthaltung von Fleischkost und sonstigen Sinnengenüssen meistens längstvergangenen Zeiten oder weitentlegenen Völkern angehören, so muss Porphyrios seinen Mittheilungen durch genauere Quellenangabe Gewähr verleihen, und es wird daher, mit wenigen leicht zu rechtfertigenden Ausnahmen, immer neben dem Namen des Autors der Titel der benutzten Schrift entweder kenntlich angedeutet oder vollständig citirt. Voran stehen Beispiele aus der hellenischen Vorzeit, entnommen aus 'Dikäarchos[14]), der das alte Leben von Hellas dargestellt hat (*Δικαίαρχος .. τὸν ἀρχαῖον βίον τῆς Ἑλλάδος ἀφηγούμενος p.* 157, 20),' d. h. das fast zwei Seiten (*p.* 157, 20 bis 159, 15) lange Excerpt stammt aus Dikäarchos' dreibändiger, 'Leben von Hellas (*Βίος Ἑλλάδος*)' betitelter Schrift. Jener Schüler des Aristoteles schildert dort die Entwickelung der Civilisation nach ihrem stufenweisen Uebergange aus einem unschuldigen Naturstande des Menschen, der sich damals von wild wachsenden Früchten nährte und Thiere weder knechtete noch tödtete, zunächst zum Hirtenleben, mit welchem die Ausnutzung der Thiere und der Krieg unter den Menschen beginnt, und endlich zum Ackerbau, welcher die volle Civilisation mit ihrem Glanz und ihrem Weh

*) *p.* 157, 14: *τὰς περὶ τοῦ συμφέροντος καὶ τῶν ἄλλων ζητημάτων λύσεις ἐκβαλεῖν πειρασόμεθα.*

hervorruft. — An diese philosophische Fiction einer in Unschuld Eicheln geniessenden Menschheit, welche für den Griechen ihr bestätigendes mythologisches Spiegelbild in den Sagen vom goldenen Zeitalter fand, knüpft dann Porphyrios mit etwas kühnem Uebergang einen Abriss von Lykurgos' Gesetzgebung *(p.* 159, 25
Spartaner. bis 163, 10). Dieselbe, sagt er, habe zwar den bereits eingerissenen Fleischgenuss nicht gänzlich verbannen wollen, zumal sie nicht für auserwählte Philosophen, sondern für ein gesammtes Volk berechnet war; jedoch äussere sich des Gesetzgebers Absicht, den Fleischgenuss wie alle Art von Ueppigkeit zu erschweren, deutlich in den einzelnen Anordnungen, vorzüglich aber darin, dass er den Bürgern bei der gleichen Vertheilung des Vermögens keinen Viehstand zugewiesen und nur die 'trockenen und nassen' Früchte als den wahren Ertrag des Ackerlooses in Anschlag gebracht habe. Dass die Schilderung der spartanischen Sitten und der für Porphyrios' Tendenz besonders wichtigen Phiditien, bei denen jedoch die berühmte Blutsuppe wohlweislich unerwähnt bleibt, aus Plutarch's Leben des Lykurgos[14]) ausgezogen ist, hat Porphyrios selbst durch beiläufige Nennung dieses Schriftstellers *(p.* 161, 15) auch für diejenigen, welche der Augenschein nicht belehrt hätte, hinlänglich angezeigt; die Herübernahme ist eine so wörtliche, dass man endlich aufhören sollte, den Porphyrios als gesonderte Quelle neben Plutarch bei Fragen der spartanischen Gesetzgebung aufzuführen.

Für den Sammler asketischer Regeln ist die hellenische Nationalsitte in ihrem Gleichgewicht zwischen heiterem Genuss und rüstiger Arbeit ein sehr unergiebiger Boden; Porphyrios lässt es daher bei jenem kurzen und gewaltsamen Streifzuge in spartanisches Gebiet bewenden und führt seine Leser rasch in das Morgenland, die Heimath beschaulicher Entsagung so sehr wie üppiger Sinnenlust. Freilich liess sich auch kein orientalisches Volk auffinden, welches in seiner Gesammtheit jeglicher Fleischkost entsagt hätte; aber die Priester, meint Porphyrios *(p.* 163, 15–27), sind als Vermittler zwischen ihrem Volke und der Gottheit zugleich die Träger des höheren Volksbewusstseins, und da nun in allen orientalischen Priesterregeln Verbote theils von jeder, theils von gewissen Fleischgattungen vorkommen, so darf man die 'Uebereinstimmung der Völker,' auf welche die Gegner der pythagoreischen Lebensweise sich beriefen (s. oben S. 13), vielmehr zu Gunsten derselben anführen. Dieser sachwalterisch unverschämten Vorbemerkung folgt dann ein längeres Excerpt (*p.* 164, 2—167, 31) aus dem 'Stoiker Chäremon, welcher alles auf die ägyptischen Priester Bezügliche mit Genauigkeit und Wahrheitsliebe*) dargestellt habe.' In der That tragen die sehr speciellen Angaben auch nach dem Urtheil der neueren Aegyptologen den Stempel einer aus einheimischen Quellen geschöpften Kunde; und je leichter man in Alexandria, dem sonst[15]) bezeugten Aufenthaltsort des Chäremon, sich zugleich auf ägyptische Priesterlehre und auf stoische Philosophie verlegen konnte, desto mehr wächst die Wahrscheinlichkeit, dass es derselbe Mann gewesen, den Porphyrios hier als Stoiker und in dem Brief an Anebo, wo Alles mit ägyptischem Colorit gefärbt ist, als 'heiligen Schriftgelehrten (*ἱερογραμματεύς*)' auftreten lässt. Chäremon's Werke müssen noch zu Porphyrios' Zeit verbreitet und in neuplatonischen Kreisen beliebt gewesen sein; in seiner Charakteristik des Origenes[15]) behauptet Porphyrios, jener in Ammonios' Schule gebildete christliche Allegoriker sei auf seine Methode auch durch ein eifriges Studium des Chäremon geführt worden; und da die von Josephus**) citirte 'ägyptische Geschichte' des Chäremon gewiss, ähnlich wie die ägyptischen Abschnitte von Herodot's und Diodor's Werken, eben so viel Sittenschilderung als Erzählung von Thatsachen enthielt, so darf man wohl in ihr das von Porphyrios ausgebeutete Werk erkennen, und dieser wiederum durfte die ausdrückliche Nennung des Titels unterlassen, weil seine Leser, wenn sie eine Beschreibung der ägyptischen Priesterdiät von Chäremon's Hand citirt fanden, sich alsbald an das bekannte Geschichtswerk erinnern mussten. — Mit den Priestersatzungen, die allerdings die genauesten Vorschriften über erlaubte und verbotene Thierarten geben, hat aber Porphyrios das für seinen Zweck dienliche ägyptische Material noch nicht erschöpft; er kann es sich erstlich nicht versagen, auf den ägyptischen Thierdienst und die ihm zu Grunde liegende Symbolik hin-

Aegypter.

*) *p.* 163, 32: *τὰ γοῦν κατὰ τοὺς Αἰγυπτίους ἱερέας Χαιρήμων ὁ στωικὸς ἀφηγούμενος κτλ.* *p.* 167, 32: *τοιαῦτα μὲν τὰ κατ' Αἰγυπτίους ὑπ' ἀνδρὸς φιλαλήθους τε καὶ ἀκριβοῦς ἔν τε τοῖς στωικοῖς πραγματικώτατα* ('sachlich' im Gegensatz zu 'rhetorisch') *φιλοσοφήσαντος μεμαρτυρημένα.*

**) *contra Apionem* 1, 32 z. A. *μετὰ τοῦτον* (Manetho) *ἐξετάσαι βούλομαι Χαιρήμονα. καὶ γὰρ οὗτος Αἰγυπτιακὴν φάσκων Ἱστορίαν συγγράφειν κτλ.*

zuweisen, welche das Anerkenntniss enthalte, dass 'die Gottheit nicht blos den Menschen durchdringe und die Seele nicht blos in dem Menschen ihre irdische Wohnung aufgeschlagen habe, sondern fast dieselbe (*σχεδὸν ἡ αὐτὴ ψυχή p.* 168, 6) Seelenkraft alles Lebendige durchwalte.' Was jedoch von Einzelheiten des ägyptischen Cultus zum Beleg dieser Grundanschauung angeführt wird (*p.* 168, 7—170, 7), ist ohne Citat auf eigene Verantwortung hingestellt und scheint nicht aus einer bestimmten Schrift entlehnt, sondern aus Porphyrios' allgemeiner, wohl in Aegypten selbst erworbener, Kenntniss von ägyptischen Dingen geflossen zu sein. Sicherlich ist dies der Fall mit dem merkwürdigen Bericht über den Ritus beim Aufwecken des Sarapis (*p.* 168, 27), den Porphyrios ausdrücklich als einen noch zu seiner Zeit üblichen [16]) bezeichnet. — Der Besprechung des Thierdienstes folgt noch eine Beschreibung des bei vornehmen Aegyptern gebräuchlichen Begräbnissrituals, weil dieses Gelegenheit giebt, die von einem hellenisirten Aegypter Euphantos [16]) herrührende Uebersetzung des Gebetes mitzutheilen (*p.* 170, 19), welches ein Einbalsamirer im Namen des Verstorbenen sprach und, nach Betheurung eines von schwerer Sünde freien Lebenswandels, mit folgenden Worten beschloss: 'Habe ich aber während meines Lebens durch Essen und Trinken unerlaubter 'Dinge gefehlt, so trage nicht ich die Schuld, sondern dieser hier,' bei welchem Demonstrativum des Sprechenden Finger auf den Kasten wies, welcher den nicht der Einbalsamirung gewürdigten, sondern zur Versenkung in den Nil bestimmten Bauch enthielt. Die Schlüsse, welche Porphyrios aus dieser Formel auf die Enthaltsamkeit auch der nichtpriesterlichen Aegypter in Speise und Trank zog, sind in unseren Handschriften durch eine Lücke [16]) gekürzt, und aus demselben zufälligen Umstande ist die schroff abbrechende Weise zu erklären, in welcher die Darstellung sich von den Aegyptern hinweg zu den Juden wendet.

Der sie betreffende Abschnitt (*c.* 11—15, *p.* 171, 3—176, 6) beginnt mit einer fast wehmüthig theilnehmenden*) Erwähnung des Druckes, durch welchen zuerst Antiochos und dann die Römer

*) *p.* 171, 3: *τῶν δὲ γινωσκομένων ἡμῖν* (s. Anm. 16) *'Ιουδαῖοι, πρὶν ὑπ' Ἀντιόχου τὸ πρότερον τὰ ἀνήκεστα παθεῖν εἰς τὰ νόμιμα τὰ ἑαυτῶν ὑπό τε τῶν 'Ρωμαίων ὕστερον, ὅτε καὶ τὸ ἱερὸν τὸ ἐν 'Ιεροσολύμοις ἑάλω καὶ πᾶσι βατὸν γέγονεν οἷς ἄβατον ἦν, αὐτή τε ἡ πόλις διεφθάρη, διετέλουν πολλῶν μὲν ἀπεχόμενοι ζῴων κτλ.*

dem jüdischen Volk die Ausübung seines auch das Essen vieler Thiergattungen verbietenden Gesetzes erschwerten. Porphyrios nennt dann die drei Secten oder, wie er sich nach Josephus' Vorgang ausdrückt, die 'drei philosophischen*) Richtungen' der Pharisäer, Sadduküer und Essäer; er verweilt bei den letzteren als den 'ehrwürdigsten' (*σεμνοτάτη p.* 171, 12) und nimmt die Schilderung ihrer Lebensweise aus Josephus herüber. Wie die Bücher dieses jüdischen Schriftstellers von den Römern der taciteischen Zeit vernachlässigt wurden, so mögen sie auch dem Castricius und seinen neuplatonischen Freunden nicht allzu geläufig gewesen sein; wenigstens glaubte sich Porphyrios genöthigt, durch eine ganz besonders weitläufige Citirweise dem Bedürfniss seiner Leser entgegenzukommen und sie zugleich mit dem Umfang von Josephus' litterarischen Leistungen bekannt zu machen. Seine Worte lauten**): 'Die an 'dritter Stelle genannten Essäer haben sich folgende Verfassung 'gegeben, wie Josephus an vielen Orten seiner Werke aufgezeichnet 'hat, nämlich in dem zweiten Buch der jüdischen Geschichte, 'die er in sieben Büchern abgeschlossen hat, in dem achtzehnten 'Buch der Alterthümer, welche er in zwanzig Büchern behan- 'delt hat, und in dem zweiten Buch der Schrift Wider die 'Griechen; diese besteht aus zwei Büchern.' Die hier an dritter Stelle genannte josephische Streitschrift, welche man gewöhnlich 'Wider Apion,' Porphyrios aber viel passender und wohl der ursprünglichen Aufschrift[17]) gemäss 'Wider die Griechen' betitelt, bietet jetzt keinerlei Erwähnung der Essäer dar; und trotz der Lückenhaftigkeit, an welcher unsere griechischen Handschriften leiden, wird doch die Annahme, dass zu Porphyrios' Zeit dort etwas über die Essäer zu lesen war, weder von der alten lateinischen, schwerlich lange nach Porphyrios gefertigten Uebersetzung, noch von dem gesammten Gang der josephischen Darstellung begünstigt; es muss daher wohl dem Porphyrios bei diesem für die Essäer nicht zutreffenden Citat der in der Schrift Wider Apion

*) *p.* 171, 9: *φιλοσοφιῶν τριτταὶ ἰδέαι = Ioseph. Bell.* 2, 8, 2: *τρία γὰρ παρὰ Ἰουδαίοις εἴδη φιλοσοφεῖται.*

**) *p.* 171, 12: *οἱ οὖν τρίτοι τοιοῦτον ἐποιοῦντο τὸ πολίτευμα, ὡς πολλαχοῦ Ἰώσηπος τῶν πραγματειῶν ἀνέγραψεν. καὶ γὰρ ἐν τῷ δευτέρῳ τῆς Ἰουδαικῆς Ἱστορίας, ἣν δι' ἑπτὰ βιβλίων συνεπλήρωσεν, καὶ ἐν τῷ ὀκτωκαιδεκάτῳ τῆς Ἀρχαιολογίας, ἣν διὰ εἴκοσι βιβλίων ἐπραγματεύσατο, καὶ ἐν τῷ δευτέρῳ τῶν* (so statt *τῷ*) *Πρὸς Τοὺς Ἕλληνας· εἰσὶ δὲ δύο τὰ βιβλία.*

(2 *c.* 22—31) gegebene Abriss der mosaischen Gesetzgebung vorgeschwebt haben, aus welchem er auch wirklich einige Sätze [17]), jedoch mit richtiger Hervorhebung ihrer von den Sectenunterschieden unberührten Allgemeingiltigkeit, dem Nachtrag zu der Schilderung der Essäer stillschweigend einverleibt. Porphyrios' zweites Citat, das der 'Alterthümer,' ist zwar richtig, denn wir lesen noch heutigen Tages zu Anfang des 'achtzehnten' Buches derselben (*c.* 1, § 2—6) eine in wundersam holprichtem Griechisch [17]) abgefasste Schilderung der drei Secten; aber es soll wohl nur zum Schmucke dienen und Gelegenheit zur Nennung auch dieses grössten josephischen Werkes geben; Gebrauch macht Porphyrios von den dortigen recht wichtigen Angaben nicht. Vielmehr stammt sein ganzes, vier Seiten (*p.* 171, 19—175, 18) füllendes Excerpt über die Essäer lediglich aus dem an erster Stelle genannten Werk, welches er, übereinstimmend mit dem Nebentitel unserer josephischen Handschriften, 'Jüdische Geschichte' betitelt, d. h. aus der Geschichte des jüdischen Krieges (2, 8, 2—14). Demnach ist es uns hier einmal vergönnt, die Excerpirmethode des Porphyrios an einer umfänglicheren Entlehnung zu controliren, deren sittenschildernder Inhalt keine so freie Behandlung wie ein blos argumentativer verträgt und wiederum keine so treue Wiedergabe wie ein Bericht über Thatsachen erfordert; eine Vergleichung des Excerpts mit dem josephischen Text kann also, indem sie an einem durchschnittlichen und urkundlichen Beispiel zeigt, wessen man sich von Porphyrios versehen muss und wovor man bei ihm sicher ist, einen leitenden Maassstab für unsere theophrastische Aufgabe gewähren. Eine solche Confrontation führt nun zu dem Ergebniss, dass Porphyrios sich erstlich Auslassungen von Sätzen und grösseren Satzgliedern gestattet hat, die meistens freilich so beschaffen sind, dass der den Josephus nicht vergleichende Leser, da er durch keine Unterbrechung der Gedankenfolge gestört wird, den Ausfall nicht wahrnimmt. Doch fehlt es auch nicht an Fällen, wo die Kürzung Unebenheiten veranlasst hat. Z. B. hatte Josephus und mit dessen unveränderten Worten Porphyrios die Eide erwähnt, welche der in die Essäergesellschaft Eintretende ableisten musste; Josephus fährt dann fort: 'Durch solche Eide versichern sie sich 'der Eintretenden; diejenigen aber, welche auf bedeutenderen Ver'gehen betroffen worden, weisen sie aus ihrer Gemeinde fort,

'und der Ausgestossene geht oft auf die jämmerlichste Weise 'zu Grunde: Essäer.

Iosephus Bell. 2, 8, 8; *p.* 150, 20 *Bek.*	*Porphyrius p.* 174, 9
τοιούτοις μὲν ὅρκοις τοὺς προσιόντας ἐξασφαλίζονται, τοὺς δὲ ἐπ' ἀξιοχρέοις ἁμαρτήμασι ἁλόντας ἐκβάλλουσι τοῦ τάγματος. ὁ δὲ ἐκκριθεὶς οἰκτίστῳ πολλάκις μόρῳ διαφθείρεται.	*τοιοῦτοι μὲν οἱ ὅρκοι. οἱ δ' ἁλόντες καὶ ἐκβληθέντες* (so nach Euseb. *praep. evang.* 9, 3 statt *καὶ οἱ ἐκβληθέντες*) *κακῷ μόρῳ φθείρονται.*

In den wenigen abgerissenen Worten, welche Porphyrios als Aequivalent für die ausgeführten Sätze des Josephus giebt: 'dies 'sind die Eide, die Betroffenen aber und Ausgewiesenen gehen auf 'schlimme Weise zu Grunde,' vermisst der griechische Leser zu *οἱ ἁλόντες* die nähere Bestimmung ebenso ungern wie der deutsche zu 'die Betroffenen.' Von selbst zieht Jeder aus diesem Beispiel die allgemeine Nutzanwendung, dass dergleichen Anstösse in den porphyrischen Excerpten nicht immer durch Conjecturen, seien es noch so gelinde, zu beseitigen, sondern auch als Anzeichen von Kürzung der Vorlage zu verwerthen sind. — Zweitens hat Porphyrios innerhalb der Sätze und Satzglieder, die ihm einmal zur Herübernahme geeignet schienen, zwar ohne Noth sich keine Abweichungen erlaubt; wo jedoch einzelne Wörter des Josephus seiner asketischen Tendenz hinderlich oder seinem stilistischen Geschmack unangenehm wurden, scheut er sich nicht vor kleinen Streichungen, kleinen Zusätzen und kleinem Wörtertausch. Als ein Beispiel der letzteren Art kann die Stelle dienen, wo Josephus den essäischen Glauben an die Fortdauer der Seele nach dem Tode bespricht und in seiner wohlgemeinten, aber übelberathenen Manier, das Jüdische hellenisch zu färben, aus Platon's Phädon*) eine bekannte Metapher und aus dem Wörterbuch der griechischen Liebesmagie einen jedem Leser des Theokrit geläufigen Ausdruck erborgt, um zu sagen: 'Bei den Essäern ist der Glaube festgewurzelt, 'dass die Körper vergänglich und ihre Stoffe von keiner Dauer 'sind, die Seelen aber nicht sterben und ewig dauern; diese wür'den zwar bei ihrer Herabkunft aus der feinsten Feuerluft an die 'Körper gekettet wie an Gefängnisse, da sie von einem Zauberkreisel 'der Natur herniedergezogen werden; aber wenn sie der fleisch-

*) *p.* 82e: *γιγνώσκουσι ... οἱ φιλομαθεῖς ὅτι παραλαβοῦσα αὐτῶν τὴν ψυχὴν ἡ φιλοσοφία ἀτεχνῶς διαδεδεμένην ἐν τῷ σώματι καὶ προσκεκολλημένην, ἀναγκαζομένην δὲ ὥσπερ δι' εἱργμοῦ διὰ τούτου σκοπεῖσθαι τὰ ὄντα κτλ.*

'lichen Bande ledig geworden, dann freuen sie sich, als seien sie 'aus langer Knechtschaft erlöst, und schwingen sich himmelwärts:

Iosephus Bell. 2, 8, 11; *p.* 152, 7 *Bek.*	*Porphyrius p.* 175, 5
καὶ γὰρ ἔρρωται παρ' αὐτοῖς ἥδε ἡ δόξα, φθαρτὰ μὲν εἶναι τὰ σώματα καὶ τὴν ὕλην οὐ μόνιμον αὐτοῖς, τὰς δὲ ψυχὰς ἀθανάτους ἀεὶ διαμένειν, καὶ συμπλέκεσθαι μὲν, ἐκ τοῦ λεπτοτάτου φοιτώσας αἰθέρος, ὥσπερ εἱρκταῖς τοῖς σώμασιν ἴυγγί τινι φυσικῇ κατασπωμένας, ἐπειδὰν δὲ ἀνεθῶσι τῶν κατὰ σάρκα δεσμῶν οἷον δὴ μακρᾶς δουλείας ἀπηλλαγμένας, τότε χαίρειν καὶ μετεώρους φέρεσθαι.	*καὶ γὰρ ἔρρωται παρ' αὐτοῖς ἥδε ἡ δόξα, φθαρτὰ μὲν εἶναι τὰ σώματα καὶ τὴν ὕλην οὐ μόνιμον αὐτῶν, τὰς δὲ ψυχὰς ἀθανάτους ἀεὶ διαμένειν, καὶ συμπλέκεσθαι μὲν ἐκ τοῦ λεπτοτάτου φοιτώσας αἰθέρος, ῥύμῃ φυσικῇ κατασπωμένας, ἐπειδὰν δὲ ἀνεθῶσι τῶν κατὰ σάρκα δεσμῶν οἷον δὴ μακρᾶς δουλείας ἀπηλλαγμένας, τότε χαίρειν καὶ μετεώρους φέρεσθαι.*

Man sieht, Porphyrios hat aus dem sonst wörtlich abgeschriebenen josephischen Satz die 'Gefängnisse *(εἱρκταί)*' fortgelassen, wohl weil ihm die platonische Reminiscenz im Munde der Essäer unpassend schien; in Folge dieser Auslassung entbehrt nun bei ihm *συμπλέκεσθαι* den in Josephus' Sinne unentbehrlichen Dativ, und muss, mit *ἐκ τοῦ λεπτοτάτου αἰθέρος* verbunden, übersetzt werden 'aus der feinsten Feuerluft zusammengewebt sein,' wobei dann freilich *φοιτώσας* in kahler Beziehungslosigkeit dasteht. Den Gedanken ferner, dass die Seele durch die Lockung der Natur aus ihrem Himmel auf die Erde herniedergezogen werde, mochte der Neuplatoniker, der darin eines seiner Lieblingsdogmen wiederfand, auch in dem essäischen Katechismus nicht missen; aber den 'Zauberkreisel' nach Judäa zu verpflanzen wollte er doch seinem und seiner Leser guten Geschmack nicht zumuthen; er vertauscht daher die allzu grell hellenische *ἴυγξ* mit dem blasseren und allgemeineren Wort 'Zug *(ῥύμη)*.' Sicherlich aus ähnlichem Grunde hat Porphyrios den ganzen bei Josephus *(p.* 152, 14—18 *Bek.)* folgenden Satz unterdrückt, welcher angeblich nach essäischer Lehre das Paradies als einen jenseits des Okeanos belegenen Ort mit denselben, wörtlich wiedergegebenen, Bildern ausmahlt, die in der Odyssee (4, 563) zur Verherrlichung des elysischen Gefildes dienen. — Nicht durch Geschmacksrücksichten veranlasst und schon nicht ganz harmlos ist folgende Auslassung. Josephus erwähnt als einen Vortheil der unter den Essäern herrschenden Gütergemeinschaft die Leichtigkeit, mit der sie reisen; sie finden, da Essäer in allen

Städten Judäa's wohnen, überall offene Häuser, von deren Besitzern der reisende Ordensgenosse, auch wenn sie ihn früher nie gesehen, wie ein vertrauter Freund aufgenommen wird; 'sie reisen daher gänzlich ohne Gepäck, aber der Räuber wegen bewaffnet:

Iosephus Bell. 2, 8, 4; *p.* 148, 1 *Bek.*	*Porphyrius p.* 172, 9
καὶ τοῖς ἑτέρωθεν ἥκουσιν αἱρετισταῖς ἀναπέπταται τὰ παρ' αὐτοῖς ὁμοίως ὥσπερ ἴδια, καὶ πρὸς οὓς οὐ πρότερον εἶδον εἰσίασιν ὡς συνηθεστάτους· διὸ καὶ ποιοῦνται τὰς ἀποδημίας οὐδὲν μὲν ὅλως ἐπικομιζόμενοι, διὰ δὲ τοὺς λῃστὰς ἔνοπλοι.	καὶ τοῖς ἑτέρωθεν ἥκουσιν αἱρετισταῖς ἀναπέπταται τὰ παρ' ἀλλήλοις καὶ οἱ πρῶτον ἰδόντες εἰσίασιν ὥσπερ συνήθεις (s. Anm. 18). διὸ οὐδὲν ἐπικομιζόμενοι ἀποδημοῦσιν ἀναλωμάτων ἕνεκα.

Porphyrios, der die Essäer gern schildern möchte als schreckten sie sogar vor Tödtung von Thieren zurück, hat sich mit den bewaffneten' Pilgern nicht befreunden können, sollte das Schwerdt auch nur zur Vertheidigung gezückt werden; er lässt daher Josephus' Worte διὰ δὲ τοὺς λῃστὰς ἔνοπλοι fort, und damit nun der Satz kein gar zu schmächtiges Aussehen bekomme, bestimmt er die Gepäcklosigkeit der Essäer durch den Zusatz ἀναλωμάτων ἕνεκα näher dahin, dass sie kein Geld zur Bestreitung der Reisekosten mitgenommen hätten. — In weit bedenklicherer Weise werden einem andern Satze drei Wörtchen eingefügt, um dem von Josephus entworfenen Bilde der Essäer einen asketischen Drücker aufzusetzen. In der That musste es Porphyrios lästig finden, dass in der ganzen ausführlichen Schilderung jener Frommen über ihre animalische oder vegetabilische Kost, um die es ihm doch vorzüglich zu thun war, durchaus nichts berichtet wird, nicht einmal in der genauen Beschreibung ihrer gemeinschaftlichen Mittags- und Abendmahle. Dort sagt Josephus nur: 'der Brotbereiter legt einem Jeden der 'Reihe nach Brote hin, und der Koch setzt Jedem eine Schüssel 'vor, die nur Eine Speise enthält. Vor dem Genuss der Speise 'spricht der Priester ein Gebet, und ehe dies Gebet gesprochen 'worden, darf Niemand etwas anrühren:

Iosephus Bell. 2, 8, 5; *p.* 148, 27 *Bek.*	*Porphyrius p.* 172, 31
ὁ μὲν σιτοποιὸς ἐν τάξει παρατίθησιν ἄρτους, ὁ δὲ μάγειρος ἓν ἀγγεῖον ἐξ ἑνὸς ἐδέσματος ἑκάστῳ παρατίθησιν (dieses Wort ist wohl zu streichen). προκατεύχεται δὲ ὁ ἱερεὺς τῆς τροφῆς, καὶ γεύσασθαί τινα πρὶν τῆς εὐχῆς ἀθέμιτον.	ὁ μὲν σιτοποιὸς ἐν τάξει παρατίθησιν ἄρτους, ὁ δὲ μάγειρος ἓν ἀγγεῖον ἐξ ἑνὸς ἐδέσματος ἑκάστῳ. προκατεύχεται δ' ὁ ἱερεὺς τῆς τροφῆς ἁγνῆς οὔσης καὶ καθαρᾶς, καὶ γεύσασθαί τινα πρὶν τῆς εὐχῆς ἀθέμιτον.

Die Vergleichung zeigt, dass Porphyrios die Speiseordnung bis auf Einen Punkt in treuer Wörtlichkeit abgeschrieben hat; sogar die Sonderung des Bäckers von dem Koch, welche doch eine gewisse Rücksicht auf die Launen des Gaumens verräth, hat er sich gefallen lassen; aber er fügt zu *τροφή* aus eigenen Mitteln die Adjective *ἁγνὴ καὶ καθαρά*, von denen besonders das erste sonst in seinem Werke und überhaupt im guten Griechisch [18]) nur die 'unschuldige,' d. h. von Blutvergiessen freie, also nicht animalische Nahrung bezeichnet. Der arglose Leser, welcher diese Beiwörter so gut wie alles Uebrige für entlehnt aus Josephus anzusehen verleitet wird, muss demnach in ihnen ein Zeugniss des Josephus dafür finden, dass der essäische Orden in diätetischer Hinsicht mit dem pythagoreischen übereinstimmte.

Wie begründet nun auch der Wunsch ist, dass Porphyrios selbst in diesen wenigen Fällen eine solche allzu geschickte Behandlung seiner Vorlage unterlassen hätte, und wie sehr schon ein einziges Beispiel der Art zu kritischer Vorsicht mahnen müsste, so wäre es doch unkritische Verdächtigungssucht, wollte Jemand wegen jener zwei oder drei nicht blos stilistischer Aenderungen, die in einem vier Seiten langen Excerpt aufzuspüren sind, die allgemeine Zuverlässigkeit von Porphyrios' Mittheilungen aus fremden Schriften in Zweifel ziehen. Vielmehr lehrt eben die Confrontation mit Josephus, dass Porphyrios die stilistische Redaction, die er ja an einer hervorstechenden Stelle seines Werkes (s. oben S. 3) ein für alle Mal angekündigt hat, nicht allzu oft und durchgängig in untadliger Weise übt, tendenziöse Umbiegung der Worte hingegen überaus selten vorkommt und daher in Excerpten aus verlorenen Schriften, wo der äussere Nachweis unmöglich ist, nur auf die zwingendsten inneren Inzichten hin angenommen werden darf; als weitaus überwiegende Regel erweist sich eine allseitig treue Wiedergabe. Und so dürfen wir diese denn auch getrost bei den Entlehnungen voraussetzen, welche den noch zu überblickenden Theil von Porphyrios' viertem Buch einnehmen; sie erhalten einen besonders hohen litterarischen Werth dadurch, dass unsere Kunde fast aller der verlorenen Schriften, aus denen sie stammen, allein auf Porphyrios' Citaten beruht.

Von den Juden wendet er sich zu ihren Nachbaren, den Phönikern, mag es aber schwer genug gefunden haben, diese eingefleischten Verehrer des Menschenopfer fordernden Moloch in den Dienst der pythagoreischen, sogar die Thiere schonenden Askese zu pressen. Wenigstens begnügt er sich mit einem ziemlich kurzen Excerpt (*p.* 176, 16—177, 3) aus eines 'Asklepiades Schrift über Kypros und Phönikien*)'. Darin wird das erste Thieropfer in die Zeit des auch 'Kypros beherrschenden tyrischen Königs Pygmalion[19])' verlegt und die Einführung der animalischen Nahrung, welcher Pygmalion sich lange widersetzt habe, mit dem ersten Thieropfer durch eine Legende in Verbindung gebracht, deren dürftige Plattheit sich anderen Proben phönikischen Phantasiemangels ebenbürtig anschliesst. Ein Priester, heisst es, habe beim Aufheben eines vom Altar gefallenen Stückes Opferfleisch sich den Finger verbrannt, denselben, um den Schmerz zu lindern, zum Munde geführt und an dem zufällig mitgeschluckten Fett solchen Geschmack gefunden, dass er das übrige Fleisch in Gesellschaft seines Weibes verzehrte. Phöniker.

Reichlichere Ausbeute als der phönikische giebt für Porphyrios' Zwecke der altpersische und neupersische Cultus, besonders der letztere, welcher in der Gestalt der Mithrasmysterien zu Porphyrios' Zeit einen so mächtigen, mit dem jungen Christenthum wetteifernden Einfluss ausübte. Die zwei benutzten Schriften behandelten beide 'die Geschichte des**) Mithras;' von dem Verfasser der einen, Eubulos[19]), hat sich bis jetzt die Lebenszeit auch nicht annähernd ermitteln lassen; Pallas, der Verfasser der anderen, muss unter oder nach Hadrian gelebt haben, da er berichtet (*p.* 118, 8), dass unter der Regierung dieses Kaisers die Menschenopfer im ganzen Umkreis des römischen Reichs abgestellt waren. Das durch eine Lücke unserer Handschriften verstümmelte Excerpt aus Eubulos (*p.* 177, 20—178, 2) beginnt mit einem Bericht über drei Klassen der Magier, welche verschiedene Grade der Enthaltsamkeit in Bezug auf die Thiere beobachten; allen gemeinsam sei der Glaube an die Seelenwanderung; und die Erwähnung dieses Dogma's leitet dann über zur Schilderung der wichtigen Rolle, welche in der Geheimlehre des Mithras die Thiersymbolik spielt. Was hier über Perser.

*) *p.* 176, 15: *λέγει δὲ Ἀσκληπιάδης ἐν τῷ περὶ Κύπρου καὶ Φοινίκης ταῦτα.*

**) *p.* 177, 19: *Εὔβουλος ὁ τὴν περὶ* (so mit Nauck *p.* XXXVIII statt *περὶ τὴν*) *τοῦ Μίθρα ἱστορίαν ἐν πολλοῖς βιβλίοις ἀναγράψας*; *p.* 178, 3: *Πάλλας ἐν τοῖς περὶ τοῦ Μίθρα*; *p.* 118, 8: *Πάλλας ὁ ἄριστα τὰ περὶ τῶν τοῦ Μίθρα συναγαγὼν μυστηρίων.*

die verschiedenen Thiernamen der Eingeweihten gesagt und was dann aus Pallas' Buch (*p.* 178, 2–24) hinzugefügt wird über die Bedeutung der Thierfiguren auf dem Amtskleid des 'Löwen,' bildet, in Verein mit dem Wenigen was Origenes aus Celsus' (6, *p.* 290 *Spenc.*) gelegentlicher Beschreibung der Mithraspforten aufbewahrt, den einzigen Anhalt, der jetzt aus der Litteratur zu gewinnen ist für ein zusammenhängenderes Verständniss des einst so weit verbreiteten und auf den Inschriften so vielfach bezeugten Cultus.

Inder. Nicht so sehr durch Seltenheit des Inhalts für den heutigen Forscher ausgezeichnet, aber um so ungewöhnlicheren Ursprungs ist der Bericht über das indische Volk. Unter der Regierung des syrischen Kaisers Antoninus Elagabalus, dessen Absehen, so weit ein bestimmter Plan aus seinem wüsten Treiben und aus unseren trüben Quellen zu erkennen ist, auf eine gewaltsame Orientalisirung der römischen Welt gerichtet war, ward auch von Indien aus eine Gesandtschaft an den römischen Hof geschickt. Auf deren Durchzug durch die Euphratländer kam mit ihr der als einer der letzten Gnostiker bekannte Bardesanes[19]) in Berührung, welcher an König Abgarus' Hofe zu Edessa eine einflussreiche Vertrauensstellung einnahm. Sein neuerdings in syrischer Sprache aufgefundener Dialog 'Ueber das Schicksal,' aus welchem früher nur ein grosses griechisches Stück durch Eusebios' Vermittelung zugänglich war, giebt ein glänzendes Zeugniss von seiner Neigung für sittengeschichtliche Studien; dieser Neigung gemäss benutzte er das Zusammentreffen mit geborenen Indern, um sie über Glauben und Sitten in dem alten Wunderlande auszuforschen; und die Ergebnisse seiner Erkundigungen legte er in einer besonderen Schrift über Indien nieder. Was dieselbe über die Lebensweise der Bramanen und der von neueren Forschern für buddhistische Fromme erklärten Samanäer darbot, theilt Porphyrios mit in einem drittehalb Seiten (*p.* 179, 10—181, 28) langen Excerpt, dessen urkundlicher Werth jetzt unbestritten ist und in welchem sich so über- oder unmenschliche Kraftproben von Enthaltsamkeit diätetischer und jeder anderen Art finden, dass Porphyrios, auf dem Himalaya und auf der denkbar höchsten Höhe der Askese angelangt, seine Beispielsammlung von enthaltsamen Menschenklassen glaubt beschliessen zu dürfen.

Herakleides und Clodius (s. oben S. 13) hatten jedoch nicht blos auf Völker und Menschen klassen, sondern auch auf die griechischen Weisen sich berufen, welche alle einstimmig dem pythagoreischen Thierschutz zuwider seien. Um auch diesen Theil der gegnerischen Behauptung zu entkräften, verbindet Porphyrios mit seiner Auswahl nationaler Sittenschilderungen eine von den ältesten griechischen Gesetzgebern ausgehende Reihe individueller (*κατὰ ἄνδρα p.* 188, 12) Zeugnisse zu Gunsten der Thierschonung und der Enthaltsamkeit, von welcher Reihe jedoch die Verstümmelung unserer Handschriften nur das erste freilich, wie es scheint, bedeutsamste Glied übrig gelassen hat. Es ist ein Excerpt aus dem 'zweiten*) Bande' des grossen, wenigstens sechs Bände umfassenden Werkes 'Ueber Gesetzgeber,' welches der Kallimacheer Hermippos[2]) aus den Schätzen der alexandrinischen Bibliotheken zusammengetragen hatte. Darin werden aus einer nicht näher bezeichneten Schrift von Aristoteles' Mitschüler, dem Chalkedonier Xenokrates, drei noch zu dessen Zeit in Eleusis als Satzungen des Triptolemos verbreitete Sprüche**) erwähnt: 'Ehre den Eltern, Verehrung den Göttern durch Feldfrüchte, kein Leid den Thieren.' Von den verschiedenen nicht eben in pythagorisirendem Tone gehaltenen Gründen, mit denen Xenokrates die dritte Satzung erst glaubte rechtfertigen zu müssen, nimmt Porphyrios einige aus Hermippos herüber, bricht aber bald mit einer, wohl wegen jenes Tones, etwas unwilligen***) Wendung ab und fügt, zweifelsohne ebenfalls aus Hermippos' Werk, zu den Gesetzen des mythischen Civilisators Attika's eine dem ersten geschichtlichen Gesetzgeber Athens, dem Drakon, beigelegte Opferregel, welche, in alterthümlichen[20]) Ausdrücken, obwohl in modernen grammatischen Formen, die Darbringungen für Götter und Heroen auf die Erstlinge der Feldfrüchte und auf Mehlfladen beschränkt. Mitten in den Folgerungen, welche Porphyrios aus dem drakonischen Gesetz zog, versagen unsere Handschriften, und nur der nichts verschmähenden Gründlichkeit, mit welcher Hieronymus in seiner Streitschrift wider

*) *p.* 188, 16: *Ἕρμιππος ἐν δευτέρῳ περὶ τῶν νομοθετῶν γράφει ταῦτα.*

**) *p.* 188, 20: *γονεῖς τιμᾶν, θεοὺς καρποῖς ἀγάλλειν, ζῷα μὴ σίνεσθαι.*

***) *p.* 189, 3: *πολλὰς δὲ αἰτίας τοῦ Ξενοκράτους καὶ ἄλλας οὐ πάνυ ἀκριβεῖς ἀποδιδόντος, ἡμῖν αὔταρκες τοσοῦτον ἐκ τῶν εἰρημένων, ὅτι τοῦτο νενομοθέτητο ἐκ τοῦ Τριπτολέμου.*

Jovianus Porphyrios' Werk und besonders dessen viertes Buch plündert, verdanken wir eine Vorstellung [21]) von der Art wie Porphyrios seine Zeugenreihe aus den Urzeiten der griechischen Bildung bis in die Periode der entwickelten Philosophie hinabführte. Danach war er von den alten Gesetzgebern zu den theologischen orphischen Gedichten übergegangen und hatte, gewiss mit nicht kärglicher Hand, die jetzt auch für einen Lobeck nicht mehr auffindbaren Verse eingestreut, in welchen 'Orpheus seinen vollen Abscheu vor dem Fleischessen ausspricht.' Bei den systematischen Philosophen angekommen, fand Porphyrios durch seine biographischen Studien über die Häupter der älteren Schulen brauchbares Material in Ueberfluss zur Hand; nach den Spuren bei Hieronymus darf man glauben, dass er ausser von Sokrates, dem schon seine mit Platon abschliessende 'Geschichte der Philosophie' (s. oben S. 1) einen besonderen Abschnitt gewidmet hatte, vornehmlich von Antisthenes und dessen Schüler Diogenes Züge philosophischer Enthaltsamkeit gesammelt und als Quelle für die Lebensgeschichte des Diogenes hauptsächlich das grosse biographische Werk des Satyros [21]) benutzt hatte. Für einige Erzählungen über den Kyniker, welche übereinstimmend bei Diogenes Laertius, jedoch ohne Gewährsmann, vorkommen, gewinnt man sonach die wenn nicht glänzende so doch fassbare Autorität des Satyros, und ein bei jenem Sammler fehlender charakteristischer Bericht über Diogenes' Sterbestunde [21]), welchen Porphyrios dem Satyros entnahm, ist uns jetzt allein durch Vermittelung des Hieronymus überliefert.

So hat denn der compilatorische Charakter des porphyrischen Werkes noch über die zufällige Grenze unserer Handschriften hinaus bis zu dem wirklichen Ende verfolgt werden können; und auch der mit Porphyrios' Weise sonsther nicht vertraute Leser wird nun, nachdem das erste, dritte und vierte Buch unschwer in ihre Elemente zerlegt worden, wohl willig voraussetzen, dass ein ähnliches Unternehmen bei dem zweiten Buche, welches durch häufige Nennung von Theophrastos' Namen eine nähere Beziehung zu den Werken dieses Philosophen kund giebt, nicht mit unüberwindlichen Hindernissen werde zu kämpfen haben.

Das zweite Buch soll, gemäss der oben (S. 14) dargelegten Gliederung des gesammten Werkes, die einschlagenden Fragen

Inhalt des zweiten Buches.

von Seiten der Frömmigkeit (*εὐσέβεια*) prüfen, mit besonderer Rücksicht auf Clodius' Einwand, dass die von den Göttern in Orakeln und sonstigen Geboten verlangten Thieropfer mit der pythagoreischen Blutscheu in Widerspruch ständen (s. oben S. 12). Lösen kann Porphyrios den Widerspruch so wenig wie ihn leugnen; es bleibt ihm daher nur der Ausweg, die blutigen Opfer als eine nicht angemessene Form der Götterverehrung zu verwerfen. Muthig betritt er auch diesen Weg; nicht die Götter, lehrt er, und nicht die guten Dämonen verlangen Blut; beiden genügen die 'Erstlinge dessen, was des Menschen Leib und Seele*) nährt': die reine Feldfrucht, das ehrerbietige Wort, der lautere Gedanke. Angenehm ist das rauchende Blut und der Brodem des brennenden Fleisches nur den bösen Dämonen, welche über die körperlichen, schlimmen wie guten, Dinge gesetzt sind (*p.* 111, 8); daher wird der 'verständige und mässige Mann (*συνετὸς ἀνὴρ καὶ σώφρων p.* 111, 1),' welcher alles Körperlichen sich entschlägt, und weder die Wohlthaten der bösen Dämonen zu begehren noch ihre Rache zu fürchten braucht, solche Opfer unterlassen, bei denen er aus dem Verkehr mit den höheren Götterwesen heraustreten und an die Geister des niedrigsten dritten Ranges sich wenden müsste; statt Thiere den bösen Dämonen zu schlachten, wird er dem höchsten Gott nur das stille Opfer seiner Gedanken und den geistigen Mächten der zweiten Ordnung nur das laute Opfer des Lobgebetes darbringen. Durch eine solche Lehre tritt nun Porphyrios nicht nur in den schneidendsten Gegensatz zu allen öffentlichen heidnischen Culten seiner Zeit; auch die Mehrzahl seiner neuplatonischen Genossen zogen aus der dreistufigen Rangordnung der Götterwelt, welche allerdings als ein Angelpunkt des neuplatonischen Systems auch von ihnen anerkannt wurde, doch keineswegs eine die Thieropfer so tief bis zu den bösen Dämonen herabsetzende Folgerung; ja, Porphyrios selbst hatte in früheren Schriften[22]), von denen uns noch umfängliche Reste erhalten sind, den Thieropfern eine ganz andere Bedeutung beigelegt und es nicht verschmäht, die Einzel-

*) *p.* 119, 27: *οἱ ἀγαθοὶ [δαίμονες] οὐκ ἐνοχλήσουσιν ἡμῖν ἀπαρχομένοις ἐκ μόνων ὧν ἐσθίομεν καὶ τρέφομεν ἢ τὸ σῶμα ἢ τὴν ψυχήν. p.* 104, 19: *νοητοῖς ... θεοῖς ἤδη καὶ τὴν ἐκ τοῦ λόγου ὑμνῳδίαν προσθετέον. p.* 104, 12: *διὰ σιγῆς καθαρᾶς καὶ τῶν περὶ αὐτοῦ καθαρῶν ἐννοιῶν θρησκεύομεν αὐτόν* (den höchsten Gott, vgl. Anm. 3).

heiten des Opferrituals mit allen Künsten vergeistigender Allegorie für den philosophischen Standpunkt zu rechtfertigen. Bedenkt man ferner, dass, als Porphyrios sein Werk über die Enthaltsamkeit herausgab, das Christenthum bereits seiner Oberherrschaft nahe war und von den übrigen Religionen sich am kenntlichsten sonderte durch Beseitigung der blutigen Opfer aus seinem eigenen Cult, sowie durch einen besonders heftigen Abscheu vor heidnischem Opferfleisch *(εἰδωλόθυτα)*, so wird es begreiflich, dass gerade ein Bekämpfer des Christenthums (s. oben S. 1) wie Porphyrios bemüht sein musste, seine Opfertheorie, die in ihrem praktischen Ergebniss mit der neuen Religion zusammentraf, vor Missverständnissen zu schützen und als eine auf althellenischem Boden erwachsene darzustellen. Es verwandelt sich ihm daher die Erörterung über Frömmigkeit *(εὐσέβεια)*, welcher das zweite Buch bestimmt ist, in eine Abhandlung über die Opfer *(περὶ τῶν θυσιῶν)*, die er mit der Ankündigung*) einleitet, 'er wolle den Gegenstand nach allen seinen Verzweigungen genau durchforschen; die ursprünglichen Anlässe des Opferns, das erste Opfermaterial, Zeit und Art des Wechsels zwischen den verschiedenen Opfergattungen sollen geschichtlich ermittelt werden,' und auf diese geschichtliche Grundlage fussend will er dann die Fragen beantworten, 'ob der Philosoph alle üblichen Formen der Opfer verrichten dürfe, und welchen göttlichen Wesen die Thieropfer dargebracht werden.' Die im Obigen bereits kurz wiedergegebene Antwort auf die letztere Frage nimmt Porphyrios als sein alleiniges Eigenthum in Anspruch, indem er sagt, dass er 'Einiges von dem Darzulegenden selbst hinzugefunden habe;' theilweise für die Beantwortung der ersten Frage und für die ganze geschichtliche Partie gilt dagegen das Bekenntniss, dass er sie 'von den Alten entnommen, bei dieser Herübernahme aber das E b e n m a a s s und die E i g e n t h ü m l i c h k e i t seines eigenen Werkes möglichst zu wahren gesucht habe,' d. h. er hat, um den Anforderungen des 'Ebenmaasses' zu genügen

*) *p.* 83, 8: *τὸ περὶ τῶν θυσιῶν σκέμμα διευκρινήσομεν, τάς τε ἀρχὰς ὅθεν γεγόνασιν ἀφηγούμενοι, καὶ τίνες καὶ ποῖαι ἦσαν αἱ πρῶται, πῶς τε μετέβαλλον καὶ πότε, καὶ εἰ πάντα θυτέον τῷ φιλοσόφῳ, τίσιν τε θυσίαι αἱ διὰ τῶν ζῴων γίγνονται· καὶ ὅλως πᾶν τὸ παρακείμενον, τὰ μὲν αὐτοὶ ἐφευρίσκοντες τὰ δὲ παρὰ τῶν παλαιῶν λαμβάνοντες ἀναγράψομεν, τοῦ συμμέτρου καὶ οἰκείου τῇ ὑποθέσει στοχάζοντες κατὰ δύναμιν.*

und dieses zweite Buch nicht über Gebühr anzuschwellen, selbst von den Auseinandersetzungen über Opfer, die er in seinen Quellen fand, nur die 'Hauptpunkte (*τὰ κεφάλαια p.* 103, 15)' ausgezogen, und wenn jenen Auseinandersetzungen anderes nicht unmittelbar die Opfer Berührendes beigemischt war, so hat er es als dem 'eigenthümlichen' Zweck seiner Abhandlung fremd gänzlich übergangen.

Gleich auf diese Ankündigung folgt dann zu Anfang des fünften Capitels eine Schilderung der Opfer in der Urzeit. Sie beginnt: 'Es mag wohl, wie Theophrastos sagt, eine unzählbare Reihe von Jahren sein, seitdem die Aegypter zu opfern anfingen.' Mit leichter Abwechselung des Ausdrucks und ohne dass je zu dem Namen der Titel der benutzten Schrift gefügt wäre, kehrt die Berufung auf Theophrastos viermal wieder im Verlauf der nächsten achtundzwanzig Capitel. Damit jedoch Niemand meine, dass nur die unmittelbare Umgebung jener vier ausdrücklichen Citate für theophrastisch anzusprechen sei, erscheint am Schluss des zweiunddreissigsten Capitels folgender Epilog (*p.* 103, 15):

τὰ μὲν δὴ κεφάλαια τοῦ μὴ δεῖν θύειν ζῷα, χωρὶς τῶν ἐμβεβλημένων μύθων ὀλίγων τε τῶν ὑφ' ἡμῶν προσκειμένων καὶ συντετμημένων, ἐστὶν τῶν Θεοφράστου ταῦτα.	Dies sind die Hauptsätze von Theophrastos' Erörterung über die Unstatthaftigkeit der Thieropfer, abgesehen von seinen[23]) mythischen Episoden und von unseren wenigen Zusätzen und Kürzungen.

Auf das Unzweideutigste erklärt hierdurch Porphyrios alles zwischen dem fünften Capitel, wo die erste Erwähnung des Theophrastos vorkommt, und dem dreiunddreissigsten Liegende durchschnittlich für theophrastisch. 'Zusätze' von Porphyrios' Hand sollen sich nur 'wenige' finden, die freilich, wie gering ihr Umfang sei, die Benutzung des Theophrastischen empfindlich erschweren würden, wofern sie nicht nach sicheren Kennzeichen sich sollten absondern lassen. Im Uebrigen entspricht das Verfahren, welches der Epilog in specieller Anwendung auf Theophrastos beschreibt, durchaus den allgemeinen Grundsätzen, nach denen Porphyrios die Werke der 'Alten' überhaupt gebrauchen zu wollen angekündigt hatte. Die 'Mythen,' durch welche Theophrastos für die Unterhaltung seiner Leser gesorgt und zur Entfaltung seines Erzählertalents Gelegenheit gefunden hatte, schied Porphyrios aus, weil sie ihm nicht der 'Eigenthümlichkeit' seines Werkes gemäss dünkten; und auch innerhalb der philosophischen und geschichtlichen Stücke, die er aufnahm, gestattete er sich die 'Kürzungen,' welche das 'Ebenmaass' seines Werkes zu verlangen schien.

Wie unantastbar nun auch für jeden Verständigen der theophrastische Ursprung des ganzen vom fünften bis zum dreiunddreissigsten Capitel sich erstreckenden Abschnittes allein schon durch Porphyrios' Epilog bezeugt ist, so seien doch, um von vornherein selbst der blossen Zweifelsucht zu begegnen, hier gleich zwei von Porphyrios unabhängige Zeugnisse hervorgehoben, welche für Sätze, die bei ihm nicht in unmittelbarer Nähe der vier ausdrücklichen Citate sich finden, die theophrastische Quelle gewährleisten; muss dabei auch der späteren zusammenhängenden Erläuterung des theophrastischen Textes in einigen Punkten vorgegriffen werden, so wiegt doch diesen kleinen Uebelstand hinlänglich der Vortheil auf, dass eines jener Zeugnisse zugleich den Titel der theophrastischen Schrift kennen lehrt, welche Porphyrios ausgebeutet, aber nach seiner oben (S. 3, 18) besprochenen Manier zu nennen unterlassen hat.

In dem fraglichen Abschnitt kommt (*p.* 85, 23) die Rede auf götterlose Menschen, mit denen die gar nicht Opfernden, und auf Verehrer von Abgöttern, mit denen die falsch Opfernden zusammengestellt werden. Als geschichtliches Beispiel der ersteren Thoer Gattung werden 'die Thoer an der Grenze von Thrake (*Θῶες οἱ ἐν μεθορίοις Θρᾴκης οἰκήσαντες*)' genannt, d. h. die Urbewohner der Gegend am Athos, wo später die Stadt Akrothooi lag und jetzt die lange Reihe der auf die griechische Christenheit so einflussreichen Athosklöster sich hinzieht. Noch Thukydides (4, 109) fand dort eine unhellenische Mischbevölkerung, die den hellenischen Culten sich nicht angeschlossen, ihren angestammten Gottesdienst aber vor den erobernden Hellenen geheim gehalten haben mag und daher in den Ruf völliger Götterlosigkeit gerieth. So heisst es denn auch in unserem Abschnitt weiter: die Thoer 'hätten weder Erstlinge als Weihgabe dargebracht noch sonst ein Opfer, und dafür seien sie aus der Menschheit ausgetilgt worden, so dass man plötzlich weder von den Menschen noch von der Stadt, noch von den Grundsteinen der Häuser eine Spur finden konnte (*μηδενὸς ἀπαρχόμενοι μηδὲ θύοντες ἀνάρπαστοι .... ἐγένοντο ... ἐξ ἀνθρώπων καὶ οὔτε τοὺς οἰκοῦντας οὔτε τὴν πόλιν οὔτε τὸν τῶν οἰκήσεων θεμέλιον ἐξαίφνης οὐδεὶς εὑρεῖν ἐδύνατο).'* Dieselbe Erzählung, welcher wohl das Andenken an eine vulkanische Erschütterung zu Grunde liegt, berührt Simplicius in seinem Commentar zu Epiktet's Handbuch (§ 38, *p.* 222 Heins.). Er sagt dort, die einzige Ausnahme von dem Satz, dass bei jedem Volk eine Art von Gottesverehrung vorhanden sei, bilden 'die Akrothoiten, von denen Theophrastos berichtet, dass sie Gottesleugner gewesen und allesammt von der Erde verschlungen worden *(πλὴν 'Ακροθοιτῶν, οὓς ἱστορεῖ Θεόφραστος ἀθέους γενομένους ὑπὸ τῆς γῆς ἀθρόως καταποθῆναι).'* Wie sehr auch Simplicius, dem es für seinen Zweck auf Wörtlichkeit nicht ankommen konnte, die bei Porphyrios erhaltene stilistische Ausmahlung verwischt, so lässt doch die vollständige Gleichheit des Inhalts keinen Zweifel, dass Simplicius dieselbe Sage von einem vorhellenischen Sodom und Gomorrha, welche wir jetzt bei Porphyrios und sonst nirgends lesen, in einer theophrastischen Schrift gefunden hat. — Das zweite Zeugniss gewährt wörtliche Uebereinstimmung mit dem Auszug bei Porphyrios. Dort *(p.* 94, 14) waren die verschiedenen Flüssigkeiten, die zur Spende dienen, nach ihrer geschichtlichen Reihenfolge aufgezählt, Wasser und Honig für die frühesten, Wein für die späteste Spende erklärt worden; dass dem so sei, heisst es, lässt sich aus dem attischen Ritual 'der Kyrbeis erweisen, welche in Wahrheit gleichsam nur Kyrbeis. Copien der in Kreta heimischen korybantischen Weihen sind *(μαρτυρεῖται δὲ ταῦτα .. ὑπὸ τῶν κύρβεων, αἳ τῶν Κρήτηθέν εἰσι Κορυβαντικῶν ἱερῶν οἷον ἀντίγραφα ἄττα πρὸς ἀλήθειαν p.* 94, 19),' d. h. die älteste Form des attischen Ritus stimmte in Einfachheit der Spenden und Zurückdrängung der blutigen Opfer mit den idäischen und korybantischen Weihen überein, welche den Eintretenden zu vollständiger Enthaltsamkeit von berauschenden Getränken und von Fleischkost verpflichteten[24]). Diese Notiz über das Verhältniss der Kyrbeis zu einem kretischen Original kehrt, mit dem Namen des Theophrastos versehen, gleichlautend wieder in dem Wörterbuch des Photios u. d. W. *Κύρβεις: Θεόφραστος δὲ ἀπὸ τῶν Κρητικῶν Κορυβάντων (εἰρῆσθαί φησι)· τῶν γὰρ Κορυβαντικῶν ἱερῶν οἷον ἀντίγραφα αὐτοὺς εἶναι* und mit unwesentlicher Veränderung des Ausdrucks bei dem Scholiasten zu Aristophanes' Vögeln V. 1354: *κύρβεις ἀπὸ τῶν Κορυβάντων, ἐκείνων γὰρ εὕρημα, ὡς φησὶ Θεόπομπος ἐν τῷ Περὶ Εὐσεβείας,* wo schon Ruhnken *(hist. orat. p.* 88) den verschriebenen Namen *Θεόπομπος* zu dem richtigen *Θεόφραστος* umgeschrieben hat auf Grund der Parallelstelle des Photios und des nicht minder beweiskräftigen Umstandes, dass von einer Schrift des Theopompos Ueber Frömmigkeit nirgends eine Spur zu entdecken, wohl aber in dem Verzeichniss von Theophrastos' Werken bei Diogenes Laertius (5, 50) ein einbändiges *Περὶ Εὐσεβείας* aufgeführt ist. Vielleicht darf man annehmen, dass schon das überaus häufige Vorkommen des Wortes *εὐσέβεια* in den porphyrischen Excerpten aus Theophrastos und die unverkennbare Absichtlichkeit, mit der dort Alles auf diesen Begriff zurückgeführt wird, einen aufmerksamen Benutzer des Katalogs bei Diogenes Laertius, auch ohne den Beistand des aristophanischen Scholiasten, in *Περὶ Εὐσεβείας* den Titel der excerpirten Schrift hätte erkennen lassen; aber in der philologischen wie in der übrigen Welt wirken zehn richtige Schlüsse weniger als Ein sicheres Zeugniss; und erst nachdem ein solches diesen Titel beglaubigt hat, darf ohne Furcht vor Widerrede darauf hingewiesen werden, dass auch Porphyrios die höchst einfache compilatorische Procedur befolgt, die aus Cicero's und anderen antiken wie modernen Lehnschriften genugsam bekannt ist. Weil Porphyrios nämlich nach der Grundeintheilung seines Thema's (s. oben S. 14) im zweiten Buch von der Frömmigkeit *(εὐσέβεια)* handeln musste, so hat er sich zur Abfassung desselben aus seiner und seiner Freunde Bibliotheken die älteren *Περὶ Εὐσεβείας* betitelten Schriften zusammengesucht; seine Einsicht und eine bei den Neuplatonikern seltene Neigung für historische und antiquarische Studien liessen ihn aus dem gewiss nicht kleinen Bücherhaufen die Schrift von Aristoteles' Lieblingsschüler erwählen und so reichlich aus ihr schöpfen, dass nun diese theophrastischen Excerpte umfänglicher als irgend ein anderes in seinem Werke ausgefallen sind und uns durch Mannigfaltigkeit des Inhalts einigermaassen entschädigen für den Verlust so vieler religions- und culturgeschichtlicher Arbeiten, welche aus dem Kreise der älteren Peripatetiker hervorgingen. Damit jedoch dieser weitergreifende philosophische und geschichtliche Werth der theophrastischen Reste bequemer dargelegt und ihre Loslösung von Porphyrios' Zuthaten übersichtlicher vollzogen werde, scheint es gerathen, den erläuternden Bemerkungen die bezüglichen Abschnitte des Textes voraufzuschicken in griechischer von Abschreiberfehlern[26]) möglichst gereinigter Gestalt und mit einer die Worterklärung ersetzenden Uebertragung: Erstes Excerpt aus Theophrastos

Es mag wohl, wie Theophrastos sagt, eine unzählbare Reihe von Jahren sein, seitdem jedenfalls der geistig gebildetste Menschenstamm, der das hochheilige vom Nil geschaffene Land bewohnte, zu opfern begann, und zwar, die Sache, wie man zu sagen pflegt, am rechten Ende fassend, zuerst den Gottheiten der Himmelskörper; die Weihgabe bestand nicht aus Myrrhen, auch nicht aus dem Gemisch von Kasia, Weihrauch und Saffran; denn dergleichen kam erst viele Menschenalter später auf; und wie hätte auch der Mensch, der damals noch überall umherschweifend unter vieler Mühsal nach seinem nothdürftigen Unterhalt spähte, die Tropfen jener seltenen Harze den Göttern weihen sollen? Nicht diese Dinge opferte man also vormals, sondern Kräuter, indem man gleichsam den Flaum der zur Zeugungskraft sich entwickelnden Natur mit den Händen abnahm. Denn wie die Bäume früher als die Thiere, so hat die Erde lange vor den Bäumen die jährlich neu entstehenden Kräuter hervorgehen lassen; von diesen pflückte man Blätter und Wurzeln [zur eignen Nahrung], die Stengel des Gewächses aber verbrannte man, weil man durch diese Ehrenbezeugung die augenfälligen Gottheiten der Himmels-

c. 5 *ἀνάριθμος μέν τις ἔοικεν εἶναι χρόνος, ἀφ' οὗ τό γε πάντων λογιώτατον γένος, ὥς φησιν Θεόφραστος, καὶ τὴν ἱερωτάτην ὑπὸ τοῦ Νείλου κτισθεῖσαν χώραν κατοικοῦν ἤρξατο πρῶτον ἀφ' Ἑστίας τοῖς οὐρανίοις θεοῖς θύειν οὐ σμύρνης οὐδὲ κασίας καὶ λιβανωτοῦ κροκῷ μιχθέντων ἀπαρχάς· πολλαῖς γὰρ γενεαῖς ὕστερον παρελήφθη ταῦτα· καὶ πλάνης καὶ μαστὴρ ὁ τότε ἄνθρωπος γιγνόμενος τῆς ἀναγκαίας ζωῆς μετὰ πολλῶν πόνων πῶς καὶ δακρύων σταγόνας τούτων ἀπήρξατ' ἂν τοῖς θεοῖς; οὐ τούτων οὖν ἔθυον πρότερον ἀλλὰ χλόης, οἱονεί τινα τῆς γονίμου φύσεως χνοῦν ταῖς χερσὶν ἀράμενοι. δένδρα μὲν γὰρ δὴ πρὸ ζῴων ἀνέδωκεν ἡ γῆ, τῶν δένδρων δὲ πολὺ πρόσθεν τὴν ἐπέτειον γεννωμένην πόαν, ἧς δρεπόμενοι φύλλα καὶ ῥίζας τοὺς ὅλους τῆς φύσεως αὐτῶν βλαστοὺς κατέκαιον, ταύτῃ τοὺς φαινομένους οὐρανίους θεοὺς τῇ θυσίᾳ δεξιούμενοι καὶ τοῦ πυρὸς ἀπαθανατίζοντες αὐτοῖς τὰς τιμάς. τούτοις γὰρ καὶ τὸ πῦρ ἀθάνατον φυλάττομεν ἐν τοῖς ἱεροῖς, ὡς ὂν μάλιστα αὐτοῖς ὁμοιότατον. ἐκ δὲ*

Ich verzeichne hier die Abweichungen der Nauck'schen Ausgabe (s. Anm. 4) von dem obigen Text: 6 *μαστὴρ ὁ ἄνθρωπος.* | 7 *πόνων καὶ δακρύων.* | 8 *ἀπήρξατο τοῖς.* | 12 *ῥίζας καὶ τούς.* | 14 *καὶ διὰ τοῦ πυρός.* | 15 *ἐφύλαττον.*

körper begrüssen und ihnen ewige Feuerehren widmen wollte. Jene Gottheiten sind es ja auch, denen in den Tempeln ewiges Feuer, als ihrem Wesen am meisten ähnlich, unterhalten wird. Weil nun die Erdgewächse in Rauch aufgingen, so bildete man von der dies bedeutenden Wortwurzel die Benennungen der Opferstätten, der Opferhandlung und der Opfergaben: Thymiateria, Thyein, Thysiae. Nur in Folge eines Missverständnisses dieser alten Wörter nennen wir, seitdem wir in die spätere Verkehrtheit verfallen sind,. die vermeintliche Götterverehrung durch Thieropfer Thysia. Die Alten nun nahmen eine Uebertretung des Herkommens so ernst, dass sie gegen diejenigen, welche die ursprüngliche Opferweise aufgaben und eine neue einführten, Flüche aussprachen und demgemäss dem jetzt gebräuchlichen gewürzhaften Räucherwerk den Namen Aroma, Fluchbeladenes, gaben. Die Ursprünglichkeit der genannten Opfer aus Pflanzenstengeln einzusehen genügt die Erwägung, dass an vielen Orten noch bis auf den heutigen Tag gewisse Arten von wohlriechenden Hölzern zerhackt geopfert werden. Darauf, als die Erde nach dem anfänglichen Kräuterwuchs bereits Bäume hervortrieb und die Menschen zuerst die Eichelfrucht genossen, zündete man von dem Essbaren, seiner Seltenheit wegen, nur wenig, sondern zumeist die Blätter der Eiche den Göttern zum Opfer an. Später als die Menschheit schon zu milderen Nahrungsmitteln und zu Opfern von Getreide überging, sagte

τῆς θυμιάσεως τῶν ἀπὸ γῆς ‘θυμιατήριά’ τε ἐκάλουν καὶ τὸ ‘θύειν’ καὶ ‘θυσίας’· ἃ δὴ ἡμεῖς εἰς τὴν ὑστέραν πλημμέλειαν ἐκβαίνοντες οὐκ ὀρθῶς ἐξακούομεν, τὴν διὰ τῶν ζῴων δοκοῦσαν θεραπείαν καλοῦντες θυσίαν. τοσοῦτον δὲ τοῖς παλαιοῖς τοῦ μὴ παραβαίνειν τὸ ἔθος ἔμελεν, ὡς κατὰ τῶν ἐκλειπόντων τὸ ἀρχαῖον ἐπεισαγόντων δὲ ἕτερον ἀρασαμένους ‘ἀρώματα’ τὰ θυμιώμενα νῦν προσαγορεῦσαι. τὴν δὲ ἀρχαιότητα τῶν εἰρημένων θυμιαμάτων κατίδοι τις ἂν ἐπιβλέψας ὅτι πολλοὶ καὶ νῦν ἔτι θύουσι συγκεκομμένα τῶν εὐωδῶν ξύλων τινά. ὅθεν μετὰ τὴν ἐξ ἀρχῆς πόαν δενδροφυούσης ἤδη τῆς γῆς, πρώτης δρυὸς καρποφαγήσαντες τῆς μὲν τροφῆς διὰ τὴν σπάνιν μικρὰ τῶν δὲ φύλλων αὐτῆς πλείω τοῖς θεοῖς εἰς τὰς θυσίας ἀνῆπτον. μετὰ δὲ ταῦτα ὁ βίος ἐπὶ τὴν ἥμερον ἤδη τροφὴν μεταβαίνων καὶ θύματα τὰ
c. 6 ἐκ τῶν καρπῶν ‘ἅλις δρυός’ ἔφη. τοῦ δὲ Δημητρίου καρποῦ μετὰ τὸν χέδροπα πρῶτον φανέντος κριθῶν, ταύταις ἀπ᾽ ἀρχῆς μὲν

18 ἡμεῖς ὡς τὴν ὑστέραν πλημμέλειαν σημαίνοντα οὐκ. | 22 θυμιώμενα προσαγορεῦσαι.

sie: 'Genug von der Eiche' [und so ist dieses Sprichwort für veraltete Dinge entstanden]. Von den Feldfrüchten nun kam nächst den Hülsenfrüchten zuerst die Gerste zum Vorschein, und anfänglich streuten die Menschen die ganzen Körner bei ihren ursprünglichen Opfern [von Pflanzenstengeln]; später aber als das Schroten der Gerste und das Zermalmen der Nahrungsmittel aufkam, da hielt man einerseits die hierzu dienenden Werkzeuge, welche dem menschlichen Dasein eine solche gottgesandte Förderung gewährten, geheim und behandelte sie als heilig, andererseits begann man damals zuerst, da das [noch im Sprichwort genannte] 'Mühlenleben' dem früheren gegenüber glücklich gepriesen wurde, von dem zermalmten Getreide eine Weihgabe den Göttern in das Feuer zu legen. Daher kommt es, dass wir noch jetzt zum Beschluss der Beiopfer geschrotene Körner gebrauchen; und überhaupt legen wir durch den üblichen Opferritus ein thatsächliches Zeugniss für die allmähliche Entwickelung der Opferarten ab, freilich ohne der Gründe für die einzelnen Bräuche uns bewusst zu werden. Als nun nach jenen Vorstufen sowohl Gerste wie sogar Weizen reichlicher wurden, da wurden dann endlich von Fladen und allen übrigen Dingen Weihgaben zu den Opfern hinzugefügt; vielfach brachten die Menschen jener Zeit Blumen herbei, nicht minder häufig eine Mischung von anderem Lieblichen, was in dem damaligen Lebenszustand vorhanden war und durch seinen Duft

οὐλοχυτεῖτο κατὰ τὰς πρώτας θυσίας τὸ τῶν ἀνθρώπων γένος. ὕστερον δὲ ἐρεξαμένων τε αὐτὰς καὶ τὴν τροφὴν ψαισαμένων, τὰ μὲν τῆς ἐργασίας ὄργανα θείαν τοῖς βίοις ἐπικουρίαν παρασχόντα κρύψαντες εἰς ἀπόρρητον ὡς ἱεροῖς αὐτοῖς ἀπήντων, τοῦ δ' 'ἀληλεμένου βίου' παρὰ τὸν πρόσθεν μακαρισθέντος, ἀπήρξαντο τῆς ψαισθείσης τροφῆς πρῶτον εἰς πῦρ τοῖς θεοῖς. ὅθεν ἔτι καὶ νῦν πρὸς τῷ τέλει τῶν θυηλῶν τοῖς ψαισθεῖσι θυλήμασι χρώμεθα, μαρτυροῦντες μὲν τῷ πραττομένῳ τὴν ἐξ ἀρχῆς τῶν θυμάτων αὔξησιν, οὐ συνορῶντες δὲ τίνος χάριν τούτων ἕκαστα δρῶμεν. ἀφ' ὧν ὁρμωμένοις ἡμῖν, καὶ τῶν κριθῶν ἀλλὰ καὶ τῶν πυρῶν ἀφθονωτέρων γιγνομένων, προσετίθεντο πελάνων ἤδη καὶ τῶν λοιπῶν ἁπάντων ἀπαρχαὶ τοῖς θεοῖς εἰς τὰς θυσίας, πολλὰ μὲν ἀνθολογούντων, οὐκ ἐλάττω δὲ τούτων μιγνύντων τῶν τότε, εἴ τι καλὸν εἶχον ἐν βίῳ καὶ πρέπον ὀσμῇ πρὸς θείαν αἴσθησιν, καὶ τὰ μὲν στέφοντες τὰ δ' εἰς πῦρ δωρούμενοι εἶτα ἑτέρας στα-

38 θυηλῶν] θυσιῶν. 41 κριθῶν] καρπῶν. | 44 τῶν τότε] τότε. | 46 στέφοντες τὰς δ' εἰς. | εἶτα] θείας.

der göttlichen Empfindung angemessen schien; die Blumen wand man zu Kränzen, die Wohlgerüche weihte man in das Feuer, und als später die Flüssigkeiten des Weines, Honigs und Oeles für den menschlichen Bedarf entdeckt wurden, brachte man auch von diesen den Göttern als den Gebern eine Weihgabe. Für diese alten Opfer scheint der Festzug des Helios und der Horen, wie er noch jetzt in Athen begangen wird, einen Beleg zu geben. Es werden nämlich einhergetragen: .... Quecken ..... Hülsenfrüchte, Eicheln, Erdbeeren, Gersten- und Weizenkörner, Feigenmasse, Rundkuchen von Gersten- und Weizenmehl, Hochkuchen, ein Topf [mit Sämereien]. Als nun aber die Menschen bei ihren Opferweihen immer weiter von dem Herkommen abwichen, da ward endlich auch die Sitte der entsetzlichsten Opfer eingeführt, so durch und durch grausam, dass die vormals über unser Geschlecht ausgesprochenen Flüche jetzt eingetroffen zu sein schienen; die Menschen fingen nämlich an zu schlachten und die Altäre mit Blut zu beuetzen, seitdem sie in schweren Prüfungen der Hungers- und Kriegsnöthe Blut gekostet hatten.

γόνας οἴνου καὶ μέλιτος ἔτι δ' ἐλαίου ταῖς χρείαις ἀνευρίσκοντες
c. 7 *ἀπήρχοντο καὶ τούτων τοῖς αἰτίοις θεοῖς. οἷς μαρτυρεῖν ἔοικεν*
καὶ ἡ Ἀθήνησιν ἔτι καὶ νῦν δρωμένη πομπὴ Ἡλίου τε καὶ Ὡρῶν.
πομπεύει γὰρ ειλυσποα ἄγρωστις επιπυρηνιων ηγηριας ὄσπρια, δρῦς, μιμαίκυλα, κριθαί, πυροί, ἡγητηρία, ἀλεύρων πυρίνων καὶ κριθίνων φθοῖς, ὀρθοστάτης. χύτρος. πόρρω δὲ τῶν περὶ τὰς θυσίας ἀπαρχῶν τοῖς ἀνθρώποις προιουσῶν παρανομίας, ἡ τῶν δεινοτάτων θυμάτων παράληψις ἐπεισήχθη ὠμότητος πλήρης, ὡς δοκεῖν τὰς πρόσθεν λεχθείσας καθ' ἡμῶν ἀρὰς νῦν τέλος εἰληφέναι, σφαξάντων τῶν ἀνθρώπων καὶ τοὺς βωμοὺς αἱμαξάντων, ἀφ' οὗ λιμῶν καὶ πολέμων πειραθέντες αἱμάτων ἥψαντο.

51 *πυροί, παλάθη, ἡγητηρία.*

Wie der Stil dieses Abschnittes an die gute Zeit der griechischen Litteratur erinnert und merklich von der etwas buntscheckigen und besonders die verschränkten Hyperbata liebenden Schreibweise des Porphyrios absticht, so giebt sich auch der Inhalt bei näherer Betrachtung kund als eine folgerichtige, durch keine fremdartige Beimischung getrübte Verarbeitung peripatetischer Grundgedanken nach peripatetischer Methode. Beide, Gedanken wie Methode, lassen sich meistens bis auf den Stifter der Schule und Lehrer des Theophrastos zurückverfolgen, und manches Einzelne wird durch anderweitige Zeugnisse als speciell theophrastische Ansicht bewährt. So ist es — um gleich mit dem ersten Satze zu beginnen — Aristoteles' Sinne durchaus gemäss, dass die Urzustände der jetzigen Weltepoche auf ägyptischem Boden gesucht werden. Denn Psammitich's, durch Herodot's Erzählerkunst berühmtes, linguistisches Experiment hatte weder der Aegypter eigenen noch der übrigen Nationen Glauben an das unvordenkliche Alter der Civilisation im Nilthal erschüttert, und Aristoteles knüpft Beweise für zwei Hauptsätze seiner Lehre an diesen auch von ihm anerkannten Anspruch der Aegypter, die Erstgeborenen der Menschheit zu sein. Da wo er seine allgemeine Behauptung, dass alle vermeintlich ersten Erfindungen nicht blos mehrere, sondern 'unendlich' viele Male während der unendlichen Weltdauer gemacht worden, auf die scheinbar neuen Vorschläge der philosophischen Politiker, insbesondere auf Platon's Gliederung der Bürgerschaft in einen Krieger- und Bauernstand anwenden will, erinnert er an Sesostris, dem die Kasteneintheilung zugeschrieben wird, und fährt fort*): 'dass auch alle 'übrigen staatlichen Einrichtungen in alter Zeit vorhanden waren, 'dafür liefern die ägyptischen Verhältnisse einen Beweis. Denn 'die Aegypter sind doch wohl die ältesten Menschen, und sie waren 'immer im Besitz von Gesetzen und bürgerlicher Verfassung.' Und da wo er, in innigstem Zusammenhang mit seiner Lehre von der Ewigkeit der Welt, den jetzigen Zustand der Erdoberfläche als ein Ergebniss grosser geologischer Umwälzungen, und besonders von Verschiebung der Wasserverhältnisse darstellt, heisst es**): 'Da auf 'der Erde nothwendig eine Gesammtveränderung stattfindet, diese 'aber, weil das All ewig dauert, keine Schöpfung und Vernichtung 'sein kann, so ist unsere Annahme unabweisbar, dass nicht immer 'dieselben Erdstriche von Meer oder Flüssen bedeckt und trocken 'sind. Dies zeigen auch die Thatsachen. Denn die Aegypter halten 'wir doch für die ältesten Menschen, und gerade ihr ganzes Land

Aristoteles über Aegypten.

*) *Polit.* 4 (7), 10; *p.* 1329[b] 31: *ὅτι δὲ πάντα ἀρχαῖα, σημεῖον τὰ περὶ Αἴγυπτόν ἐστιν· οὗτοι γὰρ ἀρχαιότατοι μὲν δοκοῦσιν εἶναι, νόμων δὲ τετυχήκασιν ἀεὶ καὶ* (so statt *τετυχήκασι καὶ* s. Anm. 26) *τάξεως πολιτικῆς.*

**) *Meteorol.* 1, 14; *p.* 352[b] 16: *ἐπεὶ δ' ἀνάγκη τοῦ ὅλου γίγνεσθαι μέν τινα μεταβολήν, μὴ μέντοι γένεσιν καὶ φθοράν, εἴπερ μένει τὸ πᾶν, ἀνάγκη, καθάπερ ἡμεῖς λέγομεν, μὴ τοὺς αὐτοὺς ἀεὶ τόπους ὑγρούς τ' εἶναι θαλάττῃ καὶ ποταμοῖς καὶ ξηρούς. δηλοῖ δὲ τὸ γιγνόμενον· οὓς γάρ φαμεν ἀρχαιοτάτους εἶναι τῶν ἀνθρώπων Αἰγυπτίους, τούτων ἡ χώρα πᾶσα γεγονυῖα φαίνεται καὶ οὖσα τοῦ ποταμοῦ ἔργον.*

Aristoteles über die Ewigkeit des Menschengeschlechts.

'giebt sich offenbar als ein gewordenes zu erkennen und als ein 'Werk des Nilstromes *(τοῦ ποταμοῦ ἔργον)*,' welchen letzteren Ausdruck, der den bekannten poetischen des Herodot, dass das Delta 'ein Geschenk des Nil *(δῶρον τοῦ ποταμοῦ 2, 5)*' sei, auf die philosophische Sprechweise herabstimmt, unsere theophrastische Stelle mit naher synonymischer Wendung *(Z. 3 ὑπὸ τοῦ Νείλου κτισθεῖσαν χώραν)* wiedergiebt. — Ebenso treu geht ferner Theophrastos in den Spuren seines Lehrers, wenn er als die ersten Götterwesen, denen Verehrung gezollt ward, die 'himmlischen Götter *(Z. 4 τοῖς οὐρανίοις θεοῖς)*' nennt. Denn dass darunter nicht allgemein die im Himmel thronenden Götter, sondern die Himmelslichter und Himmelskörper gemeint sind, lehrt das weiterhin hinzutretende Beiwort 'die augenfälligen *(τοὺς φαινομένους οὐρανίους θεούς* Z. 13),' und setzt vollends die dortige Bemerkung ausser Zweifel, nach welcher in den Tempeln dieser Götter deshalb eine nie erlöschende Flamme brennt, weil Feuer ihr ähnlichstes Symbol ist. Unwillkürlich wird sich hierdurch jeder Kenner der aristotelischen Metaphysik an die berühmte Aeusserung im zwölften Buch (8, 1074[b] 1) erinnert fühlen, welche als die älteste theologische Ueberlieferung und als den wahren, von der Philosophie anzuerkennenden Kern aller Mythologie die Göttlichkeit der himmlischen Sphären hinstellt. — Endlich ist die der ganzen theophrastischen Darstellung zu Grunde liegende Annahme eines Erdenzustandes, in welchem zwar Menschen, aber noch keine Bäume und Thiere (Z. 10) vorhanden waren, wie grosses Befremden sie den Anhängern der jetzt gangbaren paläontologischen Meinungen erregen mag, doch als richtige Folgerung aus einem peripatetischen Dogma anzusehen, zu welchem Aristoteles in den uns erhaltenen Werken seine Hinneigung nicht verhehlt und in den verlorenen sich wohl offen bekannt hat. Es war nicht blos eine stilistische Hyperbel, wenn Aristoteles in der vorhin mitgetheilten Stelle der Politik alle menschlichen Erfindungen 'unendlich' viele Male in der unendlichen Zeit gemacht werden liess. Denn obwohl die Ewigkeit des Menschengeschlechts nicht als eine logisch unvermeidliche Folge der von Aristoteles verfochtenen und die Stütze seines ganzen Lehrgebäudes bildenden Weltewigkeit gelten kann, so glaubte er sich doch weder durch die physiologische Beschaffenheit noch durch die geschichtliche Stellung des Menschen genöthigt, dessen einmalige, in eine bestimmte Epoche fallende Evolution aus früher vorhandenen Stoffen — die sogenannte spontane oder Urzeugung — anzunehmen, geschweige dass er den Begriff einer eigentlichen Schöpfung, nachdem er ihn in seiner kosmologischen Schrift mit der unerbittlichsten Dialektik für das Weltganze verworfen, auf das Entstehen eines Einzelgeschöpfs hätte anwenden sollen. Die Denkbarkeit einer Evolution leugnet er freilich an sich nicht; und im Sinne der älteren Physiker, welche seit Anaximandros sie gelehrt hatten, lässt er sich sogar in der Schrift Ueber die Zeugung der Thiere dazu herbei, die mit seinen eigenen physiologischen Grundsätzen vereinbaren Formen einer solchen Urzeugung der animalischen Wesen zu besprechen. Aber mit sichtlicher Angelegentlichkeit hat er dafür gesorgt, dass auch der flüchtigste Leser nicht ihm selbst diese Meinung aufbürde. Er leitet die Besprechung mit der Clausel*) ein: 'Wofern die Menschen und Vierfüssler je 'als Erderzeugnisse entstanden sind, wie Einige behaupten, so mufs 'man sich ihre Entstehung auf eine von folgenden zwei Weisen 'denken' und beschliesst sie mit einer abermaligen noch umfassenderen Clausel: 'Wofern es für alle lebendige Wesen einen ein'maligen Anfang der Entstehung gegeben hat, so muss er vernünf'tiger Weise auf eine von diesen beiden Arten gedacht werden.' Da nun durch so unzweideutige Redewendungen die Evolutionstheorie als eine blos zugelassene fremde bezeichnet wird, Schöpfung aber bei Aristoteles gar nicht in Frage kommt, so ergiebt sich, dass seine eigene Ansicht in der allein noch übrigen dritten Möglichkeit zu suchen ist und er dem Menschen als wesentlichem Bestandtheil des Weltalls gleiche Ewigkeit wie diesem beigelegt hat. Dabei musste er denn eine Schwierigkeit zu heben suchen, welche dem Glauben an ein anfangloses Menschengeschlecht nachweislich in den Kreisen der griechischen Philosophie entgegengehalten wurde. Die Frage nämlich, womit das Dasein des ewigen Gottes und einer ewigen Welt sich ausfülle, darf auch der muthigste Philosoph entweder gänzlich ablehnen als unlösbar für den Menschengeist, dessen eingeschränkte Einzelnatur nur die Existenz jener

*) *de gener. anim.* 3, 11; *p.* 762[b] 28: *περὶ τῆς τῶν ἀνθρώπων καὶ τετραπόδων γενέσεως ὑπολάβοι τις ἄν, εἴπερ ἐγίγνοντό ποτε γηγενεῖς, ὥσπερ φασί τινες, δύο τρόπων γίνεσθαι τὸν ἕτερον.* *p.* 763[a] 3: *ὅτι μὲν οὖν, εἴπερ ἦν τις ἀρχὴ τῆς γενέσεως πᾶσι τοῖς ζῴοις, εὔλογον τοῖν δυοῖν τούτοιν εἶναι τὴν ἑτέραν, φανερόν.*

Allwesen zu erfassen, aber nicht ihr inneres Leben zu bestimmen vermöge; oder er mag in so ausweichender Weise antworten, wie es die aristotelische Metaphysik wirklich thut, und die ewige Selbstbeschauung Gottes seine ewige Thätigkeit nennen. Wer hingegen den Menschen, dessen Anlagen und Bedürfnisse wir kennen, von jeher da sein lässt, der muss ihn auch in einer jenen Anlagen und Bedürfnissen gemässen Weise beschäftigt denken; und wie will man dann — fragten die Griechen — mit einer solchen während unendlicher Vergangenheit fortgesetzten Thätigkeit es reimen, dass die für das menschliche Leben unentbehrlichsten und dem menschlichen Geiste nächstliegenden Erfindungen in eine zwar nicht chronologisch genau bestimmte, aber doch durch unverwerfliche Ueberlieferung im Allgemeinen abgegränzte und verhältnissmässig junge Epoche fallen? 'Während hundert Millionen Jahre soll die 'Menschheit bestanden haben ohne etwas von dem zu entdecken, 'was erst seit tausend und zweitausend Jahren, also, verglichen mit 'der Ewigkeit, seit gestern und vorgestern in der Skulptur einem 'Dädalos, in der Dichtkunst einem Orpheus, in der Rechenkunst 'einem Palamedes, in der Musik einem Marsyas, Olympos, Amphion 'und auf anderen Gebieten vielen Anderen offenbar ward?' Mit so lebhaft dialogischer Färbung lässt Platon in den Gesetzen (3, 677[d]) den Einwurf vortragen und umgeht dabei behutsam diejenigen Erfindungen, welche der griechische Volksglaube Göttern zuschrieb, also jeder Zeitbestimmung entzog. In schärfer argumentirender Fassung und mit ausdrücklicher Leugnung aller göttlichen Erfindung erscheint dieselbe Gedankenreihe in einem grossen Bruchstück aus Theophrastos, wahrscheinlich aus seinem Ueberblick der 'naturphilosophischen Meinungen *(Φυσικαὶ Δόξαι)*.' Er lässt dort die Gegner der Weltewigkeit neben drei anderen Hauptbeweisen folgenden vierten vorbringen: 'Wer die natürlichen Dinge natur'gemäss erforschen will, der muss in dem Menschen einen Spät'geborenen erkennen. Denn es ist eine gegründete oder vielmehr 'unabweisbare Annahme, dass zugleich mit dem Menschen auch die 'Handwerke und Künste als ungefähr gleichaltrige vorhanden waren, 'erstlich weil das zu ihnen führende planmässige Verfahren von 'der Natur eines vernünftigen Wesens unzertrennlich, und dann 'weil ohne sie menschliches Dasein unmöglich ist. Nun wollen wir 'uns einmal nach der Zeit umsehen, in welcher die einzelnen

'Handwerke und Künste aufgekommen sind, wollen aber dabei um 'das den Göttern angedichtete Fabelgepränge uns nicht kümmern.' Leider hat der unbekannte Verfasser der unter Philon's*) Werken stehenden Schrift Ueber die Unvergänglichkeit der Welt, welchem wir das Bruchstück verdanken, die in den letzten Worten angekündigte sicherlich sehr lange Liste von Erfindungen unterdrückt und uns damit wohl das älteste Document dieses Zweiges culturgeschichtlicher Forschung entzogen, welchen die selbst an Erfindungen so fruchtbare Diadochenzeit mit besonderer Vorliebe gepflegt und auch Theophrastos in einem zweibändigen Werk (*Περὶ Εὑρημάτων Diog. Laert.* 5, 47) behandelt hat. Eben so wenig erfahren wir, ob Theophrastos, der die Weltewigkeit so eifrig wie Aristoteles vertheidigte, in jener Schrift über die naturphilosophischen Meinungen das Argument der Gegner einfach als einen untriftigen Schluss von Menschenentstehung auf Weltentstehung zurückwies, oder ob er, was wahrscheinlicher ist, auf die Frage von den Erfindungen näher einging und deren Vereinbarkeit mit der Ewigkeit des Menschengeschlechts darzuthun suchte. Er brauchte auch hierin nur dem Vorgang seines Lehrers zu folgen, der in seinen mündlichen Vorträgen gewiss dieselbe Beseitigung jenes Einwandes ausführlich entwickelt hat, welche die uns vergönnten Schriften in wenigen und kurzen, aber verständlichen Winken andeuten. Eincr derselben findet sich in dem Abschnitt der Politik, wo Aristoteles alle Hilfsmittel seines eigenen Scharfsinnes den Verfechtern eines ruhelosen politischen und besonders legislativen Fortschritts leiht, ohne sich ihnen im praktischen Ergebniss anzuschliessen. Dort**) sticht unter den Gründen für 'Aenderung der angestammten Satzungen (*κινεῖν τοὺς πατρίους νόμους*)' folgender hervor: 'Das Streben der 'Menschheit richtet sich überhaupt nicht auf das Angestammte, son-

*) *de incorrupt. mundi p.* 512 *M.: εἰ ὁ κόσμος ἀΐδιος ἦν, ἦν ἂν καὶ τὰ ζῷα ἀΐδια καὶ πολύ γε μᾶλλον τὸ τῶν ἀνθρώπων γένος ὅσῳ καὶ τῶν ἄλλων ἄμεινον· ἀλλὰ καὶ ὀψίγονον φανείη ἂν* (so statt *φανῆναι*) *τοῖς βουλομένοις ἐρευνᾶν τὰ φύσεως φυσικῶς* (das Wort *φυσικῶς* füge ich hinzu). *εἰκὸς γάρ, μᾶλλον δὲ ἀναγκαῖον ἀνθρώποις συνυπάρξαι τὰς τέχνας ὡς ἂν ἰσήλικας οὐ μόνον ὅτι λογικῇ φύσει τὸ ἐμμέθοδον οἰκεῖον ἀλλὰ καὶ ὅτι ζῆν ἄνευ τούτων οὐκ ἔνεστιν. ἴδωμεν οὖν τοὺς ἑκάστων χρόνους ἀλογήσαντες τῶν ἐπιτραγῳδουμένων θεοῖς μύθων.*

**) *Polit.* 2, 8; *p.* 1269ª 4: *εἰκός τε τοὺς πρώτους, εἴτε γηγενεῖς ἦσαν εἴτ' ἐκ φθορᾶς τινος ἐσώθησαν, ὀλίγους* (so statt *ὁμοίους*) *εἶναι καὶ τοὺς τυχόντας καὶ ἀνοήτους* (so statt *καὶ τοὺς ἀνοήτους*) ... *ὥστ' ἄτοπον τὸ μένειν ἐν τοῖς τούτων δόγμασιν.*

'dern auf das Gute. Die ersten Menschen, mögen sie als Erden-'sprösslinge entstanden oder aus einer Vernichtung entronnen sein, 'waren zweifelsohne wenige, alltägliche und geistig unentwickelte 'Leute; es wäre daher ungereimt, an ihren Ansichten festzuhalten.' Weil Aristoteles hier nicht durchaus in eigenem Namen redet, lässt er für die Entstehung der ersten Menschen in der Evolutionstheorie eine Alternative offen. Da jedoch aus der Schrift über die Zeugung der Thiere hervorgeht, wie wenig er selbst an die 'Erdensprösslinge' glaubt, so bleibt als seine eigene Meinung die andere Alternative zurück, welche schlechthin erste Menschen gar nicht gelten lässt und in den relativ, für jede einzelne Civilisationsepoche, ersten entronnene Ueberbleibsel einer früheren vertilgten Menschheit sehen will. Die Anlässe zu solchen oft wiederholten Untergängen des Menschengeschlechts ergaben sich ihm aus seiner geologischen Annahme einer periodisch wiederkehrenden Umwälzung der Wasserverhältnisse; und wie er mittels dieser Lehre die Ewigkeit des Menschengeschlechts gegen die von den Erfindungen hergenommenen Einwürfe schützte, liegt erstlich in der oben (S. 44) berührten Stelle der Metaphysik zu Tage, wo er seine Sphärenlehre an den ältesten Völkerglauben anzuknüpfen versucht und etwaiger Verwunderung über einen derartigen Aristotelismus vor Aristoteles durch folgende Schlussbemerkung*) vorbeugt: 'Alles 'führt darauf, dass jede Kunst und jedes philosophische System oft-'mals entdeckt und nach Möglichkeit ausgebildet worden, dann aber 'wieder untergegangen ist; demnach darf man glauben, dass auch 'jene richtigen Grundgedanken der Mythologie gleichsam als Reste 'der früheren geistigen Entwickelung in die jetzige Zeit herüber-'gerettet worden.' Und dass unter diesem mehrmaligen 'Untergang' der Künste und Wissenschaften nicht eine blosse Stockung der geistigen Regsamkeit gemeint sei, sondern eine Vernichtung der gesammten Civilisation in Folge einer Menschenvertilgung, lehrt eine in dieser Hinsicht bestimmtere, sonst aber fast wörtlich gleichlautende Stelle, welche aus einer verlorenen aristotelischen Schrift die Perle aller Bischöfe, der wackere Synesios**), aufbewahrt hat.

*) *Metaphys.* 12, 8; *p.* 1074ᵇ 10: κατὰ τὸ εἰκὸς πολλάκις εὑρημένης εἰς τὸ δυνατον ἑκάστης καὶ τέχνης καὶ φιλοσοφίας καὶ πάλιν φθειρομένων καὶ ταύτας τὰς δόξας ἐκείνων οἷον λείψανα περισεσῶσθαι μέχρι τοῦ νῦν [νομίσειέ τις ἄν].

**) *encom. calvit.* 22: περὶ ὧν [παροιμιῶν] Ἀριστοτέλης φησὶν ὅτι παλαιᾶς εἰσιν ἱστορίας

Dort heisst es von den tiefsinnigeren Sprichwörtern, an denen das griechische Volk so reich war, sie seien 'Ueberbleibsel alter, in 'grossen Vertilgungen des Menschengeschlechts untergegangener 'Forschung, die wegen ihrer handlichen Kürze sich erhalten hätten.'

Für eigenthümlich aristotelisch darf nun in der Lehre, welche aus der Zusammenordnung dieser versprengten Aeusserungen sich ergiebt, nur die systematische Abrundung und die dogmatische Verwendung angesehen werden; alle einzelnen Sätze fand Aristoteles für diesen wie für so viele andere Theile seines Lehrgebäudes bei Platon. Eben in jener oben (S. 46) benutzten Stelle der 'Gesetze,' welche von dem jungen Alter der meisten Künste redet, wird auch, um den Ursprung der jetzigen Civilisation zu erklären, Untergang einer früheren Menschheit durch Ueberschwemmung und Rettung weniger ärmlicher Bergbewohner angenommen, die in der Fluth alle Geräthe und Werkzeuge verloren hatten und bei der vollständigen Vernichtung aller in der Ebene belegenen Sitze der früheren Bildung mit ihren gleich dürftigen geistigen wie äusseren Mitteln aus kümmerlichen Funken *(μικρὰ ζώπυρα)* die Lebensflamme der Menschheit von Neuem erwecken mussten. Aber bei Platon, der an eine Weltschöpfung glaubt oder sie nur dichtet und der die Gleichzeitigkeit des Menschen mit der Welt als offene Frage[27]) behandelt, soll jene farbenreich ausgeschmückte Hypothese blos ein vereinzeltes geschichtliches Problem lösen; ihre Verknüpfung einerseits mit den periodischen Umwälzungen der Erdoberfläche, welche den Kern der peripatetischen Naturlehre bilden, andererseits mit der Weltewigkeit, auf welcher die peripatetische Metaphysik ruht, ist das Werk erst des Aristoteles; und dass über einen Punkt von so grundlegender Bedeutung für das gesammte System Theophrastos nicht anders als Aristoteles dachte, würde nach der sonstigen Stellung des treuen Schülers zu seinem grossen Lehrer geglaubt werden müssen, auch wenn nicht ein ausdrückliches Zeugniss für diese Uebereinstimmung vorläge in dem zwar sehr späten, aber sehr vortrefflichen Büchlein des Censorinus*) über den Geburtstag.

(so mit einer marcianischen Handschrift statt φιλοσοφίας) *ἐν ταῖς μεγίσταις ἀνθρώπων φθοραῖς ἀπολομένης ἐγκαταλείμματα περισωθέντα διὰ συντομίαν καὶ δεξιότητα.* S. Anm. 27.

*) 4, 3: *Aristoteles quoque Stagirites et Theophrastus multique praeterea non ignobiles peripatetici idem [semper humanum genus fuisse] scripserunt. Eius quaeri*

Dort werden nach guten[27]) griechischen Quellen die Meinungen der Philosophen über den Ursprung des Menschengeschlechts gesammelt. 'Für ewig, heisst es, haben dasselbe der Stagirite 'Aristoteles, Theophrastos und noch viele andere namhafte Peri-'patetiker in ihren Schriften erklärt; die Frage nach dem ersten 'Menschen haben sie als eine unlösbare gleichgestellt der Frage 'ob Henne oder Ei das Frühere sei, da weder Henne ohne Ei noch 'Ei ohne Henne entstehen könne. Ueberhaupt gebe es für alle 'Dinge, die in dieser ewigen Welt ewig waren und ewig sein wer-'den, nicht einen Anfang, sondern nur einen Kreislauf des Zeugens 'und Entstehens, innerhalb welches Kreislaufes jedes Geschöpfes 'Anfang zugleich als ein Ende und jedes Ende zugleich als ein 'Anfang sich ansehen lasse.' Hat nun Theophrastos, wie Aristoteles, keine schlechthin ersten Menschen anerkannt, sondern nur gerettete Flüchtlinge aus einer früheren durch Ueberschwemmung vernichteten Menschheit an die Spitze jeder neuen Erd- und Civilisationsepoche gestellt, so kann es nicht länger Wunder nehmen, wenn wir ihn in unserem Abschnitt der Schrift Ueber Frömmigkeit einen Zustand schildern sehen, in welchem zwar der völlig entwickelte Mensch zu den Himmelslichtern aufblickt und sie als Götter ehrt, die Erde aber von der eben überstandenen Katastrophe noch so zerrüttet und entkräftet ist, dass die Vegetation auf Kräuter beschränkt bleibt.

Bei dem so hervortretenden Einklang zwischen der aristotelischen Lehre und allen Hauptpunkten der theophrastischen Darstellung erregt nur ein Nebenpunkt derselben, freilich kein unwichtiger, Bedenken, ob er dem Sinne des Aristoteles entspreche. Nach den oben (S. 45) mitgetheilten Worten der Schrift über die Zeugung der Thiere hat Aristoteles wenigstens die höheren Thiergattungen, 'die Vierfüssler,' dem Menschen hinsichtlich aller die Urzeugung betreffenden Fragen durchaus gleichgesetzt; wenn er also Urzeugung des Menschen verwarf und, um die regelmässige Fortpflanzung des Menschengeschlechtes nicht zu unterbrechen, bei

exemplo dicunt quod negant omnino posse reperiri, avesne ante an ova generata sint, cum et ovum sine ave et avis sine ovo gigni non possit; itaque et omnium, quae in sempiterno isto mundo semper fuerunt futuraque sunt, aiunt principium fuisse nullum, sed orbem esse quendam generantium nascentiumque, in quo uniuscuiusque geniti initium simul et finis esse videatur.

jeder Erdkatastrophe wenige Einzelne dem Verderben entkommen liess, so muss er folgerichtig für die höheren Thiergattungen ein Gleiches angenommen haben. Theophrastos hingegen lässt (Z. 10) aus 'der Erde' nach den Bäumen 'die Thiere,' höhere wie niedere Gattungen, hervorgehen, und macht somit, trotzdem er Menschen nur als Söhne von Menschen kennt, für das gesammte Thierreich nach jeder Erdkatastrophe das Zugeständniss eines Erdenursprungs, d. h. der Urzeugung. Ob Theophrastos durch eigene physiologische Untersuchungen zu dieser Abweichung von seinem Lehrer geführt worden — und in der That wird unter seinen verlorenen Schriften eine einbändige 'Ueber die von selbst entstehenden Thiere (*Περὶ Τῶν Αὐτομάτων Ζῴων Diog. Laert.* 5, 46)' genannt — oder ob Aristoteles selbst seine Meinung geändert habe, darf für den vorliegenden Zweck unentschieden bleiben; um den theophrastischen Ursprung des Excerpts, neben dem äusseren Zeugniss des Porphyrios, auch noch durch innere Gründe zu sichern, genügt der gelieferte Nachweis, dass das hier entworfene Bild einer beginnenden Civilisation in allen wesentlichen Zügen der echten peripatetischen Theorie gemäss und nur mit ihrer Hilfe zu verstehen ist.

Eben so kenntlich wie der Schilderung der ersten Anfänge menschlicher Cultur ist der zur Erforschung ihres Verlaufs hier geübten Methode das peripatetische Siegel aufgedrückt. Sie beruht einerseits auf dem gänzlichen, sogar die Polemik verschmähenden Ignoriren des mythologischen Volksglaubens und andererseits auf Ersetzung der für die Urzeit mangelnden geschichtlichen Denkmäler durch die mittelbaren Zeugnisse, welche in der Sprache und den Gebräuchen vorliegen. Wie sehr auch eine solche Methode als die allein sachgemässe sich von selbst darzubieten scheint, so hat sie doch vor Aristoteles nur der dem Stagiriten geistesverwandte Thukydides in der Einleitung zu seinem Geschichtswerk für einige Gebiete der griechischen Lebensentwickelung befolgt; zu welch umfassendem Gebrauch Aristoteles sie ausbildete, zeigt sowohl der theoretische wie der urkundliche Theil seiner politischen Schriften, sowohl die acht uns erhaltenen Bücher der Politik wie die zahlreichen Reste der verlorenen Politien; und der von Theophrastos hier (Z. 39—41) bündig formulirte Satz, dass die Menschen durch ihre Bräuche und besonders durch die heiligen Bräuche unbewusste Zeugen für längst vergangene Zeitalter sind, giebt eben so sehr den einheitlichen Gesichtspunkt für die Fülle von Einzelbemerkungen jener aristotelischen Werke, wie er einen der fruchtbarsten Grundgedanken der modernen culturgeschichtlichen Forschung ausspricht. Der Sorgfalt, mit der ihn Theophrastos auf die Geschichte der Opfer anwendet, verdanken wir eine Anzahl auserlesener, meistens nur hier zu findender Mittheilungen, z. B. die Liste der Gegenstände, welche an den höchsten apollinischen Festen, den Thargelien und Pyanepsien, in Athen zu Ehren des Apollon als Sonnengottes und der Horen als Zeitigerinnen der Feldfrüchte in feierlichem Aufzuge einhergetragen wurden (Z. 48—52). Die Abwesenheit aller blutigen Opfer und sogar des Räucherwerks, sowie die von Gräsern und Kräutern zu Getreide und dann zu künstlichem Backwerk aufsteigende Reihe wird von Theophrastos angesehen als eine rituale Bewährung seiner Aufstellungen über die Ursprünglichkeit der Pflanzenopfer und deren allmählichen Uebergang in Mehlopfer. — Durchaus vereinzelt steht die Nachricht (Z. 33—35) von einer den Müllergeräthen gezollten Verehrung. Dabei darf man schwerlich blos an den Cultus der untergeordneten Mühlengötter denken, welche zuletzt Welcker (Götterlehre 3, 140) besprochen hat; und es empfiehlt sich wohl die Vermuthung, dass Theophrastos vielmehr die Feste und Weihen der höheren cerealischen Gottheiten im Sinne hat, also die Thesmophorien und Eleusinien, bei denen jene Geräthe in ritual bedeutsamer Weise hervortreten mochten; in der attischen Sage war Demeter die Lehrerin nicht blos des Säens, sondern, nach den griechischen Schriften über Erfindungen, welche Plinius*) benutzt, auch des Malens und Stampfens der Brodfrucht; und auf eleusinischen Brauch passen Theophrastos' Worte, dass man die Geräthe 'geheim gehalten' habe. — Auch die Angabe über die noch zu Theophrastos' Zeit fortbestehende Anwendung wohlriechender Hölzer (Z. 25) neben oder statt des Weihrauchs, sowie die Notiz, dass die geschrotene Gerste den 'Beschluss' (Z. 38) der Beiopfer bildet, bringen unserer verhältnissmässig dürftigen Kunde von griechischen Opferbräuchen einen trotz seiner Kleinheit nicht zu verschmähenden Zuwachs. — Endlich liegt ein Rückschluss von späteren Sitten auf frühere Zu-

Antiquarisches.

*) *hist. nat.* 7, 191: *Ceres frumenta [invenit] cum antea glande vescerentur; eadem molere et conficere in Attica, ut alii* (so statt des handschriftlichen *vialia* und der Vulgata *et alia*, vgl. § 197), *in Sicilia, ob id dea iudicata.*

stände wohl auch den Bemerkungen (Z. 9) zu Grunde, nach welchen die erste Weihgabe auf ägyptischem Boden aus Gräsern und Kräutern bestanden haben soll. Denn bei Diodor*) wird in einer ähnlichen culturgeschichtlichen Skizze als Beweis für die ursprüngliche Gräser- und Kräuternahrung der Aegypter angeführt, dass sie 'noch jetzt beim Gebet Halme einer queckenartigen Pflanze (Agrostis, s. Z. 50) in die Hand nehmen.'

Mit gleichem Eifer wie den erstarrten heiligen Bräuchen suchen die Peripatetiker den gleichsam fossilen Bestandtheilen der Sprache, den Wortwurzeln und den Sprichwörtern, Aufschlüsse über die älteste Vorzeit zu entlocken. Welch hohen geschichtlichen Werth Aristoteles den Sprichwörtern beilegte, zeigt, ausser dem Sprichwörter. oben (S. 48) gelegentlich erwähnten Bruchstück einer verlorenen Schrift, schon der flüchtigste Blick in fast jedes der uns erhaltenen Werke; Theophrastos, der seinem Lehrer auch hierin nachstrebte, hatte ihnen eine einbändige Schrift *(Περὶ Παροιμιῶν Diog. Laert.* 5, 45) gewidmet; und unser Excerpt will die Spuren zweier Uebergänge aus roherem zu entwickelterem Leben dem griechischen Sprichwörterschatz eingedrückt finden. Den hier (Z. 30) angenommenen Ursprung der in der griechischen Conversation häufigen und auch aus Cicero's Briefen bekannten Redensart 'Genug der Eiche,' mit welcher man von Langweiligem oder Missliebigem abzubrechen pflegt, benutzt auch Dikäarchos in seiner von Porphyrios**) ausgezogenen griechischen Culturgeschichte (s. oben S. 19) zu einem Rückschluss auf die kunstlose Nahrung der ersten Menschen. Das andere Sprichwort *(ἀληλεμένος βίος* Z. 36), in welchem Theophrastos die Freude über die Erfindung der Mühlen ausgeprägt sieht, muss früh aus dem gewöhnlichen Gebrauch verschwunden sein; schon die griechischen Grammatiker***) wichen in der Erklärung desselben von einander ab; einer Meinung, die es, ungewiss aus

*) 1, 43: *τῆς εὐχρηστείας τῆς περὶ τὴν βοτάνην ταύτην [ἄγρωστιν] μνημονεύοντας τοὺς ἀνθρώπους μέχρι τοῦ νῦν ὅταν πρὸς θεοὺς βαδίζωσι τῇ χειρὶ ταύτης λαμβάνοντας προσεύχεσθαι [φασίν].*

**) *p.* 158, 30: *δηλοῖ δὲ τὸ λιτὸν τῶν πρώτων* (s. oben S. 47 N. 2) *καὶ αὐτοσχέδιον τῆς τροφῆς τὸ μεθύστερον ῥηθὲν 'ἅλις δρυός,' τοῦ μεταβάλλοντος πρώτου, οἷα εἰκός, τοῦτο φθεγξαμένου.*

***) *Suidas s. v. ἀληλεσμένον· ἀληλεσμένον βίον οἱ μὲν ἐπὶ τῶν βαλανίτῃ βίῳ χρωμένων ἐδέξαντο, οἱ δὲ ἐπὶ τῶν ἀταλαιπώρως βιούντων,..... ἐν ἀφθονίᾳ τῶν ἐπιτηδείων ὄντων.*

welchen Gründen, auf die 'Eichelperiode,' also auf ein kärgliches Leben, deutete, steht eine andere zu Theophrastos' Gebrauch stimmende entgegen, nach welcher es ein 'Leben in Hülle und Fülle' bezeichnet; und in diesem Sinne wird es auch von dem Komiker Amphis (*Athen.* 14, 642[a]), einem Zeitgenossen des Theophrastos, angewendet.

Etymologien. Wie der Alten überhaupt so verdienen auch Theophrastos' Ableitungen der Sprichwörter zwar kein unbedingtes, aber doch ein viel grösseres Vertrauen als seine Ableitungen der Wörter. Je ernstlicher die peripatetische Schule den richtigen und verheissungsvollen Gedanken, dass die Geschichte eines Wortes zugleich ein Stück Geschichte der Nation ist, auf den verschiedenen Gebieten der Forschung verfolgte, in desto häufigere und wunderlichere Irrthümer musste sie verfallen bei dem Mangel der wahren etymologischen Methode, welcher erst durch die Entdeckungen unserer Tage beseitigt wurde und die Jahrhunderte der alten wie der neuen Zeit, die speculativen Philosophen mit Platon an der Spitze wie die zünftigen Sprachmeister bis auf Hemsterhuys und Valckenaer herab, zu gleich arger Thorheit verführt hat. Kaum fällt es uns noch auf, dass selbst der sonst allem Spielen abholde Aristoteles, sobald er etymologisirt, in die regelloseste Spielerei geräth und z. B. alles Ernstes *αἰών* von *ἀεὶ ὤν* und *αἰθήρ* von *ἀεὶ θεῖν* herleitet; um so williger entschuldigt man es, dass Theophrastos hier (Z. 23 und 55) den dunkeln Ursprung des Wortes *ἄρωμα* auf *ἀρᾶσθαι* in der Bedeutung 'fluchen' zurückführt und seine Entstehung in die Zeit verlegt, da die Anhänger des alten Opferritus den damals neumodischen Weihrauch verfluchten. Höchstens verweilt man einen Augenblick bei dem Gedanken, was Theophrastos wohl entgegnet hätte, wenn Jemand, Spiel mit Spiel vergeltend, ihm die Ableitung von *ἀρᾶσθαι* zugegeben, aber den leicht zu führenden Beweis angetreten hätte, dass die Grundbedeutung dieses Wortes nicht 'fluchen,' sondern 'beten' sei, mithin *ἄρωμα* nicht 'das Verfluchte,' sondern 'das zum Beten Gehörige' bezeichne. — Einer solchen Bestreitung des Unsichern durch nicht viel Sichereres hat die hier Z. 31 eingewobene Etymologie von *οὐλοχύται* Buttmann in einem vielgenannten Abschnitt seines Lexilogus (1, 191) unterzogen. Die absichtliche Art, wie Theophrastos das alte Wort dem Schroten und Malen gegenüberstellt, zeigt klar genug, dass er in der ersten Hälfte die jonische Form von ὅλος erkennen will, und dasselbe hatte er in der oben (S. 47) erwähnten Schrift Ueber Erfindungen deutlich ausgesprochen. Seine dortigen, in den homerischen Scholien*) angeführten Worte sollten nicht blos, wie Buttmann (das. 196) ihnen allzu neckisch unterstellt, das sagen, 'was wir auch ohne Theophrastos wissen konnten,' dass nämlich 'die Menschen, ehe sie das Malen lernten, das Getreide ungemalen assen,' sondern Theophrastos hatte in jener Schrift über die Erfindungen ganz so wie in unserem Excerpt den Grundsatz festgehalten, dass das Opfer ursprünglich nur in einer Weihgabe von der alltäglichen Nahrung bestand, und nun aus dem Gebrauch der ganzen Gerstenkörner beim Opfer auf ein verhältnissmässig spätes Alter der Mühlenerfindung geschlossen.

Gewiss hätte man gern auf diese Etymologien verzichtet, wäre dafür etwas bestimmter, als es Z. 54 geschieht, angegeben wie Theophrastos sich den Uebergang von den ursprünglichen einfachen Opfern zu den 'entsetzlichen,' d. h. den blutigen, gedacht hat. Zu erwarten war es allerdings, dass auch er nicht gänzlich die gewaltsamen Sprünge werde vermeiden können, die in den meisten culturgeschichtlichen Versuchen eben da, wo die schwierigsten Räthsel Lösung verlangen, den regelmässigen Gang der Entwickelung zu unterbrechen pflegen; aber gewöhnlich wissen auch die sonst kunstlosesten Schriftsteller über solche missliche Wendepunkte ihrer Theorie die Hülle einer etwas reichlicheren Darstellung zu werfen; und es muss daher auffallen, dass Theophrastos, ein stilistischer Künstler von wohlbegründetem Ruf, der auch in den übrigen Theilen unseres Abschnittes sich nicht als Wortsparer zeigt, gerade hier so einsylbig wird, wo er die Anlässe des für sein Thema wichtigsten Wechsels der Opfergattungen darzulegen hatte. Denn auf bestimmte äussere Anlässe, die ihm zur Erklärung jenes Wechsels dienten, deuten die Schlussworte (Z. 57): die Menschen seien erst 'als sie in Hungers- und Kriegsnöthen Blut gekostet' zu Schlachtopfern übergegangen. Jedoch die Andeutung

*) *Il.* 1, 449 οὐλοχύτας, οὐλάς· εἰσὶ δὲ κριθαὶ μετὰ ἁλῶν μεμιγμέναι, ἃς ἐπέχεον τοῖς ἱερουργουμένοις ζῴοις πρὸ τοῦ θύεσθαι...... μνήμην ποιούμενοι τῆς ἀρχαίας βρώσεως. ὡς γάρ φησι Θεόφραστος ἐν τῷ Περὶ Εὑρημάτων πρὶν ἢ μάθωσιν οἱ ἄνθρωποι ἀλεῖν τὸν Δημητριακὸν καρπὸν (vgl. oben S. 40 Z. 30) οὕτω σώας αὐτὰς ἤσθιον. ὅθεν οὐλὰς αὐτάς φησιν ὁ ποιητής.

ist so schillernd und steht so abgerissen, dass aus ihr allein nicht einmal zu entscheiden wäre, ob damit Thieropfer oder — was sich später als Theophrastos' Meinung herausstellen wird — Menschenopfer für die ersten blutigen Opfer ausgegeben sind. Diese Erwägungen machen die Annahme wahrscheinlich, dass Porphyrios sich hier beträchtliche Auslassungen und Zusammenziehungen der Sätze gestattet hat; und was so durch den Inhalt jener Schlussworte bereits wahrscheinlich geworden, wird ausser Zweifel gesetzt durch ein äusseres sprachliches Anzeichen in den Anfangsworten des folgenden Abschnittes, deren unveränderte Herübernahme aus Theophrastos durch die ausdrückliche Nennung seines Namens gegen jede Anfechtung gesichert ist:

Zweites Excerpt aus Theophrastos.

Daher ergrimmte wohl die Gottheit, wie Theophrastos sagt, und verhängte für dieses Beides die gebührende Strafe. Denn wie es unter den Menschen Götterlose giebt und wiederum Schlimmgläubige, die man füglicher Schlimmgöttrige nennen könnte, weil sie sich die Götter als niedrige, über uns Menschen nicht erhabene Wesen denken, so gab es offenbar auch Opferlose, welche von ihrer Habe den Göttern keinerlei Weihgabe widmeten, und wiederum Andere Schlimmopfernde, die widergesetzliche Opfer aufbrachten. So wurden denn auch einestheils die Thoer, Anwohner der thrakischen Grenze, welche keinerlei Weihgabe noch Opfer brachten, zu jener Zeit aus der Menschheit ausgetilgt, und plötzlich war weder von den Bewohnern, noch von der Stadt, noch von den Grundsteinen der Häuser eine Spur zu finden;

τοιγὰρ οὖν τὸ δαιμόνιον, ὥς φησιν ὁ Θεόφραστος, τούτων
ἑκατέρων νεμεσῆσαν ἐπιθεῖναι τὴν πρέπουσαν ἔοικε τιμωρίαν.
καθὸ γὰρ οἱ μὲν ἄθεοι γεγόνασι τῶν ἀνθρώπων, οἱ δὲ κακόφρο-
νες, μᾶλλον δὲ κακόθεοι λεχθέντες ἂν ἐν δίκῃ διὰ τὸ φαύλους
καὶ μηθὲν ἡμῶν βελτίους ἡγεῖσθαι τὴν φύσιν εἶναι τοὺς θεοὺς, οὕτως
οἱ μὲν ἄθυτοι φαίνονται γενέσθαι τινὲς οὐδεμίαν ἀπαρχὴν τῶν
ὑπαρχόντων ποιούμενοι τοῖς θεοῖς, οἱ δὲ κακόθυτοι καὶ παρα-
c. 8 *νόμων ἁψάμενοι θυμάτων. δι' ὃ Θῶες μὲν οἱ ἐν μεθορίοις Θρᾴ-*
κης οἰκήσαντες, μηδενὸς ἀπαρχόμενοι μηδὲ θύοντες, ἀνάρπαστοι
κατ' ἐκεῖνον ἐγένοντο τὸν χρόνον ἐξ ἀνθρώπων, καὶ οὔτε τοὺς
οἰκοῦντας οὔτε τὴν πόλιν οὔτε τὸν τῶν οἰκήσεων θεμέλιον ἐξαί-
φνης οὐδεὶς εὑρεῖν ἐδύνατο·

60 καθὸ οἱ μὲν. | 61 μᾶλλον ἢ κακόθεοι.

Denn voll unbändigen Frevels
Schonten sie weder einander, noch wollten sie Himmlischen dienen,
Auch nicht Opfer verrichten auf heiligen Götteraltären,
Wie es Gebühr für die Himmlischen ist [Hesiodos, Werke u. Tage 133].

Da bat sie denn

Zeus der Kronide vertilget im Zorn, weil Ehre sie nimmer
Gaben den Göttern,

ihnen auch keine Weihgabe darbrachten, wie sich doch gebührte. Und was anderentheils die Bassarer angeht, welche vor Zeiten nicht blos die Opfer der Taurier nachahmten, sondern dem wilden Wahn der Menschenopfer noch das Menschenfressen hinzufügten — ganz so wie wir es jetzt mit den Thieren machen; denn nachdem wir die Weihgabe auf dem Altar verbrannt, halten wir mit dem Uebrigen einen Schmaus ab — wer hat nicht davon gehört, dass Tobsucht über sie kam, sie einander anfielen und mit den Zähnen zerfleischten, wahrhaft Blutschmäuse abhielten, und nicht eher abliessen, als bis der Stamm derer, welche zuerst bei ihnen diese Art Opfer aufgebracht hatten, ausgerottet war?

ὕβριν γὰρ ἀτάσθαλον οὐκ ἐθέλεσκον
ἀλλήλων ἴσχειν οὐδ' ἀθανάτους θεραπεύειν
ἤθελον, οὐδ' ἔρδειν μακάρων ἱεροῖς ἐπὶ βωμοῖς,
ᾗ θέμις ἀθανάτοις.

τοιγὰρ οὖν αὐτοὺς

Ζεὺς Κρονίδης ἔκρυψε χολούμενος, οὕνεκα τιμὰς
οὐκ ἐδίδουν μακάρεσσιν

*οὐδ' ἀπήρχοντο τούτοις καθάπερ ἦν δίκαιον. **Βασσάρων** δὲ δὴ τῶν τὸ πάλαι τὰς Ταύρων θυσίας οὐ μόνον ζηλωσάντων ἀλλὰ καὶ τῇ τῶν ἀνθρωποθυσιῶν βακχείᾳ βορὰν τούτων προσθεμένων — καθάπερ ἡμεῖς νῦν ἐπὶ τῶν ζῴων· ἀπαρξάμενοι γὰρ τὰ λοιπὰ δαῖτα τιθέμεθα — τίς οὐκ ἀκήκοεν ὅτι μετὰ μανίας προσπίπτοντές τε καὶ δάκνοντες ἀλλήλους, ἔτι δὲ πρὸς ἀλήθειαν αἱμοδαιτοῦντες οὐκ ἐπαύσαντο πρὶν τὸ γένος ἐξαναλῶσαι τῶν πρώτων παρ' αὐτοῖς τῆς τοιαύτης ἁψαμένων θυσίας;*

Je glatter sonst diese eleganten Perioden dahinfliessen [28]), die wohl unversehrt so vorliegen, wie Theophrastos sie niederschrieb, desto auffälligeren Anstoss giebt zu Anfang des ersten Satzes die Beziehungslosigkeit der Worte 'dieses Beides (*τούτων ἑκατέρων* Z. 58 u. 59),' da das bei Porphyrios unmittelbar Vorhergehende (s. oben S. 42) nichts enthält, was als doppelter Anlass den göttlichen Zorn hätte hervorrufen können. Eben so wenig ist aus der jetzigen Folge der Sätze zu ersehen, auf welche vorher bestimmte Zeit das Demonstrativum in den Worten *κατ' ἐκεῖνον τὸν χρόνον* Z. 67 hinweist. Es tritt also deutlich zu Tage, dass Porphyrios zwischen Z. 57 und 58 grössere Ausführungen des Theophrastos unterdrückt hat, und eben deshalb war wohl die wiederholte Nennung des Namens Z. 58 nöthig erschienen, um die Wörtlichkeit und Vollständigkeit des mit Z. 58 beginnenden Abschnittes gegenüber dem durch Auslassungen und Zusammenziehungen gekürzten Schluss des vorigen hervorzuheben. Als theilweiser Inhalt des Verlorenen lässt aus den Rückbeziehungen in dem Erhaltenen sich erkennen eine an die Sage von den vier Weltaltern anknüpfende Schilderung einer Periode der Menschengeschichte, in welcher die fromme Einfalt früherer Zeiten von den beiden Extremen des zu viel und zu wenig Opferns verdrängt wurde; innerhalb dieser Schilderung war dann gesagt, dass die Gottheit über 'dieses Beides' ergrimmte, und auf jene, wie immer chronologisch umschriebene, Periode einer sinkenden und missleiteten Frömmigkeit deutet Theophrastos zurück, wenn er die Thoer 'in jener Zeit (*κατ' ἐκεῖνον τὸν χρόνον* Z. 67)' vertilgt werden lässt. Eine solche in die vorgeschichtlichen Weltalter weisende Zeitbestimmung fehlt, und auch nähere geographische Angaben, wie er sie bei den götterlosen Thoern (s. oben S. 36) macht, muss Theophrastos überflüssig gefunden haben bei ihrem Gegenbild, den durch Menschenopfer in Kannibalismus verfallenden Bassarern; die fragende Wendung ferner, welche ihren grässlichen Cultus und dessen vernichtende Folgen für allbekannte Dinge erklärt (*τίς οὐκ ἀκήκοεν* Z. 81), mag als rhetorische Nüance noch so wenig streng genommen werden, jedenfalls zeigt sie, dass Theophrastos nichts Entlegenes und Verstecktes vorzutragen meint. Trotzdem ist bisher nicht einmal der Name einer bassarischen Völkerschaft sonst nachgewiesen; mit Wahrscheinlichkeit verlegt jedoch Lobeck (*Aglaoph.* 293), an Bassareus, den Beinamen des Dionysos im thrakischen Talar erinnernd, ihre Heimath nach Thrakien; und da dort auch die Thoer zu Hause waren, so hätte das den Hellenen am nächsten benachbarte Barbarenland dem Theophrastos Beispiele für beide das Opfern betreffende Extreme geliefert. — Welche weitere Anwendung er von diesen Erzählungen machte, ist aus Porphyrios' Auszügen nicht zu ersehen; denn wie der vorliegende Abschnitt nach vorn unverbunden dasteht, so erweist sich auch das bei Porphyrios auf Z. 84 folgende Stück*) Zusatz des Porphyrios. durch die unzweideutigsten Merkmale des Inhaltes und der Form als untheophrastisch und als eine jener Zuthaten des Porphyrios, von welchen sein oben (S. 35) behandelter Epilog redet. Denn erstlich wird Niemand, der die Orakel der Jahrhunderte vor der 114. Olympiade, in welcher Theophrastos die Leitung des Lykeion übernahm, von den Orakeln des dritten Jahrhunderts n. Ch. zu unterscheiden vermag, den hier (Z. 95) mitgetheilten Spruch einer andern Pythia beilegen als der aus Porphyrios' 'Orakelphilosophie'

*) c. 9 ὑστέρα μὲν τοίνυν καὶ νεωτάτη ἡ διὰ τῶν ζῴων θυσία, τὴν δὲ αἰτίαν λαβοῦσα οὐκ εὐχάριστον ὡς ἡ ἐκ τῶν καρπῶν, ἀλλὰ λιμοῦ ἤ τινος ἄλλης δυστυχίας περίστασιν. αὐτίκα τῶν κατὰ μέρος παρ' Ἀθηναίοις ἀναιρέσεων αἱ αἰτίαι ἢ ἀγνοίας ἢ ὀργὰς ἢ φόβους τὰς ἀρχὰς ἔχουσιν. τὴν μὲν γὰρ τῶν συῶν σφαγὴν ἀκουσίῳ ἁμαρτίᾳ Κλυμένης προσάπτουσιν ἀπροαιρέτως μὲν βαλούσης ἀνελούσης δὲ τὸ ζῷον. δι' ὃ καὶ εὐλαβηθέντα αὐτῆς τὸν ἄνδρα, ὡς παράνομον διαπεπραγμένης, Πυθῶδε ἀφικόμενον χρήσασθαι τῷ τοῦ θεοῦ μαντείῳ. τοῦ δὲ θεοῦ τῷ συμβάντι ἐπιτρέψαντος, ἀδιάφορον λοιπὸν νομίσαι τὸ γιγνόμενον. Ἐπισκόπῳ δὲ, ὃς ἦν ἔκγονος τῶν θεοπρόπων, βουληθέντι προβάτων ἀπάρξασθαι, ἐπιτρέψαι μὲν φασὶ τὸ λόγιον, σὺν πολλῇ δὲ εὐλαβείᾳ· ἔχει γὰρ οὕτως·

οὔ σε θέμις κτείνειν ὀίων γένος ἐστὶ βέβαιον (βιαίως Valentinus),
ἔγγονε θειοπρόπων· ὃ δ' ἑκούσιον ἂν κατανεύσῃ
χέρνιβ' ἔπι, θύειν τόδ', Ἐπίσκοπε, φημὶ δικαίως.

c. 10 αἶγα δ' ἐν Ἰκαρίῳ τῆς Ἀττικῆς ἐχειρώσαντο (vielleicht διεχρήσαντο) πρῶτον, ὅτι ἄμπελον ἀπέθρισεν· βοῦν δὲ Δίομος ἔσφαξε πρῶτος, ἱερεὺς ὢν τοῦ Πολιῶς Διός, ὅτι τῶν Διπολείων ἀγομένων καὶ παρεσκευασμένων κατὰ τὸ πάλαι ἔθος τῶν καρπῶν, ὁ βοῦς προσελθὼν ἀπεγεύσατο τοῦ ἱεροῦ πελάνου· συνεργοὺς γὰρ λαβὼν τοὺς ἄλλους, ὅσοι παρῆσαν, ἀπέκτεινε τοῦτον. καὶ παρὰ μὲν Ἀθηναίοις τοιαῦται κατὰ μέρος ἀποδίδονται αἰτίαι, ἄλλαι δὲ παρ' ἄλλοις λέγονται· πλήρεις δὲ πᾶσαι οὐκ εὐαγῶν ἀποδόσεων (so die Handschriften; ἀπολογιῶν Nauck). λιμὸν δὲ οἱ πλεῖστοι αἰτιῶνται καὶ τὴν ἐκ τούτου ἀδικίαν· δι' ὃ γευσάμενοι τῶν ἐμψύχων ἀπήρξαντο καὶ τούτων, εἰωθότες τῆς τροφῆς ἀπάρχεσθαι (so statt ἀπέχεσθαι). ὅθεν οὐδὲ πρεσβύτερον τὸ τῶν θυσιῶν (so statt τὸ θυσιῶν) ὑπάρχον τῆς ἀναγκαίας τροφῆς ἐκ τούτου ἀφορίζοι ἂν τοῖς ἀνθρώποις τὸ βρωτέον, ἑπόμενον δὲ οἷς ἐγεύσαντο καὶ ἀπήρξαντο οὐκ ἀναγκάζοι προσίεσθαι ὡς εὐσεβές, οὐ μὴ εὐσεβῶς τοῖς θεοῖς ἀπήρξαντο.

c. 11 μηνύει δὲ οὐχ ἥκιστα ἐξ ἀδικίας πᾶν τὸ τοιοῦτο λαβεῖν τὴν ἀρχὴν τὸ μὴ ἐν παντὶ ἔθνει τὰ αὐτὰ ἢ θύειν ἢ ἐσθίειν, ἐκ δὲ τῆς χρείας τῆς πρὸς αὐτοὺς στοχάζεσθαι τοῦ καθήκοντος. παρὰ γοῦν Αἰγυπτίοις καὶ Φοίνιξι θᾶττον ἄν τις ἀνθρωπείων κρεῶν γεύσαιτο ἢ θηλείας βοός. αἴτιον δὲ ὅτι χρήσιμον τὸ ζῷον ὂν τοῦτο ἐσπάνιζεν παρ' αὐτοῖς. δι' ὃ ταύρων μὲν καὶ ἐγεύσαντο καὶ ἀπήρξαντο, τῶν δὲ θηλειῶν φειδόμενοι τῆς γονῆς ἕνεκα ἐν μύσει τὸ ἅπτεσθαι ἐνομοθέτησαν, καὶ τῷ γε (so statt καίτοι γε) τῆς χρείας ἐφ' ἑνὸς καὶ ταὐτοῦ γένους τῶν βοῶν τό τε εὐσεβὲς καὶ τὸ ἀσεβὲς διώρισαν.

(s. Anm. 22) sattsam bekannten neuplatonischen. Die jedes alterthümlichen Hauches baren Verse reden den Abkömmling eines Priestergeschlechts an, welcher den wohl in der klassischen Zeit nicht vorkommenden Eigennamen Episkopos trägt; sie wollen von einer Weisung des delphischen Gottes, der nur das gutwillig dem Tode sich darbietende Lamm zu opfern gestattet habe, die Sitte herleiten, dass man ein Kopfnicken des Opferthieres abwartete, bevor man es niederschlug; ein solches nickendes Zustimmen wurde bekanntlich[29]) auf höchst einfache Weise dadurch herbeigeführt, dass man dem Thiere das Weihwasser in das Ohr goss. — Ferner wird die Erzählung von dem Ursprung des Dipolienopfers, welche hier zu wenigen Zeilen (99—102) zusammenschrumpft, später (*p.* 100—102) in anmuthiger Ausführlichkeit, mit abweichenden Einzelheiten und in theophrastischer Umgebung wiederholt. Da sie, schon wegen der sachlichen Abweichungen, nicht an beiden Stellen von Theophrastos herrühren kann, so muss man geneigt sein, die von Porphyrios hier, wo er den Theophrastos auch sonst verlässt, mitgetheilte Fassung auf eine andere als theophrastische Quelle zurückzuführen. — Endlich ist die Nutzanwendung, in welche das ganze Stück ausläuft, eine nur der Tendenz des Porphyrios wesentliche. Die theophrastische Schrift nämlich, deren Hauptgegenstand die Frömmigkeit war (s. oben S. 38), besprach die Thieropfer um ihrer selbst willen und durfte höchstens in Nebenbemerkungen den Genuss der Fleischspeisen widerrathen; Porphyrios hingegen hatte die Bekämpfung der animalischen Nahrung zum Thema gewählt und war nur durch die Einwürfe des Neapolitaners Clodius genöthigt worden, auch auf die Opferfrage sich einzulassen (s. oben S. 33); damit dem Leser das Hauptthema stets gegenwärtig bleibe, musste es ihm also passend erscheinen, die Excerpte aus Theophrastos' geschichtlicher Darstellung der Opferentwickelung mit Hinblicken auf die praktische Speisefrage zu begleiten. Das thut er denn auch in folgenden Sätzen, deren schwerfälliger Ausdruck und periodologische Verrenkung zugleich von stilistischer Seite her jeden Gedanken an Theophrastos ausschliesst (Z. 105): 'Nachdem man in Hungersnoth leben-'dige Geschöpfe als Speise gekostet hatte, brachte man auch davon 'eine Weihgabe, weil man gewohnt war, sie von der Nahrung dar-'zubringen. Daher kann das Opfern, da es nicht älter ist, als die 'in Nothzeiten aufgekommene Nahrung, den Menschen wohl nicht 'späterhin den Massstab abgeben für das was sie essen sollen, vielmehr da es nur als nachträgliche Folge aus dem Essen und der 'Weihgabe entstanden ist, darf es wohl nicht nöthigen als fromm 'dasjenige zuzulassen, was man in nicht frommer Weise den Göttern darbrachte.' — Nach Ausscheidung dieser nachweislich nicht theophrastischen Theile bleiben in dem gesammten Stück nur zwei Sätzchen zurück, deren thatsächlicher Kern möglicherweise aus der Lectüre des Theophrastos in Porphyrios' Gedächtniss haften blieb; jedenfalls stammt er aus alter Quelle. Es sind zwei attische Opfergeschichten, von denen die eine keinen Anhalt in unserer sonstigen Ueberlieferung findet; sie lässt die erste Tödtung des Schweines, dessen Wahl zum ersten Opferthier gewöhnlich[29]) aus seiner Schädigung der Saaten erklärt wird, durch 'unvorsätzlichen Wurf' (Z. 89) eines nicht näher bezeichneten Weibes Klymene erfolgen. Leichter ist die andere Opferlegende mit sonst Bekanntem zu verknüpfen; in dem attischen Gau Ikaria oder, wie die hier Z. 98 gebrauchte seltenere Namensform lautet, Ikarios, soll 'die erste Ziege geschlachtet sein, weil sie eine Rebe benagte.' Jenen Gau der ägeischen Phyle nun schildern als attischen Stammsitz des Dionysoscultus die mannigfaltigsten Sagen, in denen der eponyme Heros Ikarios, der Vater der Erigone, als Gastfreund des Dionysos und sein erster Schüler im Weinbau auftritt; Thespis, der Erfinder des tragischen Dionysosspieles, ist ein Sohn dieses Gaues; und zu solcher dionysischen Bedeutung der Oertlichkeit stimmt es denn, dass dorthin die erste Opferung des den Reben gefährlichsten Thieres verlegt wird. Aus welchem Autor jedoch diese zwei singulären Angaben dem Porphyrios bekannt geworden seien, die kurzen Worte, in denen er sie mittheilt, tragen so wenig wie die sie umgebenden Sätze einen fremden Stempel, und können das Urtheil über die gesammte von Z. 85 bis Z. 118 sich erstreckende Partie nicht ändern, welches dahin ausfallen muss, dass Porphyrios sie weder wörtlich noch auszugsweise einer bestimmten Quelle entlehnt, sondern selbstständig abgefasst hat. Seine abschreibende und excerpirende Thätigkeit beginnt erst wieder mit den auf Z. 118 folgenden Abschnitt, der eben deshalb auch mit einer abermaligen Nennung von Theophrastos' Namen versehen ist. Der einleitende Satz lautet: 'Bei dieser Lage der Sache kann man es nur billigen, 'dass Theophrastos den nach wahrer Frömmigkeit Strebenden 'das Opfern lebendiger Geschöpfe untersagt; er macht dafür noch 'folgende andere Gründe geltend:

Drittes Excerpt aus Theophrastos.

Erstlich, weil, wie gesagt, nur in Zeiten da ungewöhnliche Noth unser Geschlecht befallen hatte, man Lebendiges zum Opfer weihte; Hungerjahre nämlich und Kriege, die auch zum Essen des Lebendigen nöthigten, waren die Anlässe. Sind also Feldfrüchte vorhanden, wozu dann noch die Opferweise der Nothzeit beibehalten? — Ferner ist es Pflicht, für empfangene Wohlthaten Entgelt und Dank Jedem nach Maassgabe seiner Wohlthätigkeit zu entrichten, denjenigen Wesen aber, welche uns in den höchsten Dingen wohlgethan, muss der höchste Dank durch Darbringung des Köstlichsten bewiesen werden, zumal wenn sie selbst die Geber dieses Köstlichsten sind. Nun haben aber die Götter uns Menschen keine schönere und köstlichere Wohlthat verliehen als die Feldfrüchte; denn mittels dieser erhalten sie uns und machen uns ein gesittetes Leben möglich. Mit Feldfrüchten also soll man die Götter ehren. — Ausserdem ist zu erwägen, dass nur dasjenige geopfert werden darf, durch dessen Opferung wir Niemandem ein Leid thun; denn nichts muss so sehr wie das Opfer nach keiner Seite schädigen. Wenn daher auch Jemand gegen den vorhin angeführten Grund einwenden wollte, dass nicht minder als die Feldfrüchte auch die Thiere uns von der Gottheit zu unserem Gebrauch verliehen seien, so dürfen wir doch jedenfalls deshalb solche Opfer nicht bringen, weil, wenn wir Thiere zum Opfern

ὧν δὴ τοῦτον ἐχόντων τὸν τρόπον, εἰκότως ὁ Θεόφραστος ἀπαγορεύει μὴ θύειν τὰ ἔμψυχα τοὺς τῷ ὄντι εὐσεβεῖν ἐθέλοντας, χρώμενος καὶ τοιαύταις ἄλλαις αἰτίαις·

c. 12 πρῶτον μὲν ὅτι ἐξ ἀνάγκης μείζονος, ὥς φαμέν, ἡμᾶς καταλαβούσης κατήρξαντο αὐτῶν· λιμοὶ γὰρ αἴτιοι καὶ πολεμοί, οἳ καὶ τοῦ γεύσασθαι ἀνάγκην ἐπήγαγον· ὄντων οὖν τῶν καρπῶν, τίς χρεία τῷ τῆς ἀνάγκης χρῆσθαι θύματι; ἔπειτα τῶν εὐεργεσιῶν τὰς ἀμοιβὰς καὶ τὰς χάριτας ἄλλοις μὲν ἄλλας ἀποδοτέον κατὰ τὴν ἀξίαν τῆς εὐποιίας, τοῖς δὲ εἰς τὰ μέγιστα ἡμᾶς εὖ πεποιηκόσιν τὰς μεγίστας καὶ ἀπὸ τῶν τιμιωτάτων, καὶ μάλιστα εἰ αὐτοὶ εἶεν τούτων πάροχοι. κάλλιστα δὲ καὶ τιμιώτατα ὧν ἡμᾶς οἱ θεοὶ εὖ ποιοῦσιν, οἱ καρποί. διὰ γὰρ τούτων ἡμᾶς σώζουσι καὶ νομίμως ζῆν παρέχουσιν· ὥστε ἀπὸ τούτων αὐτοὺς τιμητέον. καὶ μὴν θύειν δεῖ ἐκεῖνα, ἃ θύοντες οὐδένα πημανοῦ-

122 ἔφαμεν.

wählen, dieses ihnen Schaden zufügt, da sie ihres Lebens verlustig gehen. Denn das Opfer ist und heisst eine fromme Handlung. Fromm aber ist Niemand, der mit fremdem Gut seinen Dank entrichtet, mag er auch nur Früchte oder Pflanzen ohne Zustimmung des Besitzers nehmen. Denn wie sollte das fromm sein, wobei den Beraubten Unrecht geschieht? Opfert nun der schon nicht fromm, der dazu Anderen Früchte weggenommen hat, so ist es sicherlich durchaus unfromm, viel Kostbareres als Früchte Jemandem wegzunehmen, um es zu opfern; denn die Schuld steigert sich mit dem Werth der Sache. Nun ist aber das Leben eine bei weitem kostbarere Sache, als die Erdgewächse; es ist daher unstatthaft dasselbe den Thieren zu nehmen, indem man sie opfert. Vielleicht möchte nun Jemand einwenden, dass wir auch den Gewächsen etwas wegnehmen. Hier jedoch ist es wohl nicht so sehr ein Wegnehmen. Denn man nimmt es ihnen nicht wider ihren Willen, da sie ja die Früchte, auch wenn wir sie nicht berühren, von selbst abfallen lassen; ferner, führt das Abnehmen der Früchte nicht die Zerstörung der Gewächse herbei, wie es mit den Thieren der Fall ist, wenn sie ihr Leben hingeben müssen. Dass wir uns aber die Frucht der Bienenarbeit aneignen,

μεν· οὐθὲν γὰρ ὡς τὸ θῦμα ἀβλαβὲς εἶναι χρὴ πᾶσιν. εἰ δὲ λέγοι τις ὅτι οὐχ ἧττον τῶν καρπῶν καὶ τὰ ζῷα ἡμῖν ὁ θεὸς εἰς χρῆσιν δέδωκεν, ἀλλ' ὅτι γε εἰ θύομεν τῶν ζώων φέρει τινὰ βλάβην αὐτοῖς, ἅτε τῆς ψυχῆς νοσφιζομένων, οὐ θυτέον ταῦτα· ἡ γὰρ θυσία ὁσία τίς ἐστι κατὰ τοὔνομα. ὅσιος δὲ οὐδείς, ὃς ἐκ τῶν ἀλλοτρίων ἀποδίδωσι χάριτας, κἂν καρποὺς λάβῃ κἂν φυτὰ μὴ ἐθέλοντος. πῶς γὰρ ὅσιον, ἀδικουμένων τῶν ἀφαιρεθέντων; εἰ δὲ οὐδὲ καρποὺς ὁ ἀφελόμενος ἄλλων ὁσίως θύει, τά γε τούτων τιμιώτερα παντελῶς οὐχ ὅσιον ἀφαιρουμένους τινῶν θύειν· τὸ γὰρ δεινὸν οὕτω γίγνεται μεῖζον· ψυχὴ δὲ πολλῷ τιμιώτερον τῶν ἐκ γῆς φυομένων, ἣν ἀφαιρεῖσθαι θύοντα τὰ ζῷα οὐ προσ-
c. 13 *ῆκεν. ἀλλ' ἴσως τις ἂν εἴποι ὅτι καὶ τῶν φυτῶν ἀφαιροῦμέν τι· ἢ οὐχ ὁμοία ἡ ἀφαίρεσις; οὐ γὰρ παρὰ ἀκόντων· καὶ γὰρ ἡμῶν ἐασάντων, αὐτὰ μεθίει τοὺς καρπούς· καὶ ἡ τῶν καρπῶν λῆψις οὐ μετ' ἀπωλείας αὐτῶν, καθάπερ ὅταν τὰ ζῷα τὴν ψυχὴν πρόηται. καὶ τὴν παρὰ τῶν μελιττῶν δὲ τοῦ καρποῦ παράληψιν ἐκ τῶν πόνων ἡμῖν γιγνομένην [οὐκ ἀδικίαν δεῖ νομίζειν. ἐπεὶ γὰρ τοὺς πόνους ἔχομεν κοινούς], κοινὴν ἔχειν προσήκει καὶ*

135 ἀλλ' οὖν γε ἐπιθυομένων τῶν ζώων. | 136 θυτέον οὖν ταῦτα. | 145 ἢ οὐ; οὐχ. | 149 ἡμῖν] ἡμῶν.

geschieht auf Grund unserer eigenen Mühe [und kann daher nicht für eine Beeinträchtigung der Bienen gelten; denn da die Mühe gemeinschaftlich ist], muss es auch der Nutzen sein; die Bienen nämlich sammeln den Honig aus den Pflanzen, wir aber sorgen für die Bienen; man muss daher die Theilnng des Ertrages auch so einrichten, dass sie in keiner Weise geschädigt werden; das ihnen jedoch Unbrauchbare nnd nns Nützliche können wir als unseren Lohn von ihnen ansprechen. Man soll also bei den Opfern sich von den Thieren fern halten. Ist doch auch, um die Frage von anderer Seite zu betrachten, alles Uebrige der Götter Eigenthum, die Feldfrüchte hingegen, kann man sagen, gehören uns. Denn wir säen, pflanzen und bringen sie durch weitere sorgfältige Behandlung zur Reife; wir müssen aber doch wohl von nnserem Eigen und nicht von fremdem Gute opfern. Ist doch auch das Wohlfeile und leicht zn Bekommende frömmer und gottgefälliger als das schwer zu Bekommende, und zugleich ist es den Opfernden für ununterbrochene Ausübung ihrer Frömmigkeit am leichtesten zur Hand. Was also weder fromm noch wohlfeil ist, soll man gar nicht opfern, auch nicht wenn man es hat. Um aber einzusehen, dass Thiere kein leichtzubeschaffendes und wohlfeiles Opfer sind, muss man den Blick auf die grosse Masse unseres

τὴν ὄνησιν. συνάγουσι γὰρ αἱ μέλιτται ἐκ τῶν φυτῶν τὸ μέλι, ἡμεῖς δὲ αὐτῶν ἐπιμελούμεθα. δι' ὃ καὶ δεῖ οὕτω μερίζεσθαι, ὡς μηδεμίαν αὐταῖς γίγνεσθαι βλάβην· τὸ δ' ἄχρηστον μὲν ἐκείναις ἡμῖν δὲ χρήσιμον εἴη ἂν μισθὸς ὁ παρ' ἐκείνων. ἀφεκτέον ἄρα τῶν ζῴων ἐν ταῖς θυσίαις. καὶ γὰρ ἄλλως πάντα μὲν τῶν θεῶν ἐστίν, ἡμῶν δὲ δοκοῦσιν εἶναι οἱ καρποί· ἡμεῖς γὰρ καὶ σπείρομεν αὐτοὺς καὶ φυτεύομεν καὶ ταῖς ἄλλαις ἐπιμελείαις ἀνατρέφομεν. θυτέον οὖν ἐκ τῶν ἡμετέρων, οὐ τῶν ἀλλοτρίων· ἐπεὶ καὶ τὸ εὐδάπανον καὶ εὐπόριστον τοῦ δυσποριστου ὁσιώτερον καὶ θεοῖς κεχαρισμένον καὶ κατὰ τὸ ῥᾷστον τοῖς θύουσιν πρὸς συνεχῆ εὐσέβειαν ἕτοιμον· τὸ τοίνυν μηθ' ὅσιον μήτ' εὐδάπανον
c. 14 οὐ πάνυ θυτέον, εἰ καὶ παρείη. ὅτι δ' οὐ τῶν εὐποριστων καὶ εὐδαπάνων τὰ ζῷα, θεωρητέον εἰς τὸ πολὺ τοῦ γένους ἡμῶν ὁρῶντας. οὐ γὰρ ἐπεί τινές εἰσι 'πολύρρηνες' καὶ 'πολυβοῦται' τῶν ἀνθρώπων, τοῦτο σκεπτέον· πρῶτον μὲν ὅτι πολλὰ τῶν ἐθνῶν οὐκ ἔκτηται τῶν θυσίμων ζῴων οὐθέν, εἰ μή τις τῶν ἀτίμων λέγοι· δεύτερον δὲ ὅτι τῶν ἐν αὐταῖς ταῖς πόλεσιν οἰκούντων οἱ πλεῖστοι σπανίζουσι τούτων. εἰ δὲ καὶ τῶν ἡμέρων τις καρ-

160 καὶ τὸ ῥᾷστον. | 164 ἐπεὶ] εἰ.

Geschlechts richten. Mag es immerhin einige Menschen geben, die, wie es bei Homer (Ilias 9, 154) heisst, an 'Schaafvieh reich und an Hornvieh' sind, das darf nicht in Betracht kommen, erstlich, weil viele uncivilisirte Völkerschaften gar keine zum Opfern verwendbare Thiere besitzen, es müsste denn Jemand die verachteten Thiergattungen für verwendbar erklären wollen; zweitens, weil sogar in den Städten die meisten Einwohner wenig Thiere haben. Wollte Jemand einwenden, dass dies auch mit den Getreidearten der Fall sei, nun so ist es doch wenigstens mit den übrigen Erdgewächseu nicht der Fall, und ferner ist es nicht so schwierig Getreide sich zu verschaffen, wenn man es nicht hat, wie Thiere. Also stellt es sich heraus, dass Getreide und andere Erdgewächse leichter zu bekommen sind als Thiere, das Wohlfeile und leicht zu Bekommende hat aber, wie erwähnt, den Vorzug eine ununterbrochene und allgemeine Ausübung der Frömmigkeit zu fördern; auch bezeugt der Er-

πῶν λέγοι σπανίζειν, ἀλλ' οὐ τῶν γε λοιπῶν τῶν ἐκ γῆς φυομένων, οὐδ' οὕτω χαλεπὸν τοὺς καρποὺς ὡς τὰ ζῷα πορίσασθαι. ῥάων ἄρ' ὁ πόρος τῶν καρπῶν καὶ τῶν ἀπὸ γῆς ἢ ὁ τῶν ζῴων, τὸ δὲ εὐδάπανον καὶ εὐπόριστον πρὸς συνεχῆ εὐσέβειαν συντελεῖ
c. 15 *καὶ πρὸς τὴν ἁπάντων. καὶ μαρτυρεῖ γε ἡ πεῖρα ὅτι χαίρουσι τούτῳ οἱ θεοὶ ἢ τῷ πολυδαπάνῳ. οὐ γὰρ ἄν ποτε τοῦ Θετταλοῦ ἐκείνου τοῦ τοὺς χρυσόκερως βοῦς καὶ τὰς ἑκατόμβας τῷ Πυθίῳ προσάγοντος μᾶλλον ἔφησεν ἡ Πυθία τὸν Ἑρμιονέα κεχαρίσθαι θύσαντα τῶν ψαιστῶν ἐκ τοῦ πηριδίου τοῖς τρισὶ δακτύλοις. προσεπιβαλόντι δὲ διὰ τὸ ῥηθὲν τὰ λοιπὰ πάντα τῆς πήρας ἐπὶ τὸν βωμὸν εἶπε πάλιν ὅτι δὶς τόσον ἀπέχθοιτο τοῦτο δράσας ἢ πρότερον ἦν κεχαρισμένος. οὕτω τὸ εὐδάπανον φίλον θεοῖς καὶ μᾶλλον τὸ δαιμόνιον πρὸς τὸ τῶν θυόντων ἦθος ἢ πρὸς τὸ*
c. 16 *τῶν θυομένων πλῆθος βλέπει. τὰ παραπλήσια δὲ καὶ Θεόπομπος ἱστόρηκεν, εἰς Δελφοὺς ἀφικέσθαι ἄνδρα Μάγνητα ἐκ τῆς Ἀσίας φάμενος πλούσιον σφόδρα, κεκτημένον συχνὰ βοσκήματα. τοῦτον δ' εἰθίσθαι τοῖς θεοῖς καθ' ἕκαστον ἐνιαυτὸν θυσίας ποιεῖσθαι πολλὰς καὶ μεγαλοπρεπεῖς, τὰ μὲν δι' εὐπορίαν τῶν ὑπαρχόντων, τὰ δὲ δι' εὐσέβειαν καὶ τὸ βούλεσθαι τοῖς θεοῖς ἀρέσκειν. οὕτω δὲ διακείμενον πρὸς τὸ δαιμόνιον ἐλθεῖν εἰς Δελφούς, πομπεύσαντα δὲ ἑκατόμβην τῷ θεῷ καὶ τιμήσαντα μεγαλοπρεπῶς τὸν Ἀπόλλωνα παρελθεῖν εἰς τὸ μαντεῖον χρηστηριασόμενον. οἰόμενον δὲ κάλλιστα πάντων ἀνθρώπων θεραπεύειν τοὺς θεοὺς ἐρέσθαι τὴν Πυθίαν, τὸν ἄριστα καὶ προθυμότατα τὸ δαιμόνιον γεραίροντα θεσπίσαι καὶ τὸν ποιοῦντα τὰς θυσίας προσφιλεστάτας, ὑπολαμβάνοντα δοθήσεσθαι αὐτῷ τὸ πρωτεῖον. τὴν δὲ ἱέρειαν ἀποκρίνασθαι, πάντων ἄριστα θεραπεύειν τοὺς θεοὺς Κλέαρχον κατοικοῦντα ἐν Μεθυδρίῳ τῆς Ἀρκαδίας. τὸν δ' ἐκπλαγέντα ἐκτόπως ἐπιθυμῆσαι τὸν ἄνθρωπον ἰδεῖν καὶ ἐντυχόντα μαθεῖν, τίνα τρόπον τὰς θυσίας ἐπιτελεῖ. ἀφικόμενον οὖν ταχέως εἰς τὸ Μεθύ-*

folg, dass es den Göttern wohlgefälliger ist als das Kostspielige. Denn sonst hätte wohl nicht die Pythia den Spruch gethan, dass jener Thessaler, welcher Stiere mit vergoldeten Hörnern und Hekatomben dem pythischen Gotte darbrachte, ihm weniger wohlgefällig gewesen als der Hermionenser, der mit drei Fingerspitzen Körner aus seinem Säckchen geopfert hatte. Als nun der Hermionenser durch diesen Spruch bewogen den ganzen Inhalt seines Sackes auf den Altar schüttete, erfolgte der abermalige Spruch, er habe durch dieses Verfahren doppelt so grosses Missfallen wie früher Wohlgefallen erregt. So lieb ist den Himmlischen das Wohlfeile; und die Gottheit sieht mehr auf die Gesinnung der Opfernden als auf die Menge des Geopferten. Man muss also die Gesinnung reinigen ehe man opfern geht und den Göttern gottgefällige Opfer darbringen,

δριον πρῶτον μὲν καταφρονῆσαι μικροῦ καὶ ταπεινοῦ ὄντος τὸ μέγεθος τοῦ χωρίου, ἡγούμενον οὐχ ὅπως ἄν τινα τῶν ἰδιωτῶν, ἀλλ' οὐδ' ἂν αὐτὴν τὴν πόλιν δύνασθαι μεγαλοπρεπέστερον αὐτοῦ καὶ κάλλιον τιμῆσαι τοὺς θεούς. ὅμως δ' οὖν συντυχόντα τῷ ἀνδρὶ ἀξιῶσαι φράσαι αὐτῷ, ὅντινα τρόπον τοὺς θεοὺς τιμᾷ. τὸν δὲ Κλέαρχον φάναι ἐπιτελεῖν καὶ σπουδαίως θύειν ἐν τοῖς προσήκουσι χρόνοις κατὰ μῆνα ἕκαστον ταῖς νουμηνίαις στεφανοῦντα καὶ φαιδρύνοντα τὸν Ἑρμῆν καὶ τὴν Ἑκάτην καὶ τὰ λοιπὰ τῶν ἱερῶν, ἃ δὴ τοὺς προγόνους καταλιπεῖν, καὶ τιμᾶν λιβανωτοῖς καὶ ψαιστοῖς καὶ ποπάνοις, κατ' ἐνιαυτὸν δὲ θυσίας δημοτελεῖς ποιεῖσθαι, παραλείποντα οὐδεμίαν ἑορτήν· ἐν αὐταῖς δὲ ταύταις θεραπεύειν τοὺς θεοὺς οὐ βουθυτοῦντα οὐδὲ ἱερεῖα κατακόπτοντα ἀλλ' ὅ τι ἂν παρατύχῃ ἐπιθύοντα, σπουδάζειν μέντοι ἀπὸ πάντων τῶν περιγιγνομένων καρπῶν καὶ τῶν ὡραίων ἃ ἐκ τῆς γῆς λαμβάνεται τοῖς θεοῖς τὰς ἀπαρχὰς ἀπονέμειν, καὶ τὰ μὲν παρατιθέναι τὰ δὲ καθαγίζειν αὐτοῖς, αὐτῶν δὲ τῇ αὐταρκείᾳ
c. 17 *προσεσχηκότα τὸ θῦσαι βοῦς προεῖσθαι. παρ' ἐνίοις δ' ἱστορεῖται τῶν συγγραφέων, τῶν Τυρρηνῶν μετὰ τὸ κρατῆσαι Καρχηδονίων ἑκατόμβας κατὰ πολλὴν ἔριν τὴν πρὸς ἀλλήλους ἐκπρεπεῖς παραστησάντων τῷ Ἀπόλλωνι, εἶτα πυνθανομένων αἷς ἡσθείη μάλιστα, παρ' ἐλπίδα πᾶσαν αὐτὸν ἀποκρίνασθαι, διότι τοῖς Δοκίμου ψαιστοῖς. Δελφὸς δὲ ἦν οὗτος, σκληρὰ γεωργῶν πετρίδια· κατιὼν δὲ ἀπὸ τοῦ χωρίου ἐκείνης τῆς ἡμέρας ἐκ τῆς περικειμένης πήρας τῶν ἀλφίτων ὀλίγας δράκας ἐθυλήσατο, πλέον τέρψας τὸν θεὸν τῶν μεγαλοπρεπεῖς θυσίας συντελεσάντων. ὅθεν καὶ τῶν ποιητῶν τισὶ διὰ τὸ γνώριμον ἀποφαίνεσθαι ἐδόκει τὰ τοιαῦτα, ὡς Ἀντιφάνει ἐν Μύστιδι λέγεται* [fr. 2 Mein.]·

ταῖς εὐτελείαις οἱ θεοὶ χαίρουσι γάρ·
τεκμήριον δ'· ὅταν γὰρ ἑκατόμβας τινὲς
θύωσιν, ἐπὶ τούτοις ἅπασιν ὕστατος [*ὕστατον Πόπανον ἁπάντων* Meineke]
πάντων καὶ λιβανωτὸς ἐπετέθη.
ὡς τἆλλα μὲν τὰ πολλὰ παραναλούμενα
δαπάνην ματαίαν οὖσαν αὐτῶν οὕνεκα,
τὸ δὲ μικρὸν αὐτὸ τοῦτ' ἀρεστὸν τοῖς θεοῖς.

καὶ Μένανδρος ἐν Δυσκόλῳ φησίν [fr. 3].

208 *αὐτῶν*] *αὐτὸν.* | 209 *τὸ*] *τοῦ.* | *προνοεῖσθαι.*

nicht kostbare. Jetzt aber glauben die Menschen allerdings, dass ein sauberes Gewand um einen unreinen Leib angelegt der zum Opfern erforderlichen Reinheit nicht genüge, wenn hingegen Leute sauber zwar an ihrem Leibe wie in ihrer Kleidung, jedoch mit einer vom Bösen nicht gereinigten Seele zum Opfer gehen, so glauben sie, das mache nichts aus, als wenn die Gottheit nicht am meisten Gefallen haben müsste an dem reinen Zustande unseres göttlichsten Theiles, der ihr ja der verwandteste ist. Im Vorhof des Tempels zu Epidauros hatte man auch die Inschrift angebracht:

Nur wer rein ist, betrete die Schwelle des duftenden Tempels,
Niemand aber ist rein, ausser wer Heiliges denkt.

Dass aber die Gottheit nicht an Opfern von grossem Unfang, sondern an

ὁ λιβάνωτος εὐσεβής
καὶ τὸ πόπανον· τοῦτ' ἔλαβεν ὁ θεὸς ἐπὶ τὸ πῦρ
ἅπαν τεθέν.

c. 18 διὰ τοῦτο καὶ τοῖς κεραμεοῖς ἀγγείοις καὶ τοῖς ξυλίνοις καὶ πλεκτοῖς ἐχρῶντο καὶ μᾶλλον πρὸς τὰς δημοτελεῖς ἱεροποιίας, τοιούτοις χαίρειν πεπειομένοι τὸ θεῖον. ὅθεν καὶ τὰ παλαιότατα ἔδη κεραμεα καὶ ξύλινα ὑπάρχοντα μᾶλλον θεῖα νενόμισται διά τε τὴν ὕλην καὶ τὴν ἀφέλειαν τῆς τέχνης. τὸν γοῦν Αἰσχύλον φασί, τῶν Δελφῶν ἀξιούντων εἰς τὸν θεὸν γράψαι παιᾶνα, εἰπεῖν ὅτι βέλτιστα Τυννίχῳ πεποίηται, παραβαλλόμενον δὲ τὸν αὑτοῦ πρὸς τὸν ἐκείνου ταὐτὸν πείσεσθαι τοῖς ἀγάλμασιν τοῖς καινοῖς πρὸς τὰ ἀρχαῖα. ταῦτα γὰρ καίπερ ἁπλῶς πεποιημένα θεῖα νομίζεσθαι, τὰ δὲ καινὰ περιέργως εἰργασμένα θαυμάζεσθαι μέν, θεοῦ δὲ δόξαν ἧττον ἔχειν. καὶ τὸν Ἡσίοδον οὖν εἰκότως τὸν τῶν ἀρχαίων θυσιῶν νόμον ἐπαινοῦντα εἰπεῖν [fr. 213 Marksch.]·

ὥς κε πόλις ῥέζῃσι, νόμος δ' ἀρχαῖος ἄριστος.

c. 19 οἱ δὲ τὰ περὶ τῶν ἱερουργιῶν γεγραφότες καὶ θυσιῶν τὴν περὶ τὰ πόπανα ἀκρίβειαν φυλάττειν παραγγέλλουσιν, ὡς ἀρεστὴν τοῖς θεοῖς ταύτην ἢ τὴν διὰ τῶν ζῴων θυσίαν. καὶ Σοφοκλῆς διαγράφων τὴν θεοφιλῆ θυσίαν φησὶν ἐν τῷ Πολυίδῳ [fr. 365 Nauck]·

ἦν μὲν γὰρ οἰὸς μαλλός, ἦν δ' ἀμπέλου [δὲ κἀμπέλου Grotius]
σπονδή τε καὶ ῥὰξ εὖ τεθησαυρισμένη·
ἐνῆν δὲ παγκάρπεια συμμιγὴς ὀλαῖς
λίπος τ' ἐλαίας καὶ τὸ ποικιλώτατον
ξουθῆς μελίσσης κηρόπλαστον ὄργανον.

σεμνὰ δ' ἦν τῶν πρὶν ὑπομνήματα ἐν Δήλῳ ἐξ Ὑπερβορέων ἀμαλλοφόρων. δεῖ τοίνυν καθηραμένους τὸ ἦθος ἰέναι θύσοντας, τοῖς θεοῖς θεοφιλεῖς τὰς θυσίας προσάγοντας ἀλλὰ μὴ πολυτελεῖς. νῦν δὲ ἐσθῆτα μὲν λαμπρὰν περὶ σῶμα μὴ καθαρὸν ἀμφιεσαμένοις οὐκ ἀρκεῖν νομίζουσι πρὸς τὸ τῶν θυσιῶν ἁγνόν, ὅταν δὲ τὸ σῶμα μετὰ τῆς ἐσθῆτός τινες λαμπρυνάμενοι μὴ καθαρὰν κακῶν τὴν ψυχὴν ἔχοντες ἴωσι πρὸς τὰς θυσίας, οὐδὲν διαφέρειν νομίζουσιν, ὥσπερ

231 ἔδη] ἤδη. | 236 ἁπλῶς] ἀφελῶς.

dem Geringen Gefallen habe, zeigt die allgemein verbreitete Sitte, dass von der täglichen Mahlzeit, was auch immer auf den Tisch kommen mag, vor dem Genuss der Gerichte Weihgaben abgesondert werden, die zwar nur klein sind, aber diesem Kleinen wird eine über Alles grosse Würde beigelegt.

οὐ τῷ θειοτάτῳ γε τῶν ἐν ἡμῖν χαίροντα μάλιστα τὸν θεὸν διακειμένῳ καθαρῶς, ἅτε συγγενεῖ πεφυκότι. ἐν γοῦν Ἐπιδαύρῳ προσεγέγραπτο·

ἁγνὸν χρὴ ναοῖο θυώδεος ἐντὸς ἰόντα
ἔμμεναι· ἁγνείη δ' ἐστὶ φρονεῖν ὅσια.

c. 20 *ὅτι δὲ οὐ τῷ εὐόγκῳ χαίρει ὁ θεὸς τῶν θυσιῶν ἀλλὰ τῷ τυχόντι, δῆλον ἐκ τοῦ τῆς καθ' ἡμέραν τροφῆς, κἂν ὁποία τις οὖν αὕτη παρατεθῇ, ταύτης πρὸ τῶν ἀπολαύσεων πάντας ἀπάρχεσθαι μικρὸν μέν, ἀλλὰ τῷ μικρῷ τούτῳ παντὸς μᾶλλον μεγάλη τίς ἐστι τιμή.*

Wer die deutsche Uebersetzung dieses Abschnittes, ohne auf das Griechische[30]) zu achten, in Einem Zuge liest, wird sich von zwar nicht raschem, aber doch stetigem Gedankenfortschritt vorwärts geführt und gegen das Ende hin das logische Band zwischen den einzelnen Sätzen eher straffer angezogen als gelockert fühlen; am allerwenigsten wird ihm in den Sätzen (S. 66) 'die Gottheit sieht mehr 'auf die Gesinnung der Opfernden als auf die Menge des Geopferten. 'Man muss also die Gesinnung reinigen, ehe man opfern geht,' die Bündigkeit der Schlussfolgerung etwas zu wünschen lassen. Und dennoch ist, wie ein Blick auf das Griechische zeigt, jenes 'Also (*τοίνυν* Z. 250)' von dem Satz (Z. 181 *μᾶλλον τὸ δαιμόνιον πρὸς τὸ τῶν θυόντων ἦθος ἢ πρὸς τὸ τῶν θυομένων πλῆθος βλέπει*), aus welchem es einen so regelrechten Schluss zieht, durch nicht weniger als 69 Zeilen getrennt — wohl ein schlagender und jeden anderen entbehrlich machender Beweis, dass diese 69 Zeilen nicht von Theophrastos herrühren, dessen wohlgefugten Syllogismus sie so rücksichtslos zerreissen, sondern wiederum einen jener Zusätze des Porphyrios bilden, zu denen er sich in dem Epilog bekennt. Trotz seines Strebens nach einheitlichem Ebenmaass (s. oben S. 34) ist er also hier einmal dem gewöhnlichen Schicksal der Compilatoren verfallen und hat es nicht verhindern können, dass die Nähte seiner zusammengestückten Arbeit grell hervorgucken; wahrscheinlich schrieb er den Zusatz in seinem Brouillon an den Rand der theophrastischen Erzählung von dem Hermionenser (Z. 176), zu welcher er die ähnlichen von dem Arkader Klearchos und dem Delpher Dokimos als Parallelen fügen wollte; und bei der Reinschrift, die er schwerlich selbst besorgte, ward es dann versäumt, die nöthigen überleitenden Wendungen anzubringen. Hiernach bedarf es wohl nicht mehr vieler Worte um einen Irrthum zurückzuweisen, in welchen Ruhnken gerieth, weil er auf die Scheidung des Porphyrischen von dem Theophrastischen nicht bedacht war. Er will nämlich seine oben (S. 38) erwähnte und dort zu einem richtigen Resultat führende Bemerkung, dass die Namen *Θεόπομπος* und *Θεόφραστος* in den Handschriften verwechselt werden, auf die ersten Worte des fraglichen porphyrischen Zusatzes ausdehnen und statt *τὰ παραπλήσια δὲ καὶ Θεόπομπος ἱστόρηκεν* (Z. 182) schreiben *Θεόφραστος*. Er hat dabei nicht erwogen, dass die Erzählung von dem Hermionenser, an welche Porphyrios eine 'ähnliche' knüpfen will, ja aus Theophrastos stammt, mithin der Schriftsteller, der 'auch etwas Aehnliches' erzählt, doch nicht wiederum Theophrastos sein kann. Auch werden Jedem, der aus den Charakteristiken der Rhetoren und aus den zahlreichen Bruchstücken die Schreibweise und Erzählermanier des Theopompos kennen gelernt hat, deutliche Spuren derselben in der vorliegenden Anekdote entgegentreten; sie zeigt durchweg jene glatte Breite, welche der isokrateische Geschichtschreiber von seinem Lehrer als Erbtheil überkommen hatte, und nur wo seine politische Parteigängerei ihn erhitzte, mit eleganter Invective zu vertauschen pflegte. Getrost dürfen wir also dem *Θεόπομπος* der porphyrischen Handschriften trauen und die langgesponnene Erzählung von dem arkadischen Kleinstädter, der den üppigen Asiaten über die wahre Gottesverehrung belehrt, als den Rest einer der vielen Episoden betrachten, durch welche dem Theopompos sein nur die philippische Zeit behandelndes Hauptwerk zu achtundfünfzig Bänden von durchschnittlich zweitausend Zeilen[30]) anschwoll; dass er sich in diesen Abschweifungen wie über andere Tugenden so besonders über Gerechtigkeit und Frömmigkeit verbreitete, bezeugt Dionysios von Halikarnassos*). Erweist sich demnach die

Zusatz des Porphyrios.

Theopompos.

*) *epist. ad Pompeium* 6: *πάντα δὴ ταῦτα ζηλωτὰ τοῦ συγγραφέως* (des Theopompos) *κἄτι πρὸς τούτοις ὅσα φιλοσοφεῖ παρ' ὅλην τὴν ἱστορίαν* [die zwei letzten von

handschriftliche Ueberlieferung *Θεόπομπος* als unantastbar, so ist damit zugleich ein neuer Beleg gewonnen für die Richtigkeit der freilich durch die dargelegte Satzverbindung schon hinlänglich gesicherten Abgrenzung der theophrastischen Excerpte. Denn dass Theophrastos je in friedlicher Absicht, wie es hier geschehen würde, längere Stellen aus Theopompos mit ausdrücklicher Nennung seines Namens entlehnt haben sollte, ist bei den heftigen Fehden, welche zwischen der isokrateischen und der peripatetischen Schule bestanden, schwer denkbar. — In gleicher Weise würden, auch wenn jener Fundamentalbeweis aus der Satzverbindung gemangelt hätte, schon die Citate aus den Dichtern der mittleren und neueren Komödie Antiphanes und Menander (Z. 218—229) den nichttheophrastischen Ursprung des sie umgebenden Abschnittes angezeigt haben; denn Antiphanes war ein Zeitgenosse, Menander gar ein Schüler des Theophrastos, und auch die Art, wie die nicht eben erlesenen Citate blos aufgereiht, aber nicht verwerthet sind, sticht gar sehr von Allem ab, was einem der besten Zöglinge des Aristoteles zugetraut werden darf; die wirklich theophrastischen Citate aus Hesiodos, welche oben (S. 57 Z. 70) vorkamen, und die aus Empedokles, welche uns weiterhin begegnen werden, sind ganz anders in den Fortschritt der eigenen Rede hineingezogen; hier verräth Alles den späten, seine Sammlung von 'schönen Stellen' ausschüttenden Grammatiker. — Und vielleicht gelingt es, sogar den Namen des Spätlings zu ermitteln, welchem Porphyrios den mannigfaltigen Inhalt dieses zusätzlichen Abschnittes verdankt. Z. 240 beruft er sich auf 'Schriftsteller über Cultushandlungen und Opfer *(οἱ δὲ τὰ περὶ τῶν ἱερουργιῶν γεγραφότες καὶ θυσιῶν)*, welche besondere Genauigkeit bei Darbringung von Opferfladen *(πόπανα)* empfehlen.' Der Plural in diesem Citat kann Niemanden irren, der die Weise der Compilatoren kennt; wenn sie ihre Quelle offen zu nennen nicht bequem finden, lieben sie es den Einen, welchen sie ausschreiben, gleichsam mittels eines Majestätsplurals zu vervielfältigen und zu verstecken; und sobald ein nach den chronologischen und den übrigen Verhältnissen passender Schriftsteller aufgefunden ist, der ein Werk unter dem keineswegs häufigen Titel *Περὶ Ἱερουργιῶν* verfasst und darin die Opferfladen eingehend

Sylburg eingefügten Worte fehlen in den Handschriften] *περὶ δικαιοσύνης καὶ εὐσεβείας καὶ τῶν ἄλλων ἀρετῶν πολλοὺς καὶ καλοὺς διεξερχόμενος λόγους.*

Aristomenes

behandelt hat, darf man zuversichtlich seinen Eigennamen jenem Plural unterlegen und die Fundgrube des Porphyrios entdeckt zu haben glauben. Auf das Vollständigste genügt nun allen diesen Anforderungen der von Athenäos*) erwähnte Freigelassene des Kaisers Hadrianus, Aristomenes; ein Werk von ihm führte den Titel *Τὰ Πρὸς Τὰς Ἱερουργίας*, und in dessen drittem Bande befand sich eine so ausführliche Aufzählung der verschiedenen Arten von Opferfladen *(πόπανα)*, dass sogar Athenäos, der doch sonst im Punkt solcher Sammlungen nicht allzu zimpferlich ist, vor der Länge dieser Liste zurückschrickt und ihre Auslassung mit seinem schwachen Gedächtniss entschuldigt. Um den Nutzen eines so sorgfältigen Fladenkataloges deutlich zu machen, wird Aristomenes in einleitenden Vorbemerkungen eben den Satz entwickelt haben, welchen wir bei Porphyrios (Z. 240—242) lesen, dass das Mehlopfer eine vorzügliche Genauigkeit erfordere, weil es den Göttern wohlgefälliger als Thieropfer sei; und bewährt war dann dieser Satz erstlich durch das was bei Porphyrios unmittelbar folgt (Z. 242 bis 249): die Beschreibung eines unblutigen 'gottgefälligen Opfers *(θεοφιλὴς θυσία)*' aus Sophokles' Polyidos und die Bemerkungen über den unblutigen Opfercultus in Delos, welcher als Andenken an die alte Verbindung der apollinischen Insel mit den unschuldigen Hyperboreern sich erhalten habe. Ausserdem wird man jedoch, nachdem einmal in Aristomenes' Werk eine Quelle dieses porphyrischen Abschnittes blossgelegt worden, aus demselben auch die Fragmente des Antiphanes und Menander herleiten dürfen, in welchen ja ebenfalls den Fladen *(πόπανον* Z. 221 u. 227) höherer Werth als den übrigen Opfergegenständen beigelegt wird. Und ein besonderes Anrecht auf unsere Dankbarkeit würde dem fast gänzlich verschollenen kaiserlichen Freigelassenen zustehen, wenn, was alle Wahrscheinlichkeit für sich hat, aus seiner citatenreichen Empfehlung der einfachen Opfer auch das theopompische Bruchstück (Z. 182) und die zwei Erzählungen stammen, die in dem porphyrischen Abschnitt noch zur Besprechung übrig bleiben. Die

*) 3, p. 115ᵃ: *παραιτητέον δὲ καταλέγειν, οὐδὲ γὰρ οὕτως εὐτυχῶς μνήμης ἔχω, ἃ ἐξέθετο πόπανα καὶ πέμματα Ἀριστομένης ὁ Ἀθηναῖος ἐν τρίτῳ τῶν Πρὸς Τὰς Ἱερουργίας. ἔγνωμεν δὲ καὶ ἡμεῖς τὸν ἄνδρα τοῦτον νεώτεροι πρεσβύτερον. ὑποκριτὴς δ' ἦν ἀρχαίας κωμῳδίας, ἀπελεύθερος τοῦ μουσικωτάτου βασιλέως Ἀδριανοῦ κτλ.*

Aeschylos. eine (Z. 232–237) zeigt den Aeschylos bei allem Bewusstsein von seiner Dichtergewalt, die sich auch hier in einem treffenden Gleichniss äussert, doch von der Ueberzeugung durchdrungen, dass auf dem Gebiete des religiösen Cultus der Zauber neuer Kunst von der Weihe der alten Einfalt besiegt werden müsse; er wagt es nicht einen Päan zu dichten, weil sein modernes Werk nimmermehr die Gemüther der Andächtigen so bewegen werde wie der alte Gesang des Tynnichos, jenes Chalkidensers, der sonst nur aus Platon's Ion (*p.* 534[d]) bekannt ist, als ein Dichter, von welchem der Nachwelt nichts im Gedächtniss geblieben, ausser 'dem Päan, den alle Welt singt, das schönste aller Lieder, ein Musenfund, wie es mit Recht sich selbst nennt.' — Nicht so auserlesen wie das Apophthegma des grossen Tragikers, obwohl immer noch des Etrusker. Dankes werth ist die Erzählung von den Etruskern (Z. 210–216), deren Verkehr mit Delphi zwar sonst hinlänglich, jedoch nicht so reichlich[30]) bezeugt ist, dass man nicht jeden neu hinzukommenden Beleg gern verzeichnete. Der vorliegende kommt aber neu hinzu, weil das handschriftliche Verderbniss *τυράννων*, durch welches die Stelle den Blicken der Forscher über etruskische und römische Geschichte entzogen war, erst von Meineke zu dem unzweifelhaften *Τυρρηνῶν* (Z. 210) gebessert wurde, jedoch an einem gelegentlichen Orte (*frag. com.* 2, 91), wo er den Ertrag der Emendation nach geschichtlicher Seite darzulegen sich nicht aufgefordert fühlte. Sie schafft nicht blos ein neues Zeugniss über Etruriens Verhältniss zu Griechenland; ebenso unverkennbar ist die Beziehung auf die zwölf Städte, aus welchen der etruskische Bund bestand; denn nur ein Wetteifer unter diesen zwölf Stadtgemeinden bei Ausrichtug eines in punischer Kriegsnoth gelobten Opfers kann mit den Worten gemeint sein, 'die Tyrrhener hätten prächtige Hekatomben in grossem Wetteifer gegen einander (*κατὰ πολλὴν ἔριν τὴν πρὸς ἀλλήλους* Z. 211) dargebracht;' und die an den Gott gerichtete Frage, wessen Opfer ihm am wohlgefälligsten gewesen, hatte nicht einen allgemeinen, sondern den speciellen, mit den inneren Wirren des etruskischen Staatenbundes zusammenhängenden Sinn: welcher von den um den politischen Vorrang streitenden Städten der Preis der Frömmigkeit gebühre? Die schlaue Orakelantwort will es mit keinem jener Kleinstaaten verderben und erklärt unerwarteter Weise nicht die Hekatombe einer etruskischen Stadt.

sondern die Handvoll Mehl eines delphischen Bauern für das frömmste Opfer.

Erst nach vollzogener Absonderung aller dieser zum Theil werthvoller, aber insgesammt von fremder Hand eingelegter und daher störender Zusätze lässt sich Theophrastos' Gedankengang ungehindert überblicken. Er bewegt sich in einer ununterbrochenen Reihe von Syllogismen, deren zuweilen bis zur Weitläufigkeit regelrechte, den Peripatetiker verrathende Formulirung nur hie und da von einem leisen paränetischen Anhauch durchzogen ist. Der erste Syllogismus (Z. 122—132) geht von dem Gedanken aus, dass die Feldfrüchte, als Erzeugnisse des die Civilisation (*νομίμως ζῆν* Z. 131) begründenden Ackerbaues, der Menschheit edelster Besitz und daher das würdigste Zeichen ihres Dankes für die göttlichen Wohlthaten seien. — Dann folgt eine Kette von Schlüssen (Z. 132—158), welche an das griechische Volksbewusstsein anknüpfen, wie es sich in der sprachlichen Bezeichnung des Opfers als 'frommer Handlung (*ὅσια* Z. 137)' kund giebt, und nachzuweisen suchen, dass blutige Opfer die Bedingungen der Frömmigkeit verletzen; denn der Begriff der Frömmigkeit schliesse den der Friedfertigkeit und allseitigen Schonung in sich, sei also mit schonungsloser Tödtung der Thiere unvereinbar. Ferner gebiete die Frömmigkeit strenge Wahrung der Grenzen des Mein und Dein; nach der gewöhnlichsten Moral, und, wie sich schon aus dem Gang der theophrastischen Schlussfolgerung ergiebt, auch nach dem griechischen Sacralrecht wird das durch Diebstahl oder Raub beschaffte Opfer von der Gottheit verworfen; und welch ärgerer Raub kann an einem lebendigen Wesen begangen werden, als der von jedem Thieropfer unzertrennliche Raub des Lebens (Z. 142)? Volles Eigenthumsrecht selbst den Göttern gegenüber (Z. 156) hat der Mensch nur an den Feldfrüchten; denn diese erwirbt er sich durch seine Arbeit; der gesetzlichen Vorschrift, von seinem Eigen zu opfern, wird also nur durch Darbringung von Getreide genügt. Die von Spielerei nicht freie Art, wie mit diesen Grundsätzen das Anrecht der Menschen auf den Bienenhonig in Einklang gebracht wird (Z. 148—154), findet ihren wenigstens erklärenden Anlass in der grossen Bedeutung der Honigspende für die ältesten und heiligsten griechischen Culte, wie ihr denn auch Theophrastos selbst späterhin die zweite Stelle in der geschichtlichen Reihenfolge der

Gedankengang des Theophrastos.

Libationen zuerkennt und sie der Oel- und Weinspende als die einfachere vorzieht (s. unten S. 79). — Eine dritte Reihe von syllogistischen Beweisen gegen die Thieropfer (Z. 159—173) wird aus dem Satz entwickelt, dass ein wohlfeiles und jederzeit bereites Opfer von der Gottheit günstiger als ein kostspieliges und seltenes aufgenommen werde und vor diesem schon deshalb den Vorzug verdiene, weil es eine ununterbrochene Bethätigung der Frömmigkeit in allen Kreisen der Bevölkerung ermögliche (*πρὸς συνεχῆ εὐσέβειαν συντελεῖ καὶ πρὸς τὴν ἁπάντων* Z. 171). Auf die letztere praktische Folge seiner Opfertheorie legte ohne Zweifel Theophrastos ein vorzügliches Gewicht. Während die mit Thieropfern verknüpften zeitraubenden Zurüstungen und Kosten den Cultus immer mehr zu einer Sache des Staates, der Priester und der Reichen gemacht und auf vergleichsweise seltene Festzeiten beschränkt hatten, will der Philosoph durch Vereinfachung der Cultushandlungen sie aus Staats- und Priesterbanden befreien und als eine Angelegenheit jedes Einzelnen zugleich verallgemeinern und verinnerlichen. So hebt denn auch ein von Stobäus*) aufbewahrtes theophrastisches Bruchstück diesen Punkt mit folgenden nachdrücklichen Worten hervor, welche den Schluss einer längeren Auseinandersetzung gebildet haben müssen: 'Wer also wegen seines 'Verhaltens zur Gottheit Lob ernten will, der muss sich opferfreu'dig nicht dadurch zeigen, dass er Vieles opfert, sondern dadurch, 'dass er häufig die Gottheit ehrt; denn Jenes ist nur ein Zeichen 'von Wohlstand, dieses aber von Gottergebenheit.' Sicherlich hatte Theophrastos auch in unserer Schrift über Frömmigkeit diese Gedanken mit einer ihrem Gehalt entsprechenden Ausführlichkeit dargelegt, und die unbeweisbare Vermuthung ist doch recht annehmbar [31]), dass in einem Abschnitt eben der Schrift über Frömmigkeit, welchen Porphyrios als unergiebig für seine Zwecke überging, das von Stobäus ausgezogene Bruchstück ursprünglich seinen Platz hatte. In den hier vorliegenden Syllogismen begnügt sich jedoch Theophrastos, die Häufigkeit des Opferns am Anfang und Schluss (Z. 161 u. 172) zu betonen; mit einer verweilenden Rechtfertigung versieht er nur die Behauptung, dass Thiere, wenigstens

*) *florileg.* 3, 50: *χρὴ τοίνυν τὸν μέλλοντα θαυμασθήσεσθαι περὶ τὸ θεῖον φιλοθύτην εἶναι μὴ τῷ πολλὰ θύειν ἀλλὰ τῷ πυκνὰ τιμᾶν τὸ θεῖον. τὸ μὲν γὰρ εὐπορίας, τὸ δ' ὁσιότητος σημεῖον.*

die zum Opfer tauglichen, verhältnissmässig selten seien (Z. 162 bis 171), und das grössere Gefallen der Gottheit an einfachen Opfern erhärtet er durch eine Orakelerzählung, deren anmuthige Einkleidung (Z. 174—180) noch mehr ins Licht gesetzt wird durch den Contrast mit der Nacherzählung des Hierokles. Dieser Pythagoreer des fünften Jahrhunderts n. Ch., welcher seinen Scharfsinn daran verschwendet hat, in die unverbundenen Sprüche der jetzt unter dem Titel 'Goldene Worte *(Χρυσᾶ Ἔπη)*' gehenden Sammlung einen systematischen Zusammenhang hineinzudeuteln, knüpft an die Aufforderung des ersten Verses*) derselben, die Götter zu ehren, eine Abhandlung über Opfer, welcher er das 'Apophthegma des pythischen Gottes' in folgender Fassung einverleibt: 'Einem, 'der Hekatomben mit nicht frommem Sinn geopfert hatte und fragte, 'wie der Gott seine Geschenke aufgenommen habe, antwortete er: ''Aber den Weihrauch lieb' ich von Hermioneus dem Berühmten'' 'und gab somit dem Geringfügigsten, weil es mit frommer Gesin-'nung geziert war, den Vorzug vor so grossem Aufwand.' Hier wird durch überlautes Hervorheben der frommen Gesinnung, welche dem Opferer der Hekatombe ausdrücklich abgesprochen und seinem Rivalen eben so ausdrücklich beigelegt ist, der ganze Vorgang verflacht und unbrauchbar gemacht für den Zweck des Theophrastos, der die geringere Gottgefälligkeit des Opferaufwandes an sich darthun will; nach solcher Vergröberung kann es dann nicht mehr auffallen, dass bei Hierokles jede Spur verschwunden ist von der artigen Spitze, in welche Theophrastos die Anekdote dadurch auslaufen lässt, dass der Hermionenser in freudiger Erregung über die gute Aufnahme seiner Paar Körner sich durch Ausschütten des ganzen Sackes noch beliebter zu machen glaubt und wegen dieser Verkennung der göttlichen Absicht auch des bereits erlangten Lobes verlustig erklärt wird. — Mit geschickter Wendung schafft sich dann Theophrastos einen Ansatz zur weiteren Entwickelung seiner Gedanken, indem er nur eine Nutzanwendung aus dem Götterspruch zu ziehen scheint; ihr griechischer Wortlaut stellt mit wohl erstrebtem, aber nicht den Eindruck des Gesuchten machendem

*) *p.* 421 (der Mullach'schen Ausg. in *phil. frag.*): πρὸς τὸν ἑκατόμβας θύσαντα μὴ μετ' εὐσεβοῦς γνώμης καὶ πυνθανόμενον πῶς εἴη προσδεδεγμένος τὰ παρ' αὐτοῦ δῶρα ἀπεκρίνατο 'ἀλλά μοι εὔαδε χόνδρος ἀγακλυτοῦ Ἑρμιονῆος' τὸ εὐτελέστατον προκρίνων τῆς τοσαύτης πολυτελείας ὅτι δὴ θεοσεβεῖ γνώμῃ κεκόσμητο.

Gleichklang, dessen deutsche Nachbildung einer treuen Uebersetznng versagt ist, die Gesinnung der Opfernden — *τὸ τῶν θυόντων ἦθος* (Z. 181) — und die Menge des Geopferten — *τὸ τῶν θυομένων πλῆθος* — einander gegenüber, um zunächst die Reinheit der Gesinnung als das Eine, was noththut, zu erweisen. Auch hier findet die Argumentation (Z. 251—256) ihren Ausgangspunkt in den gangbaren Vorstellungen und in der hellenischen, schon von Homer (Odyssee 2, 261; 4, 750) bezeugten Sitte, welche als unerlässliche Vorbereitung zu jedem Gebet und Opfer Waschungen und Feierkleider verlangte; und dass der Schluss von der unbezweifelten Wichtigkeit der körperlichen Reinheit anf die noch wesentlichere, weil das Göttliche im Menschen betreffende, Reinheit der Gesinnung auch ausserhalb der Philosophenschulen anerkannt sei, beglaubigt Theophrastos durch die epidaurische Tempel-Inschrift (Z. 259), die den edelsten Blüthen griechischer Gnomik verdientermaassen zugezählt wird. Wie wenig Anlässe auch der hellenische Gottesdienst zu lauter dogmatischer Predigt darbot, so mochte doch ein für die Macht des Worts so empfängliches Volk wie das hellenische nicht gänzlich die erweckliche Wirkung missen, welche ein körnichter Wahrspruch auf das andächtig erregte Gemüth an heiliger Stätte ausübt; man schuf sich gleichsam eine stille, monumentale Predigt in den kurzen Inschriften des gediegensten ethischen und religiösen Inhalts, mit welchen man die Vorhöfe der Tempel zierte. Je geistiger das Wesen der verehrten Gottheit, desto gewichtigere Wahrheiten begrüssten den eintretenden Frommen an der Tempelschwelle; die Kernworte, welche als Inschriften im delphischen Apollotempel die Frucht der frühesten und den Keim der spätesten griechischen Weisheit enthielten, treffen Geist nnd Gemüth auch der nachhellenischen Menschheit mit unvergänglicher Kraft; und nicht allzu weit bleibt hinter der Hoheit des apollinischen Mahnrufs 'Erkenne dich selbst' die Lehre zurück, welche Apollon's Sohn Asklepios zu Epidauros seinen Verehrern über die wahre Reinheit und Heiligkeit gab. Allmählich hatte sich Asklepios im griechischen Glauben aus seiner ursprünglichen Stellung eines nur leibliche Gesundheit schaffenden Heros zu der Würde eines höchsten Gottes, eines Spenders allseitigen geistigen wie leiblichen Heils *(σωτήρ)* emporgehoben; zu Theophrastos' Zeit war die Umbildung wo nicht bereits beendet, doch in vollem Gange; und wohl

Epidaurische Inschrift.

mochte es einer der weitestblickenden Beförderer jener Reform sein, welcher die Herzensreinheit an die Stelle des in den übrigen Tempeln üblichen Reinigungsceremoniells setzte und seinen hohen Gedanken in die liebliche Einfachheit dieser zwei Verse zu kleiden verstand. Ihr in deutscher Sprache auch von einem geübteren Uebersetzer wohl nicht leicht zu erreichender Reiz ist in der griechischen Fassung so gross [31]), dass man ohne Verwunderung wahrnimmt, wie der christlich fromme Alexandriner Clemens, trotzdem ihm die grosse Anzahl ähnlicher Bibelverse bekannt war, doch von diesem Distichon sich besonders tief ergriffen zeigt. An zwei Stellen*) bezieht er sich auf dasselbe, nicht an solchen, wo er nur seine Collectaneen, zuweilen ohne Sonderung des Bedeutenden von dem Bedeutungslosen, an den Mann bringen will; sondern das erste Mal schreibt er die vollständigen Verse hin inmitten einer Darlegung seiner eigenen Lehre vom Glauben und der Liebe; wie seine dortigen Aeusserungen zeigen, konnte auch er die verzeihliche Neugierde nach dem Namen des Dichters sogar mit seinen zu Alexandria so reichen Hilfsmitteln nicht befriedigen; das zweite Mal verwebt er ohne ausdrückliches Citat die Schlussworte des Pentameters in eine der theophrastischen nicht unähnliche Besprechung des Verhältnisses äusserer zu innerer Reinheit. — Nachdem die Bemerkungen über die 'Gesinnung der Opfernden *(τὸ τῶν θυόντων ἦθος)*' durch das epidaurische Epigramm einen so eindringlichen Abschluss erhalten haben, wendet sich die Argumentation zurück zu dem anderen Glied des an die Spitze gestellten antithetischen Satzes, zu 'der Menge des Geopferten *(τὸ τῶν θυομένων πλῆθος)*,' und sucht die Meinung, dass der Gottheit nicht das Opfer von stattlichem Umfang *(εὐόγκῳ* Z. 261) lieb sei, sondern das geringe, als eine unbewusst von jedem Hellenen gebilligte zu erweisen, abermals durch Berufung auf einen täglich in jedem Hausstand beobachteten Brauch, für welchen freilich kein Zeugniss von gleicher Tragweite wie dies theophrastische bisher sich hat entdecken lassen. Denn es handelt sich hier nicht um die Erstlingsstücke, die von jedem geschlachteten Thiere, auch wenn es

*) *Strom.* 5, 1; *p.* 652 *P.*: *καὶ τοῦτο ἦν ὃ ἠνίξατο ὅστις ἄρα ἦν ἐκεῖνος ὁ ἐπιγράψας τῇ εἰσόδῳ τοῦ ἐν Ἐπιδαύρῳ νεῶ· ἁγνὸν χρή κτλ.* — 4, 22; *p.* 628: *καὶ τοῦτο μὲν συμβόλου χάριν γίνεσθαι [φασίν], τὸ ἔξωθεν κεκοσμῆσθαί τε καὶ ἡγνίσθαι, ἁγνεία δ' ἐστὶ φρονεῖν ὅσια.* Vgl. Anm. 22.

kein eigentliches Opferthier war, den Göttern geweiht wurden, nicht um die *ἄργματα*, welche z. B. Eumäos, als er zur Bewirthung seines noch unerkannten Herrn ein Schwein geschlachtet hatte, 'den ewigen Göttern opferte (Odyssee 14, 446);' noch auch handelt es sich um die allbekannten Spenden beim Nachtisch; sondern in den unzweideutigsten Worten wird berichtet, dass es allgemeine (Z. 263 *πάντας)* Sitte sei, bei dem täglichen Mahle 'was auch auf den Tisch komme' — also nicht blos von Fleischspeisen — 'vor dem Genuss der einzelnen Gerichte' — denn nur so wird man den Plural *πρὸ τῶν ἀπολαύσεων* Z. 263 verstehen können — von jedem derselben eine Gabe den Göttern zu weihen; sie sei zwar nur 'klein,' aber trotz ihrer Kleinheit heisst es, habe sie 'eine über Alles grosse Würde,' was in dem Zusammenhang dieser Argumentation, die, wenn sie nicht erlahmen soll, auf möglichst concrete Verhältnisse sich beziehen muss, wohl nur bedeuten kann, dass jener kleine für die Götter abgesonderte Speisetheil den Vorschriften des allerstrengsten Opferceremoniells unterlag, z. B. in Bezug auf Berührung seitens unreiner Personen, oder auch insofern die Weihung mit der Gebärde der Adoration begleitet ward, wie dies ja für die sogenannte Spende des guten Dämon ausdrücklich, und zwar ebenfalls durch Theophrastos bezeugt ist in einem Bruchstück*) seiner Schrift 'über Trunkenheit.'

Wie manche Aufschlüsse nun auch über diesen religiösen Tischgebrauch der Hellenen noch zu wünschen und vielleicht aus anderen Quellen zu gewinnen seien, so wird doch die Glaubwürdigkeit der Nachricht, selbst wenn Theophrastos ihr einziger Gewährsmann bleiben sollte, eben so wenig bezweifelt wie ihre Bedeutung für die Würdigung hellenischer Frömmigkeit unterschätzt werden dürfen. Und reich an ähnlichen wichtigen Thatsachen der Religions- und Cultusgeschichte war gewiss auch der im Original der theophrastischen Schrift nächstfolgende Abschnitt, welcher, wie Porphyrios' beklagenswerth lakonische Inhaltsangabe (s. unten S. 79, Z. 266) besagt, 'mittels Anführung der in den einzelnen Städten geltenden altherkömmlichen Bräuche den Beweis 'für die früher (s. oben S. 40) aufgestellten Sätze lieferte, dass,

*) *Athen.* 15, 693ᵉ: *Θεόφραστος ἐν τῷ Περὶ Μέθης 'τὸν ἄκρατον, φησίν, οἶνον τὸν ἐπὶ τῷ δείπνῳ διδόμενον, ὃν δὴ λέγουσιν ἀγαθοῦ δαίμονος εἶναι πρόποσιν ..... προσκυνήσαντες λαμβάνουσιν ἀπὸ τῆς τραπέζης.'*

'nachdem man sich zuerst der Kräuter bedient, die dann einge-'führten alten Opfer aus den jährlichen Feldfrüchten bestanden 'haben.' Wohl weil Theophrastos' reiches Detail mit den mythischen Episoden verwebt war, die Porphyrios nach der Angabe des Epilogs (s. oben S. 35) grundsätzlich ausschied, und dann auch weil solche vegetabilische Sacralantiquitäten wenig förderlich erschienen für die eigentliche Absicht des Porphyrios, der den sachlichen Opfern überhaupt abhold ist, sie durch das Gebet verdrängen (s. oben S. 33) und jedenfalls mehr die Thieropfer bekämpfen als die Getreideopfer empfehlen will, hat er aus jenem ohne Zweifel sehr umfänglichen Abschnitt des theophrastischen Buches gar nichts mitgetheilt; aus dem folgenden Abschnitt hingegen hat er, obwohl dessen die Spenden betreffender Inhalt ebenfalls nicht unmittelbar die Thieropfer berührt, dennoch Einiges abgeschrieben, aus Gründen, die bei näherer Betrachtung des Ganges der theophrastischen Darstellung unschwer sich werden entdecken lassen. Die einleitenden Worte des Porphyrios lauten: 'Theophrastos stellt die Entwickelung der Spenden in dieser Weise dar' und das theophrastische Excerpt selbst beginnt folgendermaassen:

Viertes Excerpt aus Theophrastos.

Die alte Opferweise war an vielen Orten eine sogenannt 'nüchterne,' d. h. die Spenden bestanden aus Wasser; darauf folgte die Honigspende, denn diese Flüssigkeit fanden wir Menschen als Frucht der Bienenarbeit zuerst zur Hand; dann die Oelspende; und zu allerletzt die später aufgekommene Weinspende. Die Belege hierfür finden sich nicht blos in den attischen Holztafelgesetzen, welche in Wahrheit gleichsam nur Copien der in Kreta heimischen Korybantischen Weihen sind, sondern auch bei Empedokles, der da, wo er die Entstehung der Götter behandelt, sich nebenher auch über die Opfer in folgenden Worten äussert (v. 405 Stein):

διὰ πολλῶν δὲ ὁ Θεόφραστος τῶν παρ' ἑκάστοις πατρίων ἐπιδείξας, ὅτι τὸ παλαιὸν τῶν θυσιῶν διὰ τῶν καρπῶν ἦν τῶν ἐπετείων πρότερον τῆς πόας λαμβανομένης, καὶ τὰ τῶν σπονδῶν ἐξηγεῖται τοῦτον τὸν τρόπον·

τὰ μὲν ἀρχαῖα τῶν ἱερῶν νηφάλια παρὰ πολλοῖς ἦν — νηφάλια δ' ἐστὶν τὰ ὑδρόσπονδα — τὰ δὲ μετὰ ταῦτα μελίσπονδα· τοῦτον γὰρ ἕτοιμον παρὰ τῶν μελιττῶν πρῶτον ἐλάβομεν τὸν ὑγρὸν καρπόν· εἶτ' ἐλαιόσπονδα· τέλος δ' ἐπὶ πᾶσιν τὰ ὕστε-
c. 21 ρον γεγονότα οἰνόσπονδα. μαρτυρεῖται δὲ ταῦτα οὐ μόνον ὑπὸ

266 Θεόφραστος ἐκ τῶν.

Nicht war Jenen ein Ares Gott noch war es der Aufruhr,
Weder der thronende Zeus noch Kronos oder Poseidon,
Sondern die thronende Kypris;

unter Kypris versteht er sein kosmisches Princip der 'Liebe.'

Jene nun suchten die Gnade der Göttin mit frommen Geschenken,
Tropfender Harze Gemisch und künstlicher Salben Gerüchen,
Auch mit den Opfern von lauterer Myrrh' und duftigem Weihrauch,
Schütteten ferner zu Boden die Spenden des gelblichen Honigs,

was sich noch an einigen Orten in Uebung erhalten hat und gleichsam auf die Fährte der Wahrheit leiten kann —

Nie jedoch netzte der Greuel gemordeter Stiere den Altar;

denn als die 'Liebe' und die verwandtschaftliche Empfindung in allen Wesen waltete, da mordete begreiflicherweise Niemand irgend ein Geschöpf, da der Mensch sich auch mit den Thieren in einem Verhältniss der Angehörigkeit zu befinden glaubte; als jedoch 'der Ares und der Aufruhr' und alle Mächte des Streites und der Kriege zu walten begannen, da erst riss in der That eine Schonungslosigkeit Aller gegen Alle, auch gegen die Angehörigen, ein. — Ausserdem ist noch dies zu erwägen: Wie wir, trotz der Angehörigkeit, welche uns mit unseren Nebenmenschen verbindet, doch es für geboten halten, die Unheilstifter,

τῶν κύρβεων, αἵ τῶν Κρήτηθέν εἰσι Κορυβαντικῶν ἱερῶν οἷον ἀντίγραφα ἄττα πρὸς ἀλήθειαν, ἀλλὰ καὶ παρ' Ἐμπεδοκλέους, ὅς περὶ τῆς θεογονίας διεξιὼν καὶ περὶ τῶν θυμάτων παρεμφαίνει λέγων·

οὐδέ τις ἦν κείνοισιν Ἄρης θεὸς οὐδὲ Κυδοιμὸς
οὐδὲ Ζεὺς βασιλεὺς οὐδὲ Κρόνος οὐδὲ Ποσειδῶν,
ἀλλὰ Κύπρις βασίλεια,

ἥ ἐστιν ἡ φιλία·

τὴν οἵ γ' εὐσεβέεσσιν ἀγάλμασιν ἱλάσκοντο
στακτοῖς τε ζωροῖσι μύροισί τε δαιδαλεόσμοις
σμύρνης τ' ἀκράτου θυσίαις λιβάνου τε θυώδους
ξουθῶν τε σπονδὰς μελίτων ῥιπτοῦντες ἐς οὖδας,

ἅπερ καὶ νῦν ἔτι σώζεται παρ' ἐνίοις οἷον ἴχνη τινὰ τῆς ἀληθείας ὄντα,

ταύρων δ' ἀρρήτοισι φόνοις οὐ δεύετο βωμός.

c. 22 τῆς γάρ, οἶμαι, φιλίας καὶ τῆς περὶ τὸ συγγενὲς αἰσθήσεως πάντα

276 ὃς περί τε τῶν θυμάτων καὶ περὶ τῆς θεογονίας διεξιὼν παρεμφαίνει. | 279 οὐδ' ὁ Κρόνος οὐδ' ὁ Ποσειδῶν. | 283 γραπτοῖς τε ζώοισι.

welche von ihrem eigenartigen Naturell und ihrer Bosheit, gleichsam wie von Windesgewalt getrieben, Jeden der ihnen begegnet schädigen, umzubringen und allesammt hinzurichten: so mag es vielleicht auch richtig sein, diejenigen unvernünftigen Thiergeschöpfe umzubringen, welche arger und unheilstiftender Art sind und von ihrer Natur gedrängt werden, Alles was in ihre Nähe kommt zu schädigen; die harmlosen Thiere jedoch, die keinen natürlichen Hang zu schädigen haben, umzubringen und zu morden ist offenbar ungerecht, ebenso wie wenn es sich um Menschen solcher unschuldigen Art handelte. Hieraus ergiebt sich wohl auch, dass keinerlei unterschiedlose Rechtsbestimmung für das Verhältniss zwischen der Menschen- und der Thierwelt zu finden ist, da einige Thiere von schädigender und unheilstiftender Art sind, andere wiederum nicht, ganz so wie es bei den Menschen der Fall ist. Soll man nun solche Thiere, die hingeschlachtet zu werden verdienen, den Göttern opfern? Aber wie dürfte man das, da sie ja schlimmer Art sind? in solcher Weise zu opfern ist doch wohl eben so wenig verstattet, wie verstümmelte Thiere darzubringen; denn dann würden wir ja die Opfer zu einer Weihgabe von Schlechtem und nicht zum Ausdruck einer Verehrung machen. Also, sollen überhaupt den Göttern Thiere geopfert werden, so müssten wir dazu diejenigen auswählen, die uns nichts zu Leide

κατεχούσης, οὐθεὶς οὐθὲν ἐφόνευεν, οἰκεῖα εἶναι νομίζων τὰ λοιπὰ τῶν ζῴων. ἐπεὶ δὲ Ἄρης καὶ Κυδοιμὸς καὶ πᾶσα μάχης καὶ πολέμων ἀρχὴ κατέσχε, τότε πρῶτον οὐθεὶς οὐθενὸς ὄντως ἐφείδετο τῶν οἰκείων. σκεπτέον δ' ἔτι καὶ ταῦτα· ὥσπερ γὰρ οἰκειότητος οὔσης ἡμῖν πρὸς τοὺς ἀνθρώπους, τοὺς κακοποιοὺς καὶ καθάπερ ὑπό τινος πνοῆς τῆς ἰδίας φύσεως καὶ μοχθηρίας φερομένους πρὸς τὸ βλάπτειν τὸν ἐντυγχάνοντα ἀναιρεῖν ἡγούμεθα δεῖν καὶ κολάζειν ἅπαντας, οὕτως καὶ τῶν ἀλόγων ζῴων τὰ ἄδικα τὴν φύσιν καὶ κακοποιὰ πρός τε τὸ βλάπτειν ὡρμημένα τῇ φύσει τοὺς ἐμπελάζοντας ἀναιρεῖν ἴσως προσήκει, τὰ δὲ μηθὲν ἀδικοῦντα τῶν λοιπῶν ζῴων μηδὲ τῇ φύσει πρὸς τὸ βλάπτειν ὡρμημένα ἀναιρεῖν τε καὶ φονεύειν ἄδικον δήπου, ὥσπερ καὶ τῶν ἀνθρώπων τοὺς τοιούτους. ὃ δὴ καὶ ἐμφαίνειν ἔοικεν ἓν δίκαιον ἡμῖν μηδὲν εἶναι πρὸς τὰ λοιπὰ τῶν ζῴων, διὰ τὸ βλαβερὰ ἄττα
c. 23 *τούτων εἶναι καὶ κακοποιὰ τὴν φύσιν, τὰ δὲ μὴ τοιαῦτα, καθάπερ καὶ τῶν ἀνθρώπων. ἆρ' οὖν θυτέον τὰ ἄξια τοῦ σφάττεσθαι τοῖς θεοῖς; καὶ πῶς, εἴ γε φαῦλα τὴν φύσιν ἐστίν; οὐθὲν γὰρ*

291 *μάχη.* | 302 *ἔοικεν δίκαιον.*

thun. Nun haben wir jedoch zugestanden, dass man die Thiere, welche uns nichts zu Leide thun, nicht umbringen dürfe, also darf man sie auch nicht den Göttern opfern. Mithin, wenn wir weder diese unschädlichen Thiere noch auch die unheilstiftenden opfern dürfen, so leuchtet es wohl ein, dass man durchaus den Thieropfern entsagen muss und gar kein Thier opfern darf, das Umbringen hingegen für gewisse bösartige Gattungen gestattet ist. — Auch von anderer Seite wird dasselbe Ergebniss erreicht. Drei Anlässe giebt es den Göttern zu opfern: Ehre, Dank, Bedürfniss der Wohlthaten. Denn dieselben Empfindungen, durch die wir uns edlen Menschen gegenüber zu Darbringungen verpflichtet glauben, hegen wir den Göttern gegenüber. Wenn wir also gottesdienstliche Handlungen üben, so wollen wir entweder Befreiung vom Uebel und Gewährung des Guten uns auswirken, oder wir thun es nicht um neuer Förderung theilhaft zu werden, sondern weil wir bereits Wohlthaten empfangen haben, oder endlich wir wollen lediglich unserer Verehrung für die Vollkommenheit des göttlichen Wesens Ausdruck geben. Also auch Thiere, wenn wir sie den Göttern darbringen sollen, müssten wir aus einem dieser Anlässe opfern, welche ja alle Opferarten ohne Ausnahme umfassen. Würde nun wohl Jemand, Mensch oder Gott, von uns eine Ehre zu empfangen glauben, wenn wir gleich in der Darbringung

μᾶλλον οὕτω ἢ τὰ ἀνάπηρα θυτέον. κακῶν γὰρ οὕτως ἀπαρχὴν καὶ οὐ τιμῆς ἕνεκα τὰς θυσίας ποιήσομεν. εἰ δ' ἄρα θυτέον τοῖς θεοῖς ζῷα, τὰ μηδὲν ἀδικοῦντα τούτων ἡμᾶς θυτέον. οὐκ ἀναιρετέον δὲ ὡμολογήκαμεν τὰ μηδὲν ἡμᾶς ἀδικοῦντα τῶν λοιπῶν ζῴων, ὥστε οὐδὲ θυτέον αὐτὰ τοῖς θεοῖς. εἰ οὖν οὔτε ταῦτα θυτέον οὔτε τὰ κακοποιά, πῶς οὐ φανερὸν ὅτι παντὸς μᾶλλον ἀφεκτέον καὶ οὐ θυτέον ἐστὶ τῶν λοιπῶν ζῴων οὐδέν, ἀναιρεῖν
c. 24 *γε μέντοι τούτων ἕτερ' ἄττα προσήκει. καὶ γὰρ ἄλλως τριῶν ἕνεκα θυτέον τοῖς θεοῖς· ἢ γὰρ διὰ τιμὴν ἢ διὰ χάριν ἢ διὰ χρείαν τῶν ἀγαθῶν· καθάπερ γὰρ τοῖς ἀγαθοῖς ἀνδράσιν, οὕτω κἀκείνοις ἡγούμεθα δεῖν ποιεῖσθαι τὰς ἀπαρχάς. τιμῶμεν δὴ τοὺς θεοὺς ἢ κακῶν μὲν ἀποτροπὴν ἀγαθῶν δὲ παρασκευὴν ἡμῖν γενέσθαι ζητοῦντες, ἢ πεπονθότες εὖ, οὐχ ἵνα τύχωμεν ὠφελείας τινός, ἢ κατὰ ψιλὴν τὴν τῆς ἀγαθῆς αὐτῶν ἕξεως ἐκτίμησιν· ὥστε καὶ τῶν ζῴων, εἰ ἀπαρκτέον αὐτὰ θεοῖς, τούτων τινὸς ἕνεκα θυτέον· καὶ γὰρ ἃ θύομεν, τούτων τινὸς ἕνεκα θύομεν. ἆρ'*

307 οὕτω] ταῦτα. | γὰρ] δὲ. | 309 θεοῖς τὰ ζῷα. | 310 ὡμολογηκότες μηθὲν. | 317 δὴ] δὲ. | 319 εὖ οὐχ] εὖ ἢ.

selbst ein offenbarcs Unrecht begehen, oder würde er nicht vielmehr ein solches Verfahren für eine Beschimpfung ansehen? Brächten wir nun beim Opfer unschädliche Thiere um, so würden wir eingestandener Maassen ein Unrecht begehen. Also, um den Göttern Ehre zu erweisen, dürfen wir gar kein Thier opfern. Aher auch nicht um ihnen für ihre Wohlthaten Dank zu eutrichten. Denn wer die gebührende Gegenleistung für die Wohlthat und das Entgelt für das Wohlthun entrichten will, darf sich die Mittel dazu nicht dadurch verschaffen, dass er Anderen Böses zufügt; denn hierdurch würde der Dank ebensowenig für entrichtet gelten, wie wenn man Jemandem als Dank und Ehrenbezeigung einen Kranz überreichte, den man erst einem Dritten geraubt hat. Endlich fällt auch der dritte Anlass, das Bedürfniss der Wohlthaten, fort. Denn wer mittels einer ungerechten Handlung Wohlthaten erjagen will, unterliegt dem Argwohn, dass er nach empfangener Wohlthat nicht einmal dankbar sein werde. Also darf man auch wegen erhoffter Wohlthat Thiere nicht den Göttern opfern. Denn wenn man auch bei solchem ungerechten Verfahren wie das heispielsweise erwähnte vielleicht einmal einen Menschen täuschen kann, vor Gott ist auch Täuschung unmöglich. Sind demnach dies die drei einzigen Anlässe zum Opfern und trifft keiner von ihnen hier zu, so ist es klar, dass man überhaupt keine Thiere den

οὖν τιμῆς ἡγήσαιτ' ἂν ἄνθρωπός τις τυγχάνειν ἡμῶν ἢ θεός, ὅταν ἀδικοῦντες εὐθὺς διὰ τῆς ἀπαρχῆς φαινώμεθα, ἢ μᾶλλον ἀτιμίαν οἰήσαιτ' ἂν τὸ τοιοῦτο δρᾶν; ἐν τῷ δέ γε θύειν ἀναιροῦντες τὰ μηδὲν ἀδικοῦντα τῶν ζῴων, ἀδικήσειν ὁμολογοῦμεν· ὥστε τιμῆς μὲν ἕνεκα οὐ θυτέον τῶν λοιπῶν ζῴων οὐθέν· οὐ μὴν οὐδὲ τῶν εὐεργεσιῶν χάριν αὐτοῖς ἀποδιδόντας. ὁ γὰρ τὴν δικαίαν ἀμοιβὴν τῆς εὐεργεσίας καὶ τῆς εὐποιίας τὸ ἀντάξιον ἀποδιδοὺς οὐκ ἐκ τοῦ κακῶς τινας δρᾶν ὀφείλει ταῦτα παρέχειν. οὐδὲν γὰρ μᾶλλον ἀμείβεσθαι δόξει ἢ κἂν εἰ τὰ τοῦ πέλας ἁρπάσας τις στεφανοίη τινὰς ὡς χάριν ἀποδιδοὺς καὶ τιμήν. ἀλλ' οὐδὲ χρείας τινὸς ἕνεκα τῶν ἀγαθῶν· ὁ γὰρ ἀδίκῳ πράξει τὸ παθεῖν εὖ θηρεύων ὕποπτός ἐστι μηδὲ εὖ παθὼν χάριν ἕξειν. ὥστ' οὐδ' ἐπ' ἐλπιζομένῃ εὐεργεσίᾳ θυτέον ἐστὶ τοῖς θεοῖς ζῷα. καὶ γὰρ δὴ τῶν μὲν ἀνθρώπων λάθοι τις ἂν ἴσως τινὰ τοῦτο πράττων, τὸν δὲ θεὸν ἀμήχανον καὶ λαθεῖν. εἰ τοίνυν θυτέον μὲν τούτων τινὸς ἕνεκα, οὐδενὸς δὲ τούτων χάριν αὐτὸ πρακτέον,
c. 25 *δῆλον ὡς οὐ θυτέον ἐστὶν ζῷα τὸ παράπαν τοῖς θεοῖς. ταῖς γὰρ*

323 ἡγήσαιτ' ἂν τυγχάνειν ἡμῶν ὁ θεός. | 335 οὐδ' ἐλπιζομένης εὐεργεσίας.

Göttern opfern darf. Nur aus Lust am Genuss des Opferfleisches suchen wir die Wahrheit in diesen Dingen zu verwischen, täuschen jedoch damit blos uns selbst, sicherlich nicht Gott. Opfern wir doch von den verachteten Thieren, welche dem menschlichen Dasein keinerlei nennenswerthe Förderung bringen, sofern sie ungeniessbar sind, keines den Göttern; denn wer hat wohl je Schlangen oder Skorpione oder Affen oder andere Thiere dieser Art geopfert? von denen hingegen, welche unserem Dasein Förderung gewähren und zugleich geniessbare Theile haben, verschonen wir keines, sondern schlachten und schinden sie in bester Form unter dem Patronat der Gottheit. Denn Ochsen und Schafe, auch Hirsche und Hühner, ja sogar die zwar jeglicher Reinlichkeit baren aber unserem Gaumen Genuss gewährenden Mastschweine schlachten wir den Göttern; einige von diesen Thieren kommen unserem Dasein zu Nutz, indem sie uns bei der Arbeit helfen, andere sind zur Bekleidung oder zu sonstigen Zwecken dienlich. Jedoch auch die, welche nichts der Art leisten, werden wegen des Genusses, den sie gewähren, eben so gut wie die nützlichen Thiere von den Menschen als Opfer umgebracht. Esel hingegen und Elephanten oder sonst ein bei der Arbeit uns helfendes aber unge-

ἐκ τῶν θυμάτων ἀπολαύσεσι τὸ περὶ τούτων ἀληθὲς ἐξαλείφειν πειρώμενοι λανθάνομεν ἡμᾶς αὐτούς, οὐ γὰρ δὴ τὸν θεόν. τῶν μὲν οὖν ἀτίμων ζῴων, ἃ μηδεμίαν εἰς τὸν βίον ἡμῖν παρέχεται χρείαν κρείττω, ἅτε οὐδεμίαν ἀπόλαυσιν ἐχόντων, οὐθὲν θύομεν τοῖς θεοῖς. τίς γὰρ δὴ πώποτε ἔθυσεν ὄφεις καὶ σκορπίους ἢ πιθήκους ἤ τι τῶν τοιούτων ζῴων; τῶν δὲ τοῖς βίοις ἡμῶν χρείαν τινὰ παρεχομένων καί τι εἰς ἀπόλαυσιν ἐν αὐτοῖς ἐχόντων οὐθενὸς ἀπεχόμεθα, σφάττοντες ὡς ἀληθῶς καὶ δέροντες ἐπὶ προστασίας τοῦ θείου. βοῦς γὰρ καὶ πρόβατα, πρός τε τούτοις ἐλάφους καὶ ὄρνιθας, αὐτούς τε τοὺς καθαριότητος μὲν οὐδὲν κοινωνοῦντας ἀπόλαυσιν δὲ ἡμῖν παρέχοντας σιάλους σφάττομεν τοῖς θεοῖς· ὧν τὰ μὲν τοῖς βίοις ἡμῶν ἐπικουρεῖ συμπονοῦντα, τὰ δὲ εἰς σκέπην ἤ τινας ἄλλας χρείας ἔχει βοήθειαν· τὰ δὲ οὐθὲν τούτων δρῶντα διὰ τὴν ἐξ αὐτῶν ἀπόλαυσιν ὁμοίως τοῖς ἔχουσι τὸ χρήσιμον ὑπὸ τῶν ἀνθρώπων ἀπόλλυται ταῖς θυσίαις. ἀλλ' οὐκ ὄνους οὐδ' ἐλέφαντας οὐδὲ ἄλλο τῶν συμπονούντων μὲν οὐκ ἐχόντων δὲ ἀπόλαυσιν θύομεν........ καίτοι καὶ χωρίς γε τοῦ θύειν οὐκ ἀπεχόμεθα τῶν τοιούτων σφάττοντες διὰ τὰς ἀπο-

343 χρείαν καὶ τῶν οὐδεμίαν. | 346 παρεχομένων ἢ καί. | 352 σκέπην] τροφήν. | 356 θύομεν. καίτοι.

niessbares Thier opfern wir nicht. ......Und doch verschonen wir, auch wo es sich nicht um Opfer handelt, keines dieser Thiere und schlachten sie um des Genusses willen; und von den zum Opfern tauglichen Thieren selbst opfern wir nicht die den Göttern, sondern vielmehr die dem menschlichen Gelüste angenehmsten, und legen so wider uns selbst Zeugniss ab, dass wir des Genusses wegen an diesen Opfern festhalten. Und wahrlich, weun Jemand uns gebieten würde iu derselben Weise zu opfern wie der judäische Stamm der Syrer in Folge des ursprünglichen Opfers noch heutigen Tages, sagt Theophrastos, seine Thieropfer anstellt, so würden wir die ganze Sache aufgeben. Die Judäer nämlich halten mit dem Opferfleisch keinen Schmaus ab, sondern sie verbrennen es als Ganzopfer bei Nachtzeit, giessen viel Honig und Wein darüber, und schaffen das Opfer schnell fort, damit nicht der allsehende Helios das Entsetzliche erblicke. Zugleich fasten sie an den dazwischen liegenden Tagen. Und während dieser ganzen Zeit führen sie, da ihr Stamm der Philosophie ergeben ist, untereinander Gespräche über die Gottheit, des Nachts aber machen sie Himmelsbeobachtungen und beschauen die Sterne während sie in Gebeten Gott anrufen. Denn diese zuerst brachten

λαύσεις καὶ θύομεν αὐτῶν τῶν θυσίμων οὐ τὰ τοῖς θεοῖς, πολὺ δὲ μᾶλλον τὰ ταῖς τῶν ἀνθρώπων ἐπιθυμίαις κεχαρισμένα, καταμαρτυροῦντες ἡμῶν αὐτῶν, ὅτι τῆς ἀπολαύσεως χάριν ἐμμένομεν
c. 26 τοῖς τοιούτοις θύμασιν. καίτοι καθότι Σύρων μὲν Ἰουδαῖοι διὰ τὴν ἐξ ἀρχῆς θυσίαν ἔτι καὶ νῦν, φησὶν ὁ Θεόφραστος, ζῳοθυτοῦσιν, εἰ τὸν αὐτὸν ἡμᾶς τρόπον τις κελεύοι θύειν, ἀποσταίημεν ἂν τῆς πράξεως. οὐ γὰρ ἑστιώμενοι τῶν τυθέντων, ὁλοκαυτοῦντες δὲ ταῦτα νυκτὸς καὶ κατ' αὐτῶν πολὺ μέλι καὶ οἶνον λείβοντες ἀναλίσκουσι τὴν θυσίαν θᾶττον, ἵνα τοῦ δεινοῦ μὴ Ἥλιος ὁ πανόπτης γένοιτο θεατής. καὶ τοῦτο δρῶσιν νηστεύοντες τὰς ἀνὰ μέσον τούτων ἡμέρας· κατὰ δὲ πάντα τοῦτον τὸν χρόνον, ἅτε φιλόσοφοι τὸ γένος ὄντες, περὶ τοῦ θείου μὲν ἀλλήλοις λαλοῦσι, τῆς δὲ νυκτὸς τῶν ἄστρων ποιοῦνται τὴν θεωρίαν βλέποντες εἰς αὐτὰ καὶ διὰ τῶν εὐχῶν θεοκλυτοῦντες. κατήρξαντο γὰρ οὗτοι πρῶτοι τῶν τε λοιπῶν ζῴων καὶ σφῶν αὐτῶν, ἀνάγκῃ καὶ οὐκ ἐπιθυμίᾳ τοῦτο πράξαντες. μάθοι δ' ἂν τις ἐπιβλέψας τοὺς λογιωτάτους πάντων Αἰγυπτίους, οἳ τοσοῦτον ἀπεῖχον τοῦ φονεύειν τι τῶν λοιπῶν ζῴων, ὥστε τὰς τούτων εἰκόνας μιμή-

361 καίτοι Σύρων. | 362 ζῳοθυτοῦντες. | 363 τις κελεύοι] κελεύοιεν. | 366 ἀνήλισκον. | δεινοῦ μὴ ὁ πανόπτης.

Opfer von Thieren und aus ihrer eigenen Mitte, und zwar thaten sie es aus Noth, nicht aus Begierde. [Dass nämlich Thieropfer nicht die ursprünglichen sind] lehrt ein Blick auf das [älteste und] geistig gebildetste Volk, die Aegypter, welche, weit entfernt Thiere zu morden, die Gestalten derselben zu Abbildern der Götter sich ersahen; für so innig hielten sie die Zusammengehörigkeit und Verwandtschaft zwischen den Thieren und den Göttern und auch den Menschen. Ursprünglich wurden den Göttern Opfer von Feldfrüchten gebracht. Im Lauf der Zeit jedoch als die Pflege reiner Frömmigkeit von Einigen versäumt wurde, auch Getreidemangel eintrat, und sie, weil keine regelmässige Nahrung zu finden war, sich dazu fortreissen liessen das Fleisch ihrer Mitmenschen zu essen, da zuerst brachten sie, mit vielen Bussgebeten die Gottheit anflehend, Opfer aus ihrer Mitte den Göttern dar, nicht blos die Schönsten und Edelsten, die sich unter ihnen fanden, den Göttern weihend, sondern auch über die Schönsten hinausgreifend nach Anderen ihres Stammes. Daher schreibt es sich, dass bis auf den heutigen Tag nicht nur in Arkadien am Lykäenfest und nicht nur in Karchedon dem Kronos von der gesammten Gemeinde Menschenopfer dargebracht werden, son-

ματα τῶν θεῶν ἐποιοῦντο. οὕτως οἰκεῖα καὶ συγγενῆ ταῦτα τοῖς
c. 27 *θεοῖς ἐνόμιζον εἶναι καὶ τοῖς ἀνθρώποις. ἀπ' ἀρχῆς μὲν γὰρ αἱ τῶν καρπῶν ἐγίνοντο τοῖς θεοῖς θυσίαι· χρόνῳ δὲ τῆς ὁσιότητός τινων ἐξαμελησάντων, ἐπεὶ καὶ τῶν καρπῶν ἐσπάνισαν καὶ διὰ τὴν τῆς νομίμου τροφῆς ἔνδειαν εἰς τὸ σαρκοφαγεῖν ἀλλήλων ὥρμησαν, τότε μετὰ πολλῶν λιτῶν ἱκετεύοντες τὸ δαιμόνιον σφῶν αὐτῶν ἀπήρξαντο τοῖς θεοῖς πρῶτον, οὐ μόνον ὅ τι κάλλιστον ἐνῆν αὐτοῖς καὶ [εὐγενέστατον] τοῦτο τοῖς θεοῖς καθοσιοῦντες, ἀλλὰ καὶ πέρα τῶν καλλίστων προσεπιλαμβάνοντες τοῦ γένους· ἀφ' οὗ μέχρι τοῦ νῦν οὐκ ἐν Ἀρκαδίᾳ μόνον τοῖς Λυκαίοις, οὐδ' ἐν Καρχηδόνι τῷ Κρόνῳ κοινῇ πάντες ἀνθρωποθυτοῦσιν, ἀλλὰ [καὶ ἄλλοι] κατὰ περίοδον τῆς τοῦ νομίμου χάριν μνήμης ἐμφύλιον ἀεὶ αἷμα ῥαίνουσι πρὸς τοὺς βωμούς, καίπερ τῆς παρ' αὐτοῖς ὁσίας ἐξειργούσης τῶν ἱερῶν τοῖς περιρραντηρίοις καὶ κηρύγματι, εἴ τις αἵματος ἀνθρωπείου μεταίτιος. ἐντεῦθεν οὖν μεταβαίνοντες ὑπάλλαγμα πρὸς τὰς θυσίας τῶν ἰδίων ἐποιοῦντο σωμάτων τὰ τῶν λοιπῶν ζῴων σώματα, καὶ πάλιν κόρῳ τῆς νομίμου τροφῆς εἰς τὴν τῆς πρὶν εὐσεβείας λήθην ἰόντες, ἐπιβαίνοντες ἀπλη-*

379 τινων] ἡμῶν. | 383 αὐτοῖς καὶ τοῦτο. | 386 ἀλλὰ κατά. | 387 ἐμφύλιον αἷμα. | 389 περιρραντηρίοις κηρύγματι. | 391 ὑπάλλαγμα (πρὸς τὰς θυσίας) τῶν. | 393 εἰς τὴν περὶ εὐσεβείας. | ἀπληστίᾳ καὶ οὐθέν.

dern dass man auch an anderen Orten zu regelmässig wiederkehrenden Zeiten als Erinnerung an die frühere Uebung die Altäre mit dem Blut von Stammesgenossen besprengt, obwohl an eben diesen Orten die fromme Vorschrift von der Theilnahme an den heiligen Handlungen mittels der den geweihten Bezirk abgrenzenden Weihwassergeräthe und durch Heroldsruf einen Jeden ausschliesst, der in Blutschuld verwickelt ist. Von hier aus nun ging man dazu über, die Leiber der Thiere als Ersatz für die eigenen Leiber zum Opfer zu nehmen, und auch aus Uebersättigung an der regelmässigen Nahrung drängten sie die Erinnerung an die frühere Frömmigkeit zurück, geriethen immer tiefer in Völlerei und liessen endlich nichts ungeschmeckt und ungegessen; wie dies ja auch jetzt noch bei der Getreidenahrung überall vorkommt; hat man so viel [Brod] zu sich genommen als hinreichte, um den natürlichen Hunger zu stillen, so bereitet man, da die Uebersättigung auf das Absonderliche ausgeht, [aus Mehl] vielerlei Esswerk, das gegen die Regeln der Mässigkeit verstösst. So nun wurden die Menschen, da sie das den Göttern Geopferte nicht verächtlich behandeln wollten, darauf geführt von demselben zu kosten, und von diesem Anfang aus hat sich das Fleischessen unter den Men-

στίας οὐθὲν ἄγευστον οὐδὲ ἄβρωτον περιέλειπον. ὅπερ καὶ περὶ τὴν ἐκ τῶν καρπῶν τροφὴν νῦν συμβαίνει περὶ πάντας. ὅταν γὰρ τῇ προσφορᾷ τὴν ἀναγκαίαν ἔνδειαν κουφίσωνται, ζητοῦντος τοῦ κόρου τὸ περιττόν, ἐκπονοῦσι πρὸς βρῶσιν πολλὰ τῶν σωφροσύνης ἔξω κειμένων. ὅθεν ὡς οὐκ ἄτιμα ποιούμενοι τὰ θεοῖς θύματα, γεύσασθαι τούτων προήχθησαν, καὶ διὰ τὴν ἀρχὴν τῆς πράξεως ταύτην προσθήκη ἡ ζῳοφαγία γέγονεν τῇ ἀπὸ τῶν καρπῶν τροφῇ τοῖς ἀνθρώποις. καθάπερ οὖν τὸ παλαιὸν ἀπήρξαντό τε τοῖς θεοῖς τῶν καρπῶν καὶ τῶν ἀπαρχθέντον ἀσπαστῶς μετὰ τὴν ὁσίαν ἐγεύσαντο, οὕτῳ τῶν ζῴων καταρξάμενοι ταὐτὸν ἡγοῦντο δεῖν τοῦτο δρᾶν, καίπερ τὸ ἀρχαῖον οὐχ οὕτως τῆς ὁσίας ταῦτα βραβευσάσης, ἀλλ' ἐκ τῶν καρπῶν ἕκαστον τῶν θείων τιμᾶν. τοῖς μὲν γὰρ ἥ τε φύσις καὶ πᾶσα τῶν ἀνθρώπων ἡ τῆς ψυχῆς αἴσθησις δρωμένοις συνηρέσκετο,

> *ταύρων δ' ἀρρήτοισι φόνοις οὐ δεύετο βωμός,*
> *ἀλλὰ μύσος τοῦτ' ἔσκεν ἐν ἀνθρώποισι μέγιστον,*
> *θυμὸν ἀπορραίσαντας ἐέδμεναι ἦεα γυῖα.*

c. 28 *θεωρῆσαι δὲ ἔστιν ἐκ τοῦ περὶ Δῆλον ἔτι νῦν σωζομένου βωμοῦ,*

394 περιλείποντες. | 396 ζητοῦντες. | 400 ταύτην] ταύτης. | 406 τιμᾶν] τιμῶντες. | 410 ἦια.

schen als nachträgliche Zugabe zu der Getreidenahrung verbreitet. Wie man nämlich früher den Göttern Feldfrüchte darbrachte und nach Vollzug der heiligen Handlung von dem Dargebrachten freudig ass, so glaubte man bei den Thieropfern dasselbe thun zu müssen, obwohl die alterthümliche heilige Vorschrift nicht das Thieropfer guthiess, sondern für jedes göttliche Wesen eine Verehrung durch Darbringen von Feldfrüchten festsetzte. Denn mit dieser letzteren Art des Gottesdienstes stimmte die Natur und jede menschliche Seelenempfindung überein,

Nie jedoch netzte der Greuel gemordeter Stiere den Altar,
Sondern als grössten der Frevel verpönten es damals die Menschen,
Erst zu zerstören das Leben, darauf zu verspeisen die Glieder.
[Empedokles v. 412 St.]

Diese ursprüngliche Ansicht kann man auch aus dem noch jetzt in Delos bestehenden Altar erkennen, auf dem weder etwas zu Verbrennendes dargebracht, noch ein Thier geopfert wird, und der deshalb den Namen 'Altar der Frommen' führt. So enthielt man sich nicht blos der Thieropfer, sondern ertheilte auch den Erbauern und Benutzern dieses Altars das Lob der Frömmigkeit. Und in der That sollte man die Altäre

πρὸς ὃν οὐθενὸς προσαγομένου πυρικαύτου οὐδὲ θυομένου ἐπ' αὐτοῦ ζῴου 'εὐσεβῶν' κέκληται 'βωμός.' οὕτως οὐ μόνον ἀπείχοντο τῶν ζῴων θύοντες ἀλλὰ καὶ τοῖς ἱδρυσαμένοις τοῦτον ὁμοίως καὶ τοῖς χρωμένοις αὐτῷ μετέδοσαν τῆς εὐσεβείας. δι' ὅπερ οἱ Πυθαγόρειοι τοῦτο παραδεξάμενοι κατὰ μὲν τὸν πάντα βίον ἀπείχοντο τῆς ζῳοφαγίας, ὅτε δὲ εἰς ἀπαρχήν τι τῶν ζῴων ἀνθ' ἑαυτῶν μερίσειαν τοῖς θεοῖς, τούτου γευσάμενοι μόνον πρὸς ἀλήθειαν ἄθικτοι τῶν λοιπῶν ὄντες ἔζων. ἀλλ' οὐχ ἡμεῖς· ἐμπιπλάμενοι δὲ εἰς πολλοστὸν ἀφικόμεθα τῆς ἐν τούτοις παρὰ τὸν βίον παρανομίας. καὶ γὰρ οὔτε φόνῳ τοὺς τῶν θεῶν βωμοὺς χραίνειν δεῖ οὔτε ἁπτέον τοῖς ἀνθρώποις τῆς τοιαύτης τροφῆς, ὡς οὐδὲ τῶν ἰδίων σωμάτων ἀλλὰ ποιητέον παράγγελμα

c. 29 *τῷ παντὶ βίῳ τὸ ἐν Ἀθήναις ἔτι σωζόμενον. τὸ γὰρ παλαιόν, ὡς καὶ πρόσθεν ἐλέγομεν, καρποὺς τοῖς θεοῖς τῶν ἀνθρώπων θυόντων, ζῷα δὲ οὔ, οὐδὲ εἰς τὴν ἰδίαν τροφὴν καταχρωμένων, λέγεται κοινῆς θυσίας οὔσης Ἀθήνησιν Δίομον ἢ Σώπατρόν τινα, τῷ γένει οὐκ ἐγχώριον γεωργοῦντα δὲ κατὰ τὴν Ἀττικήν, ἐπεὶ πελάνου τε καὶ τῶν θυλημάτων ἐπὶ τῆς τραπέζης ἐναργῶς κειμένων, ἵνα τοῖς θεοῖς ταῦτα θύοι, τῶν βοῶν τις εἰσιὼν ἀπ' ἔργου τὰ μὲν κατέφαγεν τὰ δὲ συνεπάτησεν, αὐτὸν δ' ὑπεραγανακτήσαντα τῷ συμβάντι, πελέκεώς τινος πλησίον ἀκονωμένου, τοῦτον*

412 πυρικαύτου] πρὸς αὐτοῖς.

der Götter nicht mit Blut besudeln, sondern man müsste zur Vorschrift für das ganze Leben sich folgenden noch jetzt in Athen beobachteten Brauch nehmen: In alter Zeit da, wie vorhin gesagt, die Menschen nur Feldfrüchte den Göttern opferten, Thiere aber weder zum Opfer noch zu eigener Nahrung verwendeten, soll, als in Athen ein allgemeines Opfer begangen wurde, ein Mann fremden Stammes, der in Attika einen Acker bewirthschaftete, Sopatros mit Namen, sich einen Fladen und den übrigen Zubehör auf dem Tische zurechtgelegt haben, um es den Göttern zu opfern. Da kam ein Stier vom Felde, der frass es theils auf, theils zertrat er es. Sopatros, wüthend darüber, ergriff eine Axt, die in der Nähe eben geschliffen wurde, und schlug damit den Stier. Nach dem Tode des Stieres, als sein Zorn sich legte, ward er inne, welch' eine That er begangen hatte; er begräbt den Stier, nimmt wie ein Sünder freiwillige Verbannung auf sich und wandert ins Elend nach Kreta. Als darauf anhaltende Dürre und schwerer Misswachs eintrat, befragte die athenische Gemeinde den Gott. Die Pythia that den Spruch, der Verbannte in Kreta werde hier Heil schaffen, und nach Bestrafung des Mörders sowie nach Auferstehung des Gemordeten an demselben Opferfeste, bei dem er

ἁρπάξαντα, πατάξαι τὸν βοῦν. τελευτήσαντος δὲ τοῦ βοός, ὡς ἔξω τῆς ὀργῆς καταστὰς συνεφρόνησεν οἷον ἔργον ἦν εἰργασμένος, τὸν μὲν βοῦν θάπτει, φυγὴν δὲ ἑκούσιον ἀράμενος ὡς ἠσεβηκώς, ἔφυγεν εἰς Κρήτην. αὐχμῶν δὲ κατεχόντων καὶ δεινῆς ἀκαρπίας γενομένης, ἐπερωτῶσι κοινῇ τὸν θεόν. ἀνεῖλεν ἡ Πυθία, τὸν ἐν Κρήτῃ φυγάδα ταῦτα λύσειν, τόν τε φονέα τιμωρησαμένων καὶ τὸν τεθνεῶτα ἀναστησάντων ἐν ᾗπερ ἀπέθανε θυσίᾳ λῷον ἔσεσθαι γευσαμένοις τε τοῦ τεθνεῶτος καὶ μὴ †κατασχοῦσιν. ὅθεν ζητήσεως γενομένης καὶ τοῦ Σωπάτρου, οὐ μέντοι τῆς πράξεως, ἀνευρεθέντος, Σώπατρος νομίσας τῆς περὶ αὐτὸν δυσκολίας ἀπαλλαγήσεσθαι ὡς ἐναγοῦς ὄντος, εἰ κοινῇ ταὐτὸ πράξειαν πάντες, ἔφη πρὸς τοὺς αὐτὸν μετελθόντας, δεῖν κατακοπῆναι βοῦν ὑπὸ τῆς πόλεως· ἀπορούντων δὲ τίς ὁ πατάξων ἔσται, παρασχεῖν αὐτοῖς τοῦτο, εἰ πολίτην αὐτὸν ποιησάμενοι κοινωνήσουσι τοῦ φόνου. συγχωρηθέντων οὖν τούτων, ὡς ἐπανῆλθον ἐπὶ τὴν πόλιν, συνέταξαν οὕτω τὴν πρᾶξιν, ᾗπερ καὶ νῦν διαμένει παρ' αὐτοῖς.
c. **30** *ὑδροφόρους παρθένους κατέλεξαν· αἱ δ' ὕδωρ κομίζουσιν, ὅπως τὸν πέλεκυν καὶ τὴν μάχαιραν ἀκονήσουσιν. ἀκονησάντων δὲ ἐπέδωκεν μὲν τὸν πέλεκυν ἕτερος, ὁ δ' ἐπάταξε τὸν βοῦν, ἄλλος*

440 *Σωπάτρου μετὰ τῆς πράξεως.* | 442 *ταὐτὸ*] *τοῦτο.* | 447 *ᾗπερ.*

den Tod gefunden, werde es besser gehen, wenn sie von dem Gemordeten gekostet und ihn .... Darauf wurden Nachforschungen angestellt, welche zur Auffindung des Sopatros, aber nicht des Hergangs der Sache führten; Sopatros jedoch glaubte, er werde von seinem drückenden Gefühl eines mit Blutschuld Beladenen befreit sein, wenn die gesammte Gemeinde dieselbe That wie er begangen habe, und antwortete daher den ihn aufsuchenden Gesandten, das Orakel verlange, dass die Stadt einen Stier niederhaue. Als die Gesandten Niemanden zu haben erklärten, der den Schlag werde führen wollen, sagte er, diesen Dienst wolle er selbst ihnen leisten, wenn sie ihn zum Bürger machen und an dem Morde Theil nehmen würden. Diese Bedingungen wurden zugestanden. Sie kehrten darauf nach Athen zurück und setzten die Sache so fest, wie sie noch jetzt dort in Uebung ist. Sie erwählten jungfräuliche Wasserträgerinnen; diese bringen Wasser um die Axt und das Schlachtmesser zu schleifen. Nach dem Schleifen reichte ein Anderer, der nicht geschliffen hatte, die Axt hin, Sopatros schlug den Stier, ein Dritter schlachtete ihn, wiederum Andere zogen darauf die Haut ab, und nun kosteten Alle von dem Stiere. Nachdem dies geschehen, nähten

δ' ἔσφαξε· τῶν δὲ μετὰ ταῦτα δειράντων, ἐγεύσαντο τοῦ βοὸς πάντες. τούτων δὲ πραχθέντων τὴν μὲν δορὰν τοῦ βοὸς ῥάψαντες καὶ χόρτῳ ἐπογκώσαντες ἐξανέστησαν ἔχοντα ταὐτὸν ὅπερ καὶ ζῶν ἔσχε σχῆμα καὶ προσέζευξαν ἄροτρον ὡς ἐργαζομένῳ. κρίσιν δὲ ποιούμενοι τοῦ φόνου πάντας ἐκάλουν εἰς ἀπολογίαν τοὺς τῆς πράξεως κοινωνήσαντας. ὧν δὴ αἱ μὲν ὑδροφόροι τοὺς ἀκονήσαντας αὐτῶν ᾐτιῶντο μᾶλλον, οἱ δὲ ἀκονήσαντες τὸν ἐπιδόντα τὸν πέλεκυν, οὗτος δὲ τὸν [πατάξαντα, ὁ δὲ τὸν] ἐπισφάξαντα, καὶ ὁ τοῦτο δράσας τὴν μάχαιραν, καθ' ἧς οὔσης ἀφώνου τὸν φόνον κατέγνωσαν. ἀπὸ δ' ἐκείνου μέχρι τοῦ νῦν ἀεὶ τοῖς Διπολείοις Ἀθήνησιν ἐν ἀκροπόλει οἱ εἰρημένοι τὸν αὐτὸν τρόπον ποιοῦνται τὴν τοῦ βοὸς θυσίαν. θέντες γὰρ ἐπὶ τῆς χαλκῆς τραπέζης πέλανον καὶ ψαιστὰ περιελαύνουσι τοὺς κατανεμηθέντας βοῦς, ὧν ὁ γευσάμενος κόπτεται. καὶ γένη τῶν ταῦτα δρώντων ἔστιν νῦν· οἱ μὲν ἀπὸ τοῦ πατάξαντος Σωπάτρου βουτύποι καλούμενοι πάντες, οἱ δ' ἀπὸ τοῦ περιελάσαντος κεντριάδαι· τοὺς δ' ἀπὸ τοῦ ἐπισφάξαντος δαιτροὺς ὀνομάζουσιν διὰ τὴν ἐκ τῆς κρεανομίας γιγνομένην δαῖτα. πληρώσαντες δὲ τὴν βύρσαν ὅταν πρὸς
c. 31 τὴν κρίσιν ἀχθῶσι, καταποντοῦσι τὴν μάχαιραν. οὕτως οὔτε τὸ

456 ὧν δὴ] ὡς δὲ. | 458 οὗτος δὲ τὸν ἐπισφάξαντα. | 469 κατεπόντωσαν.

sie die Haut des Stieres zusammen, stopften sie mit Heu aus, stellten ihn ganz so hin wie er lebendig ausgesehen hatte, und schirrten ihn vor einen Pflug als ackere er. Darauf hielten sie Gericht wegen des Mordes und forderten alle bei der Sache Betheiligten auf, sich zu vertheidigen. Da schoben nun die Wasserträgerinnen die grössere Schuld von sich auf die welche geschliffen, diese auf den, welcher die Axt hingereicht, dieser auf den, welcher den Schlag geführt, dieser auf den, welcher geschlachtet hatte, und dieser endlich auf das Messer, gegen das denn auch, da es stumm blieb, auf Mord erkannt wurde. Von jener Zeit nun bis auf den heutigen Tag begeht man zu Athen auf der Burg alljährlich am Dipolienfeste das Stieropfer auf die geschilderte Weise. Man legt nämlich einen Fladen und geschrotene Gerstenkörner auf den ehernen Tempeltisch, um welchen dann sattgeweidete Stiere getrieben werden, und derjenige, welcher von dem Daliegenden frisst, wird niedergeschlagen. Mit den einzelnen Ceremonien sind jetzt bestimmte Familien betraut, erstlich die Abkömmlinge von Sopatros, der den ersten Schlag führte; sie heissen alle Stierschläger; dann die Stachler, die Abkömmlinge dessen, der die Stiere um den Tisch trieb; die Abkömmlinge dessen, der

παλαιὸν ὅσιον ἦν κτείνειν τὰ συνεργὰ τοῖς βίοις ἡμῶν ζῷα, νῦν τε τοῦτο φυλακτέον ἐστὶ πράττειν. καὶ καθάπερ πρότερον οὐχ ὅσιον ἦν τοῖς ἀνθρώποις ἅπτεσθαι τούτων, οὕτως νῦν τροφῆς χάριν ἅπτεσθαι τῶν ζῴων οὐχ ὅσιον ἡγητέον. εἰ δ' ἄρα τοῦτο διὰ τὴν πρὸς τὸ θεῖον ἁγιστείαν ποιητέον, ἀλλ' οὖν γε τὸ πάθος ἐκ τῶν σωμάτων καθ' ἑαυτὸ πᾶν ἐκπεμπτέον τοῦτο, ἵνα μή, τῆς τροφῆς ἐξ ὧν οὐ προσήκει ποριζομένης, σύνοικον ἔχωμεν τὸ μίασμα τοῖς ἰδίοις βίοις. καὶ γὰρ εἰ μηθὲν ἄλλο, πρός γε τὴν κατ' ἀλλήλων ἐκεχειρίαν μεγάλα πάντες ὠνήθείημεν ἄν. οἷς γοῦν ἡ αἴσθησις τοῦ τῶν ἀλλοφύλων ἅπτεσθαι ζῴων ἀπέκλινεν, τούτων ὁ νοῦς πρόδηλός ἐστιν ὁμοφύλων ἀφεξόμενος. πάντων μὲν οὖν ἴσως ἦν κράτιστον εὐθὺς ἀποσχέσθαι· ἐπεὶ δ' ἀναμάρτητος οὐδείς, λοιπὸν ἀκεῖσθαι τοῖς ὕστερον διὰ τῶν καθαρμῶν τὰς πρόσθε περὶ τὴν τροφὴν ἁμαρτίας. τοῦτο δὲ ὁμοίως γένοιτ' ἄν, εἰ πρὸ ὀμμάτων ποιησάμενοι τὸ δεινὸν ἀνευφημήσαιμεν κατὰ τὸν Ἐμπεδοκλέα [v. 436 St.] λέγοντες

οἴμοι, ὅτ' οὐ πρόσθεν με διώλεσε νηλεὲς ἦμαρ,
πρὶν σχέτλι' ἔργα βορᾶς περὶ χείλεσι μητίσασθαι.

τὸ γὰρ τοῖς ἁμαρτήμασι συναλγεῖν τὴν οἰκείαν αἴσθησιν, εὕρασθαί τι τοῖς ὑπάρχουσι κακοῖς ἄκος ζητούντων............ *βίον ἵνα καθάπερ ἁγνὰ θύματα τῷ δαιμονίῳ τῶν ἀνθρώπων ἕκαστος ἀπαρχόμενος τύχῃ*
c. 32 *τῆς ὁσίας καὶ τῆς παρὰ θεῶν ὠφελείας. πάντων δὲ μεγίστη καὶ*

473 εἰ δ' ἄρα] οὐδ' ἄρα. | 474 οὖν] ὅτι. | 487 ζητούντων βίον. 489 μεγίστη] μάλιστα.

schlachtete, nennt man Vorleger, mit Rücksicht auf den Schmaus, der nach Vertheilung der Fleischstücke angestellt wird. Nach Ausstopfung des Felles und Abhaltung des Gerichtes wird das Schlachtmesser in das Meer versenkt. So sehr hielt man es vor Alters für Sünde, die dem menschlichen Dasein durch ihre Arbeit förderlichen Thiere zu tödten, und auch jetzt sollte man dies vermeiden. [Das Opferwesen müsste so eingerichtet werden], dass jeder einzelne Mensch durch Darbringung solcher Opfer, die gleichsam von Blutschuld frei sind, den Pflichten des Gottesdienstes genüge und sich der göttlichen Wohlthaten würdig mache. Die grösste und erste aller göttlichen Wohlthaten besteht aber in der Verleihung der Feldfrüchte, und von diesen allein muss man auch Weihgaben darbringen, sowohl den Himmelsgöttern wie der sie hervortreibenden Erde. Denn ein den Göttern und Menschen gemeinsamer Heerd ist die Erde; wir alle, die wir uns an sie wie an eine Amme und Mutter schmiegen, müssen sie preisen und ihr als Urheberin unseres Daseins Kindesliebe bezeigen. Dann möchten wir wohl nach erreichtem Lebensziel gewürdigt werden, einzugehen in den Himmel und zu der gesammten Schaar der himmlischen Götter, die wir jetzt, wo wir sie erblicken, mit dem verehren, dessen hervorbringende Ursache sie und wir gemeinschaftlich sind, indem wir nämlich von den vorhandenen Früchten Weihgaben darbringen, von allen Früchten ohne Ausnahme, und wir Menschen Alle ohne Ausnahme, obwohl wir uns nicht Alle für völlig werth halten, den Göttern zu opfern. Denn wie nicht jede Art von Opfer, so ist wohl auch nicht das Opfer von Jedermann den Göttern angenehm.

πρώτη ἡ τῶν καρπῶν ἐστίν, ἧς καὶ ἀπαρκτέον μόνης τοῖς θεοῖς καὶ τῇ γῇ τῇ τούτους ἀναδούσῃ. κοινὴ γάρ ἐστιν αὕτη καὶ θεῶν καὶ ἀνθρώπων ἑστία, καὶ δεῖ πάντας ἐπὶ ταύτης ὡς τροφοῦ καὶ μητρὸς ἡμῶν κλινομένους ὑμνεῖν καὶ φιλοστοργεῖν ὡς τεκοῦσαν. οὕτως γὰρ τῆς τοῦ βίου καταστροφῆς τυχόντες παριέναι ἀξιωθείημεν ἂν εἰς οὐρανὸν καὶ τὸ σύμπαν γένος τῶν ἐν οὐρανῷ θεῶν, οὓς νῦν ὁρῶντας τιμᾶν [δεῖ] τούτοις ὧν συναίτιοι ἡμῖν εἰσίν, ἀπαρχομένους μὲν τῶν ὑπαρχόντων καρπῶν [πάντων] καὶ πάντας, οὐκ ἀξιόχρεως δ' εἰς τὸ θύειν θεοῖς πάντας ἡμᾶς ἡγουμένους. καθάπερ γὰρ οὐ πᾶν θυτέον αὐτοῖς, οὕτως οὐδ' ὑπὸ παντὸς ἴσως κεχάρισται τοῖς θεοῖς.

494 παριέναι] πάλιν. | 495 εἰς οὐρανὸν καὶ] εἰσορᾶν. | 496 τιμᾶν τούτοις. | 497 καρπῶν καὶ πάντας.

Dies sind die Hauptsätze von Theophrastos' Erörterung über die Unstatthaftigkeit der Thieropfer, abgesehen von seinen mythischen Episoden und unseren wenigen Zusätzen und Kürzungen.

τὰ μὲν δὴ κεφάλαια τοῦ μὴ δεῖν θύειν ζῷα χωρὶς τῶν ἐμβεβλημένων μύθων ὀλίγων τε τῶν ὑφ' ἡμῶν προσκειμένων καὶ συντετμημένων ἐστὶν τῶν **Θεοφράστου** *ταῦτα.*

Wie sehr auch die Erläuterung dieses Abschnittes[32]) durch seine mit den früheren in keinem Verhältniss stehende Länge erschwert werden mag, so hätte doch der äussere Uebelstand nur um den Preis einer inneren Unzuträglichkeit sich vermeiden lassen. Abzusetzen ohne zu zerreissen war unmöglich; mit so feiner Nadel hat Theophrastos die Maschen der einzelnen Argumente und Perioden in einander geschlungen. Ja, nicht einmal da wo Porphyrios sein Excerpt beschliesst, ist ein scharf abgeschnittenes Ende vorhanden. Denn der letzte Satz 'Wie nicht jede Art von Opfer, so ist wohl auch 'nicht das Opfer von Jedermann den Göttern angenehm (Z. 499),' bildet nicht sowohl den Schluss der vorangehenden Ausführung über das Opfermaterial als den Anfang einer neuen, im theophrastischen Original folgenden Auseinandersetzuug über die sittlichen Eigenschaften des Opfernden, welche das göttliche Wohlgefallen am Opfer bedingen. Dennoch musste Porphyrios das Sätzchen mitnehmen, weil es auf das Engste mit den unmittelbar vorhergehenden Worten über die gleiche Opferpflicht, aber nicht gleiche Würdigkeit aller Menschen verknüpft ist, und diese Worte wiederum nicht auszuscheiden waren, ohne den Bau der mit Z. 494 beginnenden Periode zu zerstören. Und ebenso wie hier am Schluss ward Porphyrios auch am Anfang des Abschnittes durch die Verzahnungen der theophrastischen Argumentationen genöthigt, bei seinen Auszügen über die strengen Grenzen seines Thema's hinauszugehen. Denn so gut wie er die genauen Angaben über alte Pflanzen- und Mehlopfer unterdrückte (s. oben S. 79), hätte er sich gewiss auch mit Theophrastos' Sätzen über die Geschichte der Spenden (Z. 269 - 275), da sie für die Frage über Thieropfer nichts austragen, keine Abschreibermühe gemacht, schlügen sie nicht die unentbehrliche Brücke zu den empedokleischen Versen, welche in eine so nachdrückliche Abmahnung von 'Stiermord' auslaufen und den nicht zu missenden Stützpunkt des späteren theophrastischen Angriffs (Z. 289 293) auf die Thieropfer abgeben. Aber eben weil Porphyrios nur gezwungen dem Theophrastos auf das Gebiet der Trankopfer folgt, liegt nun auch die Annahme nahe, dass er nicht mehr abschrieb als die stilistische Ueberleitung unumgänglich erforderte; und noch unbedenklicher als er es sich bei dem Bericht des Josephus über die Essäer erlaubte (s. oben S. 24), wird er hier zwischen den ausgezogenen kurzen Hauptsätzen des Theophrastos ausschmückende und begründende Nebensätze übergangen haben.

Spenden. In der That macht schon Theophrastos' Vorliebe für ebenmässigen Periodenbau es unwahrscheinlich, dass er bei der Oel- und Weinspende sich mit nackter Anfzählung sollte begnügt haben, während er doch die Erwähnung der Honigspende mit einer ihre zweite Stelle in der Reihenfolge rechtfertigenden Bemerkung (Z. 271) begleitet; und noch weniger glaublich ist es, dass er seine von der gewöhnlichen abweichende Erklärung der 'nüchternen (*νηφάλια* Z. 269)' Spende nicht sollte mit Belegen versehen haben. Denn gewöhnlich werden, wie die gangbaren Handbücher genügend nachweisen, unter *νηφάλια* die Honig- und Milchspenden verstanden; Porphyrios selbst folgt anderswo dieser herkömmlichen Auffassung des ritualen Wortes; in seiner Abhandlung über die Nymphenhöhle*) der Odyssee sagt er: 'die Biene ist ein sehr gerechtes 'und nüchternes Thier; daher bestehen auch die nüchternen Spen'den aus Honig.' Theophrastos hingegen setzt hier ausdrücklich die Honigspende der 'nüchternen' entgegen, die er auf Wasserspende beschränkt (*νηφάλια δ' ἐστὶν τὰ ὑδρόσπονδα* Z. 270). Mit unseren jetzigen Mitteln die unter Porphyrios' excerpirender Feder verschwundenen theophrastischen Nachweise zu ersetzen, will nicht gelingen; das einzige Mal, wo Wasserspende im Homer (Odyssee 12, 363) vorkommt, wird sie deutlich als ausnahmsweiser Nothbehelf wegen mangelnden Weines bezeichnet; obgleich ferner Theophrastos, wie aus Z. 361 erhellt, auch den jüdischen Tempelritus in den Kreis seiner Untersuchung gezogen und zur Veranschaulichung gerade der älteren Formen des Gottesdienstes benutzt hat, so wird doch kein Besonnener anders als auf das ausdrücklichste und urkundlichste Zeugniss hin glauben wollen, dass ihm

*) c. 19: *τὸ...ζῷον [μέλισσα]... μάλιστα δίκαιον καὶ νηφαντικόν· ὅθεν καὶ νηφάλιοι σπονδαὶ αἱ διὰ μέλιτος.*

Nachricht von der feierlichen Wasserspende zu Jerusalem am Laubhüttenfeste zugekommen sei; und mit wie gewinnendem Schein endlich die Vermuthung auftreten[33]) mag, dass die am letzten Tage der eleusinischen Mysterienfeier nach Ost und West unter mystischen Gebeten ausgegossenen irdenen Gefässe *(πλημοχόαι)* nur Wasser enthalten haben, so wenig lässt sich doch die Vermuthung durch Zeugnisse zur Gewissheit erheben. Bis etwa inschriftliche Entdeckungen auch über diesen dunkeln Punkt der griechischen Ritualien aufklären, wird man dem Theophrastos aufs Wort glauben und voraussetzen müssen, dass er für die frühere Anwendung reiner Wasserspende eben so zuverlässige specielle Belege beibrachte, wie er der aufgestellten Stufenfolge der übrigen Spenden die erreichbar sicherste Gewähr verliehen hat durch die Berufung auf die Kyrbeis (Z. 274, vgl. oben S. 37). — Eine so unantastbare Autorität nun, wie sie jenen ältesten Urkunden des athenischen inschriftlichen Archivs einwohnt, hat für Theophrastos' historischen Sinn, der in Aristoteles' Schule und unter eigenen Forschungen geschärft war, gewiss nicht erst der Unterstützung durch einen philosophischen Dichter wie Empedokles bedurft; wenn er dennoch neben den Kyrbeis auch den Versen des Agrigentiners einen Platz gönnt, so war es damit wohl weniger abgesehen auf die beiläufige Erwähnung der Honigspende im vorletzten Verse als auf die 'Königin Kypris' im dritten; denn diese Personification der das Weltall einenden Liebe bot ihm einen bequemen Anhalt für die Entwickelung seiner eigenen Lehre von einem das gesammte Reich der lebendigen Wesen umschlingenden Bande der Verwandtschaft. Sobald er daher in dem Citat zur 'Kypris' gelangt ist, unterbricht er, sogar auf Kosten der uns nun leider entzogenen zweiten Vershälfte, die Dichterworte mit der erläuternden Bemerkung, dass unter Kypris nicht die Aphrodite der gewöhnlichen Mythologie, sondern das empedokleische Princip der Philia gemeint sei *(ἥ ἐστιν ἡ φιλία* Z. 281) — eine Erläuterung, die der neueste Herausgeber*) wohl nur in einem unbewachten Augenblick als späteres Glossem verdächtigen konnte. In ihr liegt vielmehr der unentbehrliche Anknüpfungspunkt für die ganze folgende Gedankenreihe des Theophrastos; sie stimmt ferner, eben so sehr wie der nach dem

*) Nauck *p. XXV: ἥ — φιλία verba suspecta.*

siebenten Vers eingewobene Satz (Z. 286), zu der Sitte des Theophrastos und aller selbstständigen Prosaiker, längere Dichtercitate nicht in mechanischer Weise abzuschreiben, sondern absichtlich durch Zwischenreden das Fremde mit dem Eigenen zu verflechten (s. oben S. 70); und endlich sind die Worte *ἥ ἐστιν ἡ φιλία* gegen jede Anfechtung dadurch geschützt, dass Theophrastos mit einem deutlichen Rückblick auf sie die Verwendung des empedokleischen Citats für seine Bekämpfung der Thieropfer eröffnet: *τῆς γάρ, οἶμαι, φιλίας κτλ.* (Z. 289). Leicht könnte es nun scheinen, als wenn die durch solche Bezugnahme auf das empedokleische Liebesprincip eingeleitete und sonst nicht näher begründete Behauptung einer die Menschen mit den Thieren verbindenden Angehörigkeit (*οἰκειότης* Z. 290, 293) nur für eine rednerische Wendung zu paränetischen Zwecken, nicht aber für eine ernstliche, auf philosophischen Erwägungen ruhende Ueberzeugung des Theophrastos dürfe gehalten werden. Es fügt sich daher glücklich, dass dieser trügende Schein auf zuverlässigstem Wege zu beseitigen ist durch eine andere längere Mittheilung aus Theophrastos, mit welcher Porphyrios, wie bereits (oben S. 18) erwähnt worden, sein drittes, das Rechtsverhältniss zwischen Menschen und Thieren behandelndes Buch geschmückt hat. Nachdem die dortigen langen Auszüge aus den verschiedenen plutarchischen Schriften über die Eigenschaften der Thiere beendigt worden, heisst es weiter (3 *c.* 25; *p.* 150, 29):

Fünftes Excerpt aus Theophrastos

Theophrastos hat sich folgender Schlussreihe bedient: Von Natur verwandt mit einander nennen wir erstlich die, welche unmittelbar von denselben, ich meine von demselben Vater und derselben Mutter, geboren sind. Jedoch auch die mittelbar von denselben Vorfahren Erzeugten halten wir für verwandt mit einander; ferner aber auch die Mitbürger unter einander, und zwar weil sie dasselbe Land bewohnen und in Gemeinschaft des Lebensverkehrs stehen; denn bei diesen letzteren kann sich unser Urtheil über die Verwandtschaft nicht mehr auf Gleichheit der unmittelbaren oder mittelbaren Abstammung gründen, ausser in so fern

Θεόφραστος δὲ καὶ τοιούτῳ κέχρηται λόγῳ· τοὺς ἐκ τῶν αὐτῶν γεννηθέντας, λέγω δὲ πατρὸς καὶ μητρός, οἰκείους εἶναι φύσει φαμὲν ἀλλήλων· καὶ τοίνυν καὶ τοὺς ἀπὸ τῶν αὐτῶν προπατόρων σπαρέντας οἰκείους ἀλλήλων εἶναι νομίζομεν, καὶ μέντοι καὶ τοὺς ἑαυτῶν πολίτας τῷ τῆς τε γῆς καὶ τῆς πρὸς ἀλλήλους ὁμιλίας κοι-

etwa unter ihren allerersten Ahnen die Stammväter des gesammten Geschlechts waren. So nun, meine ich, reden wir von Angehörigkeit und Verwandtschaft zwischen Hellenen und Hellenen, zwischen Barbaren und Barbaren, und zwischen allen Menschen untereinander aus einer von zwei Ursachen: entweder wegen Gemeinsamkeit der Vorfahren, oder wegen Gemeinschaft der Lebensweise, der Charaktere und des Geschlechts. Aus denselben Gründen behaupten wir nun eine Verwandtschaft der gesammten Menschheit nicht blos untereinander. sondern auch mit allen Thieren; denn erstlich sind die Urbestandtheile der Körper bei beiden gleich; — ich gehe dabei nicht auf die ersten Elemente zurück, denn aus diesen sind auch die Pflanzen gebildet; sondern ich meine z. B. Haut, Fleisch, und die allem Lebendigen eigenen Arten von Flüssigkeit; — noch weit mehr aber weil die in beiden [Menschen und Thieren] vorhandenen Seelen gleichartig sind, sowohl hinsichtlich der Begierden und der Zornesregungen, wie auch hinsichtlich der Vernünftigkeit, und am allermeisten hinsichtlich der Sinneswahrnehmungen. Freilich giebt es zwischen den lebendigen Geschöpfen wie in Betreff der Körper, so auch in Betreff der Seelen Unterschiede der vollkommneren und unvollkommneren Ausbildung, die Urbestandtheile jedoch sind bei allen die gleichen. Es erhellt dies aus der Verwandtschaft der Affecte.

νωνεῖν· οὐ γὰρ ἐκ τῶν αὐτῶν ἔτι ποτὲ ἢ ἀπὸ τῶν αὐτῶν[34]) τοιούτους ἀλλήλοις φύντας οἰκείους αὐτοῖς εἶναι κρίνομεν, εἰ μὴ ἄρα τινὲς τῶν πρώτων αὐτοῖς προγόνων οἱ αὐτοὶ τοῦ γένους ἀρχηγοὶ πεφύκασιν. οὕτω δέ, οἶμαι, καὶ τὸν Ἕλληνα μὲν τῷ Ἕλληνι, τὸν δὲ βάρβαρον τῷ βαρβάρῳ, πάντας δὲ τοὺς ἀνθρώπους ἀλλήλοις φαμὲν οἰκείους τε καὶ συγγενεῖς εἶναι, δυοῖν θάτερον, ἢ τῷ προγόνων εἶναι τῶν αὐτῶν ἢ τῷ τροφῆς καὶ ἠθῶν καὶ ταὐτοῦ γένους κοινωνεῖν. οὕτως δὲ καὶ τοὺς πάντας ἀνθρώπους ἀλλήλοις τίθεμεν συγγενεῖς καὶ μὴν καὶ[34]) πᾶσι τοῖς ζῴοις· αἱ γὰρ τῶν σωμάτων ἀρχαὶ πεφύκασιν αἱ αὐταί· λέγω δὲ οὐκ ἐπὶ τὰ στοιχεῖα ἀναφέρων τὰ πρῶτα· ἐκ τούτων μὲν γὰρ καὶ τὰ φυτά· ἀλλ' οἷον δέρμα[34]), σάρκας καὶ τὸ τῶν ὑγρῶν τοῖς ζῴοις σύμφυτον γένος· πολὺ δὲ μᾶλλον τῷ τὰς ἐν αὐτοῖς ψυχὰς ἀδιαφόρους πεφυκέναι, λέγω δὴ ταῖς ἐπιθυμίαις καὶ ταῖς ὀργαῖς, ἔτι δὲ τοῖς λογισμοῖς καὶ μάλιστα πάντων ταῖς αἰσθήσεσιν. ἀλλ' ὥσπερ τὰ σώματα, οὕτω καὶ τὰς ψυχὰς τὰ μὲν ἀπηκριβωμένας ἔχει τῶν ζῴων, τὰ δὲ ἧττον τοιαύτας, πᾶσί γε μὴν αὐτοῖς αἱ αὐταὶ πεφύκασιν ἀρχαί. δηλοῖ δὲ ἡ τῶν παθῶν οἰκειότης.

6 *ἔτι τοὺς τοιούτους ἀλλήλοις.* | 9 *πεφύκασιν ἢ ἀπὸ τῶν αὐτῶν. οὕτω.* | 13 *τίθεμεν καὶ συγγενεῖς. καὶ μὴν πᾶσι τοῖς ζῴοις αἵ γε τῶν.* | 16 *σπέρμα.*

Verwandtschaft alles Lebendigen.

Wenn Z. 15 den 'ersten Elementen *(στοιχεῖα τὰ πρῶτα)*,' aus welchen auch die Pflanzen gebildet sind, die specifischen Urbestandtheile *(ἀρχαί)* der animalischen Körper 'Haut, Fleisch, Blut und dergleichen' entgegengestellt werden, so erkennt darin jeder Aristoteliker alsbald die Kategorien der *στοιχεῖα* und *ὁμοιομερῆ* (s. Dialoge des Aristoteles S. 27, 146). Auf diese Grundlagen der peripatetischen Physiologie ist also hier die vorhin nur den empedokleischen Versen entnommene Verwandtschaft des Menschen mit der Thierwelt in einem dialektischen Beweisverfahren zurückgeführt und als festes philosophisches Dogma des Theophrastos hingestellt. Sonach wird die Stelle im zweiten Buch auf das Erwünschteste durch die im dritten ergänzt; und man erwehrt sich schwer der Vermuthung, dass das von Porphyrios im dritten Buch nachgelieferte Bruchstück ebenfalls aus der Schrift Ueber Frömmigkeit stammt und dort ursprünglich an jenem Orte zu lesen war, wo Theophrastos die weitgreifende Behauptung einer Verwandtschaft zwischen allen lebendigen Wesen sorgfältiger, als es durch ein blosses Dichtercitat geschähe, zu erhärten sich aufgefordert sah. Eine Fuge, in welche das versprengte Stück seinem Gedankeninhalt nach hineinpasst, bietet sich hinter *οἰκείων* Z. 293 ungezwungen dar; ja, der dortige Uebergang von *οἰκείων* zu *σκεπτέον δ' ἔτι καὶ ταῦτα*, welcher schroffer ausfällt, als man es bei Theophrastos gewöhnt ist, hätte vielleicht einen achtsamen Leser auch ohne anderen Antrieb als den seines stilistischen Gefühls die Unterdrückung von Zwischensätzen vermuthen lassen. Und zu einer fast an Gewissheit reichenden Höhe der Wahrscheinlichkeit wird diese Herleitung des Bruchstückes durch die Art erhoben, wie es Porphyrios im dritten Buch mit seinen eigenen Ausführungen verknüpft. Nachdem er nämlich die theophrastische Argumentation in kürzerer Form und unter Einflechtung eines euripideischen Citats zusammengefasst, an die pythagoreische Lehre von der Seelenwanderung erinnert und den Schluss gezogen hat, dass*)

*) p. 152, 2: *ὥστε συγγενῶν ὄντων [τῶν ζῴων], εἰ φαίνοιτο κατὰ Πυθαγόραν καὶ ψυχὴν τὴν αὐτὴν εἰληχότα, δικαίως ἄν τις ἀσεβὴς κρίνοιτο τῶν οἰκείων τῆς ἀδικίας μὴ ἀπεχόμενος. οὐ μὴν ὅτι τινὰ ἄγρια αὐτῶν, διὰ τουτο τὸ οἰκεῖον ἀποκέκοπται. οὐθὲν γὰρ ἧττον ἀλλὰ καὶ μᾶλλον τῶν ἀνθρώπων ἔνιοι κακοποιοί τε τῶν πλησίον εἰσὶ καὶ φέρονται πρὸς τὸ βλάπτειν τὸν ἐντυχόντα καθάπερ ὑπό τινος πνοῆς τῆς ἰδίας φύσεως καὶ μοχθηρίας· δι' ὃ καὶ ἀναιροῦ-*

'füglich für gottlos gehalten werde, wer gegen die Thiere, die ihm doch verwandt sind, Ungerechtigkeit verübt,' fährt er fort: 'dadurch 'jedoch, dass einige Thiere wild sind, wird das verwandtschaftliche 'Band noch nicht zerschnitten; denn nicht minder, ja in noch 'höherem Maasse sind einige Menschen Unheilstifter für ihre Näch- 'sten und werden von ihrem eigenartigen Naturell und ihrer Bos- 'heit wie von einem Windstoss getrieben (vgl. oben S. 81, Z. 295), 'Jeden, der ihnen begegnet, zu schädigen. Daher bringen wir 'auch solche Menschen um, ohne jedoch deshalb unsere Beziehung 'zu dem nicht wilden Theil der Menschheit abzubrechen. In gleicher 'Weise nun muss man, wenn auch einige Thiere wild sind, diese 'zwar als solche umbringen, so gut wie die ähnlich gearteten 'Menschen, ohne deshalb die Beziehung zu den übrigen zahmeren 'Thieren aufzuheben.' Im Zusammenhang der hiesigen Untersuchung bedarf es keiner angestrengten Aufmerksamkeit, um wahrzunehmen, dass diese Sätze ihren Gedanken nach identisch sind mit Z. 293—302 des Excerpts aus der Schrift Ueber Frömmigkeit, und dass auch die Wortfassung, obwohl sich die porphyrische Feder in einzelnen Wendungen und in dem zweimaligen Gebrauch der späten Wortbildung *σχέσις* verräth, doch jenen theophrastischen Perioden im Ganzen so nahe bleibt und in der hervorstechenden Metapher *φέρονται πρὸς τὸ βλάπτειν καθάπερ ὑπό τινος πνοῆς* so völlig mit ihnen zusammenfällt, wie es ohne Benutzung einer theophrastischen Vorlage nicht leicht möglich gewesen wäre. Und dieses von Zeller (Philos. d. Griechen 2, 2, 680), wie es scheint, nicht beachtete Verhältniss spricht gegen seine Annahme, dass Porphyrios im dritten Buch die Argumentation über die Verwandtschaft zwischen Menschen und Thieren der von Diogenes Laertius (5, 49) erwähnten theophrastischen Schrift 'Ueber Klugheit und Charakter der Thiere *(Περὶ Ζῴων Φρονήσεως Καὶ Ἤθους)*' entnommen habe. Denn alsdann müsste entweder Theophrastos in zwei Schriften die Vergleichung zwischen Verbrechern und wilden Thieren mit denselben Worten angestellt, oder Porphyrios müsste

μεν τούτους, οὐ μέντοι ἀποκόπτομεν τὴν πρὸς τὸ ἥμερον σχέσιν. οὕτως οὖν, εἰ καὶ τῶν ζῴων τινὰ ἄγρια, ἐκεῖνα μὲν ὡς τοιαῦτα ἀναιρετέον καθάπερ καὶ τοὺς τοιούτους ἀνθρώπους, τῆς δὲ πρὸς τὰ λοιπὰ καὶ ἡμερώτερα σχέσεως οὐκ ἀποστατέον. ἑκατέρων (so statt *ἑκατέρως*) *δὲ οὐδέτερα βρωτέον, ὡς οὐδὲ τοὺς ἀδίκους τῶν ἀνθρώπων.*

bei Abfassung des Einen Abschnittes seines dritten Buches zugleich aus der theophrastischen Schrift Ueber Klugheit der Thiere und aus der anderen Ueber Frömmigkeit geschöpft haben — zwei Fälle, die zwar beide durchaus nicht unmöglich sind, von denen aber der erstere eben so wenig zu dem litterarischen Bilde stimmt, das wir von Theophrastos fassen müssen, wie der andere zu der Gemächlichkeit, die den Compilatoren überhaupt und dem Porphyrios insbesondere eigen zu sein pflegt. Unter der Voraussetzung hingegen, dass der Versuch eines dialektischen Beweises für die Verwandtschaft zwischen Menschen und Thieren in der Schrift über Frömmigkeit zur Unterstützung des empedokleischen Citats unternommen war, wird Porphyrios' Verfahren sehr begreiflich. Es stellt sich alsdann heraus, dass er im ganzen Verlauf seines Werkes nur die Eine theophrastische Schrift Ueber Frömmigkeit ausgebeutet, aber die Excerpte aus derselben auf die verschiedenen Rubriken seines Thema's vertheilt hat. Im zweiten Buch, wo es ihm nur um Verwerfung des Thieropfers zu thun war, musste ihm Theophrastos' Uebereinstimmung mit Empedokles' Eifern gegen Tödtung der Thiere ausreichend und die dialektische Beweisführung für ihre Verwandtschaft mit den Menschen allzu weitläufig erscheinen; er überging sie daher dort, versparte sie für sein drittes Buch, zu dessen eigentlichem Gegenstande, der Erörterung des Rechtsverhältnisses zwischen Menschen und Thieren (s. oben S. 17), sie in so naher Beziehung steht, und an die Argumentation selbst, welche er wörtlich aus Theophrastos abschrieb, fügte er zum Behuf der Ueberleitung den Inhalt der nächstfolgenden bereits im zweiten Buch mitgetheilten theophrastischen Sätze über den Unterschied zwischen zahmen und wilden Thieren, nicht mehr wörtlich treu, aber ohne die Augen von seiner Vorlage zu wenden.

Nachdem so das von Porphyrios im dritten Buch aufbewahrte theophrastische Bruchstück als Bestandtheil der Schrift Ueber Frömmigkeit erkannt und dadurch in den Bereich unserer Hauptaufgabe getreten ist, ziemt es sich wohl seinen Gehalt auch nach einer bisher nicht berührten Seite darzulegen und darauf hinzuweisen, wie nachdrücklich in demselben (Z. 9—13) das über Völker- und Racenunterschiede sich erhebende Gefühl einer das gesammte Menschengeschlecht umfassenden Gemeinschaft ausgesprochen ist. Man pflegt dergleichen universale Anschauungen als die Frucht viel späterer Entwickelung anzusehen und innerhalb der griechischen Philosophie höchstens die kosmopolitischen Ideale der Stoa als Ansätze zu einer Befreiung von dem engherzigen Hellenenthum gelten zu lassen. Aber dieses theophrastische Fragment zeigt einmal in einem deutlichen Beispiel, was wir, hätte ein günstigeres Geschick über den Schriften der älteren Schüler des Aristoteles gewaltet, wohl noch in vielen anderen Fällen erkennen würden: dass stoische und peripatetische Ethik in ihren Hauptsätzen nahe an einander rücken, und dass dem auf Verschmelzuug der beiden Systeme gerichteten Unternehmen des Askaloniten Antiochos. Antiochos eine grössere innere Berechtigung als den gewöhnlichen eklektischen Compromissversuchen zukommt. Antiochos nun, von dessen Ethik sein Schüler Cicero*) einen Abriss giebt, lehrte, dass die kräftigste Wurzel des Sittlichschönen *(honestum, τὸ καλόν)* zu suchen sei 'in der Verbindung zwischen Mensch und Mensch, in der Gemeinschaft der gesellschaftlichen Interessen, in dem liebe-'vollen Gefühl für das gesammte Menschengeschlecht *(caritas generis* '*humani)* — ein Gefühl, welches, ausgehend von der natürlichen 'Liebe der Eltern zu ihren Kindern und der Einheit des Hauses 'in Ehe und Nachkommenschaft, allmählich sich weiter nach Aussen 'verzweigt, zunächst Bluts- und Seitenverwandte, dann Freunde, 'ferner Nachbaren, Mitbürger, Bundesgenossen, und endlich die 'gesammte Menschenfamilie umfasst.' Den Erklärern der ciceronischen Schrift missglückte es, innerhalb der von Antiochos vereinigten älteren philosophischen Richtungen genügende Anhaltspunkte aufzufinden für einen so bedeutsamen Versuch, die Sittenlehre auf die Menschenliebe, die Ethik auf die *caritas* zu gründen; die kosmopolitischen Lehren der Stoiker wollen nicht recht passen, weil sie weit mehr die Beherrschung des Weltstaats durch einheitliche und unerbittliche Gesetze als die Liebe der Weltbürger unter einander hervorheben, und weil sie nicht sowohl das Gefühl für die

*) *de finibus* 5, 23, 65: *In omni autem honesto, de quo loquimur, nihil est tam illustre nec quod latius pateat quam coniunctio inter homines hominum et quasi quaedam societas et communicatio utilitatum et ipsa caritas generis humani, quae nata a primo satu, quo a procreatoribus nati diliguntur et tota domus coniugio et stirpe coniungitur, serpit sensim foras, cognationibus primum, tum adfinitatibus, deinde amicitiis, post vicinitatibus, tum civibus et iis, qui publice socii atque amici sunt, deinde totius complexu gentis humanae.*

Familie zum Gefühl für die Menschheit sich erweitern, als das erstere von dem letzteren ersticken lassen. Das theophrastische Fragment hingegen liefert eine Parallele, wie man treffender sie nicht wünschen kann, da es um den Mittelpunkt der Familie die weiteren und weitesten Kreise der Menschenliebe beschreibt und in *οἰκειότης* (s. oben S. 81, Z. 293) das wohl auch von Antiochos gebrauchte griechische Aequivalent für die ciceronische *caritas generis humani* darbietet. Ob Theophrastos selbst durch folgerichtige Entwickelung solcher Sätze die aristotelische Ethik, in welcher sich keine Anklänge daran finden, fortzubilden Muth genug besass, kann bei dem Untergang aller seiner ethischen Hauptschriften nicht mit Entschiedenheit verneint werden; die gelegentliche Anwendung in unseren Excerpten aus der Schrift Ueber Frömmigkeit scheint jedoch darauf zu führen, dass Theophrastos durch Niederreissen der Schranken zwischen Mensch und Thier die Kraft des nun alles Lebendige als verwandt umfassenden Princips der Liebe verflüchtigte, und erst in dem conciliatorischen Systembau des Antiochos, welcher zweifelsohne mit den Stoikern (s. oben S. 6 und Anm. 13) in der Vernunft eine scharfe Grenze zwischen der Menschen- und Thierwelt erblickte, die ursprünglich peripatetische *caritas generis humani* als Grundlage der Ethik brauchbar wurde.

Die Gleichstellung alles Lebendigen führt nun den Theophrastos zunächst dahin, die Tödtung nur der wilden Thiere, und zwar aus demselben Grunde wie die Tödtung unverbesserlicher Verbrecher, zu gestatten; aber eben aus diesem Zugeständniss, welches in der erlaubten Tödtung so vieler Thiere hinlängliches Opfermaterial zu gewähren scheint, entspinnt Theophrastos ein die gänzliche Verwerfung der Thieropfer bezweckendes Dilemma (Z. 305—314), abermals im Hinblick auf eine fast ausnahmslos in der gesammten Hellenenwelt geltende Opferregel. Denn, abgesehen von dem vereinzelten Tempelbrauch zu Amarynthos auf Euböa, wo der Artemis, um sie als Jägerin zu ehren, verstümmelte Thiere, 'schweiflose und einäugige,' wie Kallimachos (fr. 76) sagt, dargebracht wurden, nahmen nur die Spartaner, welche früh dem Gebet eine vorzügliche Bedeutung beilegten, das erste beste Opferthier ohne sorgfältige Prüfung seiner körperlichen Beschaffenheit (*Plat. Alcib. II*, 149ª); im ganzen übrigen Griechenland ward es als unerlässliche Vorbedingung zu regelrechtem Opfern angesehen, dass das

Thier, nach Aristoteles' Ausdruck*) 'ganz und ohne Fehl' sei. Auf diesen anerkannten Grundsatz fussend, dass jeder Leibesfehler das Thier zum Opfer untauglich mache, schliesst nun Theophrastos, nach seiner uns bereits (s. oben S. 76) entgegengetretenen Weise, von dem zugestandenen Aeusseren *a fortiori* auf das wesentlichere Innere, und will in der bösen Natur der wilden oder schädlichen Thiere einen unvertilgbaren innern Makel erkannt wissen, der ihre Verwendung zum Opfer verbiete. Diejenigen Thiere also, welche wegen ihrer Bösartigkeit getödtet werden dürfen, sind eben deshalb unwürdig geopfert zu werden; und die gutartigen Thiere, durch deren Darbringung die Ehrfurcht gegen die Götter nicht verletzt würde, können ohne Verletzung des alle lebende Wesen umfassenden Naturrechts nicht getödtet werden. — Dem Dilemma folgt auf dem Fusse ein Trilemma (Z. 315—339). Es beruht auf einer Dreitheilung der Opfer nach ihren Anlässen in Verehrungsopfer, Dankopfer, Bittopfer. Ausgesprochener Maassen (Z. 316) liegt der Trichotomie die Auffassung zu Grunde, dass die zu Darbringungen an die Gottheit auffordernden Regungen denen gleichartig seien, welche der Mensch edlen Menschen gegenüber zu empfinden und in Geschenken zu äussern pflegt; ebenso wird wiederum (Z. 333) der Gottheit bei Beurtheilung und Aufnahme des Dargebrachten derselbe Maassstab zugetraut, welchen der Gaben empfangende Mensch anlegt; und von dem früher festgestellten Grundsatz aus, der die Tödtung zahmer, allein zum Opfer tauglicher Thiere für einen Act der Ungerechtigkeit erklärte, wird dann die Verwerfung der Thieropfer seitens der Gottheit nach allen drei Richtungen der Trichotomie erwiesen. Denn Gott so wenig wie der edle Mensch wird eine mit Ungerechtigkeit gegen Andere verknüpfte Handlung als Zeichen der Verehrung entgegennehmen wollen (Z. 322—327). Ferner kann ein öffentlicher Wohlthäter (*εὐεργέτης*), dem zum Dank für seine Verdienste nach hellenischer und besonders attischer Sitte ein goldener Kranz zuerkannt worden (*στεφανοίη* Z. 332), sich wenig geschmeichelt fühlen, wenn er erfährt, dass der Dank auf Kosten Dritter abgestattet, das Gold zum Kranze geraubt ist; und gleicherweise wird der Opfernde sich nicht durch einen räuberischen Eingriff in das Recht,

Classification der Opfer.

*) *Athen.* 15, 674 f. (= Rose *fragm. Arist.* 98): Ἀριστοτέλης ἐν τῷ Συμποσίῳ φησὶν ὅτι οὐδὲν κολοβὸν προσφέρομεν πρὸς τοὺς θεοὺς ἀλλὰ τέλεια καὶ ὅλα.

welches allen lebenden Wesen auf das Leben zusteht, der Dankespflicht für die göttlichen, bereits empfangenen Wohlthaten entledigen können (Z. 327—332). Sollen endlich neue positive oder negative Gnadenerweisungen durch die Darbringungen erbeten werden, so muss auch für solche eigennützige Absicht das Thieropfer als ein unzweckmässiges Mittel erscheinen; denn Wohlthäter, die erst durch Geschenke gewonnen werden müssen, wollen auch des Dankes für die zu gewährenden Wohlthaten durch den Charakter des Bittenden im Voraus versichert sein, und wenn dieser während der Bitte sich einer Ungerechtigkeit schuldig macht, wird er auch des Undanks fähig erscheinen (Z. 332—335). Lehrreicher und anziehender als die für den modernen Geschmack zu lang gesponnenen trilemmatischen Folgerungen ist der Ausgangspunkt derselben, die Classification der Opfer selbst, wohl der erste vollständigere Versuch dieser Art, welchen die erhaltene klassische Litteratur darbietet. Theoretisch ist er nur in so fern, als er die im gewöhnlichen Volksbewusstsein herrschenden mannigfaltigen Empfindungen unter begriffliche Rubriken zu bringen unternimmt; aber wenig Kenntniss von der peripatetischen Gotteslehre würde verrathen, wer diese Classification für ein Ergebniss von Theophrastos' Theorie in dem Sinne halten wollte, dass der Schüler des Aristoteles alle hier aufgezählten Anlässe des Opferns von seinem philosophischen Standpunkt aus gebilligt hätte. Denn, obgleich die Peripatetiker, da sie ja in theologischen Dingen leise aufzutreten lieben, nie so offen und mit so begeistertem Ingrimm, wie es Platon im zehnten Buch der Gesetze[35]) wagt, die Meinung, dass 'die Götter durch Opfer und Gebete zu bewegen seien,' als die schlimmste Form der Gottlosigkeit bekämpft haben mögen, so braucht man sich doch nur die Stellung der unbewegten Gottheit in der peripatetischen Metaphysik zu vergegenwärtigen, um gewiss zu werden, dass Aristoteles und Theophrastos jeden Versuch auf die göttlichen Beschlüsse einzuwirken und aus dem Opfer äusseren Nutzen zu ziehen, als eine Ausgeburt kindischer 'Lohnsucht' mit gleicher Verachtung betrachtet haben, wie es je Kant in seinen strengsten Augenblicken thun mochte. Eine Classification also, welche neben den Verehrungs- und Dankopfern auch den Nützlichkeitsopfern (Z. 318) eine Stelle anweist, kann in Theophrastos' Munde keine philosophisch-theoretische, sondern nur eine rubricirende geschichtliche Bedeutung haben; nicht die Gottesverehrung des Peripatos, sondern den Cultus der gewöhnlichen griechischen Tempelbesucher mit seinen lauteren und unlauteren Motiven hat er im Auge gehabt; und je deutlicher diesen lediglich geschichtlichen Charakter der Classification auch die anthropomorphische Auffassung Gottes anzeigt, nach welcher die trilemmatischen Folgerungen aus ihr gezogen werden (s. oben S. 103), desto grösseres Befremden muss es erregen, dass die wichtige Classe der Sühnopfer ausgelassen ist, an denen doch der gewöhnliche Grieche gewiss eben so sehr wie an den Bittopfern gehangen hat. Philon*) freilich, der die Classification mittelbar oder unmittelbar aus Theophrastos sich aneignet und auf die biblischen Opfer anwendet, weiss durch einen geschickten Kunstgriff in ihr auch für die Sühnopfer Raum zu schaffen. Fast mit denselben Worten wie Theophrastos bezeichnet er als die zwei 'obersten Ursachen' des Opferns erstlich ein reines, von jeder Nebenabsicht freies Gefühl der Verehrung für Gott; der so entstehenden Opferart entspreche das biblische Ganzopfer; und zweitens, eine vorwiegende Rücksicht auf den Nutzen des Opfernden. Die zweite oberste Ursache zerfällt in zwei Unterarten: man opfert entweder um Gutes zu erhalten; zu dieser Opferart rechnet Philon das biblische Opfer, welches hebräisch שלמים heisst und von den Septuaginta, denen er folgt, Heilsopfer *(σωτήριον)* genannt wird; oder man opfert um von Bösem sich zu befreien; und diese dritte Art, meint Philon, erscheine in der Bibel als Sühnopfer. Dem Philon nun, dessen ganze Schriftstellerei von dem Streben beherrscht wird, möglichst viele Berührungspunkte zwischen dem Alten Testament und der griechischen Philosophie nachzuweisen, wird es Niemand verargen. Sühnopfer.

*) *de animalibus sacrificio idoneis* 2, p. 240 Mangey: *εἰ..βούλοιτό τις ἐξετάζειν ἀκριβῶς τὰς αἰτίας, ὧν ἕνεκα τοῖς πρώτοις ἔδοξεν ἀνθρώποις ἐπὶ τὰς διὰ θυσιῶν εὐχαριστίας ἅμα καὶ λιτὰς ἐλθεῖν, εὑρήσει δύο τὰς ἀνωτάτω· μίαν μὲν τὴν πρὸς θεὸν τιμήν, τὴν ἄνευ τινὸς ἑτέρου διὰ τὸ μόνον γιγνομένην καὶ ἀναγκαῖον* (wohl *ἀκέραιον*) *καλόν* (= Theoph. Z. 315, 320)· *ἑτέραν δὲ τὴν τῶν θυόντων προηγουμένην ὠφέλειαν* (= Theoph. Z. 316 *διὰ χρείαν*, Z. 319 *ὠφελείας*). *διττὴ δέ ἐστιν· ἡ μὲν ἐπὶ μετουσίᾳ ἀγαθῶν, ἡ δὲ ἐπὶ κακῶν ἀπαλλαγῇ* (= Theoph. Z. 318 *κακῶν μὲν ἀποτροπήν, ἀγαθῶν δὲ παρασκευήν*). *τῇ μὲν οὖν κατὰ θεὸν καὶ δι' αὐτὸν μόνον γινομένῃ προσήκουσαν ὁ νόμος ἀπένειμε θυσίαν τὴν ὁλόκαυτον....., τὴν δὲ χάριν ἀνθρώπων [θυσίαν].... διεῖλε, κατὰ τὴν μετουσίαν τῶν ἀγαθῶν ὁρίσας θυσίαν ἣν ὠνόμασε σωτήριον, τῇ δὲ φυγῇ τῶν κακῶν ἀπονείμας τὴν περὶ ἁμαρτίας.*

dass er, um das biblische Sühnopfer in der peripatetischen Classification unterzubringen, Theophrastos' κακῶν ἀποτροπή (Z. 318) zu einer Befreiung von dem sittlichen 'Uebel' der Sündenschuld umdeutete; dem Ausleger des Theophrastos hingegen, welcher in seiner Aufzählung die griechischen Sühnopfer vermisst, ist es keineswegs verstattet, dieselben durch eine solche Hinterthür hereinzuschieben. Denn hätte Theophrastos eine so eigenthümliche Opferart berücksichtigen wollen, so würde er sie wohl nicht unter umschreibenden Worten versteckt, sondern neben den Opfern διὰ τιμήν, διὰ χάριν, διὰ χρείαν (Z. 315) ausdrücklich Opfer διὰ λύσιν καὶ κάθαρσιν genannt haben. Ferner zeigt die Wörterwahl wie die Wortverbindung in dem Satzgliede κακῶν μὲν ἀποτροπὴν, ἀγαθῶν δὲ παρασκευὴν ἡμῖν γενέσθαι ζητοῦντες (Z. 318), dass es sich bei κακῶν ἀποτροπή weder um die Befreiung von dem Schuldgefühl handelt — denn alsdann wäre ἀποτροπή *(averruncatio)*, welches 'Abwendung' eines von Aussen kommenden Unheils bezeichnet, nicht das passende Wort — noch auch sich handelt um die Abwendung der auf die Sünde gesetzten Strafe — denn alsdann müsste der Sünder mit der Straflosigkeit zufrieden sein und könnte nicht ausserdem noch neues 'Gutes' durch das Opfer erlangen wollen. Vielmehr setzt die Verbindung durch μέν und δέ es ausser Zweifel, dass unter κακῶν ἀποτροπή die Abwendung der den Menschen überhaupt, den frommen wie den sündhaften, drohenden Gefahren, also die Erhaltung des vorhandenen Guten und unter ἀγαθῶν παρασκευή die Erwerbung des nicht vorhandenen gemeint ist. Demgemäss lässt auch Theophrastos weiterhin, wo er die Untauglichkeit der Thiere zum Nützlichkeitsopfer erweisen will (Z. 330), die κακῶν ἀποτροπή unerwähnt und spricht nur im Allgemeinen von χρεία τινὸς τῶν ἀγαθῶν, eben weil die κακῶν ἀποτροπή auch nur ein indirectes ἀγαθόν, den Schutz des vorhandenen Guten, bezeichnen soll. Es muss also dabei sein Bewenden haben, dass die Sühnopfer in der Classification fehlen; und da sie im griechischen Leben eine zu wichtige Rolle spielen, als dass Theophrastos sie blos vergessen haben sollte, so wird der Grund für ihre absichtliche Auslassung wohl darin zu suchen sein, dass Theophrastos bei seiner Eintheilung von der Götterverehrung (τιμῶμεν τοὺς θεοὺς Z. 317) ausgeht, die Sühnopfer aber, wie sie ja nach Ausweis der griechischen Religionsgeschichte die jüngsten sind, auch zu Theophrastos' Zeit weder im Volksbewusstsein noch im öffentlichen Cultus eine den älteren Opfern ebenbürtige Stellung einnahmen und nicht zur Gottesverehrung gerechnet wurden. Seit ihrem Aufkommen im nachepischen Zeitalter sind die Sühnungsceremonien als ein gleichsam magisches Heilmittel für das geängstete Sündergemüth von den einzelnen Schuldigen und in Zeiten grosser Bedrängniss auch von ganzen Stadtgemeinden gewiss mit gleicher Sorgfalt und Inbrunst wie die altherkömmlichen Cultusformen begangen worden; aber die heilende Rückwirkung auf den Menschen blieb das Wesentliche; die orphischen Wanderpriester, die wirksamsten Verbreiter der Sühngebräuche, erregten Platons*) Entrüstung eben durch dieses Vorgeben, 'die Sünden mit Opfern zu heilen;' und so lange der hellenische Geist sich nicht gänzlich entfremdet war, also auch noch zu Theophrastos' Zeit, unterschied man streng zwischen solchen Heilungen des seelenkranken Menschen und den Religionshandlungen, mit welchen der Fromme in heiterem Vertrauen sich der Gottheit naht zu Verehrung, Dank oder Bitte; die Sühnopfer gehörten nicht zum Gottesdienst, also auch nicht zur 'Frömmigkeit' im eigentlichen Sinn; und da Theophrastos, dem Thema seiner Schrift gemäss, die Opfer nur in Bezug auf die *εὐσέβεια* erörtert, so lässt er die Sühnopfer zur Seite liegen.

Die angeführten Gründe aber für die Unbrauchbarkeit der Thiere zu den drei Hauptarten der eigentlichen Cultusopfer hält Theophrastos für so einleuchtend und unwiderleglich, dass die Vernunft auch der Nichtphilosophen, wäre sie unbestochen, sich ihnen fügen würde. Jedoch die Genusssucht besticht in dieser Frage die Vernunft, 'löscht die Wahrheit aus (*τὸ ἀληθὲς ἐξαλείφειν κτλ.* Z. 340)' und, um den Fleischgenuss mit einer höheren Sanction zu bekleiden, will man an den einmal bestehenden Thieropfern auch wider bessere Einsicht 'festhalten (*ἐμμένομεν* Z. 360).' Wohlgemerkt, Theophrastos ist weit entfernt, auf solchem culinarischen Wege den Ursprung der Thieropfer erklären zu wollen: für den kennt er, wie sich bald darauf (Z. 390) ergiebt, ganz andere Anlässe; nur um die Kraft des Widerstandes gegen die

*) *Rep.* 2, 364[b]: *ἀγύρται δὲ καὶ μάντεις ἐπὶ πλουσίων θύρας ἰόντες πείθουσιν ὡς ἔστι παρὰ σφισιν δύναμις.... θυσίαις τε καὶ ἐπῳδαῖς εἴτε τι ἀδίκημά του γέγονεν αὐτοῦ ἢ προγόνων ἀκεῖσθαι.... βίβλων δὲ ὅμαδον παρέχονται Μουσαίου καὶ Ὀρφέως κτλ.*

Abstellung der einmal eingeführten, aber von der Vernunft verworfenen Thieropfer begreiflich zu machen, glaubt er an die Eingebungen des Gaumens erinnern und den Einfluss desselben auch in der Wahl der Thiergattungen nachweisen zu müssen. Zu diesen Behuf zählt er die in Griechenland vorzugsweise geopferten Thiere auf (Z. 348): Ochsen, Kleinvieh (*πρόβατα*), d. h. Schafe und Ziegen, Hirsche, Vögel (*ὄρνιθες*), d. h. nach griechischem Sprachgebrauch, Hühner, Mastschweine — eine Liste die von unseren sonstigen Nachrichten[36]) nur in dem Einen Punkte abweicht, dass sie für das Hirschopfer eine weitere Verbreitung zu bezeugen und es nicht auf vereinzelte Artemisculte zu beschränken scheint. Bei der Bevorzugung der genannten Thierarten, meint nun Theophrastos (Z. 342—360), könne nur die Rücksicht auf die ihnen allen gemeinsame Schmackhaftigkeit leitend gewesen sein; nicht die Rücksicht auf Nützlichkeit, denn dann dürften die Esel nicht fehlen (Z. 355); nicht die Rücksicht auf Sauberkeit, denn dann müsste man die Schweine streichen (Z. 349); endlich auch nicht die Rücksicht auf Nutzlosigkeit oder Schädlichkeit, denn wie käme es dann, dass nie ein giftiges Thier geopfert wird (Z. 344)? Die Entwickelung dieser Sätze, welche schon in dem was wir jetzt lesen, nicht allzu straff ist, muss in dem Original des theophrastischen Werkes an noch weitläufigerer Dehnung gelitten haben; denn die Annahme eines grösseren Ausfalls nach *θύομεν* (Z. 356) ist unabweisbar, da unter den 'derartigen (*τῶν τοιούτων* Z. 357)' Thieren, deren schonungslose Verwendung zu Tafelfreuden gerügt wird, nicht die nach der jetzigen Satzfolge unmittelbar vorhergehenden 'Esel und Elephanten' gemeint sein können, sondern geniessbare Thiere, auf die also Theophrastos in der fehlenden Partie zurückgekommen war. Dass der Ausfall nicht durch eine zufällige Lücke unserer Handschriften, sondern durch absichtliche, freilich nicht vorsichtig genug ausgeführte Kürzung des Porphyrios entstanden ist, darf aus der bald darauf (Z. 362) wiederholten Nennung von Theophrastos' Namen geschlossen werden, welche wohl, wie in einem früheren (s. oben S. 58) Fall, den so eingeleiteten Abschnitt als einen wörtlich und unverkürzt aus Theophrastos abgeschriebenen von den benachbarten mehr excerptorisch behandelten Sätzen sondern soll. Durch die Stelle aber, welche dem Citat nicht am Eingang, sondern erst gegen die Mitte des Satzes nach den Worten 'noch jetzt (*ἔτι καὶ νῦν* Z. 362) angewiesen ist, soll zugleich dafür gesorgt werden, dass auch der flüchtigere Leser diese Zeitpartikeln auf das vierte Jahrhundert vor Ch. zurückdatire und nicht etwa meine, das hier von den Opfern der Juden Erzählte gelte noch für die Zeit des Porphyrios, in welcher der jüdische Opferdienst längst aufgehört hatte. Ausserdem muss wohl einem Bibelkundigen wie Porphyrios (s. Anm. 1) bei der abermaligen Hinweisung auf den ausgeschriebenen Autor die gerechtfertigte Nebenabsicht zugetraut werden, von vornherein sich gegen jeden Schein eigener Verantwortlichkeit für die folgenden Angaben zu verwahren, die ihm nicht minderes Bedenken als jedem jetzigen Kenner des Leviticus erregen mochten. Jedoch auf ein Nebeneinander von Wahrem, Halbverstandenem und gänzlich Falschem ist man bei allen nichtjüdischen Berichten über jüdische Dinge im Voraus gefasst; die Aufgabe, ein solches Gemenge in seine Bestandtheile zu zerlegen, hat immer einen eigenthümlichen kritischen Reiz; und die vorliegenden Sätze aus Theophrastos erregen ein gesteigertes Interesse, weil sie die erste unzweifelhafte Erwähnung des jüdischen Volks innerhalb der griechischen Litteratur darbieten. Opferritus der Juden.

Denn die Wenigen, welche noch heutigen Tages an der gewaltsamen Identification von Herodot's (2, 159; 3, 5) Kadytis mit Jerusalem festhalten, gewinnen dadurch nur eine höchstens um hundert Jahre frühere trocken geographische Erwähnung dieser Stadt, keine frühere sittenschildernde Nachricht über das Volk; und auch die wohl zahlreicheren Forscher, welche mit Josephus und Hugo Grotius (zu Lucas 3, 14) glauben, dass der epische Beschreiber von Xerxes' Zug gegen Griechenland, Chörilos*) aus Samos ein Zeitgenosse Herodot's, allerdings Kunde von den Juden verrathe, können doch für diese Ansicht keine über jeden Zweifel erhebende Nennung des jüdischen Volkes geltend machen, sondern nur eine umschreibende wiederum meist geographische Bezeichnung des 'Stammes, welcher phönikische Rede aus dem Munde entsendet, im 'solymischen Gebirge wohnt am breiten See,' d. h. am todten Meere. Die theophrastischen Worte hingegen bekunden, trotz aller Ungenauigkeit der einzelnen Angaben, doch schon nähere Kennt-

*) bei Josephus *contra Apionem* 1, 22; *p.* 200 *Bek.*:

τῷ δ' ὄπιθεν διέβαινε γένος θαυμαστὸν ἰδέσθαι,
γλῶσσαν μὲν Φοίνισσαν ἀπὸ στομάτων ἀφιέντες·
ᾤκευν δ' ἐν Σολύμοις ὄρεσι πλατέῃ ἐπὶ λίμνῃ.

niss von der Eigenart des jüdischen Volkes, welches durch die Berichte der peripatetischen Theilnehmer an Alexander's Zügen die Aufmerksamkeit dieser die sittengeschichtlichen Studien mit Vorliebe pflegenden Philosophenschule vorzüglich erregen musste. So hatte denn auch Klearchos aus Soloi, ein Mitschüler des Theophrastos, in einem Dialog, dessen Echtheit[37]) nicht zu bestreiten ist, sogar dem Aristoteles eine Schilderung seines Umgangs mit einem Juden in den Mund gelegt und den Gründer des Peripatos mit Anerkennung von der jüdischen Enthaltsamkeit und Sittenstrenge reden lassen. Und auch abgesehen von den Nachrichten über das fremdartige Volk, welche seit der Heimkehr von Alexander's Begleitern sich in Griechenland verbreiteten, musste ein Botaniker wie Theophrastos das Land Judäa, die einzige dem Alterthum bekannte Heimath der Balsamstaude, früh zum Gegenstand seiner Erkundigungen machen; er zeigt in seiner Pflanzengeschichte*) sich genau unterrichtet über den Umfang der Balsamgärten bei Jericho oder, wie er sich ausdrückt, 'in der Thalschlucht von Syrien;' auch über die Behandlung des kostbaren Gewächses hat er genauere Angaben zu sammeln sich bemüht. Lange vor Alexander's Zügen mögen auf diese Dinge und andere Eigenthümlichkeiten der Gegend die griechischen Kaufleute geachtet haben, welche in den phönikischen Küstenstädten andauernden Aufenthalt nahmen. Bereits aus dem Jahre 399 v. Ch. berichtet Xenophon**), dass 'Herodas, ein syrakusischer Bürger, der in Gesellschaft eines Kaufmanns in Phönikien war,' dort grosse Seerüstungen der Perser wahrnahm, die Meldung schleunigst nach Sparta brachte und dadurch den Zug des Agesilaos nach Asien veranlasste; dies aus verhältnissmässig so früher Zeit zufällig aufgezeichnete Beispiel berechtigt für den Verlauf des vierten Jahrhunderts bei ununterbrochener Entwickelung des Verkehrs eine nicht allzu geringe Zahl griechischer Reisenden in Phönikien anzunehmen. Wie sehr

*) 9, 6, 1: *τὸ δὲ βάλσαμον γίνεται μὲν ἐν τῷ αὐλῶνι τῷ περὶ Συρίαν· παραδείσους δ' εἶναί φασι δύο μόνους, τὸν μὲν ὅσον εἴκοσι πλέθρων τὸν δ' ἕτερον πολλῷ ἐλάττονα* = *Plin. h. n.* 12, 111: *balsamum uni terrarum Iudaeae concessum, quondam in duobus tantum hortis, utroque regio, altero iugerum XX non amplius, altero pauciorum.* *Strab.* 16, 763: *ἔστι δ' αὐτοῦ (ἐν Ἱερικοῦντι) καὶ βασίλειον καὶ ὁ τοῦ βαλσάμου παράδεισος.*

**) *Hellen.* 3, 4, 1: *Ἡρώδας τις Συρακόσιος ἐν Φοινίκῃ ὢν μετὰ ναυκλήρου τινὸς καὶ ἰδὼν τριήρεις Φοινίσσας κτλ.*

nun Alles, was die reisenden Kaufleute, die heimkehrenden Krieger Alexander's und auch dessen philosophische, der semitischen Sprachen sicherlich unkundige, Begleiter dem Theophrastos von den Juden erzählen konnten, mit den Mängeln der Unvollständigkeit und des Missverstandes behaftet sein musste, so war es doch frei von dem schwereren Gebrechen absichtlicher und feindseliger Entstellung, welches die späteren griechischen wie römischen Darstellungen jüdischer Dinge, mit fast alleiniger Ausnahme der von dem Stoiker Strabon gelieferten, zu verunstalten pflegt. Vielmehr fasste Theophrastos offenbar eine günstige Meinung von der 'Philosophie' der Juden; und wenn man mit Klearchos' Worten*) 'die Philosophen heissen bei den Indern Kalaner, bei den Syrern Judäer' die Art zusammenhält wie Theophrastos einerseits die Judäer als Abtheilung der Syrer (*Σύρων Ἰουδαῖοι* Z. 361), andererseits den ganzen judäischen Stamm als einen philosophischen (*ἅτε φιλόσοφοι τὸ γένος ὄντες* Z. 369) bezeichnet, so erkennt man, dass in den peripatetischen Kreisen sich der Glaube festgesetzt hatte, die Juden seien die gelehrte und priesterliche Kaste der Syrer, wie die Brahmanen es bei den Indern sind. Aus diesem ethnologischen Grundirrthum fliesst nun die ätiologische Hypothese, nach welcher sich Theophrastos Alles zurechtlegt, was ihm von dem jüdischen Opferritus zu Ohren kam. Verglichen mit der fröhlichen Lust griechischer Opferfeste und Opferschmäuse machte es ihm den Eindruck düsterer Strenge; und da er bei den nächsten Nachbaren der Juden, den phönikischen Syrern so gut wie bei deren Abkömmlingen, den Karthagern (Z. 386), das Menschenopfer noch zu seiner Zeit in ungeschwächter Uebung fortbestehen fand, so dachte er sich, die übrigen Stämme der grossen syrischen Nation haben in Folge eines ursprünglichen Nothopfers dauernd sich dem Menschenopfer ergeben, die philosophische Kaste aber, die Juden, enthalte sich zwar des Menschenopfers, habe jedoch zur Erinnerung an dasselbe (*διὰ τὴν ἐξ ἀρχῆς θυσίαν* Z. 361) aus dem Ceremoniell des stellvertretenden Thieropfers jede Fröhlichkeit verbannt. Von solchen allgemeinen Voraussetzungen werden nun alle einzelnen Angaben gefärbt, unter denen jedoch Eine auch bei Annahme der ärgsten

*) bei Josephus *contra Apionem* 1, 22; p. 201, 12 *Bek.*: *καλοῦνται δὲ, ὥς φασίν, οἱ φιλόσοφοι παρὰ μὲν Ἰνδοῖς Καλανοί, παρὰ δὲ Σύροις Ἰουδαῖοι, τοὔνομα λαβόντες ἀπὸ τοῦ τόπου· προσαγορεύεται γὰρ ὃν κατοικοῦσι τόπον Ἰουδαία.*

Missverständnisse ohne jeglichen Anhalt im wirklichen jüdischen Ritus dasteht. Denn es ist rein aus der Luft gegriffen, dass die Juden, wie Z. 365 zu lesen ist, 'Honig' über die zu verbrennenden Opferstücke gegossen hätten. Das Verbot im Leviticus (2, 11): 'Nichts von Sauerteig oder Honig sollt ihr dem Ewigen zum Feueropfer anzünden,' erfährt weder in der Bibel noch in der jüdischen Tradition die mindeste Einschränkung, und auch nicht die leiseste Spur ist zu entdecken, dass es je während des ersten Tempels, geschweige während des zweiten zu Theophrastos' Zeit, wäre übertreten worden. Vielleicht wollte Theophrastos, da er einmal den jüdischen Opferritus als einen besseren dem griechischen gegenüberstellte, der Weinspende, deren Vorkommen bei den Juden man ihm wahrheitsgetreu berichtet hatte, die von ihm wegen ihrer Einfachheit bevorzugte (s. oben S. 79, Z. 271) Honigspende wenigstens zur Begleitung geben. — Alle übrigen Angaben sind zwar durch einseitige und schiefe Auffassung mehr oder minder getrübt, aber so haltlos ersonnen wie das Trankopfer aus Honig ist weiter keine. Allerdings bedarf es nur der dürftigsten Bekanntschaft mit der Bibel um Theophrastos' Behauptung (Z. 364), die Juden hätten gar kein Opferfleisch gegessen, in ihrer Grundlosigkeit zu erkennen; jeder Leser des Leviticus weiss, dass von den meisten Opferarten nach Darbringung des Altarantheils das Uebrige den Priestern oder den Veranstaltern des Opfers zum Genuss überwiesen ward, freilich mit örtlichen und zeitlichen Beschränkungen, die von der Ungebundenheit griechischer Opferschmäuse scharf genug abstachen. Aber trotz der handgreiflichen Unrichtigkeit lässt sich doch der Weg entdecken, auf welchem Theophrastos und seine Berichterstatter in die Irre geriethen. Bei den Griechen der nachmythischen Zeit tritt das Ganz- oder Brandopfer, von dem Nichts genossen wurde *(ὁλοκαύτωμα, θυσία ἄγευστος)*, gänzlich in den Hintergrund; seine für die Religionsentwickelung bedeutsame Zurückdrängung wird in der Sage (Hesiod Theog. 535) durch die List des Prometheus bezeichnet, der den Zorn des Zeus dadurch erregt, dass er zuerst die Götter mit den fettumwickelten Knochen abfindet; in der geschichtlichen Zeit wurden nur die auf besonderen Feuerstätten dargebrachten Todtenopfer *(ἐναγίσματα)* und die Eidopfer menschlichem Genuss entzogen; dem gewöhnlichen Tempelopfer war der Schmaus wesentlich. Anders stellt sich das Verhältniss bei den Juden. Das jeden Morgen und jeden Nachmittag dargebrachte Gemeindeopfer, welches den täglichen Tempeldienst eröffnete und beschloss und auch durch die feierlichsten ausserordentlichen Festopfer nicht verdrängt wurde, war in der That ein Ganzopfer; von seiner ununterbrochenen Stetigkeit hiess es das 'immerwährende (תמיד *ἐνδελεχισμός*);' wie aus dem Buche Daniel (8, 11), aus dem ersten Makkabäerbuche (1, 47) und aus Josephus*) zu ersehen ist, erregte die zeitweilige Einstellung dieses 'immerwährenden' Opfers während Antiochos' Beherrschung und Titus' Belagerung von Jerusalem als bedrohlichstes Zeichen der gefährdeten Nationalexistenz den tiefen Schmerz des Volkes. Von dem so hochgehaltenen und so regelmässigen Opfer ward einem Fremden, der sich nach dem jüdischen Tempelritus erkundigte, gewiss zuerst und am meisten erzählt; vorschnelle Verallgemeinerung ihrer Beobachtungen in fremden Ländern ist zu allen Zeiten der Erbfehler der Reisenden gewesen; wenn der griechische Schiffspatron oder der Hoplite und der Philosoph im Gefolge Alexander's erfuhr, dass die Juden jeden Morgen und jeden Nachmittag ein Ganzopfer darbrachten, so fasste er die ihm auffällige Thatsache ins Gedächtniss, ohne viel zu forschen, ob von anderen weniger regelmässigen Opfern nicht vielleicht das Fleisch genossen ward; und so bekam Theophrastos Gelegenheit, die Enthaltsamkeit der Juden der bei den griechischen Opfern herrschenden Genussucht als Muster vorzuhalten. — Durch eine solche Annahme, dass der theophrastischen Schilderung das tägliche Ganzopfer in falscher Verallgemeinerung zu Grunde liegt, klärt sich nun auch die fernere Angabe auf, nach welcher die opfernden Juden nicht blos des Opferfleisches, sondern jeglicher Nahrung sich sollen enthalten haben, die Opfertage zu Fasttagen (*νηστεύοντες* Z. 367) geworden seien. Denn mit dem täglichen Opfer war allerdings eine Fastenvorschrift zwar nicht für das gesammte Volk, aber doch für eine beträchtliche Anzahl von Personen verknüpft. Die einschlagenden Bestimmungen sind in den ältesten Urkunden der jüdischen Tradition, der Mischnah (*δευτέρωσις*) und der Beraitah

*) *bellum* 6, 2, 1: *ἐπέπυστο* (Titus) *ἐπ' ἐκείνης τῆς ἡμέρας, Πανέμου δ' ἦν ἑπτακαιδεκάτη, τὸν ἐνδελεχισμὸν καλούμενον ἀνδρῶν ἀπορίᾳ διαλελοιπέναι τῷ θεῷ καὶ τὸν δῆμον ἐπὶ τούτῳ δεινῶς ἀθυμεῖν.*

(Extravaganten), mit hinlänglicher Deutlichkeit[38]) enthalten. Man ging von den Grundsätzen aus, dass einerseits bei jedem Opfer die Veranstalter desselben zugegen sein müssen, und dass andererseits die Volksgemeinde durch die Priester allein nicht vertreten ist. Um also für das tägliche Gemeindeopfer eine vollständige Volksvertretung zu schaffen, ward die gesammte nichtpriesterliche Volksmenge, entsprechend den vierundzwanzig Priesterabtheilungen (משמרות *ἐφημερίαι)*, welche nach feststehendem Turnus jede während einer Woche den Tempeldienst versahen, ebenfalls in vierundzwanzig Abtheilungen mit dem Namen 'Opferbeistände (מעמדות)' getheilt. Von diesen Beiständen waren aus der Abtheilung, welche der wöchentliche Turnus traf, die zu Jerusalem und in der näheren Umgebung Wohnhaften im Tempel selbst bei dem täglichen Opfer anwesend; die ferner Wohnenden verbrachten die täglichen Opferzeiten in dem Bethause des Centralortes ihres Bezirks unter Gebeten und Vorlesungen aus der Genesis; Alle aber, sowohl die in Jerusalem[38]) wie die in den übrigen Städten Versammelten, fasteten während der ganzen Woche ausser an den Tagen vor und nach dem Sabbat; am Sabbat selbst darf nach unverbrüchlicher jüdischer Gesetzesregel überhaupt nur in dem Einen Falle, wenn der Versöhnungstag auf einen Sabbat trifft, gefastet werden. Selbst ohne ausdrückliches Zeugniss glaubt man gern, dass eine solche Volkseintheilung, nachdem sie einmal zum Behuf des täglichen Opfers eingeführt worden, noch zu anderen religiösen und vielleicht auch administrativen Zwecken diente; ihr Ursprung wird in die Zeit der 'älteren Propheten' verlegt; während des ganzen Zeitraums des zweiten Tempels war sie also in Kraft; und wenn Theophrastos' Gewährsmänner auf ihren Reisen durch Judäa wahrnahmen, dass in Jerusalem und in jedem grösseren Ort des Landes ein Theil der Bewohner mit Rücksicht auf das tägliche Opfer fastete, so konnten sie leicht zu der Meinung verleitet werden, das Fasten sei ein unerlässliches Erforderniss j e d e s jüdischen Opfers. — Aehnlich verhält es sich mit der halbwahren Angabe, dass die jüdischen Opfer 'des Nachts *(νυκτός* Z. 365)' verbrannt würden. Nach griechischem Ritus musste bekanntlich das den höheren Göttern dargebrachte Opfer vor Sonnenuntergang beendigt sein; nur den Heroen, deren Cult als Todtencult behandelt wurde, den unterirdischen Gottheiten und den Rachegöttinnen ward bei Nachtzeit geopfert;

Aeschylos lässt die Klytämnestra*) zu den Erinyen sagen: 'Manch 'Feueropfer auf dem Heerde bracht' ich dar Bei Nacht, wo keiner 'Gottheit ausser euch man naht'; jedes Nachtopfer hatte für den Griechen etwas Düsteres. Bei den Juden hingegen ward im Anschluss an die Worte des Leviticus (6, 2) 'Es sei das Ganzopfer 'auf dem Heerde des Altars die ganze Nacht bis an den 'Morgen' für die Verbrennung jedes Ganzopfers und der Altargaben von den übrigen Opfern die Nacht dem Tage gesetzlich durchaus gleichgestellt, und thatsächlich fügte es sich, dass, weil die Nacht zu den übrigen Verrichtungen des Altardienstes nicht brauchbar war, sie vorzugsweise zur Verbrennung besonders der während der zweiten Tageshälfte dargebrachten Opfer benutzt wurde; jedoch verlangte eine aus jenen Worten des Leviticus entwickelte Vorschrift, dass die Verbrennung vor Anbruch des nächsten Morgens nach der Schlachtung des Opfers beendigt sei. Theophrastos' Berichterstatter merkten sich auch hier die ihrem griechischen Gefühl fremdartige Uebung, ohne nach den Anlässen und der Tragweite derselben zu forschen; und Theophrastos, der den jüdischen Opfern den Charakter trauervollen Ernstes aufprägen will, durfte sich den nach dieser Seite auf seine griechischen Leser so wirksamen Umstand nächtlicher, vor Morgenanbruch beendeter, also dem Sonnenlicht (*ἵνα μὴ Ἥλιος ὁ πανόπτης γένοιτο θεατής* Z. 366) entzogener Opferverbrennung nicht entgehen lassen. — Was endlich von 'Betrachtung der Sterne (Z. 370)' gesagt wird, lässt sich wohl nur davon herleiten, dass die Opferbeistände kurz vor Sonnenuntergang zum Schlussgebet (נעילה) zusammentraten, und dass sie, da jeder jüdische Fasttag erst mit dem Aufgang der Sterne endet, diesen aus sehr begreiflichen Gründen beobachteten; auch ein so schwacher Anhalt konnte für die griechische Phantasie, welche im Orient überall Sternkunde und Sterndienst zu entdecken glaubt, hinreichen, um den 'philosophischen' Juden in ihren Opferversammlungen ausser theologischen Gesprächen (Z. 369) auch noch astronomische Thätigkeit beizulegen.

Nachdem Theophrastos so den offenen Vorwurf genussüchtigen Schmausens gegen die allgemeine griechische Opfersitte erhoben und ihr den vermeintlich strengeren jüdischen Ritus entgegen-

*) *Eum.* 108: *Καὶ νυκτίσεμνα δεῖπν' ἐπ' ἐσχάρᾳ πυρὸς Ἔθυον, ὥραν οὐδενὸς κοινὴν θεῶν.*

Menschenopfer.

gehalten hat, werden von anderer Seite her und zum Theil auf verstecktere Weise einige griechische Localculte in den folgenden Sätzen (Z. 377—410) angegriffen, welche sich zunächst mit dem Ursprung der Menschenopfer beschäftigen; ein in Zeiten äusserster Noth eingerissener Kannibalismus, heisst es (Z. 380), habe sie hervorgerufen, da man auch von solch entsetzlicher Nahrung so gut wie von der früheren unschuldigen Pflanzenkost den Göttern, gemäss der einmal eingeführten Sitte, glaubte Erstlingsgaben weihen zu müssen; und von jenen ursprünglichen Nothopfern aus habe sich der grässliche Brauch so fest eingebürgert, dass er auf griechischem wie auf nichtgriechischem Boden 'bis auf den heutigen Tag (*μέχρι τοῦ νῦν* Z. 385)' theils ungemildert fortbestehe, theils deutliche Spuren im Ritus zurückgelassen habe. Aus der nichtgriechischen Welt genügt dem Theophrastos das Beispiel der Karthager, die ihrem El (*Κρόνος* Z. 386; vgl. Rh. Mus. 19, 632) nicht in verstohlener Weise, sondern von Staatswegen und unter Theilnahme aller Bürger (*κοινῇ πάντες*) Menschen schlachten. Dieselbe Nebenbestimmung einer ungescheuten Oeffentlichkeit und allgemeinen Betheiligung will nach der unzweideutigen Construction des Satzes Theophrastos ausgedehnt wissen auf das Menschenopfer, welches im Mittelpunkte Griechenlands von den Arkadern dem lykäischen Zeus gebracht wurde; und wenn Pausanias, der von der Fortdauer des lykäischen Opfers auch noch zu seiner Zeit redet, es 'im Geheimen (*ἐν ἀπορρήτῳ* 8, 38, 5)' verrichten lässt, so hat man dies wohl nicht als einen abweichenden Bericht über die ursprüngliche Form der grausigen Feier, sondern als einen Erfolg der römischen Polizei[39]) anzusehen, welche seit dem Beginn der Kaiserherrschaft die Menschenopfer im Umkreis des Reichs zu unterdrücken suchte und eben zu Pausanias' Zeit unter Hadrian's Regierung dem Ziele nahe gekommen war (s. oben S. 29). Je bestimmter nun Theophrastos die ausdrücklich genannten Arkader des eigentlichen noch zu seiner Zeit fortgesetzten Menschenopfers am Lykäenfest bezichtigt, desto befremdender ist auf den ersten Blick die Zurückhaltung, mit der er in demselben Satz von den blos symbolisch ritualen Spuren vormals üblicher Menschenopfer redet; weder die Feste, an denen der so schlimme Erinnerungen weckende Ritus begangen wird, noch das Volk, welches ihn begeht, sind genannt; sondern es ist nur in einer spitzen Wendung der Widerspruch hervorgehoben, dass an denselben Orten, wo durch die sorgfältigsten, auf Auge und Ohr wirkenden Mittel, durch Abgrenzung des Opferbezirks und durch Heroldsruf, der Blutschuldige von der heiligen Handlung fern gehalten wird, diese heilige Handlung selbst in der Besprengung des Altars mit Menschenblut besteht (Z. 387—390). Dass der Stich auf Athen zielt, musste jeder griechische Leser merken, dem der attische Cult der Tauropolien bekannt war. An diesem Fest der taurischen Artemis, deren Dienst ausser in Halae, einem Gau an der südöstlichen Küste Attika's, auch noch in der alten Zwölfstadt Brauron und auf der Burg von Athen seine Stätte hatte, ward, nach Beseitigung des ursprünglichen Menschenopfers (s. oben S. 57), die stellvertretende Ceremonie vollzogen, deren Einsetzung Euripides am Schluss seiner Iphigenia in Taurien*) auf Gebot der Athene geschehen lässt; einem Manne ward am Halse die Haut mit einem Schwerdte geritzt, so dass Blut genug floss, um den Altar damit zu netzen. Der Grund nun, weshalb Theophrastos den Namen Athens lieber von seinen Lesern ergänzen lassen als ausdrücklich hinschreiben wollte, bietet sich leicht dar bei Erwägung seiner persönlichen Stellung und der damaligen Zeitverhältnisse. Theophrastos lebte in Athen als Metöke; durch seine Beziehungen zu den makedonischen Königen musste er so sehr wie sein Lehrer Aristoteles den Argwohn der Patriotenpartei erregen; bei dem zeitweiligen Erstarken dieser Partei hatte Aristoteles sich in die makedonische Festung Chalkis zurückgezogen; und nicht lange darauf sah auch Theophrastos sich genöthigt, Athen auf einige Zeit zu verlassen, als ein von Demosthenes' Neffen Demochares vorgeschobener und unterstützter Sophokles einen Volksbeschluss gegen die Philosophenschulen überhaupt durchsetzte, welcher vorzüglich auf die makedonisch gesinnten Peripatetiker gemünzt war. Unter solchen Umständen musste Theophrastos allzu offenen Tadel attischer Religionsgebräuche vermeiden, wenn er den Sykophanten die auch in Athen geübte Taktik, politische Zwecke durch Ketzerverfolgungen zu fördern, nicht über Gebühr erleichtern wollte; und noch begreiflicher würde seine Vorsicht werden, wenn die Abfassung unserer Schrift Ueber Frömmigkeit, zu deren

Theophrastos' Stellung in Athen.

*) v. 1458: ὅταν ἑορτάζῃ λεώς, Τῆς σῆς σφαγῆς ἄποιν' (als Entgelt für deine, der Iphigenia, unterbliebene Opferung) ἐπισχέτω ξίφος Δέρῃ πρὸς ἀνδρὸς αἷμα τ' ἐξανιέτω Ὁσίας ἕκατι, θεά θ' ὅπως τιμὰς ἔχῃ.

genauer chronologischen Feststellung freilich die Mittel fehlen, später fiele als die Criminalklage auf Unfrömmigkeit *(ἀσέβεια)*, welche der durch seine Anklage des Phokion berüchtigte Hagnonides unmittelbar gegen Theophrastos gerichtet hatte *(Diog. Laert.* 5, 37); sie endete zwar mit des Philosophen Freisprechung; nachdem ihm jedoch der Schierlingsbecher einmal so nahe gekommen war, musste er für alle Folgezeit gegen unnöthige stilistische Kühnheiten in Behandlung attischer Ritualien sich gewarnt fühlen.

Ursprung der Thieropfer. Aber nicht blos die statt des Menschenlebens wenigstens Menschenblut fordernden Satzungen bekunden die frühere Verbreitung der Menschenschlachtung; auch die Thieropfer im Ganzen sind nach Theophrastos' deutlich ausgesprochener (Z. 391), von den meisten neueren Forschern getheilter Ansicht, nur ein Surrogat, also ein Zeugniss für jene einst übliche Art heiligen Mordes. Hiernach, und weil er überall für die Erörterung des Opfers den Begriff einer Weihgabe von Erstlingen zu Grunde legt, denkt sich Theophrastos bei den Thieropfern das Verhältniss von Darbringung zu Genuss demjenigen entgegengesetzt, welches er für die Menschenopfer angenommen hatte. Denn das Menschenopfer liess er in Zeiten äusserster Noth sich aus dem Kannibalismus entwickeln, nach der einmal festgewurzelten Sitte, von der menschlichen Nahrung den Göttern einen Theil zu weihen (Z. 382); dort war also die menschliche Nahrung das Frühere und zog das Opfer erst nach sich. Nachdem jedoch auf solchen Anlass die blutigen Opfer sich im Cultus festgesetzt hatten, konnte man, auch als die Noth geschwunden war, nicht mehr das Blut aus dem Gottesdienst gänzlich verbannen, sondern musste sich begnügen, Schonung der Menschen durch Tödtung der Thiere zu erreichen; und da nach dem Grundbegriff des Opfers es zugleich Götter- und Menschenspeise sein musste (Z. 398), so ward trotz des jetzt wieder reichlich vorhandenen Getreides der Genuss des Thierfleisches zunächst beim Opfern und dann auch unabhängig von demselben eingeführt; hier war also das Essen nicht mehr der Grund, sondern die Folge des Opferns. Der bestrickenden Gewalt dieses religions- und culturgeschichtlichen Cirkels sind nun zwar die meisten Völker und Culte unterlegen; aber dennoch, führt Theophrastos fort (Z. 411 bis 421), hat das Gewissen der Menschheit nicht gänzlich betäubt, die ursprüngliche unschuldige und unblutige Opfersitte nicht überall verdrängt werden können. Auf der heiligen apollinischen Insel besteht 'noch jetzt *(ἔτι νῦν* Z. 411)' der Altar des 'Erzeugers Apollon;' wohl um die schaffende Gnade des Gottes zu versinnlichen, war aus dem Dienst dieses Altars, wie Aristoteles*) berichtet, jegliche Spur zerstörender Kräfte entfernt; kein Thier ward dort geschlachtet, und sogar die Mehlopfer wurden nicht verbrannt, sondern nur zur Weihe hingelegt; der Altar war 'feuerlos.' Man hätte meinen sollen, dass der durch die kostspieligen Thieropfer beförderte Irrthum, den Opferaufwand für einen Beweis von Frömmigkeit zu halten, einen so dürftigen Altardienst in den Ruf der Unfrömmigkeit hätte bringen müssen; dennoch, sagt Theophrastos (Z. 413), ist gerade diesem Altar der Name 'Altar der Frommen' gegeben und gewahrt worden, und Alle, die ihn so nennen, zeugen dadurch unwillkürlich für die Richtigkeit der Behauptung, dass der wahren Frömmigkeit 'die Befleckung der Altäre mit Blut (Z. 420)' zuwider sei. Diese sich selbst bewährende Gedankenverbindung der theophrastischen Sätze in helles Licht treten zu lassen, ist der deutschen Uebersetzung nur gelungen durch Ausscheidung eines porphyrischen Einschiebsels (Z. 415—420), das sich als solches, abgesehen von seinem sachlichen Inhalt, schon durch einen doppelten Verstoss gegen die logische Folge verräth. Es zerreisst erstlich das auch durch die passenden Partikeln eng genug geknüpfte Band zwischen dem theils begründenden, theils folgernden theophrastischen Satz *καὶ γὰρ οὐ φόνῳ τοὺς τῶν θεῶν βωμοὺς χραίνειν δεῖ* (Z. 420) und dem mit *μετέδοσαν τῆς εὐσεβείας* (Z. 415) schliessenden Bericht über den delischen Altar. Und zweitens wird es durch ein 'deshalb *(δι' ὅπερ* Z. 415)' eingeleitet, welches an dem Orte, wo es jetzt zu lesen ist, eine krasse Unlogik herbeiführt, deren sich nicht einmal Porphyrios, geschweige Theophrastos schuldig machen konnte. Denn wie die Sätze jetzt sich auf einander beziehen, ergeben sie folgende Faust aufs Auge: 'Weil man in Delos den Altar, auf welchem kein Thier geopfert wird, mit Recht Altar der Frommen nennt, deshalb haben die Pythagoreer zwar nicht im täglichen Leben Thierfleisch gegessen, aber wohl Thiere

Zusatz des Porphyrios.

*) *Diog. Laert.* 8, 13 (= *Arist. frag.* 442 Rose): *βωμὸν προσκυνῆσαι [Πυθαγόραν] μόνον ἐν Δήλῳ τὸν Ἀπόλλωνος τοῦ Γενέτορος, ὅς ἐστιν ὄπισθεν τοῦ Κερατίνου, διὰ τὸ πυροὺς καὶ κριθὰς καὶ πόπανα μόνα τίθεσθαι ἐπ' αὐτοῦ ἄνευ πυρός, ἱερεῖον δὲ μηδέν, ὥς φησιν Ἀριστοτέλης ἐν Δηλίων πολιτείᾳ.*

geopfert.' Den Ursprung der Verwirrung erklärt auch hier die Annahme, welche schon in einem ähnlichen Falle (s. oben S. 68) nöthig wurde. Porphyrios hatte in dem Brouillon seiner theophrastischen Excerpte einen eigenen Zusatz den früheren theophrastischen Sätzen (Z. 398) anfügen wollen, welche besagen, dass ursprünglich von den Thieropfern nur gekostet (*γεύσασθαι* Z. 399) worden sei, um den Schein einer Geringschätzung des Opfers zu vermeiden, aus dem ritualen Kosten aber das ungescheute Essen der Thiere auch im täglichen Leben sich entwickelt habe. Im Anschluss an diese theophrastische Darstellung und mit stiller Bezugnahme auf Herakleides' und Clodius' höhnische Bemerkung, dass die Pythagoreer, wenn sie opfern, Thiere essen (s. oben S. 13), wollte nun Porphyrios sagen, dass die Pythagoreer über jene ursprüngliche Sitte eines blos ritualen Kostens (*γευσάμενοι μόνον* Z. 418) nie hinausgegangen seien, selbst von Opferfleisch nicht eigentlich gegessen und im gewöhnlichen Leben sogar jede Berührung (*ἄθικτοι* Z. 418) des Thierfleisches gemieden hätten, während die nichtpythagoreischen Menschen in dem religiösen Brauch einen Vorschub für ihre Völlerei (*ἐμπιπλάμενοι* Z. 419) fanden, und auch im alltäglichen Leben (*παρὰ τὸν βίον* Z. 420) zu der maasslosesten und sündhaftesten Thiertödtung fortschritten. In der Gegend von Z. 399 hatte Porphyrios diese tendenziöse Ausführung an den Rand geschrieben, vielleicht sollte sie unmittelbar nach *τοῖς ἀνθρώποις* (Z. 400) eingefügt werden. Der Besorger der Reinschrift verfehlte jedoch die richtige Stelle; und da er in nächster Nähe etwas über den delischen Altar fand und ihm die allbekannte Geschichte, welche den Pythagoras mit diesem Altar in Verbindung bringt (s. oben S. 119 Not.), nicht unbekannt sein mochte, so meinte er mit gewöhnlicher Abschreibergelehrsamkeit und Abschreiberlogik den Zusatz, in welchem von Pythagoreern die Rede ist, füglich dem Bericht über den delischen Altar anschliessen zu dürfen.

Nicht mit völlig gleicher Zuversicht darf die Ausscheidung auftreten, durch welche in der nächstfolgenden Zeile (421) das Satzglied *οὔτε ἁπτέον τοῖς ἀνθρώποις τῆς τοιαύτης τροφῆς ὡς οὐδὲ τῶν ἰδίων σωμάτων* als untheophrastisch bezeichnet und unübersetzt gelassen wurde. Sie beruht auf der Erwägung, dass für Theophrastos' die Frömmigkeit behandelndes Buch die Opferfrage allein wesentlich ist, in deren Erörterung die diätetische nur nebensächlich hineinspielt. In dem langen Verlauf der bisher überblickten Excerpte ist auch dieses Verhältniss überall gewahrt. Während das Thieropfer auf das Nachdrücklichste von theoretischer Seite her bekämpft und seine praktische Abstellung eifrig empfohlen wird, hat Theophrastos zwar Vorliebe für vegetabilische Kost blicken lassen, und seine Ansicht, dass die Tödtung zahmer Thiere ein Unrecht sei (s. oben S. 81), würde bei folgerichtiger Durchführung die meisten geniessbaren Thiere dem Genusse entziehen; jedoch eine ausdrückliche Untersagung der animalischen Kost ist uns bisher nicht begegnet und auch keine so umfassende Begründung ihrer allgemeinen Verwerflichkeit, dass man nicht stutzen müsste, wenn in dem fraglichen Satzgliede plötzlich das Essen jedweden Thierfleisches ohne Ausnahme dem Essen von Menschenfleisch gleichgestellt und mit gleicher Strenge wie das Thieropfer verboten wird. Dazu kommt in der grammatischen Beziehungslosigkeit von *τῆς τοιαύτης* eine sprachliche Unebenheit, die gleichfalls am leichtesten durch die Annahme erklärt würde, dass Porphyrios das Satzglied einschaltete, weil es ihm mehr um die diätetische als um die Opferfrage zu thun war; er hätte sich dann hier, indem er einzelne Worte in die Mitte des fremden Satzes einmengte und das ursprünglich theophrastische *οὐ* oder *οὐδαμῶς* vor *φόνῳ* in *οὔτε* änderte, eine ähnliche Zustutzung seiner Vorlage erlaubt, wie sie ihm bei der Einschiebung der Adjective *ἁγνὴ καὶ καθαρά* in die essäische Speiseordnung urkundlich nachgewiesen werden konnte (s. oben S. 28). In dem hiesigen Falle wird nun freilich der urkundliche Nachweis bis zu der unabsehbaren Wiederauffindung des theophrastischen Originals anstehen müssen; eine für Jedermann unverkennbare Verletzung der äusserlich logischen Gedankenfolge, durch welche die übrigen porphyrischen Zusätze sich verriethen, ist hier trotz der inneren Ungefügigkeit nicht vorhanden; und eine derartige innere Ungefügigkeit kann eben nur empfunden und für die Mitempfindung Gleichgestimmter dargelegt, aber ihre Anerkennung kann den Widerstrebenden nicht durch mathematischen Beweis abgezwungen werden.

Geringer noch an Umfang und auf den ersten Blick kenntlich ist ein ferneres porphyrisches Einschiebsel gleich zu Anfang der bei Theophrastos folgenden ausführlichen Erzählung über den Ur-

Dipolienopfer.

sprung des Dipolienopfers. Als Porphyrios oben (S. 59, Z. 99) aus nichttheophrastischer Quelle unter anderen attischen Opferlegenden auch die auf dieses hochheilige Fest des Zeus bezügliche mit seinen theophrastischen Excerpten verwebte, muss er noch nicht gewusst haben, dass die weitere Ausbeutung der theophrastischen Schrift ihn zur Mittheilung einer mannigfach abweichenden Sage veranlassen werde. Bei der auch unachtsamen Lesern nothwendig auffallenden Verschiedenheit, dass der Träger der Hauptrolle in dem ritualen Drama oben (S. 59, Z. 99) Diomos hiess, von Theophrastos aber Sopatros genannt wird, hilft sich nun Porphyrios so schlau oder so plump wie es in der Eile ging; da wo Theophrastos zum ersten Mal seinen Sopatros auftreten lässt, schreibt Porphyrios den früheren Namen als Variante hinzu: *Δίομον ἢ Σώπατρόν τινα* (Z. 426), ohne zu bedenken, wie arg ein solches Schwanken, wenn es von Theophrastos herrührte, gegen die oberste Regel guten Erzählens, gegen die zuversichtliche Bestimmtheit verstossen würde, mit welcher denn auch Theophrastos, eben weil er ein guter Erzähler ist, alle anderen noch so geringfügigen Nebenumstände der Sage vorträgt. Bei den übrigen Abweichungen ausser dieser onomatologischen scheint Porphyrios auf die Schutzgottheit der Compilatoren, das kurze Gedächtniss des gewöhnlichen Lesers, vertraut zu haben. Wer jedoch die frühere Version sich gegenwärtig erhalten hat oder durch abermaliges Lesen vergegenwärtigt, nimmt alsbald Widersprüche wahr, die, obwohl äusserlich nicht so grell, viel gewichtiger sind als der Namenswechsel. Oben (S. 59, Z. 99) war Diomos, bereits als er den Stier tödtete, Priester des stadtschirmenden Zeus, also ein vollbürtiger athenischer Bürger; ja, schon der Name Diomos erinnert an den Stammheros des Gaues Diomeia in der ägeischen Phyle. Nach Theophrastos' Erzählung ist hingegen der Stiertödter nicht blos Privatmann mit dem farblosen Namen Sopatros, sondern Ausländer (*τῷ γένει οὐκ ἐγχώριον* Z. 427); wegen des Stiermordes geht er in freiwillige Verbannung nach Kreta (Z. 435); das Vaterland des Epimenides erscheint in allen älteren Sagen[40]) als der Ursitz, von welchem aus die Ceremonien der Mordsühne sich über Griechenland verbreiten; in Kreta sucht den Sopatros, welchen das delphische Orakel als Retter aus der inzwischen über Attika hereingebrochenen Noth bezeichnet hatte, eine Gesandtschaft der athenischen Gemeinde auf; von dieser bedingt er sich, wenn er das Orakel erfüllen solle, die, zumal für die ältere Zeit, hohe Belohnung, dass man ihn durch Gemeindebeschluss zum athenischen Bürger ernenne (*πολίτην αὐτὸν ποιησάμενοι* Z. 445) oder, wie die juristische Fiction es in solchem Falle verlangt, zum Adoptivsohn der Gemeinde (*υἱὸς πόλεως*) mache. Beruht sonach die Peripetie der theophrastischen Erzählung auf der Umwandlung des fremden Sopatros in einen Athener, so ist priesterliche Würde desselben von selbst ausgeschlossen nicht blos für die Zeit als er den Stier im Zorn tödtete und noch Metöke war, sondern auch als er nach erlangtem Bürgerrecht bei dem Opfer das Amt der Stierschlachtung übernahm (Z. 465). Denn nach athenischem Gesetz, dessen Bestimmungen den Ausbildnern der Sage so wenig wie dem Theophrastos unbekannt sein konnten, blieb auch das niedrigste Priesteramt, geschweige ein so hohes wie das des Zeus Polieus, den Adoptivbürgern selbst verschlossen, und konnte erst von der zweiten Generation bekleidet werden[40]). Wahrscheinlich sind die abweichenden Sagenbildungen hervorgegangen aus entgegengesetzten genealogisirenden Tendenzen bei der Herleitung des Eupatridengeschlechts, welches von der erblichen Function des Stierschlachtens am Dipolienfest den Namen Stierschlächter (*βουτύποι* Z. 465) führte. Die Heraldiker, welche diesen Adelichen den Vorzug unvermischten athenischen Blutes wahren wollten, schmückten gleich den Ahnherrn als autochthonen Athener Diomos mit einem der höchsten Priesterämter; boshaftere Forscher, etwa von der Art des Herodot, der z. B. über den Führer der Adelspartei Isagoras sagt (5, 66): 'er war zwar aus 'guter Familie; aber wie es mit den Ahnen steht, vermag ich nicht 'anzugeben; so viel ist sicher, seine Geschlechtsgenossen opfern 'dem karischen, d. h. nicht einmal einem hellenischen, Zeus' — solche maliciöse Wappenkundige leiteten den Stammbaum der Butypoi zurück auf einen ausländischen Gutspächter (*γεωργοῦντα* Z. 427) Sopatros, der erst in schlimmer Bedrängniss des Staates sich das Bürgerrecht erzwang. Und für diese Sopatros-Version entschied sich Theophrastos, weil sie ihm Gelegenheit bot, den Abscheu früherer Zeitalter vor der Tödtung nützlicher Thiere eindringlicher zu schildern, als es die Diomos-Version gestattet hätte, welche den Stier zur Strafe für die gefrässige Vernichtung des Getreideopfers von dem bereits fungirenden Priester unter dem

Beistand aller Anwesenden tödten lässt (s. oben S. 59, Z. 101). Sopatros hingegen vollbringt die That ohne Theilnehmer in augenblicklicher Aufwallung (Z. 430); ausdrücklich hebt Theophrastos hervor, dass sie sein Gewissen eben so belastete und er sie auf dieselbe Weise durch freiwillige Verbannung sühnen wollte, wie wenn er einen Menschen getödtet hätte (Z. 434); auch nachdem die Athener bereits erfahren haben, dass das Orakel ein Stieropfer verlangt, will kein eingeborener Athener sich mit dem Blutdienst verfangen (Z. 444); und dem Fremden, der sich dazu bereit erklärt, muss die Gemeinde jede noch so hohe Forderung bewilligen. Da dieselbe Gleichstellung der Stiertödtung mit dem Menschenmorde auch der aus dem Opfer sich entspinnenden Gerichtsverhandlung zu Grunde liegt, welche nach alterthümlichem Rechtsbrauch mit der Verurtheilung des Mordwerkzeugs statt des unermittelten Mörders endigte, so verweilt Theophrastos auch bei der Schilderung dieser juristischen Scene mit viel grösserer Ausführlichkeit (Z. 453 bis 460) als alle uns sonst über das Dipolienfest vorliegenden, vergleichsweise sehr mageren Berichte; ihnen ward denn auch von den neueren Behandlern der attischen Sacralantiquitäten die hiesige Darstellung wegen ihrer Vollständigkeit vorgezogen, trotzdem man in ihr nur einen so späten Zeugen wie Porphyrios zu vernehmen glaubte; die Erkenntniss ihres theophrastischen Ursprunges verleiht ihr eine den sachlichen Werth der einzelnen Angaben sowohl erhöhende wie erklärende äussere Autorität.

Gemäss dem dargelegten Gang der Erzählung und vorsichtig die Gesammttendenz seines Buches innehaltend zieht Theophrastos die Nutzanwendung aus der antiquarischen Episode in folgenden Worten: 'So sehr hielt man es vor Alters für Sünde, die dem 'menschlichen Dasein durch ihre Arbeit förderlichen Thiere zu 'tödten (*κτείνειν τὰ συνεργὰ τοῖς βίοις ἡμῶν ζῷα* Z. 470), und auch 'jetzt sollte man dies vermeiden.' Also, wie die oben (S. 81) entwickelte Theorie nur die Tödtung zahmer Thiere für ein Unrecht erklärte, so beschränkt Theophrastos seine Abmahnung auch hier auf die Thiere, welche gleich dem in der Dipolienfeier auftretenden Stier 'mit dem Menschen arbeiten;' und da er nur das Opfern der Thiere verbieten will, dieses aber ohne Essen denkbar ist, so spricht er auch nur von Tödten und nicht von Essen. Beides, die Beschränkung auf bestimmte Thierarten und die

Nichterwähnung des Essens, musste jedoch dem Porphyrios für seine Tendenz höchst ungelegen sein; und um den Eindruck der theophrastischen Worte auf seine Leser zu schwächen, versieht er sie mit einer Zuthat, die schon im ersten Satz, sowohl durch das was erlaubt, als durch das was verboten wird, ihren nichttheophrastischen Ursprung bekundet. Ohne den Versuch einer argumentativen Begründung heisst es mit einer blos anknüpfenden Partikel und mit ungelenker Wiederholung der theophrastischen Worte (Z. 471): 'Und wie es vor Alters die Menschen für Sünde hielten, sich an 'diesen Thieren zu vergreifen, so muss man jetzt es für Sünde 'halten, an den Thieren überhaupt sich des Essens wegen zu ver'greifen. Sollte man es auch vielleicht des Gottesdienstes wegen 'thun müssen, so muss doch dieses Schlimme an sich aus dem 'menschlichen Körper verbannt bleiben, damit wir nicht, indem wir 'zu unserer gewöhnlichen Nahrung Unstatthaftes wählen, die Be'fleckung (*μίασμα* Z. 476) dauernd in unserem Dasein sich einbür'gern lassen.' Hier wird also erstlich mit einem unlogischen Sprunge, der in Theophrastos' Sinn durch Nichts gerechtfertigt oder gemildert wäre, auf alle Thiere ausgedehnt, was unmittelbar vorher blos für die zahmen Thiere aufgestellt war; und zweitens wird eintretenden Falles der Genuss geopferten Fleisches gestattet — ein Zugeständniss, zu welchem nur Porphyrios um der pythagoreischen Praxis willen (s. oben S. 120) sich konnte gezwungen glauben; dass es dagegen mit der Absicht des eben das Opfern der Thiere vorzüglich bekämpfenden Theophrastos unverträglich ist, braucht, nachdem dieser Punkt so oft erörtert worden, hier nur constatirt und nicht abermals bewiesen zu werden. Endlich trägt 'die dauernde Befleckung (*μίασμα*)' des Lebens durch verbotene Genüsse zu unverkennbar das Gepräge der neuplatonischen Askese, als dass Kenner des Ganges griechischer Philosophie den mindesten Zweifel über die nichtperipatetische Herkunft hegen könnten; zum Ueberfluss sei auf das zwanzigste Capitel des vierten Buches (*p.* 184) verwiesen, wo Porphyrios diese Miasmenlehre seiner Schule in eigenem Namen des Breiteren vorträgt. Nach allem diesen kann es nun auch nicht Wunder nehmen, dass im weiteren Verlauf des Zusatzes das nothwendige neuplatonische Correlat der Befleckung,' die Reinigungs- und Sühneceremonien zum Vorschein kommen. Von dem Zuge seiner Schultheorie fortgerissen, sagt

Zusatz des Porphyrios.

Porphyrios (Z. 479): 'Am besten wäre es nun wohl, wenn man 'gleich von der Geburt an sich der Fleischnahrung enthielte; da 'aber kein Mensch sündenfrei ist, so bleibt nur übrig, durch nach- 'trägliches Verfahren im Wege der Sühnungen *(διὰ τῶν καθαρμῶν)* 'die früher begangenen Speisesünden zu heilen.' Bald jedoch wird er inne, wie leicht eine so uneingeschränkte Anerkennung der Nothwendigkeit von Sühnungen seinen Gegnern die Rechtfertigung der herkömmlichen Sühnopfer machen und wie sehr sie seinem Streben, das Gebet an die Stelle der Opfer zu setzen (s. oben S. 33), schaden würde. Um sich hiergegen zu schützen, sagt er unmittelbar darauf: Zu solcher Sühnung bedürfe es keiner äusseren Handlung, sondern 'der Zweck wird auf gleiche Weise erreicht *(τοῦτο 'δὲ ὁμοίως γένοιτ' ἂν* Z. 482), wenn man sich die schreckliche Grösse 'seiner Sünde vor Augen stellt und, mit Empedokles' Worten, sich 'eher gestorben wünscht, bevor man die entsetzliche Kost über die 'Lippen gebracht. Denn die schmerzliche Empfindung über die 'begangene Sünde ist ein Zeichen, dass man für das vorhandene 'Uebel Heilung sucht;' neben dem Schuldbekenntniss sind also die Sühngebräuche entbehrlich. — Zu beiden Seiten werden von diesen innerlich zusammenhängenden porphyrischen Sätzen über Befleckung und Sühne ein Paar Zeilen anderen Gedankeninhalts eingeschlossen, die dem Theophrastos beizulegen ebenso unmöglich ist; sie besagen: 'wenn auch zu nichts Anderem, so wäre die Enthaltung von anima- 'lischer Nahrung doch allgemein nützlich zur Beförderung der 'Friedfertigkeit unter den Menschen; denn wessen Empfindung ihn 'schon abgeneigt macht, an nicht stammesverwandten Geschöpfen '*(ἀλλοφύλων ζῴων* Z. 478) sich zu vergreifen, dessen Vernunft wird 'doch offenbar gegen stammesverwandte sich nicht vergehen.' Selbst wenn Theophrastos innerhalb der oben (S. 97) von ihm behaupteten gegenseitigen Angehörigkeit aller lebendigen Wesen noch den hier gemachten Unterschied zwischen stammesverwandten und nicht verwandten zugelassen hätte, konnte er doch zu einer solchen Empfehlung des Thierschutzes als einer Vorschule der Milde gegen Menschen durchaus keinen Anlass haben, da er dadurch seine Theorie nicht stützen, sondern schwächen würde. Er hatte die Tödtung der zahmen Thiere schlechthin für ein Unrecht *(ἄδικον* S. 81, Z. 301) erklärt, und das Thieropfer, eben deshalb weil es zu einer ungerechten Handlung führt, heftig bekämpft

(S. 83, Z. 326 ff.); wie hätte es ihm beigehen können, die Unterlassung einer Handlung, deren unbedingte Verwerflichkeit er lehrt, blos wegen guter Folgen für das menschliche Gemüth anzurathen? Porphyrios hingegen hatte kurz vorher (Z. 473), den Pythagoreern zu Liebe, von der theophrastischen Strenge nachgelassen und das Opfern der Thiere gestattet; er mochte es also passend finden, gleich hier als Gegengewicht die hauptsächlich von den jüngeren Pythagoreern betonte Rückwirkung von Thierschonung auf Menschenschonung anzuknüpfen, auf welche er noch an einer anderen Stelle seines Werkes*) mit Plutarch's Worten zurückkommt.

Auch von diesem Zusatz darf man glauben, dass Porphyrios ihn ursprünglich an den Rand seiner theophrastischen Excerpte geschrieben hatte; seinem Copisten ist es zwar hier besser als in dem früheren Fall (S. 120) gelungen die richtige Stelle der Eintragung zu treffen; aber es ist dafür ein anderer bei Aufnahme von Marginalien in den Text häufiger Uebelstand eingetreten: die fremde Zuthat hat einen Theil des nächstfolgenden theophrastischen Abschnitts verdrängt. Denn dass vor *βίον* (Z. 487) der Faden abreisst, muss jeder unbefangene Leser spüren; unter den Herausgebern hat es bereits Valentinus (s. Anm. 4) eingesehen; und trotz redlichen Bemühens wollte es nicht gelingen, die etwaigen hermeneutischen Auswege zu entdecken, durch welche sich die späteren Herausgeber der nothwendigen Lückenbezeichnung überhoben glaubten. Neue theophrastische Gedanken sind uns jedoch schwerlich durch die Lücke entzogen worden; wenigstens zeigt der gerettete Theil des verstümmelten ersten Satzes (Z. 487—489) und die folgenden vollständigen, dass Theophrastos hier am Schluss seiner Erörterung nur ihre Hauptpunkte recapituliren wollte. Der Recapitulation. Nachdruck, mit welchem zweimal hervorgehoben wird, dass an dem Getreideopfer 'jeder einzelne Mensch (*τῶν ἀνθρώπων ἕκαστος* Z. 488, *πάντας* Z. 497)' sich betheiligen könne, beweist, wie ernstlich Theophrastos die schon oben (S. 74) hervorgetretene Absicht verfolgt, den Cultus zur Angelegenheit des Privatmannes zu machen. Wenn die Feldfrüchte einerseits für die grösste Wohlthat der Götter erklärt (Z. 489), andererseits die Götter nicht die alleinigen, sondern nur die 'Miturheber (*συναίτιοι* Z. 496)' derselben genannt

*) 143, 17 (= *Plutarch. de sollertia* 2, p. 960[a]): *οἱ Πυθαγόρειοι τὴν πρὸς τὰ θηρία πραότητα μελέτην ἐποιήσαντο τοῦ φιλανθρώπου καὶ φιλοικτίρμονος.*

werden, so erkennt man alsbald dieselben Gedanken in denselben nur etwas kürzer gefassten Worten, welche oben (S. 62 ff.) vorliegen. Und wenn endlich von jenen die menschliche Feldarbeit unterstützenden Himmelsgöttern gesagt wird, dass der Mensch schon 'während seiner Lebenszeit sie sehe (*οὓς νῦν ὁρῶντας* Z. 496),' so erscheint hier am Schluss noch einmal dieselbe peripatetische Lehre von der Göttlichkeit der Himmelskörper, welche am Anfang der gesammten Darstellung (s. oben S. 44) berührt war. Nur Einen bisher von Theophrastos nicht erwähnten oder von dem excerpirenden Porphyrios übergangenen Punkt finden wir in die Recapitulation verwebt: die Verehrung der Erde als Hauptgottheit neben den Himmelskörpern (Z. 491). Das Anrecht auf einen solchen Cultus wird, entsprechend dem hier eingeschlagenen Gedankengang, zunächst daraus hergeleitet, dass die Erde zu jener grössten Förderung des Menschenlebens, den Feldfrüchten, das Meiste beiträgt, indem sie die Gewächse hervorspriessen lässt (Z. 491), welche dann erst durch den Einfluss der Himmelslichter gezeitigt und durch der Menschen Arbeit veredelt werden können. Aber gleich darauf wird ihr eine noch höhere, von jeder Einzelwohlthat unabhängige Würde zuerkannt; die Erde ist ein 'gemeinsamer Heerd (*κοινὴ ἑστία, focus publicus* Z. 491) der Götter und Menschen;' sie bildet den Boden, auf welchem die Götter herablassend mit den Menschen und die Menschen über sich hinaufgehoben mit den Göttern als gleichartige Wesen verkehren. Und bei aller Erhabenheit ihrer Würde erregt sie die innigsten Gefühle; die Menschen 'schmiegen sich an sie wie an eine Mutter (Z. 493);' die starke Trägerin des Götter- und Menschenvereins ist zugleich die 'Amme (*τροφός* Z. 493), welche den Säugling nährt,' die *Γῆ Κουροτρόφος*, der in Athen ein Tempel geweiht war (Pausan. 1, 22, 3). Auch durch die Worte des peripatetischen Philosophen klingt vernehmlich jener zugleich kindlich vertraute und ehrfürchtig zurückhaltende Ton, in welchem die griechischen Dichter zu allen Zeiten von der 'Erde' geredet haben; das unverwüstliche hellenische Volksgefühl, dass das Irdische nicht ein Schattenhaftes, sondern ein gediegen Festes, die Erde nicht ein Jammerthal, sondern eine Stätte des Behagens sei, giebt sich in symbolischer Form Ausdruck, indem es die *Γῆ* als unerschütterlichen gemeinsamen Weltenheerd angebetet und als liebe Mutter von jedem einzelnen Erdengeschöpf geherzt werden lässt.

So endet denn mit einem eigenartig hellenischen, erdwärts strebenden Zuge die Darstellung einer Opfertheorie, welche in mannigfacher Hinsicht der althellenischen Sitte entgegen und der religiösen Richtung späterer Weltalter nahe tritt. Ihre Bedeutsamkeit entspringt nicht sowohl aus einer individuellen Geisteskraft des Darstellers; vielmehr zeigt die Behandlung gar vieler Einzelheiten einen im Streben nach populärer Erbaulichkeit allzu sehr verdünnten Rationalismus, welchen der aufmerkende Leser, auch ohne jedesmal ausdrücklich erinnert zu werden, nur zu deutlich empfunden und daran den Abstand zwischen dem grossen Stagiriten, dessen Nüchternheit stets von Gedankenstärke begleitet ist, und seinem ihm nächststehenden Schüler ermessen haben wird. Aber eben weil dem Theophrastos die Originalität mangelt, kann seine hier überblickte Opferlehre an einem um so anschaulicheren Beispiel zeigen, wie gegen das Ende der hellenischen Entwickelung die von den leitenden Geistern früherer Jahrhunderte ausgestreuten Keime aufgegangen und zu Früchten gediehen waren, welche aus der Hand mittelgrosser Denker die Menge der Durchschnittsmenschen in einer ihr gemässen Zubereitung empfangen konnte. Bald nach dem Erwachen der griechischen Philosophie beginnen zugleich mit der Auflehnung gegen die anthropomorphische Personification der Götter von verschiedenen Seiten her die Angriffe auf die blutigen Opfer. Nicht blos die Pythagoreer und Empedokles (s. oben S. 80) verwerfen, von der Gleichartigkeit der Thier- und Menschenseele ausgehend, jedes mit Blutvergiessen verknüpfte Opfer als einen Seelenraub; auch dem hervorragendsten Vertreter der jonischen Philosophie, dem Ephesier H e r a k l e i t o s, wird durch sein Streben nach Läuterung des Gottesbegriffs eine tiefe Abneigung gegen den herkömmlichen Altardienst eingeflösst. Wie er in Homer den Gründer und Träger der gangbaren Mythologie auf das Heftigste verfolgt *(Diog. Laert.* 9, 1), so schleudert er auch den bittersten und derbsten Hohn gegen die bestehenden Sühneceremonien: 'Um sich zu reinigen — ruft er[41]) — besudeln sie sich mit Blut, ganz so wie wenn Jemand 'der in Koth getreten hat, sich mit Koth säubern wollte.' Mit welch glühendem Eifer Platon ebenfalls zunächst die Sühnopfer bekämpft, ist oben (S. 104 ff.) hervorgetreten; die anderen Opferarten verwirft er zwar nicht geradezu, wenn sie von wahrhaft frommer

Werth der theophrastischen Schrift.

Gesinnung begleitet sind (*Legg.* 4, 716[d] = *Porphyr.* 121, 18); aber dennoch verweilt er in gehobenem Ton bei der Schilderung einer früheren unschuldigen Zeit, welche 'die Altäre der Götter nicht mit Blut befleckte (*Legg.* 6, 782[c]);' und sein als allgemeine Richtschnur für den Gottesdienst aufgestellter Grundsatz, welcher bei allen Weihgaben und Darbringungen eine 'maassvolle Einfachheit' empfiehlt*), braucht nur folgerichtig angewendet zu werden, um zu dem praktischen Ergebniss zu führen, welches Theophrastos erreicht, indem er die Thieropfer als kostspielige gänzlich beseitigt und die einfachen Getreideopfer an ihre Stelle setzt (oben S. 74). Mit wie zäher Widerstandskraft nun auch der volksthümliche hellenische Cultus noch Jahrhunderte lang sich gegen alle diese philosophischen Reformversuche behauptete, es kam doch eine Zeit, wo der Gang der Menschengeschichte die Bestrebungen der hellenischen Denker verstärkt werden liess durch die Strömung der politischen Ereignisse und der religiösen Bewegungen innerhalb desjenigen Volkes, welches mit dem hellenischen den Anspruch theilt, die geistigen Lebenswege den modernen Culturvölkern vorgezeichnet zu haben. In Judäa war zwar von früh an das blutige Opfer auf Einen Punkt des Landes, auf den Tempel der Hauptstadt, beschränkt; dort hatte es aber die vollste Ausbildung und eine weder durch Prophetenrede noch durch Religionsspaltung erschütterte Festigkeit erlangt; so lange der Tempel in Jerusalem aufrecht stand, machten auch die vielen 'Myriaden' der ersten, an dem jüdischen Gesetz festhaltenden Christen keinen Versuch, sich von dem Opferritus loszusagen, und jenen 'Myriaden' zu Liebe hat sogar der Apostel Paulus sich zu einem Nasiräeropfer bequemen wollen (Apostelgesch. 21, 20, 26; 24, 17). Nach Titus' Verheerung der Tempelstadt war jedoch für die Juden die Nöthigung und für die Christen die Möglichkeit gegeben, den alten prophetischen Gedanken zu verwirklichen, welcher das 'Wort zum Entgelt der Stieropfer' bestimmte (Hosea 14, 3; Hebräerbrief 13, 15); und im Wetteifer mit den Verkündern der neuen Religion fühlten nun auch Nachzügler der hellenischen Philosophie sich getrieben, die schon während Hellas' Blüthezeit eingeleiteten Versuche zur Vereinfachung des Gottesdienstes mit gesteigertem Ernst fortzuführen (s. oben S. 33). So

*) *Legg.* 12, 955[e]: *θεοῖσι δὲ ἀναθήματα χρεὼν ἔμμετρα τὸν μέτριον ἄνδρα ἀνατιθέντα δωρεῖσθαι.*

hat denn der verbündete Einfluss hellenischen Denkens, palästinensischer Begeisterung und römischer Städtezerstörung das Aufhören der Thieropfer bewirkt und dadurch auch auf dem Gebiete der Religionsübung eine scharfe Grenze zwischen dem Alterthum und der Neuzeit gezogen. Die weitgreifende Bedeutung eines solchen religionsgeschichtlichen Umschwungs verleiht allen zu ihm in Beziehung stehenden Urkunden einen eigenthümlichen Werth, und schon in dieser allgemeinen Hinsicht würden die theophrastischen Reste, auch wenn sie einen geringeren antiquarischen und litterarischen Einzelertrag gewährt hätten als es der Fall war, in vollstem Maasse die Aufmerksamkeit verdienen, welche auf sie zu lenken hier der Versuch gemacht wurde.

Anmerkungen.

1. Lessing über Porphyrios; der falsche Dexter.

(Zu S. 1.)

Versehen Lessing's zu berichtigen verlohnt immer die Mühe, zumal wenn sie in so unvergänglichen Schriften wie der Anti-Goeze vorkommen. Dort heisst es (10, 193 Maltz.): 'Unter den heidnischen Philo'sophen, welche in den ersten Jahrhunderten wider das Christenthum 'schrieben, muss ohne Zweifel Porphyrius der gefährlichste gewesen seyn, 'so wie er, aller Vermuthung nach, der scharfsinnigste und gelehrteste 'war. Denn seine 15 Bücher κατὰ χριστιανῶν sind, auf Befehl des Con'stantinus und Theodosius so sorgsam zusammengesucht und vernichtet 'worden, dass uns auch kein einziges kleines Fragment daraus übrig 'geblieben. Selbst die dreyssig und mehr Verfasser, die ausdrücklich 'wider ihn geschrieben hatten, sind darüber verloren gegangen; vermuth'lich, weil sie zu viele und zu grosse Stellen ihres Gegners, der nun ein'mal aus der Welt sollte, angeführet hatten.' Nur in der Hitze und Eile der Polemik konnte Lessing, der damals den Kirchenvätern schon ein eifriges Studium gewidmet hatte, sein Gedächtniss so untreu werden, dass er die Existenz auch nur eines 'einzigen kleinen Fragments' des porphyrischen Werkes leugnete; die Fragmente, durch deren übersichtliche Sammlung sich verdient und missliebig zu machen freilich bisher Niemand Lust empfunden hat, liegen zwar nicht in grosser Anzahl vor, sind aber fast alle sehr umfänglich und reichen hin, um eine deutliche Vorstellung von dem Ton, so wie eine nicht allzu lückenhafte von dem Gang des Werkes zu geben. Aus ihm hat Eusebios in seine 'Vorschule' Alles herübergenommen was wir von dem philonischen Sanchuniathon besitzen; die Anm. 10 und 15 erwähnte biographische Notiz über Origenes füllt ein langes Capitel von Eusebios' Kirchengeschichte; und da Lessing, wie gerade der Anti-Goeze beweist, den Hieronymus mit Vorliebe las, so konnte es ihm nur augenblicklich entfallen, aber nicht unbekannt geblieben sein, dass in Hieronymus' Commentar zum Daniel die historische Partie aus Porphyrios' Werk geflossen ist. Andere Citate, aber eben nur Zahlencitate, keine Zusammenstellung und Behandlung der Fragmente selbst, giebt Lucas Holstenius im zehnten Capitel seiner Abhandlung *de vita et scriptis Porphyrii* (*p.* 58 des Anm. 4 erwähnten Cambridger Abdrucks). — Sagt Lessing hinsichtlich der Fragmente viel zu wenig, so sagt er hinsichtlich der christlichen Widerleger des Porphyrios bei Weitem zu viel. Für die 'dreissig und mehr Verfasser,' von denen er spricht, hat er keinen anderen Rückhalt als die berüchtigte Chronik des Flavius Dexter. Holstenius hat *p.* 62 die bezüglichen Worte ausgeschrieben und mit warnenden Bemerkungen versehen, die nur nicht entschieden genug gefasst sind. Lange vor Lessing's Zeit jedoch war schon die Fälschung von allen Kundigen erkannt (s. Fabricius *cod. pseudepigr. N. T.* 2, 838; 3, 726); und ihr Urheber, der Jesuit Geronimo Roman de la Higuera ist jetzt völlig entlarvt durch die zusammenfassende Schilderung seiner Thätigkeit, welche neuerdings Emil Hübner (Monatsberichte der Berliner Akad. 1861, S. 529) entworfen hat. Geschichtlich nachweisbar sind statt 'dreissig' Bekämpfer des Porphyrios nur folgende vier: Methodios, der Cäsareenser Eusebios, Apollinarius, Philostorgios. Die Belege hat mit gewohnter bündiger Vollständigkeit Jacobus Gothofredus (zu Philostorgios *p.* 349, 420) gesammelt und den Späteren nichts zu thun übrig gelassen. — Derselbe Gothofredus giebt auch die Nachweisungen über die polizeiliche Verfolgung der porphyrischen Schriften von Constantinus bis auf Theodosius den jüngeren.

2. Petrus Victorius; Hieronymus.

(Zu S. 2.)

Dass die ausnahmsweise Erhaltung unserer porphyrischen Schrift vorzüglich aus ihrer den christlichen Asketen genehmen Tendenz zu erklären sei, hat schon der erste Herausgeber Petrus Victorius, um sich gegen etwaige Anfechtungen im Voraus zu schützen, auszusprechen nöthig gefunden in seiner Vorrede (Bl. 12ª der Vorstücke bei Rhoer): *fuit Porphyrius nostrae pietati late iam patenti firmasque radices agenti parum aequus ac Christiano denique nomini valde infensus, quamvis in his libris nihil tangat quod eam laedat* (s. Anm. 10), *ac potius nostris institutis moribusque mirifice congruat.... quae etiam causa fuit salutis, ut arbitror, huic subtili magnaque doctrina refertae scriptioni, cum alii ipsius labores improbioris indicis* (nämlich *Κατὰ Χριστιανῶν*) *merito perierint atque ex omni hominum memoria deleti sint.* Wie sehr nicht blos die fastenden Frommen, sondern sogar die Einsiedler mit Porphyrios' Buch sich befreunden mussten, ersieht man aus Stellen wie z. B. folgende, *p.* 65, 17: ὅση δύναμις ἀποστατέον τῶν τοιούτων χωρίων, ἐν οἷς καὶ μὴ βουλόμενον ἔστιν περιπίπτειν τῷ πάθει..... οὕτως γὰρ καὶ τῶν πρόσθεν ἀκούομεν κλέα ἀνδρῶν (dass in den hier gesperrt gedruckten Worten der homerische Vers *Il.* 9, 524 benutzt ist, hat Rhoer anzumerken versäumt) *Πυθαγορείων τε καὶ σοφῶν, ὧν οἱ μὲν τὰ ἐρημότατα χωρία κατῴκουν, οἱ δὲ καὶ τῶν πόλεων τὰ ἱερὰ καὶ τὰ ἄλση, ἐξ ὧν ἡ πᾶσα ἀπελήλαται τύρβη. Πλάτων δὲ τὴν Ἀκαδήμειαν οἰκεῖν εἵλετο, οὐ μόνον ἔρημον καὶ πόρρω τοῦ ἄστεος χωρίον ἀλλὰ καί, ὥς φασιν, ἐπίνοσον. ἄλλοι δὲ καὶ τῶν ὀφθαλμῶν οὐκ ἐφείσαντο πόθῳ τῆς ἔνδον ἀπερισπάστου θεωρίας.* Damit gleich an einem grösseren Beispiel die oben S. 32 herührte Art deutlich hervortrete, wie Hieronymus im zweiten Buch seiner Streitschrift gegeu Jovianns mit porphyrischen Waffen kämpft, stehe hier seine lateinische Wiedergabe dieser griechischen Sätze, *c.* 9, *vol.* 2, *p.* 338 *Vall.: Pythagorei huiuscemodi frequentiam declinantes in solitudine et desertis locis habitare consueverunt. Platonici quoque et Stoici in templorum lucis et porticibus versabantur.... sed et ipse Plato... ut posset vacare philosophiae elegit Academiam, villam ab urbe procul, non solum desertam sed et pestilentem...... quosdam legimus effodisse sibi oculos* (dass Porphyrios unter den *ἄλλοι*, die sich absichtlich hlendeten, den Demokritos meint, scheint Hieronymus so wenig wie Rhoer gemerkt zu haben, s. Davisius zu Cicero's Tuscul. 5, 39, 114) *ne per eorum visum a contemplatione philosophiae avocarentur.* In dem hiesigen Falle hat Rhoer die Uebersetzung des Hieronymus zum grössten Theil seinen Noten einverleiht und auf Grund von *ab urbe procul* Marklands Vorschlag, *πρὸ τοῦ ἄστεως* statt *πόρρω* zu schreihen, mit Recht zurückgewiesen; in vielen anderen Fällen hat er es einem zukünftigen methodischen Bearbeiter des porphyrischen Werks überlassen, Hieronymus' Benutzung desselben nachzuweisen und als kritisches Hilfsmittel zu verwerthen; mit der erforderlicheu Sicherheit wird dies schwerlich anders geschehen können als durch vollständiges Ausschreiben von Hieronymus' Sätzen, das denn auch im Verlauf dieser Anmerkungen (s. 14, 15, 17, 19), wo Vergleichungen solcher Art nützen können, nicht umgangeu werden soll. Die Quelle zu nennen, die ihm fast all sein historisches und nicht wenig argumentatives Material zur Bestreitung des Jovianus geliefert hat, musste Hieronymns, auch wenn seine Begriffe von litterarischem Eigenthumsrecht strengere waren als die der meisten seiner Zeitgenossen, sich schon wegen des übeln Klanges erlassen, mit welchem Porphyrios' Name für sein devotes Publikum behaftet war.

3. Namenlose Citate.

(Zu S. 3.)

Eines der bisher noch nicht verificirten namenlosen Citate lässt sich mit Sicherheit uuterbringeu. Porphyrios leitet seine oben S. 33 erwähnte Vertheilung der verschiedenen Opferarten unter die drei neuplatonischen Götterklassen mit folgenden Worten ein, *p.* 104, 7: *θεῷ μὲν τῷ ἐπὶ πᾶσιν* (sc. θύσομεν), ὥς τις ἀνὴρ σοφὸς ἔφη, μηδὲν τῶν αἰσθητῶν μήτε θυμιῶντες μήτε ἐπονομάζοντες. Dieser 'weise Mann' ist Apollonios von Tyana, aus dessen Schrift 'Ueber Opfer (*Περὶ Θυσιῶν*)' Eusebios *praep.* 4, 13 ein Fragment mittheilt, welches ausser anderen sachlichen Uebereinstimmungen mit Porphyrios Folgendes enthält: θεῷ μέν, ὃν δὴ πρῶτον ἔφαμεν (wohl φαμὲν) ἑνί τε ὄντι καὶ κεχωρισμένῳ πάντων.... μὴ θύοι τι τὴν ἀρχὴν μήτε ἀνάπτοι πῦρ μήτε καθόλου τι τῶν αἰσθητῶν ἐπονομάζοι. — Bei einem andern unbestimmten Citat, welches zur Einleitung einer weitläufigen Darstellung der Götterhierarchie dient, *p.* 105, 30: ἐμοὶ τὰ μὲν ἄλλα εὔστομα κείσθω, ἃ δ' οὖν τῶν Πλατωνικῶν τινὲς ἐδημοσίευσαν, ταῦτα ἀνεμέσητον παρατιθέντα τοῖς εὐξυνέτοις (mit Anspielung auf den orphischen Vers ἀείσω ξυνετοῖσι, Lobeck, Aglaoph. 453) μηνύειν τὰ προκείμενα· λέγουσι δὲ ὧδε, ist es wohl vergebliche Mühe, nach einem bestimmten Autor zu suchen, da sowohl der Plural τινές wie der geheimthuende Ton des ganzen Satzes darauf zu führen scheint, dass Porphyrios den folgenden von ihm selbst abgefassten Abriss neuplatonischer Theologie nur zum Schein als fremdes Eigenthum bezeichnet, um den Vorwurf abzulehnen, als habe er zuerst die Mysterien seiner Schule ausgeplaudert. — Unter ὁ Αἰγύπτιος *p.* 113, 17 welchem Porphyrios mystische Gründe gegen die animalische Kost abgefragt haben will, ist sicherlich nicht, wie Reiske unglücklich vermuthet, Plotinos gemeint; weder den lebenden noch den verstorbenen Lehrer hätte Porphyrios in einer so formlosen und, da Plotinos in Lehre und Leben als Hellene auftrat, fast ehrenrührigen Weise bezeichnen können; eher darf man an den Αἰγύπτιος ἱερεύς denken, von dessen Aufenthalt in Rom und Geisterbeschwörungen in Gegenwart des Plotinos ausführlich bei Porphyrios *vit. Plot.* 10 zu lesen ist. — Den Arzt zu ermitteln, aus dessen Schriften folgende diätetische Regel *p.* 65, 1 zu lesen ist: φάρμακα, ὥς πού τις τῶν ἰατρῶν ἔφη, οὐ μόνα τὰ σκευαστὰ ὑπὸ τῆς ἰατρικῆς, ἀλλὰ καὶ τὰ καθ' ἡμέραν εἰς τροφὴν παραλαμβανόμενα σιτία τε καὶ ποτά ist bisher nicht gelungen, so wenig wie den überschwänglichen Thierfreund, den Porphyrios *p.* 136, 5 belobt: τὰ πολλὰ (τῶν ζῴων) καὶ ἐδούλευσεν ἀνθρώποις καί, ὥς ἔφη τις λέγων ὀρθῶς, δουλεύοντα ὑπ' ἀγνωμοσύνης ἀνθρώπων ὅμως ὑπὸ σοφίας καὶ δικαιοσύνης τοὺς δεσπότας ὑπηρέτας καὶ ἐπιμελητὰς αὐτῶν πεποίηται.

4. Ausgaben des porphyrischen Werks.

(Zu S. 4.)

Die nicht wenigen Handschriften, welche für die neueren Textesabdrücke von Rudolph Hercher (hinter dem Didot'schen Aelian, Paris 1858) und August Nauck (*Porphyrii Philosophi Platonici Opuscula Tria, Lipsiae* 1860, 8) zu Rath gezogen wurden, haben keine nennenswerthe Ausbeute geliefert, da sie und die von dem ersten Herausgeber Petrus

Victorius, laut dessen Vorrede, verglichenen *plurima exemplaria* alle aus demselben 'ziemlich jungen und sehr verderbten' (s. Hercher *p. XI*, Nauck *p. XVII*) Archetypon geflossen sind. Den Verbleib des kritischen Apparates zu ermitteln, welchen zu Anfang des vorigen Jahrhunderts der Schweidnitzer Rector Joh. Fridr. Thomas zum Behuf einer unterbliebenen Ausgabe (s. seine Briefe bei Rhoer *p.* 385) zusammengebracht hatte, ist meinen Nachfragen so wenig wie den früher von Hercher angestellten gelungen. – Aus der älteren lateinischen Uebersetzung, welche zu Venedig 1547, also ein Jahr vor der ersten Veröffentlichung des griechischen Textes, erschienen und bei Rhoer wieder abgedruckt ist, lässt sich keine der vielen Lücken in der Vulgata ergänzen; und ihre sonstige Benutzung zu kritischen Zwecken erfordert grosse Vorsicht, da ihr Verfasser Joannes Bernardus Felicianus, Lehrer des Cardinals Commendoni (s. Gratianus' *Vit. Commendoni p.* 9), nicht mehr die barbarisch wörtliche Uebersetzungsmanier früherer italienischer Philologen befolgt, sondern bereits ein nicht erfolgloses Streben nach Eleganz zeigt. — Für die Erklärung ist seit Rhoer gar nichts geschehen, und was der seiner Aufgabe in keiner Weise gewachsene Rhoer thun konnte, ist sehr wenig. Die Einrichtung seiner Ausgabe wird auf dem Titel hinlänglich beschrieben: *Porphyrii Philosophi De Abstinentia Ab Esu Animalium Libri Quatuor. Cum Notis Integris Petri Victorii Et Joannis Valentini. Et interpretatione Latina Joannis Bernardi Feliciani. Editionem curavit et suas itemque Joannis Jacobi Reiskii Notas adiecit Jacobus De Rhoer. Accedunt IV. Epistolae de Apostasia Porphyrii* (unbedeutendes Geschreibe von einem Leipziger Theologen Siber an den oben erwähnten Rector Thomas). *Ultrajecti ad Rhenum* 1767, 4. Den werthvollsten Bestandtheil der Notensammlung bilden, wie kaum gesagt zu werden braucht, die sehr zahlreichen Bemerkungen Reiske's; seine scharfe Empfindung für die Textesschäden verleugnet sich auch hier nicht; glückliche Heilungen finden sich jedoch seltener als man es sonst bei ihm gewohnt ist. Victorius' spärliche Noten befassen sich beinahe ausschliesslich mit vergleichender Besprechung der porphyrischen Citate bei Eusebios. Valentinus ist der Besorger des Cambridger Textesabdrucks (1655, 8) und Verfasser der dortigen lateinischen Uebersetzung; diese sowohl wie die beigefügten kritischen Anmerkungen zeugen von gesundem Sinn (s. oben S. 127). Die etwas zu knappen Inhaltsangaben der einzelnen Bücher hat Rhoer von ihm entlehnt. — Hinsichtlich des *Consiliarius et Medicus Regius Fogerolles*, der zu Lyon (1620, 8) Text nebst selbstgefertigter Uebersetzung und allerlei phantastischen Zugaben *(De virtutibus heroicis; Abstinentia Christiana etc.)* drucken liess, bedarf Holstenius' Urtheil *(de vit. Porph. p.* 46), der seine Arbeit für ein *delirium perpetuum* erklärt, nur sehr geringer Einschränkung.

5. Abfassungszeit des porphyrischen Werks.

(Zu S. 5.)

Die Abfassung des porphyrischen Werks in die Zeit nach Plotinos' Tod (270 n. C.) zu verlegen, räth die darin so heftig ausgesprochene Verwerfung der blutigen Opfer (s. oben S. 33), welche nach dem ganzen Gang von Porphyrios' wechselvoller philosophischer Entwickelung nur seiner späteren Lebensperiode angehören kann; vgl. Anm. 22. In diese führen auch die von seinen früheren Schriften abweichenden dämonologischen Lehren, welche Gustav Wolff (*Porphyrii de philosophia ex oraculis haurienda librorum reliquiae p.* 227) besprochen hat. Ferner würde Porphyrios seinen Mitschüler Castricius bei Lebzeiten ihres gemeinschaftlichen Lehrers schwerlich so von oben herab behandelt und für seine eigene Person einen so selbstbewusst autonomen Ton angestimmt haben, wie beides in der Einleitung geschieht. Wenn Wolff (a. a. O. *p.* 33) sagt: *De Abstinentia videtur, cum Plotini familiaritate uteretur, scripsisse, ad quod tempus vel hominis, ad quem libros miserat, nomen nos perducit*, so wird dabei vorausgesetzt, dass nach Plotinos' Tode keine Beziehungen mehr zwischen Porphyrios und Castricius bestanden haben. Allein die oben S. 4 mitgetheilten Worte aus der *Vita Plotini* 7 (*Καστρίκιος*) *Πορφυρίῳ ἐμοὶ οἷα γνησίῳ ἀδελφῷ ἐν πᾶσι προσεσχηκώς* bezeugen vielmehr die Fortdauer des innigsten Verhältnisses. Wolff freilich (*p.* 11, 4) bezieht diese Worte, der deutlichen Construction des Satzes zuwider, auf die Freundschaft zwischen Plotinos und Porphyrios. — Dass Castricius an der Spitze eines grösseren Anhangs von der pythagoreischen Askese abfiel, muss aus dem mehrmal in den Anreden angewendeten Plural: *p.* 44, 18 *παλαιὸν δόγμα καὶ θεοῖς φίλον ἀνατρέπειν ὑπεμείνατε* und 20 *πολλῷ ἰσχυρότερα τῶν ὑφ' ὑμῶν λεγομένων*, *p.* 58, 29 *ἐν οἷς καὶ τὰ ὑμέτερα* geschlossen werden. — Die im Text benutzten Angaben über Porphyrios' und Castricius' getrennten Aufenthalt macht Porphyrios selbst *Vit. Plot.* 2.

6. Stoischer Weltstaat.

(Zu S. 6.)

Dass die der Entlehnung aus Plutarch vorangehenden Sätze *p.* 45, 4—16 aus einer stoischen Quelle geflossen sind, zeigt die Erwähnung der dieser Schule eigenthümlichen Lehre von einem Götter und Menschen umschliessenden Staatsverbande: *εὐθὺς τοίνυν φασὶν οἱ ἀντιλέγοντες* (die Gegner des Thierschutzes) *τὴν δικαιοσύνην συγχεῖσθαι καὶ τὰ ἀκίνητα κινεῖσθαι, ἐὰν τὸ δίκαιον μὴ πρὸς τὸ λογικὸν μόνον ἐκτείνωμεν* (so mit Hercher statt *τείνωμεν*) *ἀλλὰ καὶ πρὸς τὸ ἄλογον, οὐ μόνον τοὺς ἀνθρώπους καὶ τοὺς θεοὺς πρὸς ἡμᾶς ἡγούμενοι, οἰκείως δὲ καὶ πρὸς τὰ ἄλλα θηρία* (bei dem bekannten pleonastischen Gebrauch von *ἄλλα* scheint Nauck's Aenderung ἄλογα unnöthig) τὰ μηδὲν ἡμῖν προσήκοντα ἔχοντες, καὶ οὐχὶ τοῖς μὲν πρὸς ἔργον χρώμενοι, τοῖς δὲ πρὸς ἐδωδήν, ἔκφυλα καὶ ἄτιμα τῆς κοινωνίας καθάπερ πολιτείας νομίζοντες. Die πολιτεία, in welcher nur 'die Menschen unter sich und mit den Göttern' als Mitbürger verbunden, die Thiere aber vom 'Bürgerrecht ausgeschlossen (ἄτιμα)' sind, ist die stoische *communis urbs et civitas hominum et deorum (Cic. fin.* 3, 19, 64); wer weitere Nachweisungen hedarf, findet die hauptsächlichen hei Krische, Forschungen S. 371 verzeichnet. Hercher muss sich dieser Lehre nicht erinnert haben, als er die Worte καὶ τοὺς θεοὺς durch Einklammerung verdächtigte. — Hingegen ist das kleine Stück ungewissen Ursprungs *p.* 46, 8—18, welches auf die Entlehnung aus Plutarch folgt, peripatetisch gefärbt durch das Sätzchen: φασὶ δὲ οὐκ εὐτυχῶς διαβιῶναι τοὺς πρώτους γενομένους, das zu Aristoteles' oben (S. 47) entwickelter Ansicht von dem dürftigen Zustand der 'ersten Menschen' stimmt. Den Caussalnexus zwischen diesem Sätzchen und den unmittelbar folgenden: οὐδὲ γὰρ ἐπὶ τῶν ζώων ἵστασθαι τὴν δεισιδαιμονίαν, ἀλλὰ καὶ ἐπὶ τὰ φυτὰ βιάζεσθαι· τί γὰρ μᾶλλον ὁ βοῦν ἀποσφάττων καὶ πρόβατον ἀδικεῖ τοῦ κόπτοντος ἐλάτην ἢ δρῦν; εἴγε καὶ τούτοις ἐμφύεται ψυχὴ κατὰ τὴν μεταμόρφωσιν zu entdecken, wird schwerlich Jemandem gelingen. Entweder hat Porphyrios in der Eile des Excerpirens die Mittelsätze ausgelassen, auf welche γάρ sich bezog, oder diese Partikel ist von nachlässigen Abschreibern eingeschoben worden, welche die Unabhängigkeit der zwei Argumente von einander verkannten. Das erste setzt der Berufung auf die nur von Früchten sich ernährenden Menschen des goldenen Zeitalters die Behauptung entgegen, dass diese eichelessenden Menschen in der That 'nicht glücklich ihr Leben verbracht haben;' das zweite Argument will die pythagoreische Blutscheu durch Consequenzen aus dem ebenfalls pythagoreischen Dogma der Seelenwanderung *ad absurdum* führen.

7. Hermarchos.

(Zu S. 8.)

Die Belege dafür, dass Hermarchos' Vater nicht Ἀγέμαρχος, wie bei Diogenes Laertius 10, 15 u. 24 gelesen und danach noch von Zeller (Philos. der Gr. 3, 1, 345 der zweiten Ausgabe) angegeben wird, sondern Ἀγέμορτος (äolisch = Ἡγησίμβροτος) geheissen habe, sind von Schneidewin in der Zeitschrift für Alterthumswissenschaft 1844, S. 159 zusammengestellt. — Ueber die richtige Namensform Ἕρμαρχος, statt welcher oft und auch in den porphyrischen Handschriften Ἕρμαχος geschrieben ist, findet man das Nöthige bei Madvig zu Cicero *de fin.* 2, 30, 96. — Der erste Titel in dem Verzeichniss von Hermarchos' Schriften bei Diogenes Laertius 10, 25 lautet zwar noch in Cobet's Ausgabe Ἐπιστολικὰ περὶ Ἐμπεδοκλέους εἴκοσι καὶ δύο; aber der Vorschlag, hinter Ἐπιστολικά ein Komma zu setzen und das Wort als abgesonderten Titel der hermarchischen Briefsammlung zu fassen, wird ohne besondere Empfehlung einleuchten. Diogenes selbst citirt anderswo (10, 15) Briefe des Hermarchos über Epikur's letzte Krankheit; und wie Epikur's Briefe an Hermarchos zu den angesehenen Urkunden der Schule gehörten (Athenäos 13, 588[b]; *Cic. fin.* 2, 30), so standen wohl auch die Antworten des Hermarchos in solchen Ehren, dass der Verfertiger des Verzeichnisses bei Diogenes der sie enthaltenden Sammlung den ersten Platz anweisen durfte. — Auf Hermarchos' Werk *Περὶ Ἐμπεδοκλέους* bezieht sich die Aeusserung des Porphyrios in der Einleitung, dass 'er aus der Polemik gegen Pythagoras und Empedokles nur die allgemeinen und sachlichen Bekämpfungen des Dogma's berücksichtigen, die speciellen Angriffe auf die Schriften des Empedokles aber bei Seite lassen wolle,' *p.* 45, 1 *τὰς πραγματικὰς* (so mit der Meermann'schen Handschrift statt *πραγματευτικάς*, s. Fabricius zu *Sext. Emp. hypot.* 1, 14, 62 und oben S. 21 Note) *καὶ κοινὰς πρὸς τὸ δόγμα ζητήσεις παραθήσομαι, τὰς ἰδίως πρὸς τὰ τοῦ Ἐμπεδοκλέους φερομένας ἀνασκευὰς* (so statt *κατασκευὰς*) *παραιτησάμενος*. Hermarchos hatte gewiss, wie schon der grosse Umfang seines Buches vermuthen lässt, die einzelnen Verse des Empedokles einer fortlaufenden Kritik in epikureischer, d. h. schmähender, Manier unterzogen; mit dergleichen Specialitäten will Porphyrios keine Zeit verlieren, sondern seine Mittheilungen aus Hermarchos' Bestreitung der empedokleischen Diätetik auf die objectiven Einwürfe beschränken, und diesem Vorsatz entspricht auch das uns vorliegende Excerpt. — Nach dem hier und im Text Dargelegten wird Schömann's (zu *Cic. nat. deor.* 1, 33, 93) Meinung, dass Porphyrios eine sonst völlig unbekannte Schrift des Hermarchos 'gegen Pythagoras' ausziehe, keiner weiteren Widerlegung bedürfen. Dass aus Cicero's dortigen Worten *Epicurus et Metrodorus et Hermarchus contra Pythagoram, Platonem Empedoclemque dixerunt* die Existenz einer solchen Schrift sich ergebe, behauptet Schömann selbst nicht und wird kein Besonnener behaupten wollen. — Wahrscheinlich stammt auch aus Hermarchos' Werk *Περὶ Ἐμπεδοκλέους* der Einwand gegen die empedokleische Lehre vom Fall der Geister, welchen Plutarch verächtlicher behandelt als er verdient, *de defectu orac.* 20, *p.* 420[e]: *ὃ μόνον ἀκήκοα* (s. Anm. 10) *τῶν Ἐπικουρείων λεγόντων πρὸς τοὺς εἰσαγομένους ὑπὸ Ἐμπεδοκλέους δαίμονας, ὡς οὐ δυνατόν ἐστι φαύλους καὶ ἁμαρτητικοὺς ὄντας μακαρίους καὶ μακραίωνας εἶναι, πολλὴν τυφλότητα τῆς κακίας ἐχούσης καὶ τὸ περιπτωτικὸν τοῖς ἀναιρετικοῖς, εὔηθές ἐστιν.* Die durch den Druck ausgezeichneten Worte sind aus Empedokles v. 372—374 St. entnommen; und die dem Einwand zu Grunde liegende Ansicht, dass das Böse als solches auch mit geistiger 'Blindheit' geschlagen, daher der Vernichtung preisgegeben sei, mithin die Vorstellung von ewigen bösen Geistern einen inneren Widerspruch einschliesse, zeigt mehr Ernst und Tiefe als die witzelnde Entgegnung, welche Plutarch seinem Ammonios in den Mund legt. — Von der Vernachlässigung, mit der die Geschichtschreiber der griechischen Philosophie den Hermarchos zu behandeln pflegen, macht Zeller auch in der neuesten Bearbeitung seines Werkes keine Ausnahme.

8. Bogos; Clodius; Herakleides.

(Zu S. 11 u. 13.)

Die Worte über den mauretanischen König lauten *p.* 57, 14: *Βόγος ἦν βασιλεὺς Μαυρουσίων ὁ ἐν Μεθώνῃ σφαγεὶς ὑπ' Ἀγρίππα· οὗτος ἐπεχείρησε τῷ Ἡρακλείῳ πλουσιωτάτῳ ὄντι ἱερῷ*, enthalten also keine ausdrückliche Bezeichnung weder der Parteistellung des Bogos noch des aktischen Krieges. Strabon, der in dem ersten Jahrzehend von Tiberius' Regierung schreibt, hat es bei gelegentlicher Erwähnung dieses Königs doch schon nöthig gefunden, jene beiden Umstände schärfer zu betonen 8, *p.* 359: *ἐνταῦθα (ἐν Μεθώνῃ Ἀγρίππας τὸν τῶν Μαυρουσίων βασιλέα τῆς Ἀντωνίου στάσεως ὄντα Βόγον κατὰ τὸν πόλεμον τὸν Ἀκτιακὸν διέφθειρεν.* In seinem geschichtlichen Zusammenhang ist das Ereigniss bei Dion Cassius 50, 11 zu lesen. — Was im Text über den Titel von Clodius' Schrift gesagt ist, beruht auf folgenden Worten des Porphyrios *p.* 44, 25: *ἴσως γὰρ ἀγνοεῖς* (Castricius wird angeredet) *ὅτι τῇ ἀποχῇ τῶν ἐμψύχων οὐκ ὀλίγοι ἀντειρήκασιν, ἀλλὰ καὶ τῶν φιλοσόφων οἵ τ' ἀπὸ τοῦ περιπάτου καὶ τῆς στοᾶς καὶ τοῦ Ἐπικούρου, τὸ πλεῖστον τῆς ἀντιλογίας πρὸς τὴν Πυθαγόρου καὶ Ἐμπεδοκλέους ἀποτεινόμενοι φιλοσοφίαν, ἧς ζηλωτὴς εἶναι ἐσπούδακας, τῶν τε φιλολόγων συχνοί· καὶ Κλώδιός τις Νεαπολίτης Πρὸς Τοὺς Ἀπεχομένους Τῶν Σαρκῶν βιβλίον κατεβάλετο.* Sobald man in dieser Weise interpungirt und die Worte *Πρὸς Τοὺς Ἀπεχομένους Τῶν Σαρκῶν* als Titel von Clodius' Schrift fasst, verlieren sie den tautologischen Schein, welcher Nauck verführt hat, die Streichung des ganzen Satzgliedes von *πρὸς* bis *κατεβάλετο* vorzuschlagen. — Carl Müller hat *fragm. historic.* 4, 364 dem Clodius Neapolitanus einen kleinen Artikel gewidmet, dessen mancherlei Ungenauigkeiten stillschweigend im Text berichtigt sind. Am Schluss wirft er ohne jegliche Motivirung die Vermuthung hin: *fortasse hic est Sextus Clodius e Sicilia.* Es konnte daher die im Text gegebene nähere Begründung dieser Identität aus den chronologischen Daten nicht überflüssig erscheinen. Der einzige dawider anzuführende Umstand, dass Suetonius den Sextus Clodius *e Sicilia* gebürtig sein lässt, Porphyrios hingegen seinen *Κλώδιος* einen *Νεαπολίτης* nennt, soll nicht verschwiegen, darf aber auch nicht überschätzt werden. Denn die unbestimmte Allgemeinheit der Bezeichnung *e Sicilia,* welche Clodius selbst gewiss nicht gebraucht hatte, zeigt, dass Suetonius über den Geburtsort nicht genau unterrichtet war, und auch zugegeben, dass dieser in Sicilien lag, so sind doch Beispiele in Fülle vorhanden, dass Schriftsteller lieber ihr Ethnikon von dem berühmteren Namen einer Stadt bilden, mit der sie in irgend einer nahen Beziehung stehen, als von dem unberühmteren Ort ihrer Geburt. So ist, um das nächstliegende Beispiel anzuführen, Porphyrios aus dem Städtchen Batanea gebürtig, und Hieronymus nennt ihn daher Bataneota, während er selbst sich stets Tyrier nennt, s. Wolff's Anm. 5 angeführte Schrift *p.* 8. Vgl. unten Anm. 19. — Dass der Pontiker Herakleides Antheil an dem fraglichen Excerpt hat, besagen folgende die Excerptenreihe beschliessenden Worte des Porphyrios *p.* 58, 27: *τοιαῦτα μὲν καὶ τὰ παρὰ Κλωδίῳ καὶ Ἡρακλείδῃ τῷ Ποντικῷ Ἑρμάρχῳ τε τῷ Ἐπικουρείῳ καὶ τοῖς ἀπὸ τῆς στοᾶς καὶ τοῦ περιπάτου.* Da den Stoikern und Peripatetikern das erste Excerpt *p.* 45—46, 18 gehört, dem Hermarchos das zweite *p.* 46–52, so können Clodius und Herakleides nur als gemeinschaftliche Quelle des allein noch übrigen dritten *p.* 52—58 genannt sein. Wahrscheinlich hat Porphyrios das bezügliche Werk des Herakleides nicht selbst zur Hand genommen, sondern nur Citate aus ihm bei Clodius vorgefunden, woraus es sich dann erklären würde, dass der Name des berühmteren und älteren Herakleides dem des späteren und weniger bekannten Clodius nachgestellt ist. Unter den Titeln herakleidischer Werke findet sich bei Diogenes Laertius 5, 88 *Περὶ Τῶν Πυθαγορείων* und aus dieser Schrift darf man wohl mit Carl Müller *(fr. hist.* 2, 197, 3) die Angaben unseres Excerptes über die Pythagoreer herleiten. Auf Herakleides' Gewähr hat also Porphyrios die hier *p.* 58, 18 gegebene Nachricht, dass 'Pythagoras selbst (*αὐτὸν τὸν Πυθαγόραν*)' statt der früheren Milch- und Feigenkost den Athleten Fleisch zu essen vorgeschrieben habe, auch in sein Leben des Pythagoras *c.* 15 aufgenommen, ohne sich irren zu lassen durch die Ausflucht anderer Neuplatoniker, die, wie Jamblichos *(Vit. Pyth.* 5, 25) nach dem Vorgang Früherer *(Diog. Laert.* 8, 13, 47, *Plin. h. n.* 23, 121), eine Verwechselung des Philosophen mit dem gleichnamigen Gymnastiker annahmen. In der That bessert diese Ausflucht nach asketischer Seite sehr wenig, da Jamblichos selbst den Gymnastiker als eifrigen Schüler des Philosophen schildern muss. Eher wird man, bei dem innigen Zusammenhang der Gymnastik mit der Medicin und bei dem Streben der Pythagoreer, besonders den diätetischen Theil der Medicin zu vervollkommnen (s. Sprengel-Rosenbaum, Geschichte der Arzneikunde 1, 251), in der fraglichen Erzählung eine Spur erkennen, dass es pythagoreische Aerzte gewesen, welche, gestützt auf Beobachtungen über die Wirkung der Nahrungsmittel, die Vertauschung der Feigenkost mit einer reichlichen und regelmässigen Fleischkost für die Faustkämpfer, eben weil es Faustkämpfer sind, glaubten anrathen zu müssen. — Schliesslich sei die

Gelegenheit, welche das Excerpt aus Clodius und Herakleides bietet, benutzt um die oben (S. 3) berührten Folgen des Mangels deutlicher Quellenbezeichnung in den bisherigen Ausgaben des Porphyrios an einem Beispiel anschaulich zu machen. In dem jüngst erschienenen Buch über 'Hestia-Vesta' von Preuner ist S. 165 zu lesen: 'Dem Porphyrios ist 'Hestia die *χθονία δύναμις (Euseb. praep. evang.* 3, 9 u. s. w.). Aber wäh- 'rend er ein anderes Mal, ähnlich wie Pseudo-Aristoteles *(de mundo* 2) 'und Pseudo-Timäos (Locrus *p.* 97[d]), die Erde die gemeinsame *ἑστία* von 'Göttern und Meuschen nennt *(de abst.* 2, 32 *κοινὴ γάρ ἐστιν αὕτη* [*ἡ γῆ*] '*καὶ θεῶν καὶ ἀνθρώπων ἑστία*), sagt er da, wo er von den Vorstellungen 'des gemeinen Mannes handelt, ausdrücklich, dieser babe das Feuer für 'das Verehrungswürdigste und Heiligste gehalten und Hestia genannt,' wozu *p.* 52, 3 – 7 in einer Note ausgeschrieben wird. Für den Theilnehmer an der hiesigen Untersuchung sind alle diese vermeintlichen Widersprüche des Porphyrios nicht vorhanden. Denn '*de abstin.* 2, 32' redet nicht Porphyrios, sondern Theophrastos (s. oben S. 128), und *p.* 52, 3 – 7 rührt ebenfalls nicht von Porphyrios her, sondern ist aus Clodius und Herakleides excerpirt. Ferner darf man nicht Alles was, wie jene Identification der Hestia mit dem Feuer, in dem langen Excerpt beiläufig erwähnt wird, ohne Weiteres für 'Vorstellung des gemeinen Mannes' halten, sondern nur hinsichtlich der Hauptfrage über erlaubte oder verbotene Tödtung der Thiere sollen Clodius und Herakleides den geschlossenen Philosophenschulen gegenüber den gewöhnlichen Menschenverstand vertreten.

9. *Χιτὼν δερμάτινος.*

(Zu S. 14.)

Unter anderen kühnen Metaphern, welche Porphyrios in jener schwungvollen Ermahnung gebraucht, hat die Bezeichnung des menschlichen Körpers als 'häutenen Rockes' ein besonderes kirchengeschichtliches Interesse, *p.* 63, 1: *ἀποδυτέον ἄρα τοὺς πολλοὺς ἡμῖν χιτῶνας, τόν τε ὁρατὸν τοῦτον καὶ σάρκινον καὶ οὓς ἔσωθεν ἠμφιέσμεθα προσεχεῖς ὄντας τοῖς δερματίνοις, γυμνοὶ δὲ καὶ ἀχίτωνες ἐπὶ τὸ στάδιον ἀναβαίνωμεν τὰ τῆς ψυχῆς Ὀλύμπια ἀγωνισόμενοι,* vgl. *p.* 113, 4: *οὐ γὰρ δὴ ἐν μὲν ἱεροῖς ὑπ' ἀνθρώπων θεοῖς ἀφωρισμένοις καὶ τὰ ἐν ποσὶ καθαρὰ δεῖ εἶναι καὶ ἀκηλίδωτα πέδιλα, ἐν δὲ τῷ ναῷ τοῦ πατρός, τῷ κόσμῳ τούτῳ, τὸν ἔσχατον καὶ ἐκτὸς ἡμῶν χιτῶνα τὸν δερμάτινον οὐχ ἁγνὸν προσήκει διατηρεῖν καὶ μεθ' ἁγνοῦ διατρίβειν ἐν τῷ ναῷ τοῦ πατρός;* sie geht zurück auf eine allegorische Auslegung von *Genes.* 3, 21 כתנות עור ('Und Gott der Herr machte Adam und seinem Weibe Röcke von Fellen und zog sie ihnen an' nach Luther) und hat erst durch Vermittelung der Gnostiker bei den Neuplatonikern

Eingang gefunden. Der aus Valentinus' Schule hervorgegangene Führer der Doketen Julius Cassianus hatte jene Auslegung vertheidigt (s. Clemens *Stromat.* 3, 14, *p.* 554 *P.* 'χιτῶνας δὲ δερματίνους' ἡγεῖται ὁ Κασσιανὸς τὰ σώματα vgl. Tillemont *Mémoires* 2, 1, 90 und 2, 2, 178 der Octavausgabe); auch der Valentinianer Theodotos stimmte ihr zu (bei Clemens *fragm.* § 55 *p.* 982: τοῖς τρισὶν ἀσωμάτοις ἐπὶ τοῦ Ἀδὰμ τέταρτον ἐπενδύεται τὸν χοϊκόν, τοὺς δερματίνους χιτῶνας); und trotz dieses häretischen Ursprungs griff sie Origenes begierig auf (s. *Huetii Origeniana* 2, 12, 8; *vol.* 23, *p.* 246 Lommatzsch), weil sie seinem Dogma von der Präexistenz der Seelen erwünschten Vorschub leistet. Denn durch diesen Einen Schlag des allegorischen Zauberstabes ist nun alles in der Genesis vor jenem Verse Erzählte, also auch der Sündenfall, in das Reich der Geister versetzt, und erst nach ihrer Vertreibung aus dem Paradiese werden Adam und Eva zu körperlichen Geschöpfen. — In Krabinger's Ausgabe von des Nysseners Gregorios Dialog *de anima et resurrectione* ist *p.* 286 einiges hierher Gehörige zusammengestellt, und dort sind auch die Verse des Nazianzeners Gregorios, des 'Theologen,' ausgeschrieben, auf welche das bei Nauck zur ersten Stelle des Porphyrios abgedruckte griechische Scholion σημείωσαι ὡς καὶ ὁ θεολόγος φησί sich bezieht. — Zweifelsohne ward die Verbreitung des allegorisirten biblischen Ausdrucks in neuplatonischen Kreisen erleichtert durch anklingende Metaphern der klassischen Litteratur; ganz nahe kommt der empedokleische Vers 402 St.: σαρκῶν.... περιστέλλουσα χιτῶνι. — Erforscher der mittelalterlichen Philosophie erfahren wohl nicht ohne Interesse, dass der unter dem Namen Avicebron mehrfach von den Scholastikern erwähnte jüdische Philosoph Ibn Gebirol (um 1040), wie er in vielen anderen Dingen sich von gnostischen und neuplatonischen Einflüssen beherrscht zeigt, so auch die hier besprochene allegorische Auffassung der Genesisstelle gebilligt hat. Seine Worte sind angeführt in einer nur handschriftlich auf der Bodlejana *(Coll. Michael* 316) vorhandenen Redaction von Ibn Esra's Genesiscommentar: וכתנות עור מפורש שהוא הגוף, s. *Treasures of Oxford by Edelman and Dukes, p. VIII.* der englischen und *p. IV.* der hebräischen Abtheilung.

10. *Βάρβαροι;* das gnostische Fragment.

(Zu S. 15.)

Die berühmten Worte, in welchen Porphyrios' Mitschüler Amelios das Evangelium Johannis als Werk eines *βάρβαρος* citirt, stehen bei Eusebios *praep. ev.* 11, 19: οὗτος ἄρα ἦν ὁ λόγος.... ὃν ὁ βάρβαρος ἀξιοῖ ἐν τῇ τῆς ἀρχῆς τάξει τε καὶ ἀξίᾳ καθεστηκότα πρὸς θεὸν εἶναι καὶ θεὸν εἶναι κτλ.; und wo Porphyrios den Uebertritt des Origenes aus der griechischen zur christlichen Religion bespricht, drückt er sich folgendermaassen aus (bei

Eusebios, *hist. eccl.* 6, 19, *p.* 202 Hein.): Ὠριγένης Ἕλλην ἐν Ἕλλησι παιδευθεὶς λόγοις πρὸς τὸ βάρβαρον ἐξώκειλε τόλμημα. — In christliche Kreise hat das fragliche Stück bereits Hugo Grotius zu Matth. 15, 11 verlegt, aber seltsamer Weise die Möglichkeit offen gelassen, dass Porphyrios eben jene Verse des Matthäus im Sinn habe. Neander, der es in seinem Aufsatz 'über die welthistorische Bedeutung des neunten Buches in der elften Enneade des Plotinos' (Abh. der Berliner Akad. 1843, S. 306) gelegentlich erwähnt, erkennt zwar den gnostischen Ursprung, hat sich jedoch auf Ermittelung der gnostischen Secte nicht eingelassen. — Hinsichtlich des Valentinianischen Bythos genügt die Verweisung auf Hippolytos *refut. p.* 290, 74, 84; 272, 86 der Göttinger Ausgabe. — Dass die Worte ἤδη γάρ τινων ἀκήκοα, mit welchen Porphyrios das Stück einleitet, nicht auf wirkliche Gespräche deuten, sondern nur eine gezierte Form eines Büchercitats sind, kann, wer zweifeln sollte, ersehen aus Aelianus *hist. anim.* 7, 7 Ἀριστοτέλους ἀκούω λέγοντος 8, 7 Μεγασθένους ἀκούω λέγοντος und aus der am Schluss von Anm. 7 angeführten Stelle des Plutarch. — *P.* 69, 32 hat Nanck ἐδουλώθημεν τῷ τοῦ φόβου φρονήματι beibehalten, obwohl schon Reiske daran Anstoss nahm, nach dessen Angabe in der Leipziger Handschrift blos νήματι steht. Um so unbedenklicher durfte die Aenderung παθήματι gewagt werden. Reiske schlug, gewiss nicht glücklich, μιάσματι vor. — *P.* 68, 29 bieten die Handschriften: εἰ δ' ἐσθίων πολυτελῆ καὶ πίνων οἶνον τὸν ἥδιστον οἷός τε εἶ πρὸς τοῖς ἀύλοις εἶναι. Da Porphyrios eben so gut die Speisen genannt haben wird wie er οἶνον nennt, so habe ich vor πολυτελῆ den Ausfall des auch *p.* 66, 29 gebrauchten Wortes κρεάδια angenommen und hiernach oben S. 14 die Stelle übersetzt.

11. Epikur's Wahrspruch über den Reichthum.

(Zu S. 16.)

Die porphyrischen Handschriften geben Epikur's Satz in folgender Fassung: ὥρισται γάρ, φησίν, ὁ τῆς φύσεως πλοῦτος καὶ ἔστιν εὐπόριστος, ὁ δ' ἐκ τῶν κενῶν δοξῶν ἀόριστός τε ἦν καὶ δυσπόριστος. Dagegen lautet die vierzehnte κυρία δόξα bei Diogenes Laertius 10, 144: ὁ τῆς φύσεως πλοῦτος καὶ ὥρισται καὶ εὐπόριστός ἐστιν, ὁ δὲ τῶν κενῶν δοξῶν εἰς ἄπειρον ἐκπίπτει. An ἦν hat schon Reiske Anstoss genommen; da es wegen des danebenstehenden ἐστι sich nicht durch den bei Plato und Aristoteles vorkommenden Gebrauch des Imperfectums zur Bezeichnung einer früher festgestellten begrifflichen Wahrheit schützen lässt, so wird es wohl, wenn nicht bessere Aenderungsvorschläge als die Reiske'schen ἡμῖν oder ἅμα oder ὁμοῦ zum Vorschein kommen, gestrichen werden müssen. — Gassendi (bei Menagius) wollte ἐκ aus den porphyrischen Handschriften auch bei

Diogenes Laertius einfügen, umgekehrt hat Nauck ἐκ bei Porphyrios auf Grund von Diogenes Laertius' und einer anderen Anführung in Porphyrios' Brief an Marcella *c.* 27 gestrichen. Da die beiden Fassungen ohnehin von einander abweichen, so ist nicht abzusehen, weshalb in diesem sachlich gleichgiltigen Punkt die eine nach der anderen geändert werden soll. Wichtiger ist jedenfalls, dass in der Fassung bei Porphyrios das Wort *ἄπειρον* verschwunden ist, auf welches es dem Epikur gewiss ankam. Denn er wollte durch seine Distinction zwischen dem natürlichen und conventionellen Reichthum die damals in den Philosophenschulen verhandelte Frage entscheiden, ob der Reichthum ein *ἄπειρον* oder *πεπερασμένον* sei. In dieser Form und im Anschluss an den sprichwörtlich gewordenen solonischen Vers (13, 71 Bergk) *πλούτου δ' οὐδὲν τέρμα πεφασμένον ἀνδράσι κεῖται* ist die Frage auch in der aristotelischen Politik (1, 8 g. E.) berührt. — Mit etwas bewegterer Wendung spricht Epikur denselben Gedanken aus bei Stobäos *floril.* 17, 23: *Χάρις τῇ μακαρίᾳ Φύσει, ὅτι τὰ ἀναγκαῖα ἐποίησεν εὐπόριστα, τὰ δὲ δυσπόριστα οὐκ ἀναγκαῖα.* Da das Beiwort *μακαρίᾳ* zeigt, dass die Natur hier, wie so oft bei Lucrez, zur Gottheit personificirt werden soll, so habe ich den noch in Meineke's Ausgabe vorhandenen kleinen Anfangsbuchstaben mit einem grossen vertauscht.

12. Rorarius.

(Zu S. 17.)

Der Titel von Rorarius' Buch lautet: *Hieronymi Rorarii Exlegati Pontificii* (italienische Depeschen von ihm giebt Lämmer *monum. Vatic.* 20, 230) *Quod Animalia Bruta Saepe Ratione Utantur Melius Homine Libri Duo.* Er hat es 1547, also im Jahr der Schlacht bei Mühlberg, dem späteren Cardinal Granvella dedicirt, und den mit den politischen Zeitereignissen zusammenhängenden Anlass der Abfassung erzählt ein vorgesetzter Brief an den Cardinal Madrucci folgendermassen: *eram paucis ante diebus ubi de Caesare* (Karl V.) *sermo habebatur, et fuit doctissimus alioqui vir qui diceret, nescire quo odore olens orbem ditionis suae facere niteretur, haberet in se saltem quo cum Othonibus aut Federico Aenobarbo conferri posset; movit, fateor, mihi stomachum, dignum immortalitate principem illis postponi, qui licet insignes fuerint, si tamen in unum omnes congerantur, huius magnitudini non sufficiant; itaque in mentem mihi venit animalia bruta saepe ratione uti melius homine idque duobus libellis ostendi.* Schon dieses *itaque* genügt wohl, um einen Theil der im Text dem Rorarius zuerkannten Epitheta schlagend zu belegen, und unwillkürlich wird man in die Ausrufung Bayle's *(art. Rorarius not. A)* einstimmen: *que peut on voir de plus grotesque qu'un homme qui ne prend la plume pour mettre le genre humain au-dessous des bêtes que par ce qu'un savant trouve mauvais que l'Empereur Charles-Quint aspire à la monarchie universelle, sans avoir les qualités d'un Othon le Grand ou d'un Frideric Barberousse?* Obwohl nun Bayle, wie diese Worte zeigen, den Rorarius nach Gebühr geringschätzt, hat er ihm und seinem Buche doch mittelbar eine gewisse litterargeschichtliche Ewigkeit verliehen, indem er von Rorarius' Thema den Anlass nahm, die Frage über die Seele der Thiere mit Rücksicht auf die Systeme der neueren Philosophie zu behandeln und sich bei dieser Gelegenheit über Leibnitzens Monadenlehre zu äussern. Aus der Polemik gegen Bayle ist bekanntlich Leibnitzens Theodicee entstanden, deren Vorrede denn auch an hervorragender Stelle den 'Artikel Rorarius' erwähnt und so den Namen des Italieners vor dem Vergessenwerden schützt. — Für einen zukünftigen Bearbeiter des porphyrischen Werkes ist die Ausgabe von Rorarius' Buch, welche Georgius Heinrichius Ribovius zu Helmstädt 1728. 8 besorgt hat, recht nützlich, weil in den beigefügten Noten und in der angehängten *dissertatio historico-philosophica de anima brutorum* die auf die Frage bezüglichen Stellen aus der griechischen und römischen Litteratur mit grossem Fleiss gesammelt sind. — Zur Erheiterung des Mühsals dieser Anmerkungen und als Probe von Rorarius' unverächtlichem Latein stehe hier seine Version der in Schiller's 'Handschuh' verarbeiteten Anekdote; er führt sie unter anderen Beispielen menschlicher Grausamkeit auf *p.* 48: *Regnante Ferdinando Catholico Rege, Helisabeth coniux, aeterna memoria digna virago, ad claustrum secesserat, in quo leones Valentiae publica impensa aluntur. inter eas quae reginam comitabantur virgines erat adolescentula forma egregia sed petulans moribus, quam deperibat illius urbis in primis clarus Emanuel, cui res praeclare coepta Leonis cognomen postea dedit. ea transennae innixa, unde leones spectabantur, e chirothecis alteram demisit, invitato ad recuperandum amante. iuvenis subeundae ignominiae metu — et sunt Hispani huiusmodi qui vitam pro laude paciscantur — evaginato gladio laevaeque iniecto paludamento caveam recludi iussit in ipsoque vestibulo genua flectens recta ad leonem ivit et porrecta cuspide chirothecam sustulit, versaque in leonem facie retrocedens eundem honorem in limine exhibuit immoto persistenti et audaciam viri forte miranti. ad puellam deinde perveniens data chirotheca malam manu percussit, caperet scortillum et memoria teneret non amplius virum morti obiicere.* Unter dem Material Götzinger's (Deutsche Dichter 1, 301, vierte Aufl.), der den Rorarius nicht erwähnt, kommt seiner Version die aus Bandello angeführte Novelle am nächsten.

13. Zur Quellenanalyse des dritten porphyrischen Buches; Plutarch; Demokritos.

(Zu S. 17 u. 18)

Als wirkliches Eigenthum des Porphyrios wird sich in dem ganzen dritten Buch mit Sicherheit nur ansehen lassen die Erzählung von der

Gelehrigkeit eines Rebhuhns, das er während seines, allein aus dieser Stelle bekannten, Aufenthaltes in Karthago gezähmt hatte (*p.* 127, 6—14), und der Bericht über einen der Vögelsprache kundigen jungen Sclaven eines seiner Freunde (*p.* 125, 21). — Welche Vorsicht die Aufspürung der von Porphyrios benutzten Quellen erfordert, mag an einem kurz zu erledigendeu Irrthum Rhoer's gezeigt werden. Porphyrios sagt *p.* 128—30, selbst diejenigen Philosophen, welche den Thieren im Allgemeinen die Vernunft absprechen, müsseu zugeben, dass die Jagdhunde am Kreuzwege durch ein dialektisches Verfahren, nämlich durch Anwendung eines mehrgliedrigen disjunctiveu Schlusses, den richtigen Weg einschlagen: *διαλεκτικῆς μὲν γὰρ αὐτοὶ φασὶν οἱ τὸ ἄλογον αὐτῶν* [*τῶν ζῴων*] *καταψηφιζόμενοι ἐπαΐειν τοὺς κύνας, κεχρῆσθαί τε τῷ διὰ πλειόνων διεζευγμένῳ ἰχνεύοντας, ὅταν εἰς τριόδους ἀφίκωνται. ἤτοι γὰρ ταύτην ἢ ἐκείνην ἢ τὴν ἑτέραν ἀπεληλυθέναι τὸ θηρίον· οὔτε δὲ ταύτην, οὔτε ταύτην· ταύτην ἄρα· καθ' ἣν λοιπὸν καὶ διώκειν.* Hierzu bemerkt Rhoer: *sumsit e Plutarcho [de sollert. anim.]* 969[a]: *οἱ δὲ διαλεκτικοὶ φασὶ τὸν κύνα τῷ διὰ πλειόνων διεζευγμένῳ χρώμενον ἐν ταῖς πολυσχιδέσιν ἀτραποῖς συλλογίζεσθαι πρὸς ἑαυτὸν 'ἤτοι τήνδε τὸ θηρίον ὥρμηκεν ἢ τήνδε ἢ τήνδε· ἀλλὰ μὴν οὔτε τήνδε οὔτε τήνδε· τήνδε λοιπὸν ἄρα.'* Aber da Plutarch nur *διαλεκτικοί* schlechthin nennt, so konnte Porphyrios aus ihm nicht ersehen, dass 'eben dieselben Philosophen, welche sonst die Thiere für vernunftlos erklären, den Hunden eineu so verwickelten Schluss zutrauen;' um dies sagen zu können, musste er wissen, dass ein angesehener Stoiker jene Huudelogik behauptet habe. In der That erfahren wir nun durch Sextus Empirikus *Hypot.* 1, 14, 69, dass es kein Geringerer als Chrysippos gewesen, der dem Hunde, weil er, nach vergeblichem Aufspüren der Fährte auf den zwei Wegen, ohne vorheriges Spüren auf dem dritten fortstürze (*τὰς δύο ὁδοὺς ἰχνεύσας δι' ὧν οὐ διῆλθε τὸ θηρίον τὴν τρίτην μηδ' ἰχνεύσας εὐθέως ὁρμήσει δι' αὐτῆς*), ein solches implicite (*δυνάμει*) angestelltes Schlussverfahren beilegte. Aus Chrysippos' Schriften hat also Porphyrios entweder unmittelbar oder durch andere als plutarchische Vermittelung den Satz entlehnt. — Die Worte, mit welchen Porphyrios seine Auszüge aus Plutarch beschliesst, lauten *p.* 150, 27: *τὰ μὲν δὴ τοῦ Πλουτάρχου ἐν πολλοῖς βιβλίοις πρὸς τοὺς ἀπὸ τῆς στοᾶς καὶ τοῦ περιπάτου εἰς ἀπάντησιν εἰρημένα ἐστὶν τοιαῦτα;* sie müssen sich auf den Abschnitt beziehen, welcher zwischen *p.* 139, 29, wo Plutarch zum ersten Mal genannt ist, und *p.* 150, 26 liegt. Da nun die von Wyttenbach unter die plutarchischen Fragmente gesetzte Partie *p.* 139, 29—143, 16 einen ununterbrochenen Gedankenfortschritt aufweist, also schwerlich aus mehreren Schriften zusammengestückt ist, ausserdem aber nur die Eine Schrift *de sollertia animalium* ausgebeutet wird, so sollen die Worte *ἐν πολλοῖς βιβλίοις εἰρημένα* wohl nicht besagen, dass die vorangehenden

Excerpte aus vielen plutarchischen Schriften genommen seien, sondern nur, dass Plutarch auf die hier vorgebrachten Argumente in vielen Schriften zurückkomme. Wirklich enthält ja noch unsere so sehr defecte plutarchische Sammlung ausser der Schrift *de sollertia* den Dialog Gryllos und die zwei Declamationen *de esu carnium*, welche demselben Thema gewidmet sind, und an gelegentlichen Rückblicken fehlt es auch nicht in Werken anderen Hauptinhalts, z. B. *quaest. conviv.* 8, 8. — Schlieslich sei in Betreff jener Partie, welche Wyttenbach unter die plutarchischen Fragmente verwiesen hat, noch eine Vermuthung gewagt. Die zweite Declamation *de esu carnium* liegt, wie so viele andere plutarchische Aufsätze, nur in einer chrestomathischen Auswahl vor; von Einem Abschnitt ist nur die Inhaltsangabe vorhanden in folgenden Worten *c.* 3, *p.* 998ª: ὅτι πρὸς τὰ ἄλογα ζῷα δίκαιον ἡμῖν οὐδέν ἐστιν. Nach dem ganzen Gang der Declamation musste Plutarch diesen Satz dort bekämpfen, und da dasselbe auch in dem fraglichen Fragment (*p.* 141, 15 ff.) geschieht, so kann es für wahrscheinlich gelten, dass das Fragment ursprünglich an dem angegebenen Ort jener Declamation zu lesen war. — Dass Demokritos keine scharfe Grenze zwischen thierischer und menschlicher Seele zog, meldet ausser Porphyrios (*p.* 129, 25) auch ein Bericht bei Stobäus *eclog. phys.* 40, 7; und dass er nur die wilden und schädlichen Thiere zu tödten gestattete, sagt ein wörtlich erhaltenes Bruchstück bei Stobäus *floril.* 44, 16: κατὰ δὲ ζωίων ἔστιν ὧν φόνου καὶ μὴ φόνου (so mit Valckenaer und Meineke 4, *LXVI.*) ὧδε ἔχει· τὰ ἀδικέοντα καὶ θέλοντα ἀδικέειν (die welche geschädigt haben und welche zu schädigen drohen) ἀθῷος ὁ κτείνων.

14. Dikäarchos; Plutarch's Leben des Lykurgos.

(Zu S. 19.)

Bei Hieronymus *adv. Jovian.* 2, 13 ist das porphyrische Excerpt aus Dikäarchos zu folgenden Sätzen zusammengeschrumpft: *Dicaearchus in libris Antiquitatum et descriptione Graeciae refert sub Saturno, id est in aureo saeculo, cum omnia humus funderet, nullum comedisse carnes sed universos vixisse frugibus et pomis quae sponte terra gignebat.* Er hat sich, wie man sieht, nicht einmal die Mühe genommen, den richtigen Titel von Dikäarchos' Schrift zu erkunden, für welchen Varro's *Vita populi Romani* doch eine so bequeme lateinische Analogie bot, sondern weil er bei Porphyrios *p.* 157, 20 fand, dass Dikäarchos τὸν ἀρχαῖον βίον τῆς Ἑλλάδος beschrieben, hat er nach Art mechanischer Uebersetzer fälschlich das Adjectiv ἀρχαῖος betont und nun nach Anleitung von Varro's ihm wohl bekannteren *Antiquitates* und Josephus' Ἀρχαιολογία auch für Dikäarchos' Werk den Titel *Antiquitates* ersonnen. — Bezeichnend für das tendenziöse Excerpiren des Porphyrios ist es, dass er *p.* 162, 10—20 die Schilderung der Phiditien zwar im Uebrigen wörtlich aus Plutarch's Leben des Lykurgos *c.* 12 abschreiht, aber nach dem Sätzchen *πρὸς δὲ τούτοις εἰς ὀψωνίαν μικρόν τι κομιδῇ νομίσματος (sc. ἔφερε ἕκαστος)* plötzlich innehält und die bei Plutarch folgenden Angaben *ἄλλως δὲ καὶ θύσας τις ἀπαρχὴν καὶ θηρεύσας μέρος ἔπεμψεν εἰς τὸ συσσίτιον κτλ.* gänzlich unterdrückt, offenbar nur weil ihm die Fleischspeisen ungelegen sind. Das nächstfolgende Stück *p.* 162, 21 *καὶ οἱ παῖδες ἐφοίτων εἰς τὰ συσσίτια κτλ.* ist dann wieder buchstäblich aus jenem plutarchischen Capitel entnommen. — Vor dem Versehen, den Porphyrios als abgesonderte Quelle neben Plutarch zu nennen, hat sogar noch C. F. Hermann (z. B. Staatsalterthümer 28, 12) sich nicht gehütet.

15. Chäremon.

(Zu S. 21.)

Die den Chäremon betreffenden Zeugnisse, welche der Text berücksichtigt, sind von Carl Müller *fragm. histor.* 3, 495 verzeichuet ausser dem folgenden in Porphyrios' Charakteristik des Origenes (bei Eusebios *hist. eccl.* 6, 19, *p.* 206 Hein.): *ἐχρῆτο* (Origenes) *δὲ καὶ Χαιρήμονος τοῦ στωικοῦ Κορνούτου τε ταῖς βίβλοις· παρ' ὧν τὸν μεταληπτικὸν* (allegorisch) *τῶν παρ' Ἕλλησι μυστηρίων γνοὺς τρόπον ταῖς Ἰουδαικαῖς προσῆψε γραφαῖς.* Wirklich citirt Origenes (*contra Celsum* 1, *p.* 45 Spenc.) beifällig ein *σύγγραμμα Χαιρήμονος τοῦ στωικοῦ περὶ κομητῶν.* — Hieronymus *adv. Jovian.* 2, 14 erwähnt den Chäremon in derselben Reihenfolge wie Porphyrios, nach Dikäarchos und der Schilderung der spartanischen Diät; er ist also sicherlich durch Porphyrios auf ihn geführt worden. Aber gegen seine Gewohnheit scheint er hier einmal sich nicht auf blosses Uebersetzen der porphyrischen Auszüge beschränkt, sondern die Schrift des Chäremon, in welcher er nach den bei Porphyrios vorgefundenen Proben eine reiche Waffenkammer zur Bekämpfung des die Askese verwerfenden Jovianus vermuthen durfte, selbst zur Hand genommen zu haben; oder es müssten unsere porphyrischen Handschriften an Lücken leiden, welche durch keine Spur sich verrathen. Nachdem nämlich im Uebrigen die Angaben des Chäremon so wie wir sie bei Porphyrios lesen kürzend übersetzt worden, heisst es bei Hieronymus: *quid loquar, inquit, de volatilibus, cum ovum quoque pro carnibus vitaverint* (die ägyptischen Priester) *et lac, quorum alterum carnes liquidas, alterum sanguinem esse dicebant colore mutato.* Dem entspricht im Griechischen nur *p.* 165, 28: *πτηνῶν δὲ [ἀπείχοντο] ὅσα σαρκοφάγα, πολλοὶ δὲ καὶ καθάπαξ τῶν ἐμψύχων, καὶ ἔν γε ταῖς ἁγνείαις ἅπαντες, ὁπότε μηδ' ᾠὸν προσοῖντο.* Die ganz im Stil hieratischer Consequenzmacherei gehaltenen Gründe für das Verbot von Eiern und Milch sind bei

Porphyrios also gänzlich verschwunden, und doch zeigt Hieronymus' *inquit*, dass er gerade hier wörtlich übersetzen wollte. Die Vorstellung, dass Milch 'weisses Blut' sei, begegnet auch sonst in der alten Litteratur. Aus Varro's Logistoricus über Kindererziehung haben sich die Worte erhalten (bei Nonius *s. v. anuis*): *eam nutricem oportet esse adulescentem; anuis enim ut sanguis deterior, sic lac. Lac enim, ut quidam dicunt physici, sanguinis spuma* und in einer Ermahnungsrede an die Mütter, ihre Kinder selbst zu säugen, sagt Favorinus (bei Gellius 12, 1, 12): *an quia spiritu multo et calore exalbuit, non idem sanguis est nunc in uberibus qui in utero fuit?* — Zum Beleg dessen was oben Anm. 4 über Rhoer gesagt werden musste, sei bemerkt, dass er diese Ergänzung der porphyrischen Excerpte durch Hieronymus mit keinem Worte erwähnt. Auch Carl Müller hat sie übersehen.

16. Sarapis; Euphantos; Lücke.

(Zu S. 22)

Ueber das 'Aufwecken des Sarapis' hat Joseph Scaliger zu Tibull *p.* 133 *ed. sec.* die nöthigen Erläuterungen gegehen. — *P.* 170, 17 lesen die Handschriften: *ἔστι δὲ καὶ ὁ λόγος, ὃν ἡρμήνευσεν Εὔφαντος ἐκ τῆς πατρίου διαλέκτου τοιοῦτος·* Hercher und Nauck hahen den Namen in *Ἔκφαντος* geändert nach der von Fahricius *Bibl. Gr.* 1, 845 Har. hingeworfenen Vermuthung, es sei der von Jamhlichos *Vit. Pyth.* 36, 267 genannte Pythagoreer gemeint. Aber abgesehen von der höchst problematischen Existenz dieses Pythagoreers, dessen Namen an der Spitze einiger der berüchtigten dorischen Stücke bei Stohäus erscheint, wird Fahricius' Vermuthung schon dadurch widerlegt, dass Jamhlichos seinen *Ἔκφαντος* einen Krotoniaten nennt, Porphyrios' Worte *ἐκ τῆς πατρίου διαλέκτου* hingegen einen Uebersetzer anzeigen, dessen Muttersprache die ägyptische war; und ehen um die mitgetheilte Uehersetzung durch Berufung auf einen geborenen Aegypter zu beglaubigen, hat Porphyrios überhaupt einen Namen genannt. Weshalb der handschriftliche *Εὔφαντος* nicht genügen soll, vermag ich nicht abzusehen; die auch sonst vorkommende Namensform gieht nicht den leisesten Anstoss; und da Athenäos 6, 251[d] aus dem vierten Buch der sonst nirgends erwähnten *Ἱστορίαι* eines *Εὔφαντος* eine Anekdote üher einen Schmeichler des dritten Ptolemäers ausschreibt, so müsste der Zufall neckisch walten, wenn der *Εὔφαντος*, welcher dem Porphyrios die Uehersetzung des ägyptischen Gebets geliefert hat, nicht mit dem Verfasser jenes Geschichtswerks identisch sein und dasselbe die Geschichte Aegyptens behandelt hahen sollte. — Eine Vergleichung der Gebetsformel mit den Ergebnissen der neueren ägyptologischen Forschung stellt Bunsen (Aegypten 5, 2, 549) an. — *P.* 171, 1 heisst es unmittelbar nach der Gebetsformel: οὕτως ἀπολογίας δεῖσθαι φήθησαν πρὸς τὸ θεῖον ὑπὲρ ὧν ἔφαγον καὶ ἔπιον καὶ διὰ ταῦτα ὑβρίσαι. τῶν δὲ γινωσκομένων ἡμῖν Ἰουδαῖοι κτλ. Nun lässt sich zwar der erste Satz nothdürftig construiren, wenn man mit Reiske den Infinitiv ὑβρίσαι von φήθησαν abhängig macht, ὑβρίσαι im Sinn von 'sündigen' fasst, ταῦτα auf das in ὧν liegende ἃ bezieht und διὰ ταῦτα für διὰ τούτων hinnimmt. Jedoch die jetzt beziehungslos dastehenden Anfangsworte des nächsten Satzes: 'Von den uns bekannten Völkern aber sind die Juden' u. s. w., zeigen deutlich an, dass unmittelbar vorher entweder von ganz abgelegenen Völkerstämmen die Rede war, oder dass Porphyrios den ägyptischen Abschnitt mit einer überleitenden Wendung etwa folgender Art beschloss: die altägyptische Religion und Sitte sei jetzt, d. h. gegen Ende des dritten Jahrhunderts, in Aegypten selbst grösstentheils verschollen, er wolle zu den jetzt bekannteren jüdischen Gebräuchen übergehen. Der erste lateinische Uebersetzer Felicianus (s. Anm. 4) fühlte sich durch die Worte τῶν δὲ γινωσκομένων ἡμῖν so gestört, dass er sie lieber gar nicht wiedergab und die Worte καὶ διὰ ταῦτα ὑβρίσαι, statt welcher bei ihm *ac propterea ventrem manifesta hac contumelia afficiendum censebant* zu lesen ist, scheint er zu καὶ διὰ ταῦτα τὴν γαστέρα ὕβρισαν umgeschrieben zu haben. Aber nachdem einmal die Lücke erkannt worden, wird man auf sie auch die Unebenheit von διὰ ταῦτα ὑβρίσαι zurückführen und weder zu Reiske's gewaltsamer Construction noch zu Felicianus' übertünchender Conjectur sich verstehen wollen.

17. Eusebios; Hieronymus; Josephus; Plinius.

(Zu S. 23 u. 24.)

Trotz der umständlichen Weise, in welcher Porphyrios den Josephus citirt, hat sich Eusebios die *pia fraus* erlaubt, in seiner 'evangelischen Vorschule' (9, 3) die alles Biblische, Jüdisches wie Christliches, den Heiden in möglichst imponirender Form vorzuführen sucht, die Schilderung der Essäer, nachdem er sie ihrer ganzen Länge nach aus Porphyrios abgeschrieben hat, mit folgendem Epilog zu versehen: ταῦτα μὲν ὁ Πορφύριος ἐκ παλαιῶν, ὡς εἰκός, ἀναγνωρισμάτων τῇ τῶν δηλουμένων ἀνδρῶν εὐσεβείᾳ τε ὁμοῦ καὶ φιλοσοφίᾳ ἐν τῷ τετάρτῳ συγγράμματι τῶν σπουδασθέντων αὐτῷ Περὶ Τῆς Τῶν Ἐμψύχων Ἀποχῆς ἐμαρτύρησεν. Der 'wahrscheinlich alte Documente' benutzende Heide Porphyrios schien dem Eusebios für sein Publikum ein ansehnlicherer Zeuge als der Jude Josephus, welchen doch Porphyrios ausdrücklich als seinen alleinigen Gewährsmann nennt. — Hieronymus *adv. Jovian.* 2, 14 hat zwar Porphyrios' weitläufiges Citat der einzelnen josephischen Schriften treu übersetzt, so treu, dass er nicht einmal die in der Erwähnung der Schrift gegen Apion liegende Ungenauigkeit besserte; aber die Art, wie er mit dem Zeugniss des Josephus verfährt, übersteigt so sehr das gewöhnliche Maass von Nachlässigkeit oder tendenziöser Zustutzung, dass sogar sein nicht allzu scharfsichtiger und nicht allzu freimüthiger Herausgeber Vallarsi glaubte Einspruch thun zu müssen. Bei Hieronymus heisst es nämlich: *Iosephus in secunda Iudaicae captivitatis historia et in octavo decimo Antiquitatum libro et contra Apionem duobus voluminibus* (wohl *secundo volumine;* der Fehler konnte leicht aus falscher Auflösung des Zahlzeichens II. entstehen) *tria describit dogmata Iudaeorum: Pharisaeos, Sadducaeos, Essenos. Quorum novissimos miris effert laudibus, quod et ab uxoribus et vino et carnibus semper abstinuerint et quotidianum ieiunium verterint in naturam.* Ueber 'Wein und Fleisch' sagt Josephus gar nichts, und da er ein 'tägliches Frühmahl' der Essäer beschreibt *(bellum* 2, 8, 5 ἀριστοποιησάμενος = *Porphyr.* 173, 3), so sagt er das Gegentheil von 'täglichem Fasten.' — Die im Text S. 24 berührte Entlehnung aus der Schrift gegen Apion in Porphyrios' Nachtrag zu der Schilderung der Essäer haben die Herausgeber und sogar Hugo Grotius *(de iure belli et pacis* 3, 12, 2) nicht erkannt. Man wird daher eine Zusammenordnung der bezüglichen Stellen hier gerne sehen:

Porphyrius p. 175, 17

τοιοῦτο μὲν τὸ τῶν Ἐσσαίων παρὰ τοῖς Ἰουδαίοις τάγμα. πᾶσί γε μὴν ἀπηγόρευτο ὑὸς ἐσθίειν ἢ ἰχθύων τῶν ἀφολιδώτων, ἃ σελάχια καλοῦσιν Ἕλληνες, ἢ τι τῶν μωνύχων ζῴων. ἀπηγόρευτο δὲ καὶ μηδὲ τὰ ἱκετεύοντα καὶ οἷον προσφεύγοντα ταῖς οἰκίαις ἀναιρεῖν, οὐχ ὅτι μὴ ἐσθίειν, οὐδὲ νεοττοῖς ἐπέτρεψεν ὁ νομοθέτης τοὺς γονέας συνεξαιρεῖν, φείδεσθαι δὲ κελεύει κἂν τῇ πολεμίᾳ τῶν συνεργαζομένων ζῴων καὶ μὴ φονεύειν. καὶ οὐκ ἐφοβήθη κτλ.

Iosephus contra Apionem 2, 29; *p.* 256, 12 *Bek.*

οὕτω δὲ ἡμερότητα καὶ φιλανθρωπίαν ἡμᾶς ἐπαίδευσεν [ὁ νομοθέτης] ὡς οὐδὲ τῶν ἀλόγων ζῴων ὠλιγώρηκεν, ἀλλὰ μόνην μὲν ἀφῆκε τούτων χρῆσιν τὴν νόμιμον, πᾶσαν δ' ἑτέραν ἐκώλυσεν. ἃ δ' ὥσπερ ἱκετεύοντα προσφεύγει ταῖς οἰκίαις ἀπεῖπεν ἀνελεῖν, οὐδὲ νεοττοῖς ἐπέτρεψε τοὺς γονέας αὐτῶν συνεξαιρεῖν, φείδεσθαι δὲ κἂν τῇ πολεμίᾳ τῶν ἐργαζομένων ζῴων καὶ μὴ φονεύειν. οὕτω πανταχόθεν τὰ πρὸς ἐπιείκειαν περιεσκέψατο κτλ.

Unter der Vorschrift 'die Küchlein nicht zugleich mit ihren Eltern fortzunehmen' *(Ios.* Z. 8) ist das Gesetz *Deuteron.* 22, 6 gemeint. Wenn jedoch Josephus den jüdischen Gesetzgeber die Tödtung der 'als Schutzflehende in die Häuser flüchtenden und ferner der zur Arbeit brauchbaren Thiere sogar in Feindesland' (Z. 7, 12) verbieten lässt, so findet sich dafür weder im Pentateuch noch in der talmudischen Tradition ein Beleg. Trotzdem erwähnt auch Philon in dem Abriss der jüdischen Gesetze, welchen er seiner jetzt verlorenen Apologie der Juden einverleibt hatte, die eine dieser Bestimmungen im Anschluss an das Gesetz des Deuteronomiums folgendermaassen (bei Eusebios *praepar. evang.* 8, 7): *μὴ νεοττίαν, φησί [ὁ νόμος], κατοικίδιον ἐρημοῦν· μὴ ζῴων ἱκεσίαν οἷά ἐστιν ὅτε προσφευγόντων ἀναιρεῖν.* — Was Porphyrios Z. 1—6 über die 'schuppenlosen Fische' und 'Thiere mit ungespaltenen Klauen' sagt, muss aus seiner eigenen Kenntniss der Bibel und der jüdischen Gebräuche geflossen sein; aus Josephus konnte er es nicht erfahren, da dieser sich über das Detail der jüdischen Speisegesetze mit einer Präteritionsformel (*Antiq.* 3, 11, 2) hinweghilft. Bemerkenswerth ist, dass, wie Porphyrios hier bei den Fischen nur die Schuppen und nicht die im mosaischen Gesetz (*Levitic.* 11, 9) neben ihnen genannten Flossfedern erwähnt, diese letzteren auch unberücksichtigt bleiben in der Stelle des Plinius *h. n.* 31, 95, welche nach der längst als verderbt erkannten Vulgata lautet: *aliud (garum) vero castimoniarum superstitioni etiam sacrisque Iudaeis dicatum, quod fit piscibus squama carentibus.* Der bibelkundige Conrad Gesner wollte die sachliche Verkehrtheit von *squama carentibus* auf Grund des Leviticusverses mit etwas derber Kritik beseitigen, indem er *squama non carentibus* vorschlug; in feinerer Weise versuchte der Jesuit Harduin die ganze Stelle auf ein ausserbiblisches Gebiet zu versetzen durch die Aenderung von *Iudaeis* in *Idaeis*, ist aber den Beweis, dass die 'Weihen der idäischen Mutter' den Genuss schuppenloser Fische vorschrieben, schuldig geblieben. Schwerlich wird sich jetzt noch Jemand nach einem solchen Beweis umsehen und an der Harduin'schen Conjectur festhalten wollen, seitdem statt *carentibus* aus der Vossianischen Handschrift, welche für jene Partie des Plinius zu den besseren zählt, folgende Buchstabenreihe ans Licht gezogen ist: *maceretnentibus.* Mit leichten Aenderungen ergiebt sich hieraus: *quod fit e piscibus squamam in alece retinentibus.* Das zum Gebrauch der Juden dienende Garum wurde aus Fischen bereitet, welche 'ihre Schuppen auch in der auflösenden Salzlake behielten.' Denn dass, trotz der Erwähnung der Flossfedern neben den Schuppen im Leviticus, für die Praxis das Zeichen der Schuppen ausreicht, wissen die Kenner des jüdischen Gesetzes (s. Tractat Chulin 66, 2). — Die Bevorzugung des von Porphyrios gebrauchten Titels *Πρὸς Ἕλληνας* vor dem jetzt gangbaren *Κατὰ Ἀπίωνος,* welcher auch in unseren josephischen Handschriften, soweit der Havercamp'sche Wust ein Urtheil ermöglicht, keine ausreichende Stütze findet, berührt nicht den sachlichen, auf guter handschriftlicher Gewähr ruhenden Nebentitel *Περὶ Ἀρχαιότητος Ἰουδαίων.* Denn dass diese von dem Hauptgegenstand der Controverse, dem 'Alter des jüdischen Volks,' hergenommene Aufschrift auch zu Porphyrios' Zeit vorhanden war, beweist sein Zeitgenosse Origenes (*contra Celsum* 1, *p.* 14 *Spenc.* 4, *p.* 167) und Eusebios (*praep. evang.* 8, 7; 9, 42; 10, 6). ‚Porphyrios hat sich dieses sachlichen Titels nicht bedient, weil er unmittelbar vorher die *Ἀρχαιολογία* genannt hatte und nun seine Leser durch das Nebeneinanderstellen von *Ἀρχαιολογία* und *Ἀρχαιότης* als Titel verschiedener Werke zu verwirren fürchtete. — Für den überall merkbaren Abstand zwischen dem guten Griechisch des früher geschriebenen *Bellum* und dem nicht guten der *Antiquitates* liefert die Vergleichung der zwei Schilderungen der jüdischen Secten in den beiden Werken, eben wegen der Aehnlichkeit des Inhalts, ein besonders anschauliches Beispiel. Bei der Redaction des zunächst für das flavische Kaiserhaus bestimmten *Bellum* hat Josephus sich von den geschulten Stilisten, die er ausdrücklich als seine Mitarbeiter nennt (*contra Apionem* 1, 9 *χρησάμενός τισι πρὸς τὴν Ἑλληνίδα φωνὴν συνεργοῖς*), offenbar mehr unterstützen lassen als bei den *Antiquitates*, die schon wegen ihres Umfangs und der Abgelegenheit ihres Stoffes zu grosser Verbreitung in der feinen Welt wenig geeignet waren; er konnte daher für diese Arbeit mit seinem eigenen schwerfälligen Griechisch auszureichen glauben.

18. Essäer; *ἁγνόν.*

(Zu S. 27 u. 28.)

P. 172, 11 habe ich die anstosslose Lesung der porphyrischen Handschriften *οἱ πρῶτον ἰδόντες εἰσίασιν ὥσπερ συνήθεις* beibehalten; sie mit Nauck theils nach Josephus (*πρὸς οὓς οὐ πρότερον εἶδον εἰσίασιν ὡς συνηθεστάτους*) theils nach Eusebios in *ὡς πρὸς συνήθεις* zu ändern, ist man um so weniger veranlasst, als Porphyrios, wenn er die Präposition hätte bewahren wollen, sie nicht aus dem ersten Theil des Satzgliedes, wo sie bei Josephus steht, verdrängt haben würde. Auch zu Nauck's Vertauschung von Porphyrios' *ἀλλήλοις* oder, wie der handschriftliche Fehler lautet, *ἀλλήλοισι* mit *αὐτοῖς* des Josephus sehe ich keine Nöthigung. – Für den Gebrauch von *ἁγνόν* im Gegensatz zur Thiertödtung genügen folgende Belege aus Porphyrios' Werk: *p.* 102, 31 *ἁγνὰ θύματα p.* 179, 4 *ἁγνὸν εἰς γοητείαν καὶ τῦφον διαβάλλειν p.* 183, 24 *ἁγνὸν δὲ βίον* und weitere Belege aus allen Gattungen der Litteratur giebt jedes vollständigere Wörterbuch. — Zu den Beispielen, welche von Porphyrios' Schlauheit in Verwerthung des josephischen Berichts über die Essäer der Text zusammengestellt hat, darf in dem Versteck einer Anmerkung und 'unter der Hülle einer gelehrten Sprache,' um mit Gibbon zu reden, wohl noch folgendes gefügt werden:

Iosephus Bell. 2, 8, 9; *p.* 151, 7 *Bek.*	*Porphyrius p.* 174, 21
ταῖς ἑβδομάσιν ἔργων ἐφάπτεσθαι διαφορώτατα Ἰουδαίων ἁπάντων [φυλάσσονται οἱ Ἐσσηνοί]. οὐ μόνον γὰρ τροφὰς ἑαυτοῖς πρὸ ἡμέρας μιᾶς παρασκευάζουσιν, ὡς μηδὲ πῦρ ἐναύοιεν ἐκείνην τὴν ἡμέραν, ἀλλ' οὐδὲ σκεῦός τι μετακινῆσαι θαρροῦσιν οὐδὲ ἀποπατεῖν.	*τοσαύτη δ' ἐστὶν αὐτῶν ἡ λιτότης ἡ περὶ τὴν δίαιταν καὶ ὀλιγότης ὡς τῇ ἑβδομάδι μὴ δεῖσθαι κενώσεως, ἣν τηρεῖν εἰώθασιν εἰς ὕμνους τῷ θεῷ καὶ εἰς ἀνάπαυσιν.*

Die übrigen Proben der scrupulösen Sabbatfeier übergeht Porphyrios, weil sie von seinem diätetischen Zweck abliegen, den Bericht über das *οὐδὲ ἀποπατεῖν* mochte er hingegen nicht unterdrücken, weil dieser mittelbar für jenen Zweck zu verwenden war. Aber das derbe Wort *ἀποπατεῖν* hinzuschreiben konnte er nicht über sich gewinnen; er umschreibt es daher durch die verschämte Wendung *μὴ δεῖσθαι κενώσεως* und folgert daraus, in einer von Josephus gewiss nicht beabsichtigten Weise, 'die leichte und spärliche Diät' der Essäer.

19. Asklepiades und Neanthes; Eubulos; Bardesanes.

(Zu S 29 u. 30)

Dass der Pygmalion, welchen Asklepiades *γένει μὲν Φοίνικα, βασιλεύσαντα δὲ Κυπρίων* (*p.* 176, 12) nennt, mit dem bekannten tyrischen König identisch sei, hat Movers (Phönizier 2, 2, 229) wahrscheinlich gemacht. — Porphyrios' Erwähnung des Kyzikeners Neanthes (*p.* 176, 11), bei welchem kein Schrifttitel angegeben ist, lässt vermuthen, dass ihm das asklepiadische Excerpt aus einer der vielen antiquarischen Arbeiten des Neanthes, vielleicht aus der Schrift *Περὶ Τελετῶν*, welcher Athenäos (9, 376[a]; 13, 602[c]) andere Opferanekdoten entnimmt, bekannt wurde; er mochte es daher für überflüssig halten, neben dem Titel des asklepiadischen Werks auch noch den des neanthischen zu nennen, welchem er nur für den Nachweis, aber nicht für die Nachricht selbst verpflichtet war. — Die von den neueren Herausgebern vorgenommene Aenderung des handschriftlichen *Σύμβουλος p.* 177, 19 zu *Εὔβουλος* wird nicht blos durch Hieronymus (*advers. Iovian.* 2, 14: *Eubulus quoque, qui historiam Mithrae multis voluminibus explicuit, narrat apud Persas tria genera Magorum, quorum primos qui sint doctissimi et eloquentissimi excepta farina et olere nihil amplius in cibo sumere*) empfohlen, sondern auch die porphyrischen Handschriften selbst geben *de antro nymph.* 6 die richtige Namensform. Für Hieronymus' *farina et olus* findet sich in dem, was wir jetzt bei Porphyrios lesen, kein Anhalt; wahrscheinlich stand dergleichen in der, zuerst von Hercher bezeichneten, Lücke nach *πατέρων p.* 177, 32. — Eubulos wird nach Tollius' Vorgang (bei Rhoer) gewöhnlich für den Zeitgenossen des Porphyrios gehalten, von dessen vorwiegend mündlicher Lehrthätigkeit und wenigen Büchern Longinus (bei Porphyrios *Vita Plot.* 20) berichtet und aus dessen dort von Longinus erwähnter 'Vertheidigung von Platons Politeia gegen Aristoteles' Einreden' Angelo Mai (*script. veter. nova coll.* 2, 672) ein grösseres Bruchstück veröffentlicht hat. Bei dieser Identification wird jedoch die unwahrscheinliche Annahme nöthig, dass Longinus, der dem Eubulos die 'Schreibelust (*περὶ τοῦ γράφειν ὁρμή*)' ausdrücklich abspricht, von den *πολλὰ βιβλία*, aus denen, nach Porphyrios' Angabe *(p.* 177, 20), Eubulos' Geschichte des Mithras bestand, nichts erfahren habe. Es musste daher im Text das Zeitalter des Eubulos unbestimmt gelassen werden. — Ueber Bardesanes sagt Porphyrios an der hiesigen Stelle *p.** 179, 16: *ἔχει δὲ τὰ κατ' αὐτοὺς* [*Σαμαναίους*] *τοῦτον τὸν τρόπον, ὡς Βαρδησάνης ἀνὴρ Βαβυλώνιος* (so heisst er von der berühmteren Stadt in der Nähe, obgleich er aus Edessa gebürtig war, vgl. Anm. 8) *ἐπὶ τῶν πατέρων ἡμῶν γεγονὼς καὶ ἐντυχὼν τοῖς περὶ Δάνδαμιν πεπεμμένοις Ἰνδοῖς πρὸς τὸν Καίσαρα ἀνέγραψεν.* Der 'Kaiser,' welchen Rhoer fälschlich für Antoninus Pius ausgiebt, wird unzweideutig bestimmt durch eine Parallelstelle des Porphyrios selbst in seiner Schrift über den Styx (bei Stobäus *ecl. phys.* 3, 56 z. Anf.): *Ἰνδοὶ οἱ ἐπὶ τῆς βασιλείας τῆς Ἀντωνίνου τοῦ ἐξ Ἐμισῶν (εἰς τὴν Συρίαν ἀφικομένου) Βαρδισάνῃ τῷ ἐκ τῆς Μεσοποταμίας εἰς λόγους ἀφικόμενοι ἐξηγήσαντο, ὡς ὁ Βαρδισάνης ἀνέγραψεν, εἶναί τινα λίμνην κτλ.* Von den eingeklammerten Worten hat schon Heeren *ἀφικομένου* als Dittographie des folgenden *ἀφικόμενοι* verworfen; und Meineke's (2, *XXVII)* Vermuthung, dass *εἰς τὴν Συρίαν* nach späterer Sprechweise für *ἐν τῇ Συρίᾳ* stehe und blos ein Glossem zu *Ἐμισῶν* sei, wird jedem aufmerksamen Leser wahrscheinlich dünken. Darüber dass der 'Antoninus aus Emesa' Elagabalus sei, kann kein Geschichtskundiger Zweifel hegen; bereits Heeren hat es ausgesprochen; aber seine Worte sind bis in die allerneueste Zeit unfruchtbar geblieben, sowohl für die Geschichte der Beziehungen Indiens zum Abendlande wie für die Biographie des Gnostikers. Noch Reinaud *(mémoires sur les relations politiques et commerciales de l'Empire romain avec l'Asie orientale, Journal Asiatique,* 7, 1 [1863] *p.* 377) verlegt die indische Gesandtschaft irrthümlich in die Zeit des Marcus Aurelius, und erst die jüngsten Schriften über Bardesanes (Merx, Bardesanes von Edessa S. 5; Hilgenfeld, Bardesanes der letzte Gnostiker S. 12) haben die Thatsache, dass er noch die Regierung des Elagabalus erlebte, für chronologische Entscheidungen verwerthet. — Gegen seine sonst im vierten Buch durchstehende Gewohnheit hat Porphyrios es unterlassen, den genauen Titel von Bardesanes' Werk über Indien anzugeben; da es sich um einen fast gleichzeitigen Schriftsteller handelt, mochte die deutliche Bezeichnung des Inhalts ausreichend erscheinen für die Bedürfnisse desjenigen Lesers, der das damals gewiss verbreitete Buch selbst nachschlagen wollte. Der von Hahn *(Bardesanes Gnosticus p.* 25) aufgeführte Titel *'Υπομνήματα Indica* ist ohne jegliche Gewähr aufs Gerathewohl ersonnen; und der Irrthum Reinaud's, welcher Porphyrios' Excerpt aus Bardesanes' *traité sur le destin* herleitet, wird schon dadurch widerlegt, dass die Besprechung der brahminischen Sitten in jenem Dialog *Περὶ Εἱμαρμένης* noch jetzt zur Vergleichung vorliegt (bei Hilgenfeld S. 94) und keinerlei Aehnlichkeit mit Porphyrios' Mittheilungen aufweist. — Schwanbeck *(Megasthenis*

Indica p. 49), der die Angaheu des Bardesanes nach sachlicher Seite zu erläutern unternimmt, hätte seiner Auseinandersetzung nicht das Latein des Hieronymus *adv. Iovian.* 2, 14 zu Grunde legen sollen; denn Hieronymus ist auch in diesem wie in so vielen früher erwähnten Fällen (s. Anm. 2) nur ein kürzeuder Uebersetzer des Porphyrios.

20. Hermippos; Xenokrates; Drakon.

(Zu S. 31.)

Bei einem so grosseu und im Ganzen so verständig angelegten und geschickt ausgeführten Unternehmen, wie es Carl Müller's Fragmenten-Sammlung der griechischen Historiker ist, nimmt man auch gröbere Versehen ohne Murren hin. Aber schlimm hleibt es doch, dass dort 3, 36 unter den Fragmenten des Hermippos von dem ganzen, eine halhe Seite füllenden porphyrischeu Excerpt nichts zu finden ist als folgende sechs Worte: φασὶ δὲ καὶ Τριπτόλεμον Ἀθηναίοις νομοθετῆσαι, wozu aus dem veralteten Lozyuski'schen Schriftchen die Note ausgeschriehen wird: *ex legibus Triptolemi tres Eleusine exstitisse refert apud Porphyrium Xenocrates, medicus Aphrodisiensis, scilicet γονεῖς τιμᾶν κτλ.* In dem hermippischen Fragment hei Porphyrios *p.* 188, 19 ist deutlich zu lesen Ξενοκράτης ὁ φιλόσοφος und jener *medicus Aphrodisiensis,* von dem wir das Büchlein Περὶ Τῆς Ἀπὸ Ἐνύδρων Τροφῆς besitzeu, lehte mindestens zwei Jahrhunderte später als Hermippos. — Da Xenokrates' Auseinandersetzung alle drei Gebote des Triptolemos, nicht blos das auf die Schonung der Thiere hezügliche, hespricht, so darf man sie wohl nicht aus der von dem Alexandriner Clemens *(Strom.* 7, 32; *p.* 849 *P.)* erwähnten xenokratischen Schrift herleiten, deren ausschliessliches Thema die Fleischnahrung bildete (Ξενοκράτης ἰδίᾳ πραγματευόμενος περὶ τῆς ἀπὸ τῶν ζῴων τροφῆς), sondern eher aus der Schrift Περὶ Ὁσιότητος, welche hei Diogenes Laertius 4, 12 verzeichnet ist. — Die in halbmodernes Attisch umgeschriehene drakonische Satzung lautet *p.* 189, 10: θεσμὸς αἰώνιος τοῖς Ἀτθίδα νεμομένοις, κύριος τὸν ἅπαντα χρόνον, θεοὺς τιμᾶν καὶ ἥρωας ἐγχωρίους ἐν κοινῷ ἑπομένοις νόμοις πατρίοις, ἰδίᾳ κατὰ δύναμιν, σὺν εὐφημίᾳ καὶ ἀπαρχαῖς καρπῶν καὶ πελάνοις ἐπετείοις. Die Alterthümlichkeit der Formel κατὰ δύναμιν bezeugt der als Sokrates' Lieblingsspruch herühmte hesiodische Vers *(op.* 334, Xenophon *Memor.* 1, 3, 3; 4, 3, 16): κὰδ δύναμιν δ' ἔρδειν ἱέρ' ἀθανάτοισι θεοῖσι und Platon *Cratyl. p.* 425[c] τὸ λεγόμενον κατὰ δύναμιν δεήσει ἡμᾶς περὶ αὐτῶν πραγματεύεσθαι. Da auch das Asyndeton sich aus der älteren Fassung erhalten hahen kann, so braucht man es wohl nicht mit C. F. Hermann *(de Dracone legumlatore Attico p.* 5) durch Einfügung von δὲ nach ἰδίᾳ zu heseitigen, und die Aenderung des handschriftlichen ἑπομένοις zu ἑπομένους ist ebenfalls nur hequem, aber nicht nothwendig.

21. Ergänzung der porphyrischen Handschriften durch Hieronymus.

(Zu S. 32.)

Reiske beschliesst seine Noten mit folgender richtigen Bemerkung: *desunt in fine libelli non pauca, exempla scilicet virorum ex omni antiquitate Graeca et Romana illustrium, qui se carnibus abstinuere, una cum peroratione.* Aber weder er noch ein anderer Bearbeiter des Porphyrios hat den Hieronymus zur Ergänzung benutzt, und auch Lobeck, der *Aglaoph. p.* 246 die gleich mitzutheilenden Worte des Hieronymus unter den wenigen für die orphische Enthaltsamkeit aufzufindenden Zeugnissen anführt, ist auf ihren porphyrischen Ursprung nicht aufmerksam geworden. Damit die Abhängigkeit des Hieronymus von Porphyrios und die Berechtigung des Rückschlusses von dem bei Hieronymus Erhaltenen auf das verlorene Porphyrische deutlicher hervortrete, seien auch die unmittelbar vor der orphischen Notiz stehenden Sätze hier ausgehoben und die entsprechenden des Porphyrios ihnen gegenübergestellt:

Porphyrius

p. 183, 10 *μικροῦ με παρῆλθε καὶ τὸ Εὐριπίδειον παραθέσθαι, ὃς τοὺς ἐν Κρήτῃ τοῦ Διὸς προφήτας ἀπέχεσθαι φησὶ διὰ τούτων κτλ.*

p. 188, 18 *φασὶ δὲ καὶ Τριπτόλεμον Ἀθηναίοις νομοθετῆσαι καὶ τῶν νόμων αὐτοῦ τρεῖς ἔτι Ξενοκράτης ὁ φιλόσοφος λέγει διαμένειν Ἐλευσῖνι τούσδε· γονεῖς τιμᾶν, θεοὺς καρποῖς ἀγάλλειν, ζῷα μὴ σίνεσθαι.*

Hieronymus adv. Iovian. 2, 14

Euripides in Creta Iovis prophetas non solum carnibus sed et coctis cibis abstinuisse refert. Xenocrates philosophus de Triptolemi legibus apud Athenienses tria tantum praecepta in templo Eleusine residere scribit: honorandos parentes, venerandos deos, carnibus non vescendum. Orpheus in carmine suo esum carnium penitus detestatur. Pythagorae, Socratis, Antisthenis et reliquorum frugalitatem referrem in confusionem nostram, nisi et longum esset et proprii operis indigeret officio. Hic certe est Antisthenes, qui cum gloriose docuisset rhetoricam audissetque Socratem de paupertate disputantem dixisse fertur ad discipulos suos: 'abite et magistrum quaerite, ego enim iam reperi;' statimque venditis quae habebat et publice distributis, nihil sibi amplius quam palliolum reservavit; paupertatisque eius et laboris et Xenophon testis est in Symposio [4, 34—45] *et innumerabiles libri eius, quorum alios philosophico alios rhetorico genere conscripsit. Huius Diogenes ille famosissimus sectator fuit, potentior rege Alexandro et naturae victor humanae. Nam cum discipulorum* (wohl *discipulum) Antisthenes nullum reciperet et perseverantem Diogenem removere non posset, novissime clava minatus est nisi abiret. Cui ille subiecisse dicitur caput atque dixisse: nullus tam durus baculus erit, qui me a tuo possit obsequio separare.' Refert Satyrus, qui illustrium virorum scribit historias, quod Diogenes palliolo duplici usus sit propter frigus, peram pro cellario habuerit secumque portarit clavam ob corpusculi fragilitatem, qua iam senex membra sustentare solitus erat, et* ἡμερόβιος *vulgo appellatus sit, in praesentem horam poscens a quolibet et accipiens cibum. Habitavit autem in portarum vestibulis et porticibus civitatum, cumque se contorqueret in dolio volubilem se habere domum iocabatur et se cum temporibus immutantem. Frigore enim os dolii vertebat in meridiem, aestate ad septentrionem et utcunque sol se inclinaverat Diogenis simul praetorium* (Landhaus) *vertebatur. Quodam vero tempore habens ad potandum caucum ligneum vidit puerum manu concava bibere et elisisse illud fertur ad terram dicens: 'nesciebam quod et natura haberet* (wohl *haberem) poculum.' Virtutem eius et continentiam mors quoque indicat. Nam cum ad agonem Olympiacum, qui magna frequentia Graeciae celebrabatur, iam senex pergeret, febri in itinere dicitur apprehensus accubuisse in crepidine viae, volentibusque eum amicis aut in iumentum aut in vehiculum tollere non acquievit, sed transiens ad arboris umbram locutus est: 'abite quaeso et spectatum pergite; haec me nox aut victorem probabit aut victum: si febrem vicero, ad agonem veniam, si me vicerit febris, ad inferna descendam': ibique per noctem eliso gutture non tam mori se ait quam febrem morte excludere. — Unius tantum philosophi exemplum posui ut formosuli nostri et trossuli et vix summis pedibus adumbrantes vestigia, quorum verba in pugnis sunt et syllogismi in calcibus, qui paupertatem Apostolorum et crucis duritiam aut nesciunt aut contemnunt, imitentur saltem gentilium parcitatem.*

Den *cocti cibi*, von denen nach Hieronymus Z. 2 die kretischen Zeuspropheten sich enthielten, entspricht zwar nichts in dem nebenstehenden Satze des Porphyrios; aber ihr Ursprung lässt sich doch nicht aus einer anderen Quelle herleiten als aus dem gleich darauf von Porphyrios mitgetheilten euripideischen Chorgesang der kretischen Eingeweihten (fr. 475 Nauck). Dort lautet der 12. Vers nach den Handschriften: τάς τ' ὠμοφάγους δαῖτας τελέσας. Welche Besserung für das verderbte τελέσας auch beliebt werden mag, so viel scheint sicher, dass Hieronymus ὠμοφάγος als Gegensatz zu gekochter vegetabilischer Speise verstanden hat, während Euripides das für die Raubthiere seit der Ilias (11, 479) gebräuchliche Beiwort als verabscheuende Bezeichnung der animalischen Kost anwendet. Unbefriedigende Versuche zur Aenderung oder Erklärung von τελέσας hat Matthiae (*Euripidis Tragoed.* 9, 138) zusammengestellt. — Dass aus der zweiten triptolemischen Satzung bei Hieronymus Z. 7 *venerandos deos* geworden, also die Hauptsache, nämlich καρποῖς, ausgelassen ist, mag Schuld der Abschreiber sein; die nachlässige Uebersetzung von αἰνεσθαι durch *vesci* fällt sicherlich dem dictirenden Hieronymus selbst zur Last. — In dem Sätzchen über Orpheus ist der Singular *in carmine suo* Z. 9 bemerkenswerth; er erinnert an die vielbesprochenen Worte Cicero's *de nat. deorum* 1, 38, 107 *hoc Orphicum carmen;* Porphyrios hatte wahrscheinlich das zusammenfassende Wort *ποίησις* gebraucht, welches für die orphische Sammlung üblich ist, s. die Stelle aus Damascius bei Suidas *s. v. Σαραπίων*. Zu der Annahme, dass die von Hieronymus übersetzten Worte bei Porphyrios nur die Einleitung zu einer längeren Reihe orphischer Verse bildeten, welche Hieronymus überging, berechtigt sein ähnliches Verfahren mit dem eben besprochenen Chorgesang aus Euripides' Kretern. — Die Anekdote über Antisthenes' erstes Zusammentreffen mit Sokrates, welche hier Z. 12—16 so lebendig erzählt wird, steht in verblasster Gestalt bei Diogenes Laertius 6, 2: *ὕστερον δὲ παρέβαλε* (Antisthenes) *Σωκράτει καὶ τοσοῦτον ὤνατο αὐτοῦ, ὥστε παρῄνει τοῖς μαθηταῖς γενέσθαι αὐτῷ πρὸς Σωκράτην συμμαθητάς.* Hinsichtlich der ersten Begegnung zwischen dem Kyniker und Antisthenes verdient dagegen vor der hiesigen Fassung Z. 20—23 die des Diogenes Laertius 6, 21 den Vorzug: *γενόμενος δὲ Ἀθήνησιν Ἀντισθένει παρέβαλε* (Diogenes). *τοῦ δὲ διωθουμένου διὰ τὸ μηδένα προσίεσθαι, ἐξεβιάζετο τῇ προσεδρίᾳ. καί ποτε τὴν βακτηρίαν ἐπανατειναμένου αὐτῷ, τὴν κεφαλὴν ὑποσχὼν 'παῖε, εἶπεν, οὐ γὰρ εὑρήσεις οὕτω σκληρὸν ξύλον, ᾧ με ἀπείρξεις, ἕως ἄν τι φαίνῃ λέγων.'* Bei Hieronymus ist durch Auslassung der Worte *ἕως ἄν τι φαίνῃ λέγων*, welche nicht, wie noch in der Didot'schen Ausgabe geschieht, durch *quam diu aliquid dixeris*, sondern durch *quam diu aliquid, quod operae pretium sit, dicere videberis* zu übersetzen sind, die eigentliche Spitze der Anekdote abgebrochen. — Z. 12 habe ich *officio* der älteren Ausgaben und Z. 14 *de paupertate disputantem* nach Handschriften des Victorius aus den Vallarsischen Noten in den Text gesetzt. — Satyros' Werk wird sonst nur mit dem kurzen Titel *Βίοι* citirt (s. Carl Müller *fr. hist.* 3, 160); aus Z. 24 *qui illustrium virorum scribit historias* darf man wohl schliessen, dass die vollständige Aufschrift *Βίοι Ἐνδόξων Ἀνδρῶν* lautete. Ueber Satyros' Glaubwürdigkeit handelt Luzac in den *lectiones Atticae p.* 176 mit weitläufiger Sorgfalt und mit der Einseitigkeit des Urtheils, welche bei der Lectüre dieses verdienstlichen Werkes so oft daran erinnert, dass Luzac, gewiss nächst Pierson der bedeutendste Schüler Valckenaer's, die Kraft seines Mannesalters nicht ungetheilt den philologischen Studien widmen konnte. — Den nicht auf den ersten Blick kenntlichen Kynismus des *palliolum duplex propter frigus* Z. 24 hat Salmasius zu Tertullianus *de pallio p.* 396 hinlänglich erläutert; der Kyniker hatte den zur anständigen Kleidung neben dem *ἱμάτιον* unentbehrlichen *χιτών* als überflüssig beseitigt; im Sommer ging er mit nackter Brust, und im Winter, wenn ihn die Kälte plagte, faltete er, um das Unterkleid zu ersetzen, das Oberkleid doppelt. Diese und die weiteren kynischen Eigenthümlichkeiten des Costüms und der Lebensweise erwähnt Diogenes Laertius 6, 22, ohne wesentliche Abweichungen von Satyros, aus anderen Autoren. Für deu Beinamen *ἡμερόβιος* ist jedoch Satyros der einzige Gewährsmann. Nach der Auslegung Z. 27 *praesentem in horam poscens a quolibet et accipiens cibum* würde *ἡμερόβιος* ausdrücken, was der Kyniker mit einem noch nicht verificirten tragischen Citat selbst von sich sagte: *Ἄπολις, ἄοικος, πατρίδος ἐστερημένος, Πτωχός, πλανήτης, βίον ἔχων τοὐφ' ἡμέραν* (Diogenes Laertius 6, 38 = Nauck *fragm. adesp.* 107); wobei aber keine hinlänglich neckische Beziehung hervortreten will, wie sie doch solchen vom Volke ausgehenden Benennungen (*vulgo appellatus* Z. 27) eigen zu sein pflegt. Man muss daher wohl zur Ergänzung der von Satyros gegebenen Erklärung an die von Aristoteles *hist. anim.* 5, 19, *p.* 552[b] 23 beschriebene Eintagsfliege (*ἐφήμερον*) sich erinnern, welche nach Theophrastos (*Metaphys.* 29, *p.* 160 Wimmer) und Plinius (*h. n.* 11, 120) *ἡμερόβιον* hiess; es springt dann von selbst in die Augen, dass der Kyniker, weil er so wenig für die Zukunft sorgte, als wenn er nie den anderen Morgeu zu erleben hoffte, mit dem Namen jenes Thierchens geneckt wurde. — Die Anekdote von dem Wegwerfen des Wasserbechers Z. 33—35 findet sich viel matter bei Diogenes Laertius 6, 37: *θεασάμενός ποτε παιδίον ταῖς χερσὶ πῖνον ἐξέρριψε τῆς πήρας τὴν κοτύλην εἰπών· 'παιδίον με νενίκηκεν εὐτελείᾳ.'* Statt dieses salzlosen Ausrufes lässt Satyros, wenn man das verbesserte Latein Z. 34 *nesciebam quod et natura haberem poculum* in das Griechische zurückübersetzt, den Kyniker sagen: *λέληθα κοτύλην φύσει ἔχων*, wobei die Pointe darin liegt, dass auf Griechisch uicht blos der Becher, sondern jedwede Höhlung und insbesondere auch die hohle Hand *κοτύλη* genannt werden kann; s. Apollodoros bei Athenäos 11, 479[a]: *πᾶν τὸ κοῖλον κοτύλην ἐκάλουν οἱ παλαιοί, ὡς καὶ τὸ τῶν χειρῶν κοῖλον.* — In ähnlicher Weise tritt erst durch Rückübersetzung aus Hieronymus' vergröberndem Latein Z. 41 *si febrem vicero, ad agonem veniam, si me vicerit febris, ad inferna descendam* die Abrundung der letzten Worte des Kynikers hervor; sie lauteten wohl: *εἰ μὲν ἐγὼ τὸν πυρετὸν νικήσω, εἰς Ὀλύμπια ἄνειμι* (so werde ich zu den Spielen hinaufkommen), *εἰ δὲ ὁ πυρετὸς νικήσει ἐμέ, εἰς Ἅιδου κάτειμι.* Denn die Reise von Korinth, dem letzten Aufenthaltsort des Kynikers, nach Olympia wird, wie jede Reise landeinwärts, regelmässig durch *ἀνιέναι* bezeichnet. So sagt Neanthes von Platon (bei Diogenes Laertius 3, 25): *τούτου εἰς Ὀλύμπια ἀνιόντος κτλ.* — Der Kampf des Kynikers mit dem Fieber, das ihn auf dem Wege nach Olympia befiel, gab auch noch zu einer anderen Anekdote Anlass, welche in Arrian's *Epictet.* 3, 22 zu finden ist. Diogenes Laertius erwähnt sie so wenig wie die von Satyros erzählte. — Da Hieronymus zweimal die Beschränkung betont, welche er sich bei den Beispielen philosophischer Enthaltsamkeit auferlegt habe (Z. 11 und 43), so waren sie ihm von Porphyrios wohl in reicher Anzahl dargeboten;

und Reiske's Ausspruch, dass am Schluss unserer porphyrischen Handschriften *haud pauca* fehlen, bewährt sich also auch von dieser Seite.

22. Meinungswechsel des Porphyrios; Clemens.

(Zu S. 33.)

Für Porphyrios' vormalige Billigung der Thieropfer und Ausdeutung ihrer Ceremonien sind in den grossen Bruchstücken aus seiner Orakelphilosophie, welche Wolff's oben Anm. 5 angeführte Schrift *p.* 113 behandelt, die deutlichsten Belege enthalten. In dem Brief an den Auebo hingegen hatte er die Thieropfer mit denselben theophrastischen Argumenten angegriffen, auf welche er in unserem Werk über die Enthaltsamkeit ihre Verwerfung gründet; es ergieht sich dies, obwohl von jenem Theil des Briefes der Wortlaut uns nicht vorliegt, doch auf das Bestimmteste aus Jamblichos' Entgegnung (*de mysteriis* 5, 5; *p.* 206, 4—9 Parthey), welche zugleich die Kluft zwischen Porphyrios' späterer und der gewöhnlichen neuplatonischen Opfertheorie nach ihrer ganzen Weite ermessen lässt. Hauptsächlich auf seinen Meinungswechsel in dieser weit verzweigten Frage stützten sich wohl die Verdächtigungen, welche Eunapios gegen das Ende seiner Biographie des Porphyrios ehen so bündig wie naiv zurückweist: *πολλὰς γοῦν τοῖς ἤδη πεπραγματευμένοις βιβλίοις θεωρίας ἐναντίας κατέλιπε, περὶ ὧν οὐκ ἔστιν ἕτερόν τι δοξάζειν ἢ ὅτι προϊὼν* (bei fortschreitender Entwickelung) *ἕτερα ἐδόξασεν.* Wie sehr wiederum die Kirchenschriftsteller durch die biblischen Anklänge in derjenigen Opferlehre des Porphyrios, welche unsere Schrift über Enthaltsamkeit darlegt, frappirt wurden, zeigt Theodoretos' Vorwurf, dass die prophetischen Kraftstellen gegen den blos äusserlichen Opferdienst, die dem Porphyrios bei seinen zum Behuf des Werkes *Κατὰ Χριστιανῶν* angestellten Bibelstudien bekannt geworden, auf 'diebische' Weise von ihm benutzt seien. Man wird den hitzigen Bischof von Kyrrhos gern selbst hören (*Graecor. aff. cur.* 7, *p.* 108, 9 *Sylb.*): *τούτοις* [*τοῖς προφήταις*] *ἀκριβῶς ἐντυχὼν ὁ Πορφύριος· μάλα γὰρ αὐτοῖς ἐνδιέτριψε, τὴν καθ' ἡμῶν* [die bei den Kirchenschriftstellern gewöhnliche Bezeichnung des Werkes, *Κατὰ Χριστιανῶν*] *τορεύων γραφήν· ἀλλότριον εὐσεβείας καὶ αὐτὸς ἀποφαίνει τὸ θύειν, παραπλήσιόν τι τοῖς πιθήκοις καὶ δρῶν καὶ πάσχων· καθάπερ γὰρ ἐκεῖνοι μιμοῦνται μὲν τὰ τῶν ἀνθρώπων ἐπιτηδεύματα, εἰς δέ γε τὴν τῶν ἀνθρώπων οὐ μεταβάλλονται φύσιν, ἀλλὰ μένουσι πίθηκοι, οὕτως οὗτος, τὰ θεῖα λόγια κεκλοφὼς καὶ ἐνίων τὴν διάνοιαν τοῖς ξυγγράμμασιν ἐντεθεικὼς τοῖς οἰκείοις, μεταμαθεῖν οὐκ ἠθέλησε τὴν ἀλήθειαν, ἀλλὰ μεμένηκε πίθηκος, μᾶλλον δὲ κολοιὸς ἀλλοτρίοις πτίλοις καλλυνόμενος.* Wunderlich genug wird dann die Beschuldigung eines an der Bibel begangenen Plagiats gerade durch solche Stellen unserer Schrift über Enthaltsamkeit belegt, welche Porphyrios dem doch gewiss mit der Bibel nicht bekannten Theophrastos entnommen hat. — Dass übrigens schon ein Jahrhundert bevor Porphyrios sie ausbeutete, Theophrastos' Schrift *Περὶ Εὐσεβείας*, wegen ihrer an die biblischen Propheten erinnernden Behandlung der Opferfrage, in christlichen Kreisen Beachtung gefunden hatte, lässt sich daraus ersehen, dass der Alexandriner Clemens stillschweigend einen ihrer Hauptsätze seinen eigenen Ausführungen einverleibt, *Strom.* 7, 6, *p.* 850 *P.*: *δεῖ τοίνυν θυσίας προσφέρειν τῷ θεῷ μὴ πολυτελεῖς ἀλλὰ θεοφιλεῖς*, was, bis auf das monotheistische *θεῷ* und die Vertauschung von *προσάγειν* mit dem synonymen *προσφέρειν*, wörtlich stimmt zu dem oben S. 67, Z. 250 vorliegenden theophrastischen Satz: *δεῖ τοίνυν καθηραμένους τὸ ἦθος ἰέναι θύσοντας, τοῖς θεοῖς θεοφιλεῖς τὰς θυσίας προσάγοντας ἀλλὰ μὴ πολυτελεῖς*. Hiernach wird es auch für wahrscheinlich gelten können, dass Clemens die oben S. 77 besprochene epidaurische Tempelinschrift aus Theophrastos' Buch kennen gelernt hat.

23. Porphyrios' Epilog; Buttmann; Schneider.

(Zu S. 35.)

Vielleicht ist es zweckmässig zur Rechtfertigung meiner Auffassung von *χωρὶς τῶν ἐμβεβλημένων μύθων* noch zu bemerken, dass wenn man diese Worte übersetzen wollte: 'abgesehen von den Mythen, die ich, Porphyrios, eingeschoben habe,' man mit den folgenden Worten *ὀλίγων τε τῶν ὑφ' ἡμῶν προσκειμένων* ins Gedränge käme, da ja alsdann auch die Mythen 'Zusätze' des Porphyrios wären. Ueberdies möchte es schwer werden, in dem ganzen Stück, sowohl in seinem theophrastischen wie in seinem porphyrischen Bestandtheil, einen 'Mythos' im griechischen Sinne des Wortes ausfindig zu machen. Denn sowohl die Orakelerzählungen (oben S. 65, Z. 176) wie die Sage über die Einsetzung des Dipolienopfers (oben S. 88, Z. 423) waren für den griechischen Leser und gewiss auch für Porphyrios selbst nicht Mythos, sondern Geschichte. — Wenn Buttmann (Lexilogus 1, 197) behauptet, dass 'keiner der einzelnen Sätze, wobei 'Theophrastos nicht unmittelbar genannt wird, ihm auch nur mit einiger 'Sicherheit zugeschrieben werden könnte,' so ist der Grund für diese, seinen dortigen Zwecken bequeme Zweifelsucht nur darin zu finden, dass auch er, wie die meisten Neueren, das porphyrische Werk nicht im Zusammenhange durchgearbeitet, sondern blos gelegentlich aufgeschlagen hatte. Daher ward ihm dessen compilatorischer Gesammtcharakter nicht deutlich; den porphyrischen Epilog zu den theophrastischen Excerpten übersah er; die Zeugnisse des Simplicius und des aristophanischen Scholiasten blieben ihm unbekannt; und endlich bemerkte er nicht, dass Porphyrios' recapitulirende Worte (oben S. 79, Z. 266—268) ausdrücklich den ganzen Inhalt des Abschnitts über Gräser- und Getreideopfer (oben

S. 39, Z. 8—48) für theophrastisch erklären. — Aehnlich wie Buttmann ist es Bunsen (Aegypten 1, 26) ergangen. — Besser als diese Gelehrten wusste Eusebios, dem sein Gewissen sagte, dass bei einem Compilator die weiteste Auslegung eines Citats immer die richtigste ist, die Erwähnung des Theophrastos am Anfang des fünften Capitels zu würdigen; er schreibt *praep. evang.* 1, 9, *p.* 28[c] fast das ganze fünfte Capitel (oben S. 39, Z. 1—23) und noch einige Sätze aus dem siebenten (oben S. 42, Z. 52 *πόῤῥω* bis Z. 56 *αἱμαξάντων*) als theophrastisch hin und beschliesst diese Auszüge mit den Worten: 'So viel Porphyrios oder vielmehr Theophrastos (*τοσαῦτα καὶ ὁ Πορφύριος οὐ μᾶλλον ἢ ὁ Θεόφραστος*).' — Als J. G. Schneider (*Theophr. op.* 5, 193) die Fragmente des Theophrastos zu sammeln unternahm, fand er es so schwierig *verba philosophi Eresii a narratione Porphyrii discernere*, dass er sich auf die kürzeste Weise aus der Verlegenheit zog; er nahm nämlich aus Porphyrios' Buch gar nichts in seine Sammlung auf. — Auch in der Wimmerschen Sammlung (*Theoph. op.* 3, 205 f.) findet sich nur ein kleines oben S. 39, Z. 1—5 vorliegendes Stück und der erste Satz des Abschnitts über die Opfer der Juden (oben S. 85, Z. 361 – 364); zudem wird für beide nicht Porphyrios, sondern der den Porphyrios ausschreibende Eusebios als Quelle angegeben.

24. *Κύρβεις.*

(Zu S. 37.)

Die im Text dargelegte Auffassung der theophrastischen Worte über die Kyrbeis ergiebt sich so deutlich aus dem Zusammenhang und den einfachen Gesetzen der grammatischen Construction, dass die neueren Gelehrten, welche auf Grund dieser Stelle '*ἀντίγραφα Κορυβαντικῶν ἱερῶν*' als eine 'in die vorgeschichtliche Zeit gehörende kretische Urkunde' anführen (s. C. F. Hermann Gottesd. Alterth. 1, 11), unmöglich den Porphyrios aufgeschlagen haben können. — Von der Enthaltsamkeit der kretischen Eingeweihten redet der Chorgesang aus Euripides' Kretern (s. oben Anm. 21) klar genug. — Bei der Vergleichung des altattischen Rituals mit kretischen Weihen kam für Theophrastos gewiss die Vermittelung des Kreters Epimenides in Betracht, der ja im Verein mit Solon den Ritus festsetzte; nach Plutarch (*Vit. Solon. c.* 12) erhielt Epimenides den Beinamen 'der neue Kurete (*νέος Κούρης*)', und wie nahe sich die Kureten mit den Korybanten berühren, lehrt jedes mythologische Handbuch. — Von älteren attischen unblutigen Opfern, die auf den *κύρβεις* verzeichnet sein mussten, lässt sich das Diasienopfer nach Thukydides' (1, 126) Zeugniss nennen, ferner die Opfer auf dem Altar des Zeus Hypsistos (Pausanias 1, 26, 6), deren Einsetzung auf Kekrops, also in die Urzeit Athens, zurückgeführt wurde (Pausan. 8, 2, 3). Andere merkwürdige Belege für die vergleichsweise Einfachheit des in den Kyrbeis fixirten Rituals liefert Lysias' Rede gegen Nikomachos (30, 17). — Aufmerksame Leser von Theophrastos' Worten werden bald erkennen, dass ihre Fassung durchaus nicht berechtigt, die Etymologie *Κύρβεις ἀπὸ τῶν Κορυβάντων*, welche Photios' Quelle und der aristophanische Scholiast aus ihnen herausdeuteln, dem Theophrastos selbst aufzubürden, ein Irrthum, in welchem noch Preller (*Polemonis fragm. p.* 91) sich befindet, wie er auch im Uebrigen die Meinung des Theophrastos verfehlt hat. — Zu den Worteu, welche bei Photios der Erwähnung des Theophrastos vorangehen: *εἴρηται δὲ [κύρβεις] ἀπὸ τοῦ κεκορυφῶσθαι εἰς ὕψος ἢ κατεσκειρῶσθαι, ὡς Ἀπολλόδωρος* macht der neueste Herausgeber Naber die hilflose Bemerkung: *mirum est κατεσκειρῶσθαι.* Die 'Verwunderung' muss aufhören, sobald man sich erinnert, dass *σκεῖρος* oder mit wechselnder Schreibung *σκῖρος, σκίρρος* 'Gyps' bedeutet; *κατεσκειρωμένον* heisst demnach so viel wie *λελευκωμένον* oder *λεύκωμα*, die gewöhnliche griechische Benennung für das römische *album*, die geweisste Holztafel, welche auch in den Auseinandersetzungen der Alten über die Kyrbeis (s. Preller a. a. O.) mehrfach zur Sprache kommt. Sicherlich hat nun Apollodoros *κύρβεις* nicht von *σκεῖρος* etymologisch herleiten wollen, sondern er hatte nur in seiner Beschreibung der Kyrbeis das Wort *κατεσκειρῶσθαι* gebraucht, und das etymologische Missverständniss haben, wie in dem Fall des Theophrastos, die flüchtigen Lexikographen verschuldet, denen Photios folgt.

25. Zur Texteskritik des ersten Excerpts aus Theophrastos.

(Zu S. 38.)

Drei meiner Abweichungen von Nauck's Text, Z. 15, 18, 22, sind daher entstanden, dass Nauck der Abschrift des Eusebios (*praep. ev.* 1, 9 s. oben Anm. 23) auch da folgt, wo mir der Zusammenhang, wie ihn die Uebersetzung wohl deutlich genug hervortreten lässt, für die Lesungen unserer porphyrischen Handschriften zu sprechen schien; Z. 18 hat den Eusebios wahrscheinlich nur die Verderbung von *εἰς* zu *ὡς*, welche in seine wie in unsere porphyrischen Handschriften eingedrungen war, zu der Aenderung des ursprünglichen, aus *ἐκβαίνοντα* unserer porphyrischen Handschriften zu entnehmenden *ἐκβαίνοντες* in *σημαίνοντα* veranlasst, eine Aenderung, die bei der fast identischen Form der Buchstaben *β* und *μ* ja weniger gewaltsam ist, als sie auf den ersten Blick scheinen mag. — So wenig wie diese Varianten des Eusebios fördern die von Nauck nicht erwähnten Citate bei Johannes Lydus *de mens. p.* 48, 16 und 114, 25 *Bek.;* beide beziehen sich, was die Herausgeber des Lydus nicht gemerkt haben, auf die theophrastischen Worte Z. 13—16, die jedoch in der zweiten, dem *fragmentum Caseolinum* angehörenden Stelle, auf folgende willkürliche Weise gekürzt und geändert sind: ταύτῃ τοὺς φαινομένους οὐρανίου[ς θεοὺς τῇ θυ]σίᾳ δεξιούμενοι καὶ πῦρ ἄσβεστον αὐτ[οῖς ἀνα]φέροντες ὡς ὂν αὐτο[ῖς ὁ]μοιότατον. Statt des ungenügenden Hase'schen Supplements ἀναφέροντες verlohnt es kaum die Mühe, Anderes zu ersinnen, da schon aus der Vertauschung von ἀθάνατον mit ἄσβεστον die kritische Unbrauchbarkeit der gesammten Anführung erhellt. — Nicht so kurz lässt sich die Schreibung von Z. 6—8 erledigen. Unsere porphyrischen Handschriften geben: παρειλήφθη καὶ ταῦτα πλάνης κλιμακτὴρ (d. i. *ΚΑΙ-ΜΑΙCΤΗΡ = ΚΑΙΜΑCΤΗΡ*) ὅτε ἄνθρωπος. Bei Eusebios hat die eine Handschriftenfamilie: παρειλήφθη ταῦτα καὶ πλάνης μαστὴρ ὁ ἄνθρωπος; die andere schiebt vor μαστήρ das offenbare Glossem ἐρευνητής ein, welches auch bei Hesychios zur Erklärung des seltenen, von Toup (*opusc.* 1, *p.* 584 der Leipz. Ausg.) hinlänglich erläuterten μαστήρ dient. Obwohl ich mich nun vorläufig der von Toup vorgeschlagenen und auch von Nauck angenommenen Schreibung παρειλήφθη ταῦτα· καὶ πλάνης καὶ μαστὴρ glaubte anschliessen zu müssen, so würde ich mich doch nicht wundern, wenn einmal bessere Handschriften, sei es des Porphyrios oder des Eusebios, auch das bei Letzterem verbindungslos dastehende πλάνης so gut wie ἐρευνητής als Glossem erweisen und diesem ersten Satztheil folgende Gestalt geben sollten: παρειλήφθη ταῦτα· καὶ μαστὴρ ὁ τότε ἄνθρωπος. Dass ich ὅτε unserer porphyrischen Handschriften nicht gänzlich fallen gelassen, sondern aus ihm die in diesem Zusammenhang recht erwünschte Zeitbestimmung τότε entnommen habe, bedarf wohl keiner besonderen Rechtfertigung. Der zweite Satztheil widerspricht nach der gewöhnlichen, von Nauck beibehaltenen Schreibung μαστὴρ ὁ ἄνθρωπος γιγνόμενος τῆς ἀναγκαίας ζωῆς μετὰ πολλῶν πόνων καὶ δακρύων σταγόνας τούτων ἀπήρξατο τοῖς θεοῖς dem ganzen Gang der theophrastischen Darstellung. Denn, wie diese Worte lauten, hätte 'der Mensch, als er unter vielen Mühen und Thränen 'sich seine nothdürftige Nahrung suchte, die Tropfen der vorhin genannten 'wohlriechenden Harze den Göttern dargebracht,' während doch die Natur der Sache und die spätere ausdrückliche Erklärung des Theophrastos (Z. 45) das Darbringen des Räucherwerks in die Zeit der bereits entwickelten Civilisation verlegen. Reiske hat auch hier den Anstoss empfunden; aber in seiner Hast hat er ihn nur gewaltsam zur Seite geschoben und nicht beseitigt. Er merkt zu γιγνόμενος an: *aut* περιγιγνόμενος (was schon Valentinus vorschlug) *aut* ἐγκρατὴς γιγνόμενος, wobei dann τῆς ἀναγκαίας ζωῆς doppelt, auf μαστήρ und auf ἐγκρατής, bezogen werden müsste. Ich bin von der Annahme ausgegangen, dass die Verwirrung aus einem Missverständniss von δακρύων entstanden sei. Man fasste dieses Wort in dem gewöhnlichen Sinn von 'Thränen,' verband demnach μετὰ πολλῶν πόνων καὶ δακρύων und liess die ersten Menschen nicht blos im Schweiss ihres Angesichts, sondern mit Thränen im Auge sich ihre Nahrung suchen. Theophrastos ist an dieser Uebertreibung unschuldig; er gebrauchte hier δάκρυον in dem technisch botanischen Sinn, in welchem es jede aus Pflanzen hervorquillende Feuchtigkeit und speciell die würzigen Harze, wie die eben genannten Myrrhe, Kasia, Weihrauch bezeichnet. In dieser technischen Bedeutung findet sich das Wort auch bei Aristoteles *Meteor.* 4, 10, 388[b] 19: καὶ γὰρ τὸ ἤλεκτρον καὶ ὅσα λέγεται (wohl συλλέγεται) ὡς δάκρυα ψύξει ἐστίν, οἷον σμύρνα λιβανωτὸς κόμμι, *p.* 389[a] 13 ἔτι ἤλεκτρον, σμύρνα, λίβανος καὶ πάντα τὰ δάκρυα λεγόμενα κτλ. Zum Beleg des theophrastischen Gebrauchs genügt *hist. plant.* 9, 8, 3: οἷς μὲν οὖν εἰς τὰ ἀρώματα χρῶνται σχεδὸν τάδε ἐστίν· κασία, κιννάμωμον κτλ. τούτων δὲ τὰ μὲν ῥίζαι, τὰ δὲ δάκρυα, τὰ δὲ ἄνθη; *de odor.* 2, 6 *p.* 75 Wim. ἐπεὶ δὲ τῶν ὀσμῶν αἱ μὲν ἐν φυτοῖς καὶ τοῖς τούτων μορίοις, οἷον κλωσὶ φύλλοις φλοιοῖς καρποῖς δακρύοις κτλ.; 6, 27 *p.* 81 ἅπαντα δὲ συντίθενται τὰ μύρα τὰ μὲν ἀπ' ἀνθῶν.... τὰ δ' ἀπὸ δακρύων. Zu Varro's Worten *r. rust.* 2, 11 *alii pro coagulo addunt de fici ramo lac.. quod Graeci appellant alii* ὀπὸν *alii* δάκρυον hat Victorius eine kleine Sammlung anderer griechischer Stellen angelegt. Die bei den lateinischen Dichtern häufige Nachbildung dieses Gebrauchs von δάκρυον findet sich auch bei Ovidius *fast.* 1, 339 *lacrimatae cortice myrrhae* in einer Schilderung der verschiedenen Opferarten, deren Eingang (339—346) lebhaft an unsere theophrastische Darstellung erinnert und vielleicht aus ihr, durch Vermittelung von Varro's *Antiquitates* (s. Merkel *p. CLXIV*), geflossen ist. Von dem so festgestellten Punkte aus habe ich mit möglichst gelinden Aenderungen die verwirrte Ueberlieferung der theophrastischen Worte zu einem Fragesatz umzugestalten versucht, durch welchen den Forderungen des Gedankenzusammenhangs so genügt wird, wie es die Uebersetzung darthut. — Z. 38 durfte die Ueberlieferung θυηλῶν nicht, nach Reiske's ohne Motivirung hingeworfener Conjectur, mit Nauck zu θυσιῶν geändert werden. Denn Theophrastos konnte hier θυηλαί in dem weiteren Sinn gebrauchen, in welchem es Alles umfasst, was ausser dem Schlachtthiere dargebracht wird, also neben den Getreidekörnern noch den Weihrauch und die Opferfladen; und den Schluss dieser 'Beiopfer' bildeten die ψαισθέντα θυλήματα. — Z. 44—48 hat sich Nauck begnügt in der verderbten handschriftlichen Gestalt zu belassen und als *locus graviter laborans* zu bezeichnen. Eine durchgreifende Aenderung der Interpunction, die unter allen Umständen nöthige Berichtigung von καρπῶν zu κριθῶν und die Voraussetzung, dass θείας Z. 46 aus falscher Wiederholung von θείαν Z. 45 entstanden und an die Stelle eines Wortes wie εἶτα getreten sei, haben dem Satze in allem Wesentlichen, dünkt mich, aufgeholfen; Z. 46 bleibt ἱερὰς vor σταγόνας οἴνου freilich ohne deutliche Beziehung; dennoch wagte ich nicht zu ändern, weil wahrscheinlich in dem theophrastischen Original unmittelbar vorher eine von Porphyrios ausgelassene nähere Beschreibung der ὀσμαί zu lesen war, in welcher σταγόνες wie Z. 8 zur Bezeichnung der aromatischen Flüssigkeiten vorkam, denen dann Wein und Honig als ἕτεραι σταγόνες gegenübertraten. Für die Zurückführung solcher Unebenheiten auf excerptorische Anlässe ist oben S. 25 ein Beispiel gegeben. — In der Liste der bei der Thargelienprocession einhergetragenen Gegenstände Z. 50 das erste Wort und die Wörterreihe nach ἄγρωστις mit Zuversicht zu bessern gestatten unsere Mittel schwerlich. Eine Menge gleich sehr möglicher und gleich wenig überzeugender Vorschläge hat schon Rhoer gesammelt. C. F. Hermann (Gottesd. Alt. 60, 7) hat sich daraus die Zertheilung von ειλυσποα in εἰλύς (= ἰλύς), πόα angeeignet, ohne jedoch einen sonstigen Beleg für das Einhertragen von 'Schlamm' beizubringen. Mir schien aus dem gesammten Rhoer'schen Material nichts für den Text verwendbar, ausser Valentinus' Streichung von παλάθη als Glossem zu ἡγητηρία; denn in der That heisst es bei Hesychios und anderen Glossatoren ἡγητορία· παλάθη σύκων. — Dass der χύτρος Sämereien enthielt, sagt Hesychios *s. v.* Θαργήλια: θάργηλος χύτρα ἐστὶν ἀνάπλεως σπερμάτων. — Das Wort ὀρθοστάτης glaubte Valckenaer zu *Adoniaz.* 117 allein bei Pollux erhalten; in Lobeck's Kuchensammlung (*Aglaoph.* 1063) wird es zwar aus Euripides' Helena 555 belegt, die hiesige Erwähnung aber nicht angemerkt. — Anlässe und Vortheile der leichten Aenderungen Z. 12, 44 erhellen wohl hinlänglich aus der Uebersetzung. — Z. 14 fehlt διά auch in Eusebios' Abschrift.

26. Aristoteles; Censorinus.

(Zu S. 43.)

Nach der gewöhnlichen Schreibung der aristotelischen Worte über das Alter der ägyptischen Verfassung νόμων δὲ τετυχήκασι καὶ τάξεως πολιτικῆς wäre der wesentlichste Umstand, nämlich das immerwährende, auf keine bestimmte Epoche zurückzuführende Vorhandensein von Gesetz und Ordnung in Aegypten, ausgelassen. Die Einfügung von ἀεί bietet sich auch von diplomatischer Seite ungezwungen dar, da AEI nach der Perfectendung τετυχηκACI so leicht ausfallen konnte. - In dem Compendium peripatetischer Ethik bei Stobäus *Ecl. Eth.* 6, *p.* 332 Heer., dessen Verfasser nach Meineke's wahrscheinlicher Vermuthung *(p. CLV)* Arios Didymos ist, heisst es an der dem fraglichen Capitel der Politik entsprechenden Stelle: ταύτην δ' ἀρχαίαν εἶναι πάνυ τὴν διάταξιν (die Gliederung der Stände), Αἰγυπτίων πρώτων καταστησαμένων, πολιτικῶν δὲ καὶ τῶν ἄλλων οὐχ ἧττον. Meineke *p. CXCV* will hier δὲ καὶ streichen *ut Aegyptii in rebus publicis ordinandis nullo populo inferiores fuisse dicantur.* Aber es soll wohl *καταστησαμένων* nach *οὐχ ἧττον* wiederholt werden: 'die Aegypter haben zuerst diese Einrichtung getroffen, nicht minder aber auch die anderen Staatskundigen' und der Compendiumschreiber hat auf solche, freilich sehr ungenügende Weise den aristotelischen Satz, dass dieselben Erfindungen oftmals gemacht seien, ausdrücken wollen. — Die dem Aristoteles im Text beigelegte Lehre von einer periodischen Wiederkehr geologischer Umwälzungen ergiebt sich deutlich aus *Meteor.* 1, 14, *p.* 352ª 28: *πάντων τούτων αἴτιον ὑποληπτέον ὅτι γίγνεται διὰ χρόνων εἱμαρμένων, οἷον ἐν ταῖς κατ' ἐνιαυτὸν ὥραις χειμών, οὕτω περιόδου τινὸς μεγάλης μέγας χειμὼν καὶ ὑπερβολὴ ὄμβρων· αὕτη δ' οὐκ ἀεὶ κατὰ τοὺς αὐτοὺς τόπους κτλ.* Von zweifelhafterer Natur ist dagegen der Bericht bei Censorinus *de die nat.* 18, 11: *est praeterea annus, quem Aristoteles maximum potius quam magnum appellat, quem solis et lunae vagarumque quinque stellarum orbes conficiunt cum ad idem signum, ubi quondam simul fuerunt, una referuntur; cuius anni hiems summa est cataclysmos, quam nostri diluvionem vocant, aestus autem ecpyrosis, quod est mundi incendium; nam his alternis temporibus mundus tum exignescere tum exaquescere videtur.* Nach der in unserer Meteorologie entwickelten Lehre kann für den *mundus* nimmermehr von einer totalen, sondern immer nur von einer partiellen Umwälzung die Rede sein; und bei der fundamentalen Bedeutung dieses Punkts für das gesammte System ist es undenkbar, dass Aristoteles ihn in einer verlorenen Schrift sollte aufgegeben haben. Andererseits tragen die aus unserem Vorrath aristotelischer Schriften nicht zu verificirenden Worte *annus quem Aristoteles maximum potius quam magnum appellat* zu deutlich das Gepräge eines Citats, als dass man der Aufforderung sie in passender Weise unterzubringen sich entziehen dürfte. Vielleicht findet daher die Vermuthung Beifall, dass Censorinus mittelbar oder unmittelbar aus dem aristotelischen Dialog *Περὶ Φιλοσοφίας* schöpft, welcher, wie anderswo (Dialoge des Arist. S. 100) nachgewiesen ist, die Ansichten der früheren Philosophen, besonders der Herakliteer, über den Weltuntergang besprach. Man hätte demnach in Censorinus' Mittheilung nur eine von Aristoteles gegebene geschichtliche Notiz über fremde Meinungen, nicht aber ein peripatetisches Dogma zu erkennen.

27. Aristotelische Fragmente; Platon; Censorinus; Lucretius.

(Zu S. 49 u. 50.)

Das von Synesios aufbewahrte aristotelische Bruchstück über die Sprichwörter, dem sich kein bestimmter Platz mit Sicherheit anweisen lässt, hat Valentin Rose in seiner Fragmentensammlung *p.* 35 dem Dialog *Περὶ Φιλοσοφίας* zugetheilt, die bei Krabinger verzeichnete Variante *ἱστορίας* statt *φιλοσοφίας* aber nicht berücksichtigt; für die allgemeinere, in der alten Sprache vorwiegende Bedeutung von *ἱστορία*, nach welcher es die wissenschaftliche Forschung überhaupt bezeichnet, liefert Euripides' Verherrlichung der philosophischen Gesinnung einen deutlichen Beleg, *fr.* 902 Nauck: *Ὄλβιος ὅστις τῆς ἱστορίας ἔσχε μάθησιν, μήτε πολιτῶν ἐπὶ πημοσύνην μήτ' εἰς ἀδίκους πράξεις ὁρμῶν, ἀλλ' ἀθανάτου καθορῶν φύσεως κόσμον ἀγήρω κτλ.* — Auf ein anderes höchst bedeutsames aristotelisches Fragment über die Mysterien, welches ebenfalls dem Synesios verdankt wird, sei, da ich es in Rose's Sammlung und in Heitz's Nachträgen vergebens suche, hier kurz hingewiesen (*Synesii Dio* hinter Dindorf's Dion Chrysost. *vol.* 2, *p.* 334, 6): *Ἀριστοτέλης ἀξιοῖ 'τοὺς τελουμένους οὐ μαθεῖν τι δεῖν ἀλλὰ παθεῖν καὶ διατεθῆναι' δηλονότι 'γενομένους ἐπιτηδείους.'* 'Aristoteles verlangt, dass die, welche sich einweihen lassen, nicht etwas lernen, sondern einen Eindruck empfangen und in eine gewisse Stimmung versetzt werden, der sie zugänglich geworden.' Das Wort *δηλονότι* scheint von Synesios zur Belebung seiner dortigen Argumentation eingefügt zu sein, und von dem Gang derselben habe ich mich auch bei der Uebersetzung des vieldeutigen *ἐπιτηδείους* leiten lassen. Lobeck (Aglaoph. 145) und Welcker (Götterlehre 2, 536) haben diesen aristotelischen Lichtblick zur Aufhellung des Mysteriennebels benutzt. — Die Güte der Quelle, aus welcher Censorinus die Ansichten der griechischen Philosophen über Ewigkeit des Menschengeschlechts kennen gelernt hat, bewährt sich vorzüglich durch die Behutsamkeit in Betreff Platon's und der älteren Akademiker. Die bezüglichen Worte lauten (4, 3): *sed et Plato Atheniensis et Xenocrates et Dicaearchus Messenius itemque antiquae academiae philosophi non aliud* v i d e n t u r *opinati [quam semper fuisse humanum genus].* Der Autor, welchem Censorinus folgt, glaubte sich durch solche Stellen wie *Leg.* 6, 782[a] (*ἡ τῶν ἀνθρώπων γένεσις ἢ τὸ παράπαν ἀρχὴν οὐδεμίαν εἴληχεν... ἢ μῆκός τι τῆς ἀρχῆς ἀφ' οὗ γέγονεν ἀμήχανον ἂν χρόνον ὅσον γεγονὸς ἂν εἴη*), in welchen die Anfangslosigkeit des Menschengeschlechts nur zugelassen, aber nicht behauptet wird, noch nicht berechtigt, sie als festes platonisches Dogma hinzustellen, zumal bei der Annahme einer Weltschöpfung, zu der sich ja Platon wenigstens äusserlich herbeilässt, jene Anfangslosigkeit immer nur eine relative sein kann. — *Ovum sine ave* in dem oben S. 50 ausgehobenen Satze des Censorinus ist wörtliche Uebersetzung des griechischen *ὄρνις*, welches bekanntlich *κατ' ἐξοχήν* Hahn und Henne bedeutet; vgl. Anm. 36. — Das im Text gesammelte Material aus den Verhandlungen der griechischen Philosophie über Weltewigkeit in ihrem Verhältniss zu den Erfindungen giebt den urkundlichen Commentar zu Lucretius 5, 324—351. Der epikureische Dichter, welcher die Weltentstehung lehrt, führt zuvörderst das von den Erfindungen hergenommene Argument für dieselbe an

(324—337), erwähnt dann die peripatetischen Versuche es zu widerlegen (338 *quod si forte fuisse antehac eadem omnia credis, sed periisse hominum torrenti saecla vapore* = ἐκπύρωσις so wie er *v.* 341 von κατακλυσμός redet) und meint endlich, aus der zugestandenen partiellen auf eine totale Vernichtung und aus dieser wiederum auf plötzliche Entstehuug der Welt schliessen zu dürfen (343—350).

28. Zur Texteskritik des zweiten Excerpts aus Theophrastos.

(Zu S. 57.)

Nach der Vulgata Z. 61 κακόφρονες μᾶλλον ἢ κακόθεοι müsste κακόθεοι die gewöhnliche Bezeichnung und κακόφρονες die von Theophrastos für passender erklärte sein. Nun ist aber κακόθεος ausser an dieser Stelle bisher in der Litteratur nicht nachgewiesen, war keinenfalls ein gangbares Wort und ward wahrscheinlich erst von Theophrastos nach Analogie von κακοδαίμων gebildet. Die leichte Aenderung von μᾶλλον ἢ in μᾶλλον δέ ist daher wohl unabweislich. — Ebenso ist Z. 82 αἱμοδαιτοῦντες ein erst von Theophrastos geneuertes Compositum; er bedurfte ein in das Ohr fallendes Wort um den Opferschmaus, die δαίς Z. 81, der Thieropfer auf die Menschenopfer zu übertragen; und wie sonst ἀτεχνῶς so dient hier Z. 82 πρὸς ἀλήθειαν, *re vera,* dazu, das Kraftwort als solches hervorzuheben und zugleich zu mildern. Auf gleiche Weise ist in der oben S. 37 besprochenen Stelle über die Kyrbeis πρὸς ἀλήθειαν gebraucht, um die in ἀντίγραφα liegende Hyperbel zu mässigen. — Göttling erwähnt das hiesige hesiodische Citat nicht, obwohl die Varianten nicht so gar unerheblich sind. Unser hesiodischer Text hat ἐδύναντο, ἀπέχειν, ἣ θέμις ἀνθρώποισι statt ἐθέλεσκον, ἴσχειν, ἣ θέμις ἀθανάτοις.

29. Nicken des Opferthiers; Klymene.

(Zu S 60 u. 61.)

Zu den Zusammenstellungen C. F. Hermann's (Gottesd. Alt. 28, 5, 6) über das Nicken des Opferthiers und den Gebrauch, welcher von dem Weihwasser dabei gemacht wurde, sei hier Plutarchs anschauliche Schilderung eines gleichzeitigen delphischen Vorgangs gefügt, wo man eine günstige Bewegung des störrigen Thieres dadurch erzwang, dass man es 'unter Wasser setzte', *de defect. orac. c.* 51: θεοπρόπων ἀπὸ ξένης παραγινομένων λέγεται τὰς πρώτας καταστείσεις ἀκίνητον ὑπομεῖναι καὶ ἀπαθὲς τὸ ἱερεῖον· ὑπερβαλλομένων δὲ φιλοτιμίᾳ τῶν ἱερέων καὶ προσλιπαρούντων, μόλις ὑ π ο μ β ρ ο ν γενόμενον καὶ κατακλυσθὲν ἐνδοῦναι. — Hinsichtlich des Anlasses, welcher nach der gewöhnlichen Sage das Schwein zum ersten Opferthier wählen und der Demeter darbringen liess, genügt die Verweisung auf

Probus zu Virgil's *Georg.* 2, 380 und Lobeck Aglaoph. 828. Ob Klymene, der Name, den die von Porphyrios mitgetheilte Legende dem das Schwein tödtenden Weibe giebt, auf den Sagenkreis der Demeter hinweise und mit Klymenos, dem Gemal der Kora (s. Heinsius zu Ovid *fast.* 6, 757), in Beziehung zu bringen sei, lasse ich dahingestellt. Nach einer Vermuthung Welcker's (Alte Denkmäler 5, 406) tritt auf einem Vasenbilde des Parisurtheils sogar die Kora selbst als Klymene auf.

30. Zur Texteskritik des dritten Excerpts aus Theophrastos; Theopompos; Ptolemäos Chennos.

(Zu S. 68, 69 u. 72.)

Nauck folgt dem Eusebios *praep. ev.* 4, 14, *p.* 151[d], indem er Z. 135 ὅτι γε unserer porphyrischen Handschriften mit οὖν γε vertauscht und Z. 136 οὖν nach θυτέον einschiebt, lässt aber die in ἐπιθυομένων τῶν ζῴων, welches Eusebios übereinstimmend mit unseren Handschriften bietet, liegende Schwierigkeit unberührt. So wenig wie die anderen guten Schriftsteller kann Theophrastos für die grossen Hauptopfer ἐπιθύειν gebraucht haben, welches, der Composition des Wortes gemäss, nur die kleinen Nebenopfer des Weihrauchs und der Fladen bezeichnet; auf solche Weise wendet es Theopompos weiterhin Z. 206 in deutlichem Gegensatz zu den Thieropfern an, und Porphyrios (*p.* 120, 17 αὐτὸ τὸ θύειν τοῦ θυμιᾶν εἴχετο καὶ τοῦ νῦν παρ' ἡμῖν λεγομένου ἐπιθύειν) identificirt es mit θυμιᾶν. Ich habe daher angenommen, dass Theophrastos, wie er oben S. 39, Z. 8 θύειν mit den partitiven Genetiven τούτων, χλόης und weiterhin S. 65, Z. 177 τῶν φαιστῶν, S. 82, Z. 321 τῶν ζῴων construirt, so auch hier εἰ θύομεν τῶν ζῴων geschrieben und eben jener ungewöhnliche Genetiv die Verderbung veranlasst habe. Daraus ergiebt sich dann, dass Eusebios' zweimaliges οὖν den ursprünglichen in der Uebersetzung ausgedrückten Bau des Satzes zerstört und der Lesart unserer porphyrischen Handschriften weichen muss. Noch mancherlei andere Willkürlichkeiten hat Eusebios — oder seine Secretäre, die der Bischof wohl in nicht geringerer Anzahl, als es von Origenes und Hieronymus bekannt ist, zur Verfügung hatte — in der Abschrift dieses Stückes sich erlaubt, und auch Nauck war genöthigt Z. 140 οὐδὲ καρποὺς ὁ ἀφελόμενος *ἄλλων unserer porphyrischen Handschriften beizubehalten, obgleich es bei Eusebios mit οὐδὲ καρπῶν ὁ ἀψάμενος ἀλλοτρίων vertauscht und sonach die vom Zusammenhang der dortigen Argumentation geforderte Wiederholung von ἀφαιρεῖσθαι verschwunden ist. — Z. 145 habe ich es vorgezogen, durch Streichung von οὐ vor οὐχ die aus den aristotelischen Problemen bekannte Form einer in fragende Wendung eingekleideten Antwort zu gewinnen als erstlich in ἢ οὔ; 'oder nicht' eine für den hiesigen Zusammenhang übermässig nachdrückliche Wiederholung der eben gethanen Frage und zweitens einen unpassend pochenden Ton der Antwort zu belassen, wie er in dem unverbundenen οὐχ ὁμοία ἡ ἀφαίρεσις liegen würde. — Z. 149 reicht Reiske's Vorschlag ἐκ κοινῶν τῶν πόνων ἡμῖν γιγνομένου nicht aus, da τὴν... παράληψιν... κοινὴν ἔχειν προσήκει τὴν ὄνησιν keine Construction ergiebt; sie, ohne Annahme der beispielsweise im Text ausgefüllten Lücke, herzustellen, wollte mir nicht gelingen. — Z. 175 ist der von Reiske eingefügte Artikel τοῦ vor τοὺς χρυσόκερως so unentbehrlich, dass Nauck ihn wohl nur zufällig nicht in seinen Text aufgenommen hat. — Z. 209 hat sich Reiske begnügt, προνοεῖσθαι in die vom Zusammenhang geforderte Negative durch Vorsetzen von οὐ oder οὐδέν zu verwandeln. Aber weder er noch einer der späteren Herausgeber ist darauf aufmerksam geworden, dass dann noch immer αὐτάρκεια unpassend bleibt, da Theopompos doch unmöglich seinen Arkader sagen lassen kann was er nach dem Wortlaut αὐτὸν δὲ τῇ αὐταρκείᾳ προσεσχηκότα τοῦ θῦσαι βοῦς οὐ προνοεῖσθαι sagen würde: 'weil er sich der Selbstgenügsamkeit befleissige, kümmere er sich nicht darum den Göttern Stiere zu opfern.' Die von mir gewählte Schreibung αὐτῶν (sc. θεῶν) δὲ τῇ αὐταρκείᾳ προσεσχηκότα τὸ θῦσαι βοῦς προεῖσθαι gelangt durch Streichung der zwei Buchstaben νο in προνοεῖσθαι zu demselben Ziele, welches Reiske durch Einschiebung der negativen Partikel erreichen wollte, und verwendet das Wort αὐτάρκεια in seinem stricten, auf die 'sich selbst genügenden' Götter passenden Sinn. Zu deutsch würde nun der Satz lauten: 'er (der Arkader) habe sich daran gehalten, dass die Götter nichts bedürfen, und daher das Opfern von Stieren fahren lassen.' Dass προσέχειν τινί mit oder ohne τὸν νοῦν das ernste Erwägen bedeutet, belegen die Lexika. — Die Emendation, welche aus dem sinnlosen, obwohl von allen Herausgebern hingenommenen ὅθεν καὶ τὰ παλαιότατα ἤδη κεραμεᾶ καὶ ξύλινα ὑπάρχοντα μᾶλλον θεῖα νενόμισται Z. 231 das technische alte Wort für Tempelbilder, ἕδη, gewinnt, bedarf wohl keiner weiteren Empfehlung; ἕδη ξύλινα sind die allbekannten ξόανα; in Betreff der ἕδη κεραμεᾶ sei, ausser an die Zusammenstellungen Müller's Archäol. § 72, noch an den *Iupiter fictilis* im capitolinischen Tempel und an den thönernen Herkules erinnert, von welchem Plinius *h. n.* 35, 157 spricht. Denn an diese römischen ἕδη konnte der freigelassene Hadrian's (s. oben S. 71) so gut wie an griechische denken; und bei den κεραμεᾶ ἀγγεῖα Z. 229 schwebten ihm ebenfalls die *simpuvia fictilia* (Plinius das. 158) wohl nicht minder vor als die griechischen Gebräuche, welche Polemon bei Athenäos 11, 483[c] (*fr.* 61 Prell.) erwähnt. — Von den theils eigenen theils fremden Conjecturen in Nauck's Text habe ich Z. 122 ἔφαμεν, Z. 164 εἰ, Z. 236 ἀφελῶς beseitigt, weil sie mir unnöthig scheinen; Z. 171 ist nicht blos keine Aenderung nöthig, wie wohl die Uebersetzung hinlänglich darthut, sondern das statt *ἄρ'* vorgeschlagene *γάρ* ergiebt auch eine unmögliche Tautologie.

Anmerkenswerth, obwohl ohne Einfluss auf die Feststellung des Textes ist ferner die Auslassung von *μᾶλλον* vor *ἤ* in Theophrastos' Worten Z. 173 *χαίρουσι τούτῳ οἱ θεοὶ ἢ τῷ πολυδαπάνῳ* und in Porphyrios' Worten Z. 241 *ὡς ἀρεστὴν τοῖς θεοῖς ταύτην ἢ τὴν διὰ τῶν ζῴων θυσίαν.* Der späteren Sprache ist dieser prägnante Gebrauch von *ἤ* geläufig, wie die Sammlung in Nitzsch's Abhandlung über den Comparativ (hinter seiner Ausgabe des platonischen Ion *p.* 72) zeigt; ob er in Theophrastos' Worten auf Rechnung der abschreibenden Feder des Porphyrios kommt, muss dahingestellt bleiben. — Z. 200 *ἐπιτελεῖν καὶ σπουδαίως θύειν* kann das absolut stehende *ἐπιτελεῖν* nur so viel bedeuten wie der vollere Ausdruck Z. 195 *τὰς θυσίας ἐπιτελεῖ,* und für diesen absoluten Gebrauch zeugt auch der nach Atticismen hascheude Aelian *V. H.* 12, 61. Man sieht daher nicht ein, was neben einem solchen *ἐπιτελεῖν* noch *σπουδαίως θύειν* besagen soll, und gern denkt man sich, dass Porphyrios zu *ἐπιτελεῖν* das erklärende *θύειν* hinzugefügt, Theopompos aber nur geschrieben habe *ἐπιτελεῖν σπουδαίως.* — Z. 208 bezeichnet *τὰ μὲν παρατιθέναι τὰ δὲ καθαγίζειν* die zwei Weisen des 'blossen Hinlegens und des Verbrennens,' welche für die Darbringung der unblutigen Opfer üblich waren und von Lobeck Aglaoph. *p.* 1084 ohne Rücksicht auf unsere Stelle besprochen sind. — Ebendaselbst *p.* 51 giebt Lobeck Belege für *ἱερά* in der hier Z. 202 vorkommenden Bedeutung von 'Götterbildern.'

Theopompos' von seinem Lehrer Isokrates ererbte Peinlichkeit im Vermeiden des Hiatus bezeugt der Halikarnassenser Dionysios (*epist. ad Pomp.* 6: *εἰ ὑπερεῖδε Θεόπομπος ἐφ' οἷς μάλιστ' ἐσπούδακε, τῆς τε συμπλοκῆς τῶν φωνηέντων κτλ.*). Von den verhältnissmässig wenigen, die sich in unserem Stück finden, verschwinden die meisten, sobald die von Porphyrios herrührende indirecte Rede in die directe umgesetzt wird; z. B. 194 *ἐκπλαγέντα ἐκτόπως* wird *ἐκπλαγεὶς ἐκτόπως,* 200 *τὸν δὲ Κλέαρχον φάναι ἐπιτελεῖν* wird *ὁ δὲ Κλέαρχος εἶπεν ἐπιτελεῖν.* Da jedoch Porphyrios oder seine vermittelnden Gewährsmänner schwerlich bei ihrer Abschrift aus dem theopompischen Original auf diese Subtilität achteten, so habe ich auch diejenigen Hiatus, welche durch regelrechte Elision entfernt würden, unberührt gelassen. — Die im Text angegebene Zeilenzahl der einzelnen theopompischen Bücher ist aus den eigenen Worten des Theopompos berechnet, welche Carl Müller *fr. hist.* 1, *p. LXIX n.* 1 und *p.* 282 behandelt hat.

Ἑρμιονεύς kommt zwar als Eigenname vor, und der Verfertiger des oben S. 75 erwähnten Orakelverses mochte einen solchen im

Sinne haben; bei Theophrastos jedoch scheint es wegen des vorhergehenden *Θετταλοῦ ἐκείνου* Z. 174 passender, auch *τὸν Ἑρμιονέα* Z. 176 nur als Ethnikon von *Ἑρμιόνη*, dem in der älteren Zeit unbedeutenden Städtchen des Peloponnes zu fassen, dessen Einwohner man sich von vornherein unfähig denkt, mit einem Sohn des reichen Thessaliens im Glanz der Opfer zu wetteifern. — Das Ergebniss, dass Theophrastos in seiner Schrift *Περὶ Εὐσεβείας* einen frommen Hermionenser erwähnte, verhilft zu einem neuen Beleg für die von Hercher aufgedeckte Fälschermanier des Ptolemäos Chennos. Derselbe sagt (bei Photios *cod.* 190, *p.* 148[b] 18): *ὡς ἐπὶ θεοσεβείᾳ πάντων διενεγκεῖν οἱ μὲν Ἀντίγονον τὸν Ἐφέσιον, οἱ δὲ Λυκίαν τὸν Ἑρμιονέα, οὗ καὶ Θεόφραστος ἐν ἐπιστολαῖς μνημονεύει, φασίν.* In seinen Quellen war demnach die Anekdote von dem frommen *Ἑρμιονεύς* mit der Autorität des Theophrastos ohne Schrifttitel angeführt; zunächst ersetzte nun der Fälscher diesen Mangel durch *ἐν ἐπιστολαῖς;* und da er ferner in *Ἑρμιονεύς* richtig ein Ethnikon erkannte, so erfand er auch einen beliebigen Eigennamen hinzu. Lobeck Aglaoph. *p.* 1005 will bei Ptolemäos *Λύκον* schreiben statt des ihm vorliegenden *Λύκιον*. Nach Hercher's Forschung ist es wohl überflüssig geworden, in den nur durch Ptolemäos bekannten Namen Conjecturen zu machen oder zu widerlegen.

Etruriens Beziehungen zu Delphi sind für Caere aus Herodot 1, 167 und Strabo 5, *p.* 220 bekannt; die oben S. 72 behandelte Stelle hat auch Schwegler R. G. 1, 271 nicht hervorgezogen.

31. Theophrastisches Fragment bei Stobäos.

(Zu S. 74 u 77.)

Dass das längere theophrastische Stück (*fr.* 152 Wimmer), von welchem oben S. 74 die ersten Sätze mitgetheilt sind, der Schrift *Περὶ Εὐσεβείας* angehöre, hat bereits Zeller (Philos. der Gr. 2, 2, 695) vermuthet. Im weiteren Verlauf der Auseinandersetzung zählt Theophrastos als Pflichten des *μέλλων θαυμασθήσεσθαι περὶ τὸ θεῖον* auf: Pflege der Eltern im Alter (*γονεῖς γηροτροφεῖν*) und liebevolle Behandlung von Weib und Kind (*γυναικὸς καὶ παίδων ἐπιμελητέον καλῶς καὶ φιλανθρώπως*). Es tritt hier, wie auch in Platon's *Leges* 3, 717[d] und bei Polybios 37, 1[a] (*p.* 1144, 20 Bekk. *ἀσέβημα εἶναι τὸ εἰς τοὺς θεοὺς καὶ τοὺς γονεῖς καὶ τοὺς τεθνεῶτας ἁμαρτάνειν*) deutlich der weite, alle Pflichten der Pietät einschliessende Umfang der griechischen *εὐσέβεια* hervor; und der Umstand, dass das Bruchstück sich nicht auf die Gottesverehrung allein beschränkt, spricht eher für als gegen die vorgeschlagene Herleitung desselben — Für die nachhaltige Wirkung der epidaurischen Tempelinschrift zeugen spätere Nachahmungen in der Form von pythischen und anderen Orakeln, welche zuletzt Gustav Wolff (Philologus 17, 551) besprochen hat; auch der in das phokylideische Gedicht gerathene Vers 228 *ἁγνείη ψυχῆς τοῦ σώματός εἰσι καθαρμοί* versucht, freilich nicht sehr geschickt, denselben Gedanken auszudrücken.

32. Zur Texteskritik des vierten Excerpts aus Theophrastos; Verse des Empedokles.

(Zu S. 93.)

Von den zahlreichen Fällen, in denen ich den Nauck'schen Text dieses Abschnittes verlassen musste, können drei, Z. 266, 307 (*οὕτω*), 391, als einer näheren Besprechung nicht bedürftig, hier übergangen werden, da meine Auffassung der handschriftlichen, von Nauck geänderten Ueberlieferung wohl in der Uebersetzung deutlich genug hervortritt. Ebensowenig wüsste ich der Uebersetzung Wesentliches hinzuzufügen zur Begründung zwölf anderer Abweichungen Z. 291, 307 (*γάρ*), 309, 317, 335, 346, 396, 400, 442, 447, 469, 489, wo sich gegen die handschriftliche von Nauck geduldete Lesart sachliche oder sprachliche Bedenken erhoben, welche alle durch die diplomatisch gelindesten Mittel beseitigt werden konnten. Dagegen ward ein eingreifenderes und daher ausführlicher darzulegendes Verfahren nöthig in folgenden hier nach der Zeilenzahl geordneten Fällen:

Z. 276 lässt sich bei der handschriftlichen Lesart *παρ' Ἐμπεδοκλέους ὃς περί τε τῶν θυμάτων καὶ περὶ τῆς θεογονίας διεξιὼν παρεμφαίνει λέγων* nicht absehen, weder wozu die gehäuften Participia *διεξιὼν λέγων* dienen, noch wie der Präposition *παρά* in dem Compositum *παρεμφαίνει*, welches doch nur eine 'nebensächliche' Andeutung bezeichnen kann, ihr Recht gewahrt werden soll, wenn die beiden in den angeführten empedokleischen Versen behandelten Punkte, die Götterentwickelung und die Opfer, gleichmässig für die eigentlichen Gegenstände der Auseinandersetzung (*διεξιών*) ausgegeben werden. Durch die vorgeschlagene Umstellung *ὃς περὶ τῆς θεογονίας διεξιὼν καὶ περὶ τῶν θυμάτων παρεμφαίνει λέγων* treten die zwei Participien in ihrer Unentbehrlichkeit und *παρεμφαίνει* in seiner scharfen Bedeutung hervor. Denn nun giebt Theophrastos durch *περὶ τῆς θεογονίας διεξιών* den Abschnitt des empedokleischen Gedichts, aus welchem er die folgenden Verse citirt, nach seinem Hauptinhalte an; derselbe behandelte die philosophische Theogonie der *Φιλία* und des *Νεῖκος* im Gegensatz zu der populären; und gelegentlich dieses Thema's 'äussert sich Empedokles auch nebenher (*παρεμφαίνει*)' über die Opfer. Auch Aristoteles citirt *Phys.* 2, 4, *p.* 196^a 22 *κοσμοποιία* als einen Abschnitt des empedokleischen Werks; und noch Aelian, obwohl zu seiner Zeit das empedokleische Gedicht bereits in Bücher getheilt war, befolgt eine ähnliche Citirweise *nat. anim.* 16, 29. — Z. 279 habe ich, mit den Herausgebern der empedokleischen Fragmente, die Lesart bei Athenäos 12, *p.* 510[d] *οὐδὲ Κρόνος οὐδὲ Ποσειδῶν* vorgezogen sowohl der prosaischen Artikelhäufung in den porphyrischen Handschriften *οὐδ' ὁ Κρόνος οὐδ' ὁ Ποσειδῶν* wie dem Nauck'schen Vorschlag *οὐδ' αὖ Κρόνος οὐδὲ Ποσειδῶν*, in welchem *αὖ* wohl nur die Verlängerung des kurzen Vokals vor *κρ* verhüten soll. Aber *Emped.* 183 *St.* *τὰ πρὶν ἄκρητα* bietet ein prosodisch gleichwiegendes unanfechtbares Beispiel von Verlängerung vor *κρ*, und man wird daher das flickende *αὖ* entbehren können. — Auf keinen Vorgänger kann ich mich berufen bei der weit erheblicheren Aenderung in Z. 283. Zwar wird wohl unter den vielen Behandlern dieser empedokleischen Versreihe mancher aufmerksamere Betrachter der Ueberlieferung *γραπτοῖς τε ζῴοισι* Anstoss genommen haben erstlich an der über Gebühr prosaischen Ausdrucksweise, nach welcher *γραπτὰ ζῷα* für 'gemalte Bildchen' stehen soll, ferner an der wunderlichen Vorstellung, welche bereits den Urmenschen Malerei und Bildbauerei (*ἀγάλμασιν* Z. 282) zuschreibt, endlich an der Unmöglichkeit, Bildsäulen und Gemälde unter die einfachen Opfergaben zu zählen, die ja hier genannt werden sollen. Jedoch Reiske's Aenderungsvorschlag, der einzige bisher gemachte, *ῥαπτοῖς τε ζώναισι zonis phrygionico opere variegatis* ist, da er jene Anstösse keineswegs beseitigt, von den späteren Bearbeitern mit Recht unberücksichtigt gelassen. Zuletzt hat G. Hermann *opusc.* 5, 210 die Vertheidigung der *librorum scriptura* versucht, ist aber dahin geführt worden, wohin ihm zu folgen wohl nur Wenige sich entschliessen werden, nämlich *γραπτὰ ζῷα* für *textilia* und gleichbedeutend mit *ζῴδια ἐνυφασμένα ἱματίῳ* (*Arist. mirab. ausc. c.* 96) zu nehmen. Ich bin von der Wahrnehmung ausgegangen, dass auch in einem anderen empedokleischen Fragment die Abschreiber das seltene Adjectiv *ζωρόν* zu *ζῷον* verderbt haben. Denn die bei Athenäos 10, 423 f. aus Theophrastos' Schrift Ueber Trunkenheit mitgetheilten empedokleischen Verse *αἶψα δὲ θνητὰ φύοντο τὰ πρὶν μάθον ἀθάνατ' εἶναι Ζωρά τε τὰ πρὶν ἄκρητα διαλλάσσοντα κελεύθους* (v. 183 St.), aus welchen Theophrastos, ebenso wie der Dichter Sosikles bei Plutarch *quaest. symp.* 5, 4, 1, erweisen will, dass *ζωρόν* so viel wie *κεκραμένον* bedeute, sind in den Handschriften und älteren Ausgaben der aristotelischen Poetik *c.* 25 folgendermassen verderbt: *ζῷά τε πρὶν κέκριτο.* Wird nun, unter Annahme derselben Verschreibung, auch hier *ζωροῖσι* in *ζῴοισι* erkannt, so verschwinden mit Einem Schlage alle kunstgeschichtlichen Schwierigkeiten, zwischen *ζωροῖσι* und *σμύρνης τ' ἀκράτου* Z. 284 tritt derselbe Gegensatz wie in *ζωρά τε τὰ πρὶν ἄκρητα* hervor, und es bleibt nur noch aus den Schriftzügen *ΓΡΑΠΤΟΙΣ* ein in den vorliegenden Zusammenhang passendes Wort zu gewinnen. Bis auf Besseres behilft man sich wohl mit σταϰτοῖς, da σταϰτά als allgemeine Bezeichnung tropfender Harze ebenso sprachgerecht wie σταϰτή und *stacte* in seiner speciellen Bedeutung allbekannt ist. Nachdem so die 'Gemälde' beseitigt worden, wird wohl Jeder sich gern auch von den 'Bildsäulen' befreien, zumal dies ohne jegliche Aenderung der Lesart bewerkstelligt wird durch die Annahme, dass Empedokles hier ἀγάλμασιν in demselben Sinn von 'Ehrengaben' anwendet, in welchem es bei Homer von einem der Athene geopferten Stier mit vergoldeten Hörnern heisst *Od.* 3, 438 ἵν' ἄγαλμα θεὰ ϰεχάροιτο ἰδοῦσα, von dem trojanischen Pferde *Od.* 8, 509 ἄγαλμα θεῶν θελϰτήριον und wie die eleusinische Satzung (oben S. 31) gebietet θεοὺς ϰαρποῖς ἀγάλλειν. Nun erst bekommt auch das Adjectiv εὐσεβέεσσιν Z. 282, welches so lange unter ἀγάλμασιν Bildsäulen verstanden wurden, doch seltsam genug klang, seinen passenden Sinn, indem es allgemein zusammenfassend die gleich darauf genannten Darbringungen von Wohlgerüchen und die Honigspenden als 'fromme' Gaben den blutigen Opfern entgegensetzt. — Z. 302 gebührt wiederum Reiske das Lob, allein unter allen Bearbeitern den Schaden wenigstens gespürt und erkannt zu haben, dass der mit ὃ δὴ ϰαὶ ἐμφαίνειν ἔοιϰεν beginnende Satz in seiner überlieferten Gestalt, nach welcher er jedes Rechtsverhältniss zu den Thieren überhaupt leugnen würde, gegen den Gang der Argumentation verstösst, welche ja zwischen schädlichen und harmlosen Thieren scheiden will. Reiske's Versuch zu helfen, indem er statt τὰ δὲ μὴ τοιαῦτα Z. 304 zu lesen räth πρὸς δὲ τὰ μὴ τοιαῦτα *scilicet* εἶναι ἡμῖν δίϰαιόν τι ist freilich schon wegen der dann entstehenden harten Construction ungenügend. Ich brauchte an den sonst tadellosen Bau des Satzes nicht zu rühren, nachdem ich aus ἔοιϰεν δίϰαιον durch Wiederholung der zwei letzten Buchstaben von ἔοιϰεν das Wörtchen ἕν und damit den vom Zusammenhang geforderten Begriff des 'einheitlichen' Rechtsverhältnisses gewonnen hatte. — Dass Z. 310 die handschriftliche Lesart ὡμολογηϰότες μηδὲν keine Construction ergiebt, ist Reiske ebenfalls nicht entgangen, und seine Vermuthung, dass hinter ζώων Z. 311 ein etwa πῶς τοῦτο φήσομεν lautendes Satzglied verloren gegangen sei, hat wenigstens eben so viel für sich wie Nauck's behufs bequemerer Uebersetzung vorläufig von mir adoptirter Vorschlag ὡμολογήϰαμεν τὰ μηδέν. — Wie die neueren Herausgeber über die von Reiske empfundene Schwierigkeit der neben ἀγαθῶν παρασϰευήν unerträglich tautologischen Worte ἢ ἵνα τύχωμεν ὠφελείας τινός Z. 319 hinweggekommen sind, lässt sich aus ihrem Schweigen nicht erkennen. Reiske wollte das ganze Satzglied ἢ ἵνα....τινός streichen; dann müsste sein Ursprung auf ein Glossem zurückgehen, für welches aber in den umgebenden Zeilen nicht der mindeste Anlass zu entdecken ist. Daher habe ich mich darauf beschränkt, ἢ in οὐχ zu ändern, wodurch die Tautologie so beseitigt und die Trichotomie so gewahrt ist, wie es die Uebersetzung veranschaulicht. — Z. 323 ist zwar die von Nauck beibehaltene Lesung der meisten porphyrischen Handschriften ἡγήσαιτ' ἂν τυγχάνειν ἡμῶν ὁ θεός an sich untadlig; aber schon Reiske wurde durch die Variante der Leipziger Handschrift ἡ θεός, darauf geführt, aus der Fassung des Satzes bei Eusebios *praep. evang.* 4, 14, *p.* 152ᵃ ἡγήσαιτ' ἄν τις τυγχάνειν ἡμῶν ἢ θεός, welche freilich in dieser Gestalt unbrauchbar ist, durch Nachbesserung Nutzen zu ziehen; in seiner gewaltsamen Weise wollte er nach ἢ θεός einfügen ἢ ἄνθρωπος χρηστός. Ich bin zu demselben Ziel auf gelinderem Wege gelangt, indem ich annahm, dass ανος, das bekannte Compendium für ἄνθρωπος, hinter ἂν ausgefallen sei. Dass er nur 'ordentliche' und keine ruchlosen Menschen meine, brauchte Theophrastos nicht ausdrücklich zu sagen, da es der Zusammenhang (vgl. Z. 316) jedem nicht auf Chikane ausgebenden Leser deutlich genug anzeigt. — Z. 342 haben die neueren Herausgeber nach Reiske's Vorgang in der schadhaften Ueberlieferung μηδεμίαν εἰς τὸν βίον ἡμῖν παρέχεται χρείαν κρείττω οὐδεμίαν ἀπόλαυσιν ἐχόντων das Wort κρείττω gestrichen und die Verbindung der Satzglieder durch Einfügung von ἢ καὶ τῶν oder καὶ τῶν vor οὐδεμίαν ἀπόλαυσιν herzustellen versucht. Mir scheint Theophrastos sich durch κρείττω vor der Unterstellung wahren zu wollen, als spreche er den ἄτιμα ζῷα schlechthin jeden Nutzen ab, und da einmal freie Hand zur Ergänzung der offenbar fehlenden Partikel gelassen ist, so entscheidet man sich lieber für eine zugleich verbindende und begründende wie ἅτε. — Z. 352 könnte unter τροφήν, wozu einige der genannten Thiere dem Menschen dienen sollen, in dem vorliegenden Zusammenhange natürlich nicht ihr Fleisch gemeint sein, dessen Genuss ja die von Theophrastos bekämpfte Tödtung voraussetzt. Soll daher das von allen Herausgebern geduldete Wort vertheidigt werden, so bleibt nur übrig, es auf die Milch der Kühe und etwa noch auf die Eier der ὄρνιθες zu beziehen, wodurch dann aber das Uebergehen des doch gewiss eben so wichtigen Nutzens, welchen die Wolle der ebenfalls genannten πρόβατα gewährt, nur um so auffallender wird. Ich habe es daher gewagt, an die Stelle von τροφήν bis auf Besseres σκέπην zu setzen, welches dann den Nutzen der πρόβατα bezeichnen würde, während unter ἢ τινας ἄλλας χρείας jene Nahrungsmittel, wenn man sie nicht missen will, begriffen sein könnten. Hinsichtlich der Bedeutung von σκέπη genügt die Verweisung auf solche Stellen, wie *Philo de anim. sacrif.* 2, 238 M. κριοὶ μὲν εἰς ἐσθῆτας [βιωφελεῖς], τὴν ἀναγκαιοτάτην σκέπην σωμάτων. — Z. 361—363 geben die porphyrischen Handschriften in folgender, keine Construction zulassender Fassung: καίτοι Σύρων μὲν Ἰουδαῖοι .... ζῳοθυτοῦντες εἰς τὸν αὐτὸν ἡμᾶς κελεύουσι θύειν. Bei Eusebios *praep. evang.* 9, 2; *p.* 404ᵃ haben Gaisford's Handschriften: καίτοι Σύρων μὲν

'Ιουδαῖοι.... ζωοθυτούντων εἰ τὸν αὐτὸν ἡμᾶς τρόπον τις κελεύοι θύειν, und die älteren Ausgaben des Eusebios fügen zwischen *καίτοι* und *Σύρων* die schon durch ihre Sinnlosigkeit einen handschriftlichen Ursprung verrathende Partikel *διότι* ein. Nauck hat sich nun begnügt, aus Eusebios *εἰ* und *τρόπον* zu entnehmen, ist aber im Uebrigen den porphyrischen Handschriften gefolgt, obwohl doch eine von den Juden selbst an die Griechen gerichtete Aufforderung, wie sie *κελεύοιεν* ergeben würde, sich wunderlich genug ausnimmt. Ich habe also auch *τις κελεύοι* von Eusebios entlehnt, und da das Schwanken zwischen *ζωοθυτοῦντες* und *ζωοθυτούντων* die Autorität der Handschriften hinsichtlich der Endung dieses Wortes schwächt, so habe ich mich nicht gescheut, den in den älteren Ausgaben des Eusebios vorhandenen Indicativ *ζωοθυτοῦσιν* mit dem aus *διότι* gewonnenen *καθότι* zu verbinden und dadurch eine Construction herzustellen, die der sonstigen Klarheit theophrastischer Satzbildung würdig scheint. — Z. 366 verstösst *ἀνήλισκον* gegen die umgebenden und vom Zusammenhang geforderten Präsensformen; man ändert es um so lieber, da der nach reinem Attisch strebende Theophrastos im Imperfectum wohl *ἀνάλουν* gebraucht hätte. — Dass Z. 367 unter *ὁ πανόπτης* die Sonne zu verstehen sei, leidet freilich keinen Zweifel, und bei einem Dichter würde man sich das Fehlen von *ἥλιος* unbedenklich gefallen lassen. Aber ein guter Schriftsteller, wie Theophrastos, hält immer die Grenzen inne, welche die noch so sehr poetisch gefärbte Prosa von der Sprache der eigentlichen Poesie trennen; und wenn man sich erinnert, dass in den Handschriften als Compendium von *ἥλιος* das Zeichen eines kleinen Kreises üblich ist (s. Bast *commentat. palaeogr. p.* 834 und vor Aristophanes' Plutos, Leipzig 1811, *p. XLI)*, so wird man gern den vor *ὁ* so leichten Ausfall dieses ganz ähnlich aussehenden Zeichens annehmen, um den vollen Ausdruck *"Ηλιος ὁ πανόπτης* zu gewinnen. — Z. 379 hat an *ἡμῶν* schon Felicianus (s. Anm. 4) Anstoss genommen und es unübersetzt gelassen; Nauck schlägt *μᾶλλον* vor, das weder nach diplomatischer noch nach sachlicher Seite Vorzüge vor *τινων* hat. — Wer Z. 383 das von mir nach *καὶ* eingefügte *εὐγενέστατον* oder ein ähnliches Wort nicht gestatten will, muss nach Nauck's Vorschlag *καὶ* streichen. — Z. 386 hat Reiske wenigstens eingesehen, dass *οὐ μόνον* im Nachsatz *ἀλλὰ καὶ* erfordert; durch seine Ergänzung von *καὶ* vor *κατὰ* ist jedoch die hauptsächliche Schwierigkeit noch nicht gehoben. Denn der Zusammenhang lehrt deutlich, dass im Nachsatz nicht mehr von Arkadern und Karthagern, sondern von anderen und zwar hellenischen Staaten die Rede ist; die sachlichen Belege sind oben S. 117 gegeben. Diesen Subjectswechsel musste Theophrastos kenntlich machen, und ich habe daher angenommen, dass hinter *ἀλλὰ* durch Homöoteleuton *καὶ ἄλλοι* ausgefallen sei. — Z. 388 habe ich *ἀεὶ* vor *αἷμα* aus Eusebios

praepar. ev. 4, 16, *p.* 156[c] hinzugefügt; es verstärkt passend den in κατὰ περίοδον liegenden Begriff einer regelmässigen Wiederkehr. — Z. 389 habe ich es vorgezogen, mit Felicianus den vor κηρύγματι so leichten Ausfall von καὶ anzunehmen, als einem der gewaltsamen Aenderungs- oder Auslegungsversuche beizustimmen, die bei Rhoer verzeichnet sind. — Reiske's unzweifelhaft richtige Aenderung von εἰς τὴν περὶ εὐσεβείας λήθην Z. 393 in εἰς τὴν τῆς πρὶν εὐσεβείας λήθην hat Nauck wohl nur durch zufälliges Versäumniss nicht in seinen Text gesetzt; hingegen ist statt des handschriftlichen ἐπιβαίνοντες ἀπληστίαις nicht mit Nauck die Reiske'sche Aenderung ἀπληστίᾳ zu billigen, sondern, wie schon Rhoer sah, entspricht der Genetiv ἀπληστίας, der ja auch diplomatisch näher liegt, dem gewöhnlichen Sprachgebrauch. Ebensowenig konnte ich Reiske hinsichtlich der Einschiebung von καὶ vor οὐδὲν folgen, da die diplomatisch nicht kühnere Aenderung von περιλείποντες in περιέλειπον durch die sonst mit Participien bis zur Verwirrung überladene Satzform deutlich genug angezeigt ist. — Z. 405 auf sicherem Wege in Ordnung zu bringen, reichen unsere jetzigen Mittel schwerlich aus, da der Schaden wohl durch epitomatorische Auslassungen des Porphyrios entstanden ist. Reiske schlug mit einer sein gewöhnliches Maass noch übersteigenden Gewaltsamkeit Folgendes vor: ἀλλ' ἐκ τῶν καρπῶν ἕκαστον τὸ παρ' αὐτοῖς θεῖον τιμώντων; denn dass θεῖον in Rhoer's Abdruck nur durch Versehen fehlt, zeigt Reiske's eigene Uebersetzung: *sed suum quibusque numen frugum oblatione cohonestantibus.* Ich habe mich begnügt, zum Behuf der deutschen Wiedergabe τιμῶντες mit τιμᾶν zu vertauschen. — Z. 412 ist statt πρὸς αὐτοῖς Nauck's Vorschlag ὃς οὐδενὸς προσαγομένου πρὸς αὐτὸν οὐδὲ θυομένου ἐπ' αὐτοῦ ζῴου schon deshalb unannehmbar, weil nur unter der, doch sicherlich unstatthaften Voraussetzung, dass das blosse Hinführen des Thieres an den Altar, ohne es zu opfern, an anderen Orten ausser Delos für eine gottesdienstliche Handlung galt, die Nebeneinanderstellung von οὐ προσάγειν πρὸς τὸν βωμὸν und οὐ θύειν ἐπ' αὐτοῦ dem Theophrastos hätte passend dünken können. Meine Aenderung von πρὸς αὐτοῖς in πυροκαύτου stützt sich auf ἄνευ πυρὸς in dem oben S. 119 mitgetheilten Fragment des Aristoteles, dessen gewichtiges Zeugniss C. F. Hermann (Gottesd. Alterth. 17, 4) deshalb nicht nach Gebühr würdigt, weil er beim Nachschlagen des Diogenes Laertius das aristotelische Citat übersah. Wie genau Aristoteles unterrichtet war, zeigt seine Angabe über die Stelle dieses Altars des Ἀπόλλων Γενέτωρ hinter dem hörnernen. — Conjecturen in Orakeln unterlässt man füglich, wofern sie nicht so evident sind wie die Z. 438 von Reiske und Lobeck (Aglaoph. *p.* 1093) gemeinschaftlich gemachte, welche die sinnlose Ueberlieferung σιάλῳ ὃν ἔσεσθαι zu θυσίᾳ λῷον ἔσεσθαι umgestaltet hat. Z. 439 habe ich daher lieber die unverständlichen Worte καὶ μὴ κατασχοῦσιν mit dem Zeichen des Verderbnisses versehen und unübersetzt lassen als den mir wenigstens im Zusammenhang dieses Satzes nicht verständlicheren Reiskeschen Vorschlag καὶ τὸν φονέα μὴ κατασχοῦσιν annehmen oder Unsicheres vorbringen wollen. — Wäre Z. 440 statt des handschriftlichen καὶ τοῦ Σωπάτρου μετὰ τῆς πράξεως ἀνευρεθέντος mit Reiske καὶ τοῦ Σωπάτρου μεταιτίου τῆς πράξεως oder mit Nauck καὶ τοῦ μεταιτίου τῆς πράξεως zu schreiben, so müssten ausser Sopatros noch Andere bei der ersten Tödtung des Stieres betheiligt gewesen sein. Aber die Erzählung stellt auf das Unzweideutigste (Z. 430) den Sopatros nicht als 'Mitschuldigen,' sondern als den allein Schuldigen hin; er war also, um mit Aeschylos *Eum.* 199 zu reden, οὐ μεταίτιος ἀλλὰ παναίτιος. Ferner muss jeden aufmerksamen Leser der ganze Gang der Darstellung lehren, dass die athenische Gesandtschaft den Sopatros in Kreta nicht aufsucht, um ihn wegen des Stiermordes, der ja gar nicht bekannt geworden, zur Rechenschaft zu ziehen, sondern um erst von ihm, den das Orakel bezeichnet hatte, den Sinn des dunkeln Götterspruchs zu erfahren. Auch nachdem Sopatros aufgefunden worden, sehen ihn nicht die Athener, sondern nur er sich selbst als Schuldigen an (Z. 441). Die ζήτησις (Z. 440) hat also nur dazu geführt, in Sopatros den vom Orakel bezeichneten Verbannten in Kreta (τὸν ἐν Κρήτῃ φυγάδα Z. 436), nicht aber die von ihm begangene That zu entdecken. Und dieser vom Zusammenhang geforderte Sinn lässt sich aus der Ueberlieferung καὶ τοῦ Σωπάτρου μετὰ τῆς πράξεως ἀνευρεθέντος auf leichtem Wege gewinnen, wenn mit Wiederholung der zwei letzten Buchstaben von Σωπάτρου geschrieben wird καὶ τοῦ Σωπάτρου, οὐ μέντοι τῆς πράξεως, ἀνευρεθέντος. — Z. 456 hat der aus ὡς δὲ hergestellte Genetiv ὧν δὴ die sonst verwirrte Construction wohl in Ordnung gebracht; man braucht nun nicht länger einen Nachsatz erst mit καθ' ἧς Z. 459 beginnen zu lassen und das relative Pronomen, wie Reiske wollte, für καθ' αὐτῆς zu nehmen. — Z. 458 hat den durch Homöoteleuton veranlassten Ausfall von πατάξαντα, ὁ δὲ τὸν auch Nauck in seinen Noten *p. XXVI.* angenommen. — Die Vertheidigung der handschriftlichen Ueberlieferung Z. 473 εἰ δ' ἄρα gegen Nauck's Aenderung οὐδ' ἄρα ist oben S. 125 gegeben; und für die Vertauschung von ὅτι, welches die Handschriften bieten, und οὖν Z. 474, welches der Sinn verlangt, sei auf das Anm. 30 z. Anf. besprochene Beispiel verwiesen. — In dem lückenhaften Satz Z. 494—498 habe ich das unter allen Umständen unentbehrliche δεῖ Z. 496 nach Reiske's Vorgang eingefügt; mit Nauck's gewaltsamer Conjectur εἰσορᾶν statt des handschriftlichen εἰς οὐρανὸν καὶ konnte ich mich jedoch auch nach Seiten des Sinnes nicht befreunden, da der 'Anblick' der hier gemeinten Himmelsgötter, d. h. der Himmelskörper (s. oben S. 44), den Menschen ja nicht erst nach dem Tode gewährt zu werden braucht; eben deshalb läuft auch Reiske's Vorschlag, statt *οὓς νῦν ὁρῶντας* das Gegentheil *οὓς νῦν οὐχ ὁρῶντας* zu schreiben, der Meinung des Theophrastos zuwider. Richtig hat dagegen Reiske erkannt, dass der Zusammenhang ein Compositum von *ἰέναι* erfordert, und nach seinem kühnen Vorschlag mag *ἀνιέναι* hinter *ἀξιωθείημεν ἄν* Z. 495 hinzufügen, wem meine allerdings eben so kühne Aenderung von *πάλιν* in *παριέναι* nicht behagt. — Wer Z 497 zu *πάντων* oder einer ähnlichen Ergänzung sich nicht verstehen will, wird *καί* vor *πάντας* streichen müssen.

33. *Πλημοχόαι.*

(Zu S. 95.)

In der bekannten Stelle des Athenäos 11, *p.* 496[a] über die Schlussfeier der eleusinischen Mysterien heisst es blos: *δύο πλημοχόας πληρώσαντες τὴν μὲν πρὸς ἀνατολὰς τὴν δὲ πρὸς δύσιν ἀνιστάμενοι ἀνατρέπουσιν ἐπιλέγοντες ῥῆσιν μυστικήν.* Da die Ceremonie nirgends ausführlicher beschrieben wird, so hätte Preller (in Pauly's Realencyclopädie 3, 101) nicht wie von einer bezeugten Sache, sondern nur vermuthungsweise von einer 'Wasserspende' reden dürfen. Vorsichtiger verfährt Schömann (Gr. Alterth. 2, 382). — Ueber die Wasserspende am Laubhüttenfest zu Jerusalem hat für diejenigen, denen die talmudischen Schriften nicht zugänglich sind, Hottinger in seinen Anmerkungen zu Goodwin's *Moses et Aaron* 3, 6, 12 das Nöthige gesammelt.

34. Zur Texteskritik des fünften Excerpts aus Theophrastos.

(Zu S. 97.)

In den Handschriften stehen die Worte *ἢ ἀπὸ τῶν αὐτῶν* Z. 6 am Schluss des Satzes hinter *πεφύκασιν* Z. 9, wo sie, wie auch Reiske empfand, Unebenheit verursachen, während sie an der ihnen jetzt zugewiesenen Stelle fast unentbehrlich sind, da man für die Bürger Einer Stadt weit eher die Gleichheit der mittelbaren (*ἀπό*) als die der unmittelbaren (*ἐκ*) Abstammung ausdrücklich geleugnet zu sehen erwartet. — Z. 6 habe ich *τότε*, welches die Handschriften nach *ἔτι* bieten, in *ποτέ* geändert; Nauck hat es zu *τοὺς* umgeschrieben und mit *τοιούτους* verbunden. — Die Sätze Z. 13—15 haben in den Handschriften und der Vulgata folgende Gestalt: *οὕτως δὲ καὶ τοὺς πάντας ἀνθρώπους ἀλλήλοις τίθεμεν καὶ συγγενεῖς. καὶ μὴν πᾶσι τοῖς ζῴοις αἵ τε τῶν σωμάτων ἀρχαὶ πεφύκασιν αἱ αὐταί.* Die mannigfachen Schäden dieser Lesart, welche Brandis (Gesch. der gr. Phil. 3, 1, 344) durch ein Fragezeichen nach *συγγενεῖς* andeutet, werden am kürzesten durch Zeller's (Philos. der Gr. 2, 2, 680) keineswegs gelinde Heilungsversuche veranschaulicht. Den ganzen Satz *οὕτως* δὲ..... συγγενεῖς will er als ein Glossem, dessen Anlass jedoch schwer zu entdecken sein möchte, ausmerzen, weil er richtig fühlte, dass derselbe in dieser Fassung nur eine 'Wiederholung des eben Gesagten' ist. Ebensowenig ist ihm entgangen, dass nach der Vulgata der Dativ τῷ τὰς ἐν αὐτοῖς..... πεφυκέναι Z. 18 beziehungslos dasteht; er will helfen durch Annahme einer Lücke hinter γένος Z. 17, wo Worte folgenden Inhalts ausgefallen seien: 'so dass sie somit ihrer leiblichen Natur nach verwandt sind.' Aller dieser Gewaltmittel kann man jedoch entrathen, wenn nach durchgreifender Besserung der Interpunction nur noch das vor συγγενεῖς in jeder Beziehung unerträgliche καί hinter καὶ μήν Z. 14 gerückt und ferner τε nach αἵ Z. 14 in γάρ verwandelt wird. Denn nun liegt, wie aus der Uebersetzung wohl hinlänglich erhellt, der Schwerpunkt des Satzes οὕτως δὲ καὶ....... πεφύκασιν αἱ αὐταί Z. 13—15 nicht mehr in der bereits erwähnten Verwandtschaft der Menschen unter einander, sondern in der Verwandtschaft der Menschen mit den Thieren; der erste Beweis für dieselbe wird auf die Gleichheit der körperlichen Elemente gegründet (αἱ γὰρ τῶν σωμάτων ἀρχαὶ κτλ. Z. 14), der zweite 'weit kräftigere' auf die psychische Gleichheit, πολὺ δὲ μᾶλλον τῷ τὰς ἐν αὐτοῖς ψυχὰς ἀδιαφόρους πεφυκέναι Z. 17, und der Dativ τῷ bezieht sich ebenso wie γάρ auf τίθεμεν συγγενεῖς Z. 13. — Zeller's Vorschlag, vor δυοῖν θάτερον Z. 11 die Präposition διά einzufügen, habe ich nicht befolgt, da der absolute Gebrauch von δυοῖν θάτερον echt attisch ist, wie jede etwas vollständigere Grammatik, z. B. die Matthiä'sche § 433, lehrt. — Das handschriftliche, von keinem Herausgeber beanstandete σπέρμα Z. 16 kann neben τὸ τῶν ὑγρῶν τοῖς ζῴοις σύμφυτον γένος nicht geduldet werden. Denn in dieser weitläufigen Umschreibung ist σπέρμα schon einbegriffen und Theophrastos hat sie nur deshalb gewählt, um eben σπέρμα nnd αἷμα unter Einer und derselben Bezeichnung zusammenzufassen, wie beide ja auch in der aristotelischen Hauptstelle über die Homöomerien von denselben στοιχεῖα abgeleitet werden, *meteor.* 4, 10, *p.* 389ª 19: αἷμα δὲ καὶ γονὴ κοινὰ γῆς καὶ ὕδατος καὶ ἀέρος. Ich habe daher δέρμα statt σπέρμα gewählt, ebenfalls auf Grund der aristotelischen Aufzählung *p.* 388ª 13: λέγω δὲ ὁμοιομερῆ.... ἐν τοῖς ζῴοις.... οἷον σάρκες, ὀστᾶ, νεῦρον, δέρμα, σπλάγχνον κτλ.

35. Platon; J. M. Gesner.

(Zu S. 104.)

Die platonischen Stellen, auf welche das im Text Gesagte sich bezieht, lauten *Leg.* 10, 885ᵇ: οὐδεὶς πώποτε οὔτε ἔργον ἀσεβὲς εἰργάσατο ἑκὼν οὔτε λόγον ἀφῆκεν ἄνομον, ἀλλὰ ἕν δή τι τῶν τριῶν πάσχων, ἢ τοῦτο ὅπερ εἶπον (das Dasein der Götter) οὐχ ἡγούμενος, ἢ τὸ δεύτερον [θεοὺς] ὄντας οὐ φροντίζειν ἀνθρώπων, ἢ τρίτον εὐπαραμυθήτους εἶναι θυσίαις τε καὶ εὐχαῖς παραγομένους. Kein ehrlicher Atheist, führt dann Platon *p.* 888[c] fort, sei es bis zum Greisenalter geblieben, aber wohl fänden sich Leute, die nachdem sie das Dasein der Götter erkannt hätten, dennoch entweder die Vorsehung leugneten oder glaubten ὡς φροντίζουσι μὲν [θεοὶ τῶν ἀνθρωπίνων] εὐπαραμύθητοι δ' εἰσὶ θύμασι καὶ εὐχαῖς, und nach eingehender Widerlegung dieses letzteren Wahnes heisst es schliesslich in Betreff desselben, *p.* 907[b]: κινδυνεύει πᾶς ὁ ταύτης τῆς δόξης ἀντεχόμενος πάντων ἂν τῶν ἀσεβῶν κεκρίσθαι δικαιότατα κάκιστός τε εἶναι καὶ ἀσεβέστατος. Platon selbst findet es bald darauf nöthig, sich wegen der Heftigkeit seiner Aeusserungen zu entschuldigen (907[c] εἴρηνταί πως σφοδρότερον διὰ φιλονεικίαν τῶν κακῶν ἀνθρώπων); sie sind allerdings so stark, dass man begreift, wie ein Mann von J. M. Gesner's kindlicher Gläubigkeit dahin kommen konnte, in Tertullian's Ton einzustimmen und den Platon allein schon wegen dieses zehnten Buches der Gesetze für den 'Patriarchen aller Ketzer' zu erklären; nachdem er einen der erwähnten Sätze citirt hat, sagt er *biograph. academ.* 2, 35: *adeo verum est, Platonem esse haereticorum patriarcham, ut Sociniani non minus quam Manichaei vel ex hoc libro Platonis errorum suorum argumenta, quibus fortiora non habent, repetere possint.* Aber was hier der greise Platon mit einer vielleicht greisenhaften Gereiztheit ausspricht, hat er auf der Höhe des Mannesalters, wenn auch ruhiger, doch eben so entschieden gelehrt. In dem Lebensplan des Ruchlosen, welchen Adeimantos im zweiten Buch der Politeia nach den populären Vorstellungen über das göttliche Wesen entwirft, wird als der mächtigste Anreiz zum Schlechten die Meinung bezeichnet ὡς οἱ θεοὶ εἰσιν οἷοι θυσίαις τε καὶ εὐχωλαῖς ἀγανῇσι (= Ilias 9, 499) καὶ ἀναθήμασι παράγεσθαι ἀναπειθόμενοι (*p.* 365[e]).

36. Θύσιμα ζῷα.

(Zu S. 108.)

Die bei Suidas u. d. W. βοῦς ἕβδομος erhaltene Liste der sechs zum Opfern brauchbaren Thiergattungen πρόβατον, ὗς, βοῦς, αἴξ, ὄρνις, χήν wird theilweise erläutert von Gustav Wolff in der Abhandlung *de volucrium sacrificiis apud Graecos et Romanos,* welche der Anm. 5 angeführten Schrift beigegeben ist (*p.* 187–194). Aus den dortigen Sammlungen ergiebt sich die ungriechische Natur des Gänseopfers und die weite Verbreitung des Hühneropfers, mithin die Berechtigung, ὄρνιθες bei Theophrastos in der auch sonst häufigen eingeschränkten Bedeutung von 'Hühner' zu fassen (s. oben Anm. 27). — Für die übrigen Theile von Suidas' Liste giebt C. F. Hermann (Gottesd. Alt. 26) die nöthigen Belege; auf unsere theophrastische Stelle ist er jedoch nicht aufmerksam geworden.

37. Klearchos' Dialog *Περὶ Ὕπνου*; Aristoteles.

(Zu S. 110.)

Zu der anderswo (Wirkung der Tragödie S. 190) angestellten Besprechung von Klearchos' Dialog sei hier nachträglich bemerkt, dass auch ein Skeptiker wie Lobeck, obwohl er das dort hervorgezogene grössere Bruchstück nicht kannte, doch schon auf Grund des bei Josephus erhaltenen Theiles die Echtheit des Dialogs gegen Jonsius' und Meiners' grundlose Zweifel vertritt (Aglaoph. 944). Da jenes Bruchstück den Aristoteles der Auferweckung eines Scheintodten beiwohnen lässt, so darf man es wohl in Verbindung bringen mit den Notizen bei Olympiodoros zu Platon's Phädon *p.* 165 Finckh (= *Arist. fr.* 18, *p.* 44 Rose): *ὅτι δὲ δεῖ τι καὶ ὅλον γένος ἀνθρώπων εἶναι οὕτω* (mit ätherischer Nahrung) *τρεφόμενον δηλοῖ καὶ ὁ τῇδε* (in der diesseitigen Welt) *ταῖς ἡλιακαῖς ἀκτῖσι μόναις τρεφόμενος, ὃν ἱστόρησεν Ἀριστοτέλης ἰδὼν αὐτός* und *p.* 203: *εἰ ἐνταῦθα ἱστόρησεν Ἀριστοτέλης ἄνθρωπον ἄυπνον καὶ μόνῳ τῷ ἡλιοειδεῖ τρεφόμενον ἀέρι, τί χρὴ περὶ τῶν ἐκεῖ οἴεσθαι*; weshalb die 'Schlaflosigkeit' in dem gegebenen Zusammenhang hervorgehoben werde, möchte schwer zu sagen sein; durch leichte Versetzung der Buchstaben verwandelt sich *ἄυπνον* in *ἄπνουν*, die stehende Bezeichnung für einen 'Scheintodten;' es genügt an die bekannte herakleidische Schrift *περὶ τῆς ἄπνου* (Diog. Laert. 8, 67) zu erinnern.

38. Jüdischer Opferritus.

(Zu S. 114.)

Für die des Hebräischen Unkundigen hat Petrus Cunaeus *de republica Hebraeorum* 2 *c.* 10 die talmudischen Nachrichten über die Institution der Opferbeistände in gutes Latein gebracht. Den mit der talmudischen Litteratur Bekannten braucht kaum gesagt zu werden, dass die im Text benutzte Hauptstelle sich *tract. babyl. Taanit* 26 ff. findet. Aus der weniger häufig citirten Mischnah *Bikkurim* 3, 2 geht hervor, dass auch bei den Wallfahrten nach Jerusalem, welche die Darbringung der Erstlingsfrüchte zum Zweck hatten, die fragliche Volkseintheilung in Wirksamkeit trat; John Selden *de synedriis veterum Hebraeorum* 3 *c.* 13 (*p.* 119 der Amsterdamer Ausgabe von 1679) bietet den dessen Bedürftigen eine lateinische Uebersetzung und Erklärung jener Mischnah. — Die Annahme, dass die Opferbeistände nicht blos in den Centralorten des Landes, sondern auch in Jerusalem selbst fasteten, billigt ausdrücklich Maimonides *de vasis templi (kele hammikdasch)* 6, 3. — Von den drei neueren Gelehrten, welche sich meines Wissens mit der theophrastischen Stelle befasst haben, giebt Welcker (Götterlehre 2, 51) ein blosses Referat; Zeller (Philos. d. Gr. 2, 2, 695) beschränkt sich in einem kurzen Abriss des Inhalts von *Περὶ Εὐσεβείας* auf folgende Bemerkung: 'eigenthümliche Opfergebräuche 'der Juden, *Porph.* 2, 26 Anf., wo aber Porphyrios Eigenes einmischt.' Es wäre zu wünschen, dass Zeller diese vermeintlichen 'Einmischungen' des Porphyrios genauer bezeichnet hätte. Wenn sie blos vorausgesetzt werden, um die theilweise Unrichtigkeit der Angaben zu erklären, so ist das Mittel schlecht gewählt. Denn Porphyrios, der bahnbrechende kritische Erläuterer des Buches Daniel (s. Anm. 1), war in der Bibel doch sicherlich besser beschlagen als Theophrastos; und eine Darstellung des jüdischen Opferritus aus Porphyrios' eigener Feder würde schwerlich zu vielen Ausstellungen Anlass geben. Aus den Ewald'schen Schriften ist mir keine Bezugnahme auf die theophrastische Stelle bekannt geworden, ausser der allgemeinen Bemerkuug (Geschichte des Volkes Israel 4, 281 der zweiten Ausgabe), dass 'Theophrastos' Nachricht über Judäische Opfer ziemlich ungenau' sei und der speciellen Rüge des oben S. 112 berührten Irrthums hinsichtlich des Trankopfers von Honig (Alterthümer S. 37). — Unter den älteren Gelehrten hat Mosheim (zu Cudworth *syst. intell.* 2, 834) die Stelle ausführlich besprochen, und um ihre Schwierigkeiten zu heben, das damals in Verlegenheiten der späteren jüdischen Religionsgeschichte beliebte Auskunftsmittel des Essäismus in Anwendung bringen wollen. Von allem Uebrigen abgesehen, ist man jetzt der Widerlegung Mosheim's schon dadurch überhoben, dass heutzutage wohl kein Kundiger das Bestehen der essäischen Secte, geschweige eines in die Oeffentlichkeit tretenden eigenartig essäischen Opferritus, zu Theophrastos', d. h. der vormakkabäischen, Zeit auch nur als eine entfernte Möglichkeit gelten lassen wird. — Die Belege für das über die griechischen Ganz- und Nachtopfer Gesagte sind in den gangbaren Handbüchern zu finden, z. B. in Hermann's Gottesdienstl. Alterth. 22, 13; 28, 25; 16, 14.

39. Menschenopfer.

(Zu S. 116.)

Für das Einschreiten der Römer gegen Menschenopfer in der früheren Kaiserzeit genügt Plinius' zusammenfassendes Zeugniss in seiner Auseinandersetzung über Magie und die damit verbundenen Menschenopfer, *h. n.* 30, 13 *Tiberi Caesaris principatus sustulit Druidas eorum [Gallorum] et hoc genus vatum medicorumque per senatus consultum* (vgl. Strabo 4, 198)... *nec satis aestimari potest quantum Romanis debeatur, qui sustulere monstra, in quibus hominem occidere religiosissimum erat, mandi vero etiam saluberrimum.* Wenn man hiermit die oben S. 29 erwähnte Nachricht des Pallas über die hadrianische Zeit zusammenhält, so leuchtet die Unmöglichkeit dessen ein, was in Welcker's vortrefflicher Abhandlung über Lykanthropie (kl. Schr. 3, 163) zu lesen ist: 'Noch nach der Mitte des dritten Jahr-'hunderts bezeugt Porphyrios *(de abst.* 2, 27), dass die Arkader an den

'Lykäen in Gemeinschaft (*κοινῇ πάντες*, nicht in Mysterien) Menschen 'opferten (*μέχρι τοῦ νῦν*).' Diese Deutung der Worte *μέχρι τοῦ νῦν* seitens eines so hervorragenden Forschers ist ein abermaliger Beleg für die Unentbehrlichkeit genauer Quellenanalyse beim Gebrauch des porphyrischen Werkes (s. Anm. 8). Im Zusammenhang dieser Untersuchung erhellt es von selbst, dass *μέχρι τοῦ νῦν* nicht auf die Zeit des Porphyrios, auf das dritte Jahrhundert nach Ch., sondern auf das vierte Jahrhundert vor Ch., in welchem Theophrastos schrieb, zu beziehen ist. Ueber alle sonst mit dem Lykäenopfer zusammenhängenden Fragen giebt Welcker's Abhandlung erschöpfende Auskunft. — Von den karthagischen Menschenopfern redet auch ein theophrastisches Bruchstück bei dem Scholiasten zu Pindar *Pyth.* 2, 3: *τὸ γοῦν ἀνθρωποθυτεῖν φησιν ὁ Θεόφραστος ἐν τῷ περὶ Τυρσηνῶν παύσασθαι αὐτοὺς* [*Καρχηδονίους*] *Γέλωνος προστάξαντος.* Usener zweifelt wohl mit Recht an der Existenz einer besonderen theophrastischen Schrift *περὶ Τυρσηνῶν*, aber seiner Behauptung: *quae inde proferuntur in libro περὶ εὐσεβείας dicta fuisse ex Porphyrio de abstin.* 2, 27 *patet* (*Anal. Theoph.* 21) kann ich mich nicht anschliessen. Denn der von Porphyrios mitgetheilte theophrastische Satz über das Fortbestehen der karthagischen Menschenopfer zeigt keine Spur einer Kürzung, durch welche die Nachricht über eine zeitweise Einstellung des entsetzlichen Cultus uns entzogen sein könnte; und die Annahme, dass Theophrastos an einer anderen Stelle der Schrift *Περὶ Εὐσεβείας* auf die karthagischen Opfer zurückgekommen, wird höchst unwahrscheinlich durch den Umstand, dass Porphyrios, nachdem er die Excerpte aus Theophrastos abgeschlossen, gegen Ende seines zweiten Buches von Neuem sich auf die Menschenopfer einlässt und die dortige Beispielsammlung mit den Worten einleitet: 'die Geschichte bezeuge auch noch andere Fälle von Menschenopfern ausser den von Theophrastos erwähnten (*ἡ γοῦν ἱστορία οὐ μόνον ὧν Θεόφραστος ἐμνήσθη, ἀλλὰ καὶ ἄλλων πλειόνων τὴν μνήμην παρέδωκεν ὡς καὶ ἀνθρώπους θυόντων τῶν πάλαι p.* 116, 24).' Da nun Porphyrios sich so angelegentlich auf Sammlung derartiger Nachrichten verlegt hat, so ist es schwer zu glauben, dass er eine einschlagende Notiz, welche ihm die so reichlich ausgebeutete theophrastische Schrift *Περὶ Εὐσεβείας* dargeboten, sollte übersehen oder übergangen haben. Hiernach wird man wohl geneigt sein, in dem Citat des pindarischen Scholiasten *Θεόφραστος ἐν τῷ περὶ Τυρσηνῶν* den Abschnitt eines der grösseren politisch-geschichtlichen Werke des Theophrastos, vielleicht der *Νόμοι*, zu erkennen, welcher von den Etruskern handelte; die vielfachen Beziehungen freundlicher und feindlicher Art zwischen Etrurien, den sikelischen Herrschern und Karthago konnten leicht Gelegenheit zur Einflechtung der fraglichen Nachricht geben. — Porphyrios' Worte in jenem nachträglichen, aus anderen als theophrastischen Quellen geschöpften Abschnitt über die Menschenopfer *p.* 118, 12 *οἱ ἐν Λιβύῃ Καρχηδόνιοι ἐποίουν τὴν θυσίαν ἣν* Ἰ φ ι κ ρ ά τ η ς *ἔπαυσεν* bleiben ein kritisches oder historisches Problem, zu dessen Lösung die bisher vorgebrachten Conjecturen nicht das Mindeste beitragen. Toup's (*opusc.* 2, 247 der Leipziger Ausgabe) *ἣν Γέλων ἶφι κρατήσας ἔπαυσεν* verdient nicht einmal eine Widerlegung, und Nauck's Nachbesserung dieses Toup'schen Einfalls *ἣν Γέλων μάχῃ (vel πολέμῳ) κρατήσας ἔπαυσεν* wird Niemandem andere Versuche überflüssig erscheinen lassen, bei denen vielleicht die von Nauck nicht erwähnten Varianten *τὴν αὐτὴν θυσίαν* der Meermann'schen Handschrift und *ἰφικράτης* der Leipziger nützlich werden können. Eusebios' Citat *praep. ev.* 4, 16, *p.* 156[b] bietet keine Abweichung von der Vulgata.

40. Legende über das Dipolienopfer.

(Zu S. 122)

Kreta's Bedeutung als Ursitz der Mordsühnungen tritt besonders klar in der Sage hervor, welche den Apollon selbst, nachdem er den Python getödtet hat, nach Kreta wandern lässt, um sich von der Blutschuld zu reinigen (Pausanias 2, 7, 7). — In ähnlicher Weise wie Theophrastos von dem in Attika f r e m d e n Sopatros sagt *γ ε ω ρ γ ο ῦ ν τ α κατὰ τὴν Ἀττικήν* um die zeitweilige Bewirthschaftung eines Pachtgutes zu bezeichnen (oben S. 88, Z. 427), wendet auch der Athener Euthyphron bei Platon (*Euthyph.* 4[c]) das Wort an: *ὡς ἐ γ ε ω ρ γ ο ῦ μ ε ν ἐν τῇ Νάξῳ*, und zu dieser speciellen Bedeutung von *γεωργεῖν* passen auch die Combinationen, welche bei anderer Gelegenheit (s. Dialoge des Aristoteles S. 90) über den *γεωργὸς Κορίνθιος* als Person eines aristotelischen Dialogs vorgetragen wurden. — Für die im Text berührten Bestimmungen über die Adoptivbürger sind die Belege bei Hermann Staatsalterth. 99, 5; 117, 15 verzeichnet. — Auch in der neuesten Besprechung des Dipolienopfers bei Aug. Mommsen, Heortologie S. 449 ff., ist der theophrastische Ursprung des vorliegenden Berichts nicht erkannt.

41. Heraklitische Fragmente.

(Zu S. 129)

Den heraklitischen Ausspruch über die Opfer kannte Schleiermacher (Mus. der Alterthw. 1, 431) nur in der lateinischen Uebersetzung des Elias Cretensis (zu Gregorios von Nazianzos *or.* 23, *vol.* 2, *p.* 836 der Pariser Ausgabe von 1611): *quos quidem* (die Opferer) *irridens Heraclitus 'Purgantur' inquit 'cum cruore polluuntur, non secus ac si quis in lutum ingressus luto se abluat,'* und obgleich er zugiebt, dass 'heraklitische Manier 'genug auch aus der Uebersetzung hervorleuchte,' so lässt er es doch wegen der schwachen äusseren Beglaubigung unentschieden, ob 'man mit rechtem Vertrauen auf die Stelle fussen könne.' Lassalle (die Philosophie Herakleitos des Dunkeln 1, 273) macht zu dem Latein des Elias folgende Bemerkung, welche als kleine Probe seiner grossen, überall hervortretenden Unwissenheit in sprachlichen und sonstigen philologischen Dingen hier stehen mag: 'die unvermittelte, nicht einmal durch eine Participial-'construction mit einander verbundene, im Deutschen gar nicht wieder-'zugebende Nebeneinanderstellung von *purgantur, polluuntur* ist echt hera-'klitisch.' Er hat also, durch den Indicativ bei *cum* stutzig gemacht, in *cum cruore polluuntur* die Präposition *cum* gefunden und *cum cruore pollui* für Latein gehalten. Dass Elias durch *cum polluuntur* eben ein Participium, etwa καθαίρονται αἵματι μιαινόμενοι ausdrücken wollte, sieht jeder nur einigermaassen Kundige. Ein die Angabe des Elias unterstützendes Zeugniss über den heraklitischen Ursprung des Spruches hat Lassalle so wenig wie Schleiermacher beigebracht, obwohl ein solches an einem nicht allzu versteckten Orte vorliegt. Der 27. Brief des Apollonios von Tyana ist an die delphischen Priester gerichtet und lautet (*p.* 48 Kayser): αἵματι βωμοὺς μαίνουσιν ἱερεῖς, εἶτα θαυμάζουσί τινες, πόθεν αἱ πόλεις ἀτυχοῦσιν, ὅταν μεγάλα δυστυχήσωσιν. ὢ τῆς ἀμαθίας. Ἡράκλειτος ἦν σοφός, ἀλλ' οὐδὲ ἐκεῖνος Ἐφεσίους ἔπεισε μὴ πηλῷ πηλὸν καθαίρεσθαι. Ueber Apollonios' Stellung zur Opferfrage vgl. oben Anm. 3. — In naher Verbindung mit dieser heraklitischen Aeusserung über die Reinigungsopfer steht ein anderes ebenfalls bei Schleiermacher und Lassalle fehlendes Fragment, welches Jamblichos aufbewahrt hat, *de mysteriis* 5, 15, *p.* 219 Parthey: καὶ θυσιῶν τοίνυν τίθημι διττὰ εἴδη· τὰ μὲν τῶν ἀποκεκαθαρμένων παντάπασιν ἀνθρώπων, οἷα ἐφ' ἑνὸς ἄν ποτε γένοιτο σπανίως, ὥς φησιν Ἡράκλειτος, ἤ τινων ὀλίγων εὐαριθμήτων ἀνδρῶν, τὰ δ' ἔνυλα κτλ. Den apologetischen Einwand, dass das äussere Reinigungsopfer nur als begleitendes Symbol der inneren Gemüthsreinheit dienen solle, weist der unerbittliche Ephesier zurück, indem er die Seltenheit einer solchen inneren Reinigung hervorhebt; man müsse froh sein 'wenn sie sich bei einem einzigen Menschen finde.' — Nach einer andern Stelle desselben Jamblichos, *de myst.* 1, 11, *p.* 40 καὶ διὰ τοῦτο εἰκότως αὐτὰ [ἃ προσάγεται τοῖς θεοῖς] ἄκεα Ἡράκλειτος προσεῖπεν ὡς ἐξακούμενα (so nach den Spuren der Handschriften statt ἐξακεσόμενα s. Cobet, Mnemosyne 6, 438) τὰ δεινὰ καὶ τὰς ψυχὰς ἐξάντεις ἀπεργαζόμενα τῶν ἐν τῇ γενέσει συμφορῶν hat Heraklit einmal in seinem Werke die Opfer und phallischen Ceremonien — denn auch auf diese muss nach dem Zusammenhang bei Jamblichos das rückweisende αὐτά bezogen werden — 'Heilungen' genannt. Trotz Lassalle's (1, 156) Widerrede wird Schleiermacher S. 431 darin Recht behalten, dass der von Jamblichos angegebene Grund für eine solche Benennung 'zu deutlich den Platoniker' verrathe und unmöglich von Heraklit herrühren könne. Schleiermacher's eigener Versuch, die 'Heilungen' durch Opfer und Ceremonien als Heraklit's Ansicht plausibel zu machen, wird jetzt, nachdem die eben behandelten Sätze in dem ephesischen Philosophen einen so heftigen Gegner des populären Cultus haben erkennen lassen, schwerlich noch Beifall finden. Wahrscheinlich gebrauchte Heraklit den Ausdruck an jener, von Jamblichos wohlweislich nicht nach ihrem Wortlaut mitgetheilten Stelle gar nicht in seinem eigenen, sondern im Sinn der abergläubischen Menge, ebenso wie es Platon thut *Legg.* 10, 909ᵉ: *ἔθος γυναιξί τε.... καὶ τοῖς ἀσθενοῦσι πάντῃ καὶ κινδυνεύουσι ... καθιεροῦν τε τὸ παρὸν ἀεὶ καὶ θυσίας εὔχεσθαι καὶ ἱδρύσεις ὑπισχνεῖσθαι θεοῖς καὶ δαίμοσι καὶ παισὶ θεῶν, ἔν τε φάσμασιν ἐγρηγορότας διὰ φόβους καὶ ἐν ὀνείροις, ὡς δ' αὔτως ὄψεις πολλὰς ἀπομνημονεύοντας, ἑκάστοισί τε αὐτῶν ἄκη ποιουμένους βωμοὺς καὶ ἱερά.* — Noch auf ein drittes bisher übersehenes heraklitisches Fragment sei bei dieser Gelegenheit hingewiesen, da wenigstens die Möglichkeit seiner Beziehung auf die Verwerfung der Opfer nicht ausgeschlossen ist. Columella giebt für die Einrichtung von Hühnerhöfen unter Anderem auch folgenden Rath 8, 4: *siccus etiam pulvis et cinis ubicunque cohortem porticus vel tectum protegit iuxta parietes reponendus est, ut sit quo aves se perfundant; nam his rebus plumam pennasque emundant, si modo credimus* E p h e s i o H e r a c l i t o *qui ait, 'sues coeno, cohortales aves pulvere vel cinere lavari.'* Unverträglich wäre es mit der bekannten Derbheit des Heraklit nicht, dass er die Anhänger der Reinigungsopfer, nachdem er von ihnen gesagt hatte: *πηλῷ πηλὸν καθαίρονται*, nun auch noch mit den Thieren verglich, welche sich mit 'Schmutz, Staub und Asche waschen.' Ebenso denkbar ist es jedoch, dass der Satz unter den vielen Beispielen stand, durch welche Heraklit seine Lehre von der Einheit der Gegensätze veranschaulichte. Wie er in solchem Zusammenhang gesagt hat: 'das Meer ist das reinste und zugleich das abscheulichste 'Wasser, für die Fische trinkbar und heilsam, für die Menschen untrink'bar und verderblich (*θάλασσα ὕδωρ καθαρώτατον καὶ μιαρώτατον, ἰχθύσι μὲν πότιμον καὶ σωτήριον, ἀνθρώποις δὲ ἄποτον καὶ ὀλέθριον* s. Rh. Mus. 9, 244),' so konnte er zu demselben Zweck darauf hindeuten, dass die Stoffe, welche den Menschen beschmutzen, den Thieren zur Reinigung dienen.

Da zusammenhängende Bemerkungen über die Quellenanalyse des nichttheophrastischen Theiles von Porphyrios' zweitem Buch (*p.* 103, 18 bis 122, 15) der Gang der Darstellung im Text nicht zuliess, so ward das Wesentliche oben Anm. 3 angeknüpft.

Inhalt.

CPSIA information can be obtained
at www.ICGtesting.com
Printed in the USA
LVHW020050011221
704950LV00001B/107

9 783752 550634